Melissa Foster

Herzklopfen in Seaside

DIE AUTORIN

Melissa Foster ist eine preisgekrönte *New-York-Times-* und *USA-Today*-Bestsellerautorin. Ihre Bücher werden vom *USA-Today-Bücherblog*, vom *Hagerstown Magazin*, von *The Patriot* und vielen anderen Printmedien empfohlen. Melissa hat mehrere Wandgemälde für das *Hospital for Sick Children*, eine Kinderklinik in Washington, D. C., gemalt.

Besuchen Sie Melissa auf ihrer Website oder chatten Sie mit ihr in den sozialen Netzwerken. Sie diskutiert gern mit Lesezirkeln und Bücherclubs über ihre Romane und freut sich über Einladungen. Melissas Bücher sind bei den meisten Online-Buchhändlern als Taschenbuch und E-Book erhältlich.

www.MelissaFoster.com

Melissa Foster

Herzklopfen in Seaside

Seaside Summers

LOVE IN BLOOM – HERZEN IM AUFBRUCH

Aus dem Amerikanischen von Stefanie Kersten

Die Originalausgabe erschien erstmals 2016 unter dem Titel
»Seaside Embrace« bei World Literary Press, MD, USA.

Deutsche Erstveröffentlichung
2023 bei World Literary Press, MD, USA
© 2016 der Originalausgabe: Melissa Foster
© 2023 der deutschsprachigen Ausgabe: Melissa Foster
Lektorat: Judith Zimmer, Hamburg
Umschlaggestaltung: Elizabeth Mackey Designs

Vorwort

Hunter Lacroux hat ganz schön viele Ecken und Kanten, und ich wusste, dass er eine starke, leidenschaftliche Frau braucht, die ihm nicht nur Paroli bietet, sondern ihm auch in guten wie in schlechten Zeiten zur Seite steht. Jana Garner ist seine perfekte Partnerin. Ich hoffe, Sie haben beim Lesen der supersexy Liebesgeschichte der beiden genauso viel Spaß wie ich.

Um sich über Neuerscheinungen und exklusive Inhalte auf dem Laufenden zu halten, abonnieren Sie am besten meinen Newsletter.
www.MelissaFoster.com/Newsletter_German

Die Reihe »Love in Bloom – Herzen im Aufbruch«

Seaside Summers ist nur eine der vielen Serien aus der weitverzweigten Reihe »Love in Bloom – Herzen im Aufbruch«. Sie werden den Figuren aus jeder Geschichte immer wieder begegnen, sodass Sie keine Verlobung, Hochzeit oder Geburt verpassen. Eine vollständige Liste aller Serientitel sowie eine Vorschau auf den nächsten Band finden Sie am Ende dieses Buches und auf meiner Website:
www.MelissaFoster.com/Herzen-im-Aufbruch

Besuchen Sie auch meine Seite mit »Reader Goodies«! Dort finden Sie Serienübersichten, Checklisten, Stammbäume und mehr:

www.MelissaFoster.com/Checklisten_und_Stammbaume

Eins

Der Duft von Patschuli und Sex lag in der Luft, als Jana Garner sich in einem ihr fremden Zimmer aus dem Bett stahl. Ein schmaler Lichtstreifen von den Straßenlaternen drang zwischen den schweren Vorhängen hindurch und beschien Hunter Lacroux' nackte Kehrseite. Gott, der Mann hatte einen herrlichen Hintern: knackig und perfekt, um ihn mit beiden Händen zu packen. Dieser Hintern würde sicher auch in späteren Lebensjahren noch der Schwerkraft trotzen und die reine Perfektion bleiben. Ein letztes Mal ließ sie den Blick bewundernd über Hunters Körper wandern. Davon konnte sie nachher zehren, wenn sie es mit Sicherheit wieder bereuen würde, sich noch mal mit diesem so ungerecht unwiderstehlichen Dickkopf eingelassen zu haben.

Ein muskulöser Arm lag quer über seiner Stirn, der andere war quer über das Kissen ausgestreckt, auf dem sie bis eben geschlafen hatte. So wurde seine Tätowierung von den vier Elementen sichtbar, die sich rund um seinen Bizeps zog. Sie hatte ihn einmal danach gefragt, worauf er geantwortet hatte, dass er ein naturverbundener Mensch war. Sie verweilte jedoch nicht lange bei dem Tattoo, denn seine breite Brust war zu verlockend und die straffen Bauchmuskeln ebenso. Bauchmuskeln, die sich selbst im Schlaf perfekt unter seiner Haut abzeichneten und die Jana gerne mit der Zunge liebkosen würde. *So verführerisch.* Ihr Blick glitt weiter nach unten, zu den Hüften, die sich so geschickt bewegen konnten, und das – zu ihrem Glück – wirklich ausdauernd. Die heruntergerutschten Laken verdeckten den Teil seines Körpers, den sie bei sich »Gefahrenzone« nannte, was auch gut so war, denn es gab zwei Dinge an Hunter Lacroux, die sie in den Wahnsinn trieben: seine dunklen Augen, die sie mit einem Blick vergessen ließen, warum sie die Finger von ihm lassen sollte, und das Geheimnis unter den Laken, das ihr so viel Lust verschaffte, dass sie doch immer wieder zu ihm zurückkam.

Hunter war der eine Mann, von dem sie sich fernhalten sollte, und gleichzeitig der einzige, dem sie trotzdem nie widerstehen konnte. Auf Zehenspitzen schlich sie ums Bett herum und hob ihren Minirock und ihr Top auf, bevor sie nach ihrem BH und ihrem Slip suchte und sich dabei fragte, wie sie wieder einmal hier gelandet war. Zusammen mit ihrer Schwester Harper, ihrer Freundin Sky und deren Verlobtem Sawyer war Jana in einer Bar in Provincetown gewesen, als Skys Brüder Hunter und Grayson mit ihrem Freund Clark aufgetaucht waren. Sie erinnerte sich vage daran, dass sie sich hitzig mit Hunter gestritten hatte. *Tun wir das nicht immer?* Hunter wusste, dass Jana seit fast drei Jahren von ihrem Bruder Brock, einem Boxchampion hier am Cape, trainiert wurde, und konnte seine dummen Kommentare darüber, dass Frauen in einem *Männersport* nichts zu suchen hatten, einfach nicht lassen.

Blödmann.

Ein paar Tequilas später waren sie die Commercial Street entlanggetorkelt, zu …? Sie schaute sich um. Wo auch immer sie sich hier befand. Der Raum sah aus wie ein Motelzimmer, aber bei Hunter konnte es auch genauso gut das Gästezimmer eines Freundes sein.

Tequila. Der wurde ihr immer zum Verhängnis. Shots bekamen ihr nie gut – aber ganz besonders nicht, wenn *er* in der Nähe war. Einen Moment lang fragte sie sich, warum ihre Schwester das nicht verhindert hatte. Harper wusste doch genau, dass Jana früher schon mit ihm ins Bett gegangen war und ihm danach abgeschworen hatte. Verflixte Schwester.

Sie betrachtete ihr Gesicht im Spiegel über der Kommode. Ihr langes blondes Haar war zerzaust und verheddert, ihre Augen verquollen. Und sie sah definitiv aus, als wäre sie gerade gevögelt worden. *Ich muss echt damit aufhören.* Ihr Blick fiel auf Hunters Spiegelbild. *Besonders mit dir.*

Und wenn sie ehrlich war, musste sie auch dringend damit aufhören, Harper die Schuld zuzuschieben, und ein bisschen Verantwortung für ihr Handeln übernehmen. Sie war fünfundzwanzig, Himmel noch mal, und keine sechzehn mehr.

Ein weiterer Blick auf Hunter erinnerte sie daran, wie er seine Hände in ihrem Haar vergraben und daran gezogen hatte, bis ihre Kopfhaut kribbelte, und wie ihr Name auf seinen Lippen fast wie ein Knurren geklungen hatte, als er zum Höhepunkt kam. Der Mann war ein Tier im Bett, besser als jeder andere, mit dem sie je zusammen gewesen war. Mit Beziehungen hatte sie es nach einer Reihe von hässlichen Trennungen und verletzten Gefühlen nicht mehr so. Im Lauf der Jahre war sie mit genug Männern zusammen gewesen, um sich bei zwei Dingen sehr sicher zu sein: So fähige Liebhaber wie Hunter kamen einem nicht oft unter – allerdings war es ziemlich leicht, unter ihnen zu kommen –, aber falls der unwahrscheinliche Fall eintreten sollte, dass sie sich je wieder auf eine monogame Beziehung einlassen wollte, dann nicht mit einem Weiberhelden wie ihm.

Sie zog sich an, kniete sich dann hin und suchte unter den Möbeln nach ihrem Slip. *Wo zum Teufel ist der nur?* Sie schaute im Bad nach und erinnerte sich auf einmal lebhaft an das Gefühl des kalten Marmors an ihrem nackten Hintern.

Nein. Hier hatte ich sicher kein Höschen mehr an.

Auf Zehenspitzen schlich sie zurück ins Schlafzimmer, schnappte sich ihre Handtasche vom Stuhl und hob ihre Flip-Flops auf. Hunters Jeans lag am Fußende des Betts, sein T-Shirt an der Tür, doch auch dort war von Janas Unterwäsche nichts zu sehen. Der Stuhl in der Ecke, die Kommode, die … *oh mein Gott.*

Ein Flattern breitete sich in ihrem Magen aus, als sie ihren BH vom Lampenschirm in der Ecke des Raumes rupfte, wo Hunter ihn wohl am Vorabend hingeworfen hatte. Er war definitiv ein leidenschaftlicher, einfallsreicher Liebhaber. Zwei bewundernswerte Eigenschaften – wenn sie nicht zu einem sturen Bock wie Hunter gehören würden. Sie wusste nicht, was sie an ihm so ärgerte, aber jedes Mal, wenn sie aufeinandertrafen, reagierten sie wie Öl und Wasser, bevor sie sich miteinander in den Laken wälzten wie zwei einsame Schiffbrüchige, die seit Jahren keinen anderen Menschen mehr gesehen hatten.

Ihr Slip blieb jedoch verschwunden. Es war nicht das erste Mal, dass ein Höschen auf der Strecke blieb – und es würde wahrscheinlich auch nicht das letzte Mal sein.

Sie öffnete die Tür so leise wie möglich, trat in den gut beleuchteten Flur und schlich auf Zehenspitzen zur Eingangstür hinaus. Auf dem Schild vor dem Gebäude stand: *Wir vermieten Zimmer stundenweise! Besuch uns mit deinem Date!*

Ach du Schande. Das war ein neuer Tiefpunkt, selbst für

Jana. Sie zog peinlich berührt den Kopf ein und setzte ihren zum Glück kurzen Weg zum Auto fort, wo sie einen Zettel vorfand, der in der Fahrertür klemmte. Das war Harpers saubere Handschrift.

Ich hab versucht, dich davon abzubringen. Ruf mich später an! Küsschen, H

Jana setzte sich hinters Steuer, schloss die Augen und ließ den Kopf gegen die Kopfstütze sinken. Wahrscheinlich hätte sie an den anstrengenden Tag denken sollen, den sie heute vor sich hatte, bevor sie den ersten Shot auch nur angerührt hatte. Um sieben hatte sie Boxtraining mit Brock und würde dann im Undercover, der Bar ihres Bruders Colton, aushelfen. Nachdem sie den Motor angelassen hatte, verriet ihr ein kurzer Blick auf die Uhr, dass sie noch vier Stunden Zeit bis zum Training hatte, womit sie mit etwas Glück noch zwei Stunden Schlaf abstauben konnte.

Ihr Handy vibrierte und zeigte eine eingehende Nachricht an. Der Absender lautete: NICHT REAGIEREN! Jana schnitt eine Grimasse. Den Namen hatte sie nach dem letzten Mal eingespeichert, als sie mit Hunter geschlafen hatte. Sie las die Nachricht trotzdem. *Du hast dich wieder rausgeschlichen? Im Ernst? Wenn ich das tue, nehme ich wenigstens meine Unterwäsche mit.*

Der Smiley am Ende der Nachricht verriet ihr, dass sie sich inzwischen zu oft mit Hunter eingelassen hatte. Er ging schon fast vertraut mit ihr um, und das war das Letzte, was sie brauchte.

Hunter parkte den Pick-up seines jüngeren Bruders um zehn nach acht bei Grunter's Ironworks. Grayson und er waren jetzt schon seit Jahren gemeinsam im Bereich Metallkunst tätig, doch an dem Logo auf dem Gebäude würde er sich wohl nie sattsehen.

Er stieg aus dem Auto und schaute ein letztes Mal auf sein Handy. Dass Jana auf seine Nachricht antwortete, hatte er zwar nicht erwartet, doch sein Magen krampfte sich trotzdem bei dem Gedanken zusammen, dass die freche kleine Blondine ihn ignorierte. Sie war ein Hitzkopf, ebenso nervig wie sinnlich, und das war eine Mischung, die er nur schwer aus dem Kopf bekam. Er steckte das Handy in die Hosentasche und grinste in sich hinein, denn unterwegs hatte er ein kleines Päckchen für sie deponiert.

In der Werkstatt saß Clark Shelton mit dem Rücken zur Tür an seinem Schreibtisch und telefonierte. Er war mit Hunter und Grayson aufgewachsen und sie hatten ihn nach dem College als Geschäftsführer eingestellt. Hunter machte sich auf den Weg in den hinteren Teil der Werkstatt, um mit der Arbeit an einer Skulptur für einen lokalen Wettbewerb zu beginnen. Eine Woche lang versuchte er nun schon, ein Konzept für das Projekt zu entwickeln, aber nichts fühlte sich richtig an. Nicht am Wettbewerb teilzunehmen kam jedoch auch nicht infrage. Als Gewinn winkte nicht nur die Teilnahme an einem Projekt zur Verschönerung der Gemeinde, sondern auch der große Kunstauftrag einer nationalen Kinderstiftung.

Das Verschönerungsprojekt und der Wettbewerb wurden von Parker Collins finanziert, einer Schauspielerin, die sich in Wellfleet eine Sommerresidenz baute. Mit dieser Aktion wollte sie die Einheimischen für sich gewinnen, die sich über die Größe ihres weitläufigen Anwesens empörten. Die Planung beinhaltete unter anderem eine große Parkanlage und einen Pavillon für Open-Air-Konzerte gegenüber des Hafens. Hunter entwarf eine Skulptur für den Wettbewerb und Grayson arbeitete an Ideen für den Pavillon.

Grayson lehnte gerade über dem Zeichentisch und schaute ernst zu Hunter auf, als dieser näherkam.

»Ist Jana gestern Abend gut nach Hause gekommen?«

»Das nehme ich an. Warum?«

»Du nimmst es an?« Grayson grinste. »Sie ist wieder mal verschwunden, bevor du aufgewacht bist, oder?«

Hunter schnaubte spöttisch. »Was kümmert dich das?«

»Vielleicht, weil sie wie eine Schwester für Sawyer ist, der mit unserer Schwester verlobt ist? Ich will nicht, dass ihre Beziehung unter dir leidet.«

»Lass das mal meine Sorge sein, *kleiner* Bruder. Glaub mir, dafür war ich nicht allein verantwortlich. Ist ja nicht so, als hätte ich sie gegen ihren Willen mitgenommen.« Verdammt, Jana hatte sich auf ihn gestürzt und war ihm an die Wäsche gegangen, noch bevor sie es ganz in das Zimmer geschafft hatten.

»Okay, aber wenn du ihr wehtust, wird Sawyer dir den Arsch aufreißen, und ich werde ihn nicht daran hindern.« Grayson lachte. Wie Hunter war auch er über eins achtzig groß und sehr sportlich, aber im Gegensatz zu ihren anderen Brüdern Pete und Matt wetteiferten sie immer noch darum, wer von ihnen beiden der männlichere Kerl war. Während ihre Brüder sich mit dem Eintritt ins Teenageralter in verantwortungsbewusste Erwachsene verwandelt hatten, erfüllten Hunter und Grayson diese Rolle zwar in ihrem Berufsleben, aber privat sah das Ganze schon anders aus.

»Ich werd's mir merken.« Er grinste bei dem Gedanken, dass Grayson ihn beschützte, aber sein Bruder hatte schon recht. Sky hatte sich nicht nur mit Jana und ihrer Schwester Harper angefreundet, sondern brachte sie auch zu fast jedem Treffen mit. Jana war irgendwie allgegenwärtig, und er sollte eigentlich wirklich nicht mit ihr anbandeln. Vor allem, weil er normalerweise nicht mehr als ein paarmal mit einer Frau schlief, bevor er die Sache beendete. Aber wann immer er und Jana im selben Raum waren, funkte es zwischen ihnen, und sie übte irgendwie eine verrückte Anziehung auf ihn aus, der er sich nicht entziehen konnte.

Grayson senkte den Blick wieder auf seine Entwürfe. »Ich habe die Details rund um die Bögen ausgearbeitet.« Zwar waren weder Grayson noch Hunter daran interessiert, auf privater Ebene sesshaft zu werden, doch beruflich gingen sie die Dinge deutlich erwachsener an. Sie hatten hart gearbeitet, um ein angesehenes Unternehmen aufzubauen, auf das sie stolz sein konnten. Die Liebe zu ihrem Handwerk zeigte sich in ihren außergewöhnlichen Designideen und inzwischen waren ihre Objekte sehr gefragt.

»Cool.« Hunter umrundete den Tisch und begutachtete die Entwürfe. Für den Pavillon mussten nur detaillierte Pläne und ein kleines Modell eingereicht werden, die Skulpturen mussten allerdings pünktlich zur Einreichungsfrist des Wettbewerbs in gut fünf Wochen ausstellungsbereit sein.

Über die Schmuckelemente des Pavillons hatten sie lange nachgedacht, waren zunächst bei einem Muschelmotiv gelandet, dann zu einem eher allgemein maritimen Dekor übergegangen, bis sie sich schließlich auf etwas eher Naturalistisches geeinigt hatten. Als Hunter die Idee von verschlungenen Ranken, aus denen nicht nur Beeren- und Blätterbüschel, sondern auch Fische und Muscheln hervorblitzten, vorgeschlagen hatte, war Grayson direkt begeistert gewesen.

»Bist du bei der Skulptur schon weiter?«, fragte Grayson.

»Ich habe was im Kopf, aber es fühlt sich noch nicht richtig an. Ich werde wohl einfach mal ein paar der Einzelteile herstellen und schauen, ob es sich zusammenfügt.«

Er musste wirklich so langsam loslegen, doch seine Kreativität hatte eine Vollbremsung eingelegt. Hunter war ein Perfektionist. Das übertrug sich auch bis ins Letzte auf seine Aufträge. Manchmal verbrachte er Stunden damit, sich über kleinste Winkel oder Drehungen des Metalls Gedanken zu machen.

Dass er nie so viel Energie und Sorgfalt in eine Beziehung gesteckt hatte, war ihm dabei durchaus bewusst.

Zwei

Um halb acht fühlten sich Janas Arme bleischwer an. Sie hatte es pünktlich ins Studio von Cape Boxing geschafft, doch wie immer wartete Brock bereits auf sie. Ihr ältester Bruder war überpünktlich, und als Jana mit dem Training bei ihm anfing, hatte er ihr direkt sehr deutlich klargemacht, dass er sie wie jeden anderen Kunden behandeln würde. Normalerweise war das kein Problem, aber in letzter Zeit wurden die frühen Trainingseinheiten durch die viel zu häufigen späten Nächte mit Hunter behindert. Er war definitiv eine Ablenkung, die sie nicht gebrauchen konnte. Ihr Terminkalender war mit Boxen und Tanzen auch so schon knallvoll. Beides war ihr unheimlich wichtig. Seit mittlerweile zwei Jahren gab sie Tanzunterricht bei Cape Dance. Seit nun aber ihr Chef ein weiteres Studio in einer anderen Stadt aufbaute, fielen ihr zusätzlich die Verwaltungs- und Marketingaufgaben zu, und sie strampelte sich ab, um ihren vielen Verpflichtungen gerecht zu werden.

»Jana? Du bist nicht bei der Sache.« Brock schlug mit der Handfläche auf den schweren Sandsack. »Konzentrier dich.«

»Tut mir leid.« Die Konzentration fiel ihr heute besonders schwer, denn bei jeder Bewegung zog es in ihren Oberschenkeln und sie musste an ihr letztes Abenteuer mit Hunter denken.

»Mangelnde Konzentration führt zu …«

»Ich weiß, ich weiß. Chancen für meinen Gegner«, erwiderte sie. Brock war ein Boxchampion und trug nicht umsonst den Spitznamen »The Beast«, und Jana schätzte die Zeit und Aufmerksamkeit, die er ihr als Trainer widmete. Boxhallen waren ihr zweites Zuhause. Ihre Mutter hatte sie und ihre Geschwister früher schon immer mit zu Brocks Trainingseinheiten und Sparrings geschleppt. Harper und Colton hatten sich nie für den Sport begeistert, aber Jana war vom ersten Moment an vollkommen fasziniert gewesen.

Jahrelang hatte sie gegen diesen Wunsch angekämpft und ihre Energie in ihre Tanz- und Theaterarbeit gesteckt – was für ein Mädchen viel geeigneter war, zumindest nach Meinung ihrer Eltern. Aber alles am Boxen zog sie magisch an, vom Geruch nach Schweiß und Hingabe, der jede Trainingshalle durchdrang, bis hin zum Ächzen der Sportler und dem harten Geräusch der Schläge. Nachdem sie sich als Tänzerin und Schauspielerin einen Namen gemacht hatte, fand sie, dass sie dem Wunsch ihrer Eltern nach einem klischeehaften Mädchen Genüge getan hatte, und gab schließlich ihrer Liebe zum Boxen nach. Die Entschlossenheit, die sie nicht nur in den Augen der Kämpfer, sondern auch in ihren Körpern sehen konnte, war einfach unglaublich, wenn sie sich auf ihre Muskeln übertrug und ihre Bewegungen lenkte. Aber es waren nicht nur die Gerüche und die Energie des Sports, die sie in ihren Bann zogen. Es war das Gefühl von Kontrolle und Macht, das damit einherging. Boxen vermittelte ihr eine andere Art von Selbstvertrauen als Tanzen. Beim Tanzen fühlte sie sich schön und weiblich, so anmutig wie sonst nie. Beim Boxen ging es vor allem um Kraft und das Überwinden der Angst. Wenn sie kämpfte, konnte sie an nichts anderes denken, und das Gefühl, einfach abzuschalten, war immer gut.

Sie konzentrierte sich auf den Boxsack, den sie mit einem harten Schlag nach dem anderen traf. Ein ordentliches Training würde Hunter schon aus ihrem Kopf verscheuchen. Schlaf war ihr leider nicht mehr vergönnt gewesen, nachdem sie nach Hause gekommen war. Jedes Mal, wenn sie die Augen schloss, hatte sie den sinnlichen Blick in Hunters dunklen Augen gesehen, gespürt, wie seine kräftigen Hände über ihre Haut strichen. Beim Duschen hatte sie die geröteten Stellen an den Innenseiten ihrer Oberschenkel bemerkt, die von seinem stoppeligen Kinn herrührten. Deswegen trug sie nun eine lange Hose, damit niemand die Spuren der letzten Nacht bemerkte. Sie schlug fester und schneller gegen den Sack und versuchte damit, dem wohligen Schauer zu entkommen, der ihr bei der Erinnerung über den Rücken rann. Aber es würde wohl auch dieses Mal viel mehr als nur ein paar Schläge erfordern, um die Bilder der wundervollen Stunden in Hunters Armen zu verdrängen.

»Sieh an, die Tequila-Meisterin ist wieder auf den Beinen.« Sawyer gesellte sich grinsend zu ihnen. Er war der Titelverteidiger der East Coast Boxing Federation im Cruisergewicht und die Nummer drei der Northeast Boxing Association gewesen, bis er sich auf ärztlichen Rat hin aus dem Profisport zurückgezogen hatte. Ein weiterer Schlag auf den Kopf hätte bei ihm zu bleibenden Schäden führen können.

»Tequila-Meisterin?« Brock verschränkte die Arme vor der breiten Brust und zog eine Augenbraue hoch.

»Du bist mein Bruder.« Sie verpasste dem Sack ächzend einen weiteren Schlag. »Nicht mein Babysitter.«

»Hat Hunter dich gut nach Hause gebracht?«, fragte Sawyer.

Jana warf ihm einen finsteren Blick zu. Sie kannten sich

schon so lange, dass er praktisch wie ein älterer Bruder für sie war. Das Letzte, was sie gebrauchen konnte, war ein weiterer Vortrag von ihm oder Brock über Selbstvertrauen, und dass sie ihren Körper wie einen Tempel behandeln sollte – und das restliche Blabla über Zeug, das sie für so wichtig hielten.

»Hunter? Warum sollte Hunter dich nach Hause bringen?«, fragte Brock.

»Ich bin wunderbar alleine nach Hause gekommen.« In jeden Schlag legte sie mehr Kraft. »Danke.« *Klatsch.* »Der.« *Klatsch, klatsch.* »Nachfrage.«

Sie hatte die Nase voll von den beiden und marschierte zur Boxbirne.

»Dann lass ich euch mal weitermachen«, sagte Sawyer.

Jana drehte sich mit zusammengekniffenen Augen zu ihm um. »Toll, danke, Sawyer.«

Er zuckte mit den Schultern. »Hey, er ist der Bruder meiner Verlobten. Von mir hörst du nichts Schlechtes über ihn.« Er deutete mit dem Kopf auf Brock. »Aber *er* könnte das anders sehen.«

Sawyer klatschte mit Brock ab und verschwand dann in Richtung Ring.

»Bevor du mir eine Predigt hältst: Ich bin erwachsen, Brock. Ich schlag mich wunderbar alleine durch.« Und Hunters Gesichtsausdruck nach zu urteilen, hatte sie sich gestern Abend sehr gut geschlagen.

»Das bezweifle ich nicht, aber Hunter? Dir ist schon klar, dass er mit der Hälfte der Frauen was hatte, die im Undercover rumhängen.«

»Und?« Sie bearbeitete die Boxbirne mit den Fäusten.

»Und? Jana, ist denn nichts von dem, was ich dir in den letzten Jahren vermittelt habe, bei dir angekommen? Warum lässt du dich auf einen Kerl ein, der sich so durch die Gegend vögelt?«

Sie drehte sich zu ihm um und wischte sich den Schweiß von der Stirn. »Dir ist schon klar, mit wem du hier redest, oder?«

Er schnitt eine Grimasse und hob abwehrend die Hand. »Lassen wir das, bitte. Du weißt, wie ich deine … das finde.«

»Was soll das denn? Du lebst doch auch nicht gerade enthaltsam.« Es war ihr nicht peinlich, dass sie keine feste Beziehung einging. Warum auch? Die meisten Männer interessierten sich doch auch nicht für Beziehungen. Warum wurden Frauen schief angeschaut, wenn sie das Gleiche taten?

»Nein, aber du bist meine kleine Schwester.« Er trat einen Schritt zurück, als würde er schon die Vorstellung, dass sie Sex hatte, abstoßend finden.

»Gut. Genau darauf wollte ich hinaus. Halt dich aus meinem Privatleben raus. Okay?«

»Verstanden. Aber sei vorsichtig. Hunter ist ein netter Kerl, aber …«

»Mach dir keine Sorgen, Brock. Ich weiß genau, was er ist. Arrogant. Anstrengend. Stur.« Allein bei der Erinnerung an den Streit übers Boxen kochte schon wieder Wut in ihr hoch. »Reißt gerne mal den Mund zu weit auf.« Den Rest ihrer Trainingszeit verbrachte sie damit, ganz bewusst nicht mehr an Hunter zu denken.

Anschließend duschte sie, doch schon beim Anziehen regte sich ihr schlechtes Gewissen, weil sie Brock so angeschnauzt hatte. Er war ein toller Bruder. Ein Macho, aber immer beschützend und mit Humor. Seine Sorge konnte sie ihm wohl kaum vorwerfen.

Auf dem Weg nach draußen kam sie am Empfangstresen

vorbei, wo er gerade am Computer arbeitete.

»Hey.« Sie warf einen Blick auf den Bildschirm. »Sitzt du an den Trainingsplänen?«

»Mhm.« Brock musterte sie kurz. »Du siehst hübsch aus.«

»Danke. Ich versuche, einen guten Preis für die Werbeanzeigen des Tanzstudios zu bekommen. Da schadet ein nettes Outfit wohl nicht, und außerdem kellnere ich heute Abend für Colton. Das hier verschafft mir ordentlich Trinkgeld.« Sie drehte sich um die eigene Achse, sodass der kurze Rock um ihre Oberschenkel schwang. Zum Glück war er lang genug, um die Spuren auf ihrer Haut zu verdecken. »Vielleicht kann ich mir dann die neuen Boxhandschuhe leisten, die ich im Auge habe.«

Brock schenkte ihr ein liebevolles brüderliches Lächeln, was ihre Anspannung ein wenig löste. Sie wollte nicht, dass er schlecht über sie dachte, nur weil sie das Leben in vollen Zügen genoss.

»Sehr schön«, sagte er. Dann wurde der Ausdruck in seinen Augen ernst. Da war wieder ein Vortrag im Anmarsch. »Hör mal, Jana. Das mit dir und Spencer ist doch schon ewig her. Es wäre vielleicht mal an der Zeit, darüber hinwegzukommen und mit dir selbst so umzugehen, wie du es verdienst.«

Allein der Name ihres letzten Ex-Freunds löste Schuldgefühle und Wut in ihr aus. Er hatte heiraten wollen, aber sie war nicht im Entferntesten in diesem Stadium angekommen. Wochenlang hatte sie versucht, mit ihm Schluss zu machen, doch er wollte ihre Entscheidung nicht akzeptieren. Und dann tat sie das, was unwiderruflich einen Schlussstrich ziehen würde: Sie sorgte dafür, dass Spencer sie mit seinem besten Freund im Bett ertappte. Es war nicht ihre Absicht gewesen, ihn zu verletzen, aber nach einer Reihe gebrochener Versprechen von Männern vor ihm brannte ihr einfach eine Sicherung durch. Ihn zu verletzen war die unausweichliche Konsequenz und seine Rache war so demütigend, dass sie sich an diesem Tag geschworen hatte, sich nie wieder in so eine Lage zu bringen. Rasch verdrängte sie die Erinnerung, die hatte hier keinen Platz.

Nein, sie änderte sich wohl nie. Letzten Endes würde sie nur wieder jemandem wehtun und das wollte sie auf keinen Fall.

»Ich weiß, dass du dir Sorgen machst, Brock. Das verstehe ich und ich liebe dich dafür, aber da ist nichts zwischen Hunter und mir. Es war eine einmalige Sache.«

Er zuckte mit den Schultern. »Selbst wenn da mehr wäre … Du hast recht. Es geht mich nichts an. Aber wenn er dir wehtut, verpasse ich ihm eine, und zwar ohne schlechtes Gewissen. Verstanden?«

Gott sei Dank wusste er nicht, dass sie schon vorher miteinander im Bett gelandet waren. Sonst hätte er Hunter vermutlich schon den Hals umgedreht.

Hunter arbeitete bis in den Abend hinein, begleitet vom Fauchen der Schneidbrenner und dem dumpfen Summen der Esse und deren Gebläse, den Hammerschlägen beim Biegen des Metalls und den Geräuschen der Schneidemaschinen. Der durchdringende Geruch von glühend heißem Metall erdete ihn. Er liebte die harte, körperliche Arbeit, aber erst die Kreativität, die irgendwo tief in seiner Seele entsprang, gab ihm das Gefühl, etwas Wertvolles zu erschaffen. Grayson und er entwarfen gerne Neues, und sie waren beide hervorragend darin, die Einzelheiten auf Papier festzuhalten. Doch während Grayson vor allem für seine großen, soliden Stücke wie Hibachi-Grills und Möbel bekannt war, widmete Hunter sich am liebsten filigranen Details und verschmolz zarte Linien mit aussagekräftigen Hinguckern.

Gerade beschäftigte er sich am Whiteboard mit ein paar neuen Ideen, als Clark in die Werkstatt kam.

»Wolltest du nicht schon vor Stunden gehen?« Hunter war davon ausgegangen, dass Clark zusammen mit Grayson Feierabend gemacht hatte. Ihm war schon aufgefallen, dass ihr Angestellter in den letzten Wochen oft länger gearbeitet hatte.

»Nein, heute nicht. Wollen wir noch ein Bier trinken gehen?«

»Klar. Lass mich eben noch den Gedanken auf dem Board festhalten.« Clark und Hunter waren regelmäßig zusammen ausgegangen, bis Clark schließlich Nina kennengelernt hatte. Inzwischen waren die beiden verheiratet und hatten einen einjährigen Sohn namens Billy. Deswegen gab es nicht mehr viele Ausgehabende.

»Gibst du mir zehn Minuten?«, fragte Hunter.

Clark deutete mit dem Daumen über die Schulter. »Ich geh rüber ins Undercover und besetze schon mal einen Tisch.«

Hunter war schon Gast im Undercover gewesen, lange bevor Janas Bruder Colton den Laden gekauft hatte. Als er wenig später auf dem Parkplatz aus seinem Pick-up stieg, fiel sein Blick auf Janas roten VW-Käfer und seine Gedanken kehrten zur vergangenen Nacht zurück. Er konnte weder das Lächeln unterdrücken, das an seinen Mundwinkeln zupfte, noch das Zucken in seiner Hose bei der Erinnerung daran, wie Jana sich schnell und hart auf ihm bewegt hatte. Der selbstverständliche Umgang mit ihrer Sexualität machte sie zur heißesten Frau, mit der er je geschlafen hatte. Sie war selbstbewusst und aggressiv und so unglaublich weiblich. Und sie besaß einen sehr talentierten, wenn auch ziemlich vorlauten Mund. Vielleicht sollte er noch mal eine Runde mit ihr wagen.

Das Licht in der Bar war schummrig und wie fast immer war jeder Tisch belegt. Hunter suchte sich einen Weg um die Tanzfläche herum und schaute zu einer Gruppe Frauen, die ihn interessiert musterten. Er nickte ihnen grinsend zu, was ihm Kichern und flirtendes Lächeln einbrachte.

»Hunter!«

Er drehte sich in die Richtung um, aus der er Clarks Stimme hörte, und sofort fiel sein Blick auf die heiße Blonde, die seinem Kumpel etwas zu Trinken servierte. Diesen Körper würde er überall wiedererkennen. Sie sah verdammt gut aus in ihrem schwarzen Minirock und dem pfirsichfarbenen Oberteil, das sich wie eine zweite Haut an ihre Kurven schmiegte. Jana war mit ihren knapp über eins sechzig nicht besonders groß, besaß jedoch die verführerischen Beine einer Tänzerin, und Hunter musste unwillkürlich daran denken, wie sie diese um seine Taille geschlungen hatte, als er sie in der vergangenen Nacht zum dritten Mal zum Orgasmus gebracht hatte.

»Hey, schöner Fremder.«

Er schüttelte den Kopf, um wieder in die Realität zurückzukehren, und drehte sich zu der Stimme um, die ihm vage bekannt vorkam. Wie hieß die lächelnde Brünette doch gleich wieder?

»Ich habe seit Wochen nichts von dir gehört.«

Laura? Lisa? Ja! Lisa. »Lisa, hi. Tut mir leid. Wir hatten Spaß, aber, hm … ich war arbeitstechnisch ziemlich eingespannt.« Hunter ging nicht oft mehr als einmal mit Frauen aus und Lisa hatte ziemlich anhänglich auf ihn gewirkt. Definitiv ein Abtörner. Er schaute wieder zu Jana hinüber, als diese sich gerade umdrehte, und ihre Blicke begegneten sich. Sein Puls beschleunigte sich, als hätte er gerade eine Dose Red Bull auf ex getrunken.

»Ich auch«, sagte Lisa. »Aber heute Abend habe ich frei. Du auch?« Sie berührte ihn am Arm und zog damit seine Aufmerksamkeit wieder auf sich.

»Ich …« Er sah noch, wie Jana die Augen verdrehte, bevor sie vom Tisch wegging. »Nein, leider nicht. Ich bin mit einem Freund hier. Tut mir leid.« Ohne ihr die Gelegenheit zu geben, etwas zu erwidern, setzte er seinen Weg durch den Gastraum fort.

»Sorry, dass ich so lange gebraucht habe«, sagte er, als er sich auf dem Stuhl Clark gegenüber niederließ.

»Kein Ding. Ich habe uns einen Pitcher bestellt, als du reingekommen bist.«

»Danke.« Hunter sah Jana mit einem Tablett zurückkommen, auf dem der besagte Pitcher stand. Ein Mann streckte die Hand aus, um sie aufzuhalten, als sie an ihm vorbeiging. Sie lächelte ihn an, sagte etwas, das Hunter nicht hören konnte, und lachte. Warum ihm das so ein seltsames Gefühl im Bauch bereitete, wusste er nicht, aber es war da.

Er schaute weg, als sie den Glaskrug auf dem Tisch abstellte.

»Hunter.« Ihr Gruß klang nicht unfreundlich, aber ohne jeden Hinweis darauf, dass er in der vergangenen Nacht tief in ihr gewesen war.

»Hilfst du mal wieder bei Colton aus?«, fragte er.

Sie schaute zu dem Kerl rüber, der sie gerade angehalten hatte, und lächelte, als er ihren Blick auffing. »Ja«, sagte sie abwesend und griff in ihre Schürzentasche, um einen Notizblock herauszuholen. »Kann ich euch was zu essen bringen?«

»Ich hatte gestern Abend was echt Leckeres«, erwiderte Hunter und genoss die Röte, die ihr in die Wangen stieg. »Wird ziemlich schwer, das zu toppen.«

Sie verengte die Augen ein wenig. »Hm. Ich bin ja immer für eine Herausforderung zu haben. Vielleicht solltest du das Filet Mignon probieren. Das ist heute Abend ziemlich saftig.« Sie stemmte eine Hand in die Hüfte und ließ den Blick grinsend über seine Brust und seinen Bauch hinunter zu seinem Schritt wandern, wo sie einen Augenblick lang verharrte, bevor sie ihn dann langsam wieder zu seinem Gesicht hob. »Aber möglicherweise ist das eine Nummer zu groß für dich.«

Clark überspielte sein Lachen mit einem Husten.

»Nur her damit. Oder besser gleich zwei. Ich bin am Verhungern.« Hunter verschränkte die Arme und lehnte sich auf seinem Stuhl zurück.

»Na, hoffentlich sind deine Augen nicht größer als dein Appetit.« Sie wandte sich Clark zu und sagte in übertrieben sinnlichem Tonfall: »Ein gut aussehender Mann wie du hat doch bestimmt auch einen gesunden Appetit.«

Clarks Blick huschte über Janas Brüste und ein unerwarteter, eifersüchtiger Stich durchfuhr Hunter. »Du ahnst ja gar nicht, wie groß der ist. Ich könnte den ganzen Abend lang nur essen.«

Sie stützte sich mit einer Hand auf dem Tisch ab und schaute flüchtig zu Hunter, bevor sie Clark einen heißen Blick schenkte. »Darauf wette ich gerne. Für dich dann also das Gleiche?«

Wut kochte in Hunter hoch. Selbst wenn es zwischen ihnen nur Sex war, sollte sie nicht mit seinem Kumpel flirten. Seinem *verheirateten* Kumpel.

Als sie wieder gegangen war, schüttelte Clark lachend den Kopf. »Oh Mann. Die Kleine will es echt wissen. Ich würde gerne mal …«

»Alter!« Hunter wollte nicht hören, was Clark gerne mal mit Jana anstellen würde. Oder sich überhaupt irgendwen anderes mit ihr vorstellen. »Du bist *verheiratet.*«

»Ja, also was das angeht …« Clark nahm einen Schluck von seinem Bier und wandte den Blick ab. Plötzlich sah er ernst aus und seufzte. »Nina und ich …« Seine Stimme wurde sehr leise. »Wir trennen uns. Deswegen wollte ich dich fragen, ob ich eine Weile bei dir unterkommen kann. Nicht für lange. Nur, bis ich mir eine neue Wohnung gesucht habe.«

»Neue Wohnung? Was ist mit Billy? Warum trennt ihr euch?« Hunter war ihr Trauzeuge gewesen. Er war der erste Mensch außerhalb der Verwandtschaft gewesen, der Billy nach seiner Geburt im Arm gehalten hatte. Mit einer Trennung hätte er nie im Leben gerechnet.

»Du hast ja keine Ahnung, wie das ist.« Clark rieb sich über den Nacken.

Zum ersten Mal seit einer gefühlten Ewigkeit schaute Hunter seinen Freund mal wieder richtig an. Seine hellbraunen Haare waren länger als normal. Sorgenfalten zeichneten sich auf seiner Stirn ab, und er sah aus, als hätte er seit Tagen nicht geschlafen – oder sich rasiert. Dass Clark seit Billys Geburt müder wirkte, war ihm aufgefallen, aber war er inzwischen schon so daran gewöhnt, ihn erschöpft zu sehen?

»Natürlich kannst du bei mir unterschlüpfen, aber was ist passiert?«

»Ich tue nichts anderes mehr als arbeiten, nach Hause zu gehen und mich um Billy zu kümmern.« Clark hörte sich niedergeschlagen und todmüde an.

»Ja, das ist wohl so, wenn man Kinder kriegt.« Hunter nahm einen Schluck von seinem Bier und fragte sich unwillkürlich, was wirklich dahintersteckte.

»Stimmt, aber ich bin auch noch ein Mann. Ich habe Bedürfnisse. Nina ist den ganzen Tag mit ihm zu Hause, und wenn wir uns dann sehen, ist sie müde. Die Hälfte der Zeit hat sie nicht mal geduscht, und sie ist …« Er schüttelte den Kopf. »Sie konzentriert sich nur noch auf Billy und ich existiere für sie gar nicht mehr. Sie schaut mich kaum noch an und wir reden nie wirklich miteinander. Verdammt, Hunter, wir hatten seit Monaten keinen Sex mehr. Das ist echt scheiße.«

»Seit Monaten?« Hunter konnte sich nicht mal vorstellen, zwei Wochen lang keinen Sex zu haben, von einem Monat ganz zu schweigen. Aber trotzdem …

»Monate, und selbst dann hatte ich immer das Gefühl, dass sie ständig lauscht, ob Billy sich regt.« Er nahm noch einen tiefen Schluck aus seinem Glas und lehnte sich dann über den Tisch. »Weißt du noch, wie das auf der Highschool war? Als man schnell machen musste, damit man nicht erwischt wird?«

Hunter nickte.

»So ist es jetzt auch. Nur dass es zehnmal schlimmer ist, wenn man erwischt wird, weil es bedeutet, dass man mit Billy auf dem Arm auf- und abgeht, während er schreit wie am Spieß. Ich liebe ihn wirklich. Das weißt du. Aber …« Sein Blick huschte durch die Bar. »Ich vermisse das hier. Ich vermisse es, ein Mann zu sein. Rumzuknutschen und gespannt zu sein, wohin es führt. Das aufregende Kribbeln der Jagd.«

»Du bist verheiratet, Clark. *Verheiratet.*« Er wusste nicht recht, wie er damit umgehen sollte. Kurz hatte er den Gedanken, wie cool es wäre, wieder mehr Zeit mit Clark zu verbringen. Aber Clark verhielt sich einfach enorm egoistisch, und die Vorstellung, dass er seine Familie verlassen wollte, stieß Hunter sauer auf.

»Ja. Großer Fehler.« Er schaute Hunter direkt in die Augen.

»Heirate einfach nicht. Mehr kann ich dir dazu nicht sagen.«

»Das meinst du doch nicht ernst. Was ist mit Nina? Sie liebt dich. Sie verlässt sich auf dich.«

»Sie nimmt mich nicht mal mehr wahr, außer wenn es darum geht, Rechnungen zu bezahlen und mich um unseren Sohn zu kümmern.« Er hob das Glas wieder an die Lippen. »Hör mal, ich weiß nicht, wie sich das entwickelt. Vielleicht finden wir wieder zusammen, vielleicht auch nicht. Aber ich brauche das hier. Ich brauche deine Unterstützung. Ich muss mal raus und mit ein paar hübschen Frauen flirten.«

Mit hübschen Frauen flirten war quasi Hunters Lebensmotto, aber Clark war verheiratet, und es gab einen riesengroßen Unterschied zwischen Singledasein und Ehe – auch wenn man gerade nicht zusammenlebte.

Doch Clark war immer für Hunter da gewesen. Als Hunters Vater in den Entzug ging, nachdem er nach dem Tod von Hunters Mutter dem Alkohol verfallen war, hatte er sich bei Clark den Schmerz von der Seele reden können. Als Sky zeitgleich abstürzte und Hunter vor Sorge beinahe durchdrehte, war es Clark, der ihm klarmachte, dass es reichte, wenn er für Sky da war. *Natürlich* würde er Clark unterstützen, aber er würde noch einen Schritt weitergehen. Er würde dafür sorgen, dass Clark seinen Fehler einsah, bevor sein fehlgeleiteter Freund sich zu weit von dem Leben entfernte, von dem Hunter ganz genau wusste, dass er es sich verzweifelt wünschte – auch wenn er gerade ziemlich daneben war.

»Ja, verstehe ich.« Er hielt ihm über den Tisch hinweg eine Faust hin und Clark erwiderte die Geste.

»Auf Freunde ist Verlass, Mann. Auf Freunde ist Verlass.«

Jana kehrte mit ihrem Essen zum Tisch zurück. »Enttäusch mich nicht, Jungs. Jetzt könnt ihr mir beweisen, dass ihr euren

Worten auch Taten folgen lasst.«

Auf gar keinen Fall würde er zulassen, dass Clark mit einer Frau außer Nina irgendwelche *Taten* folgen ließ. *Flirten?* Vielleicht. *Anfassen?* Auf gar keinen Fall.

Und erst recht nicht Jana.

Drei

Jana gab alles, um sich nichts anmerken zu lassen. Sie hatte nicht erwartet, auf Hunter zu treffen, und erst recht nicht, mit seinem Freund zu flirten, aber was sollte sie denn sonst machen? Ihr Gehirn setzte jedes Mal aus, sobald Hunter in ihrer Nähe war. Und was sollte sie denn denken, nachdem sie beim Verlassen des Boxclubs ihr Höschen in einem Umschlag unter ihre Windschutzscheibe geklemmt vorgefunden hatte, samt einer Notiz, auf der stand: *Ich will keine Beweise zurückhalten.*

Sie war davon ausgegangen, dass er genauso mit ihr fertig war wie sie mit ihm. Sie hatte sogar mit Harper telefoniert, um ihre Meinung dazu einzuholen. Immerhin war ihre Schwester in Bezug auf Männer deutlich vernünftiger als sie selbst. Nachdem sie Jana eine Predigt gehalten hatte, weil sie wieder mit Hunter geschlafen hatte, tat sie ihr den Gefallen und kam als Außenstehende, die nicht emotional involviert war, zum gleichen Schluss. Keine Beweise bedeutete kein weiteres Interesse.

Offensichtlich hatten sie das beide falsch interpretiert.

Und warum hatte ihr Körper das Memo nicht bekommen, dass sie über ihn hinweg war? Ihr Herz hatte sofort schneller geschlagen, sobald sie die Brünette gesehen hatte, die auf ihn zugegangen war, kaum dass er den Gastraum betreten hatte.

Nicht nur das, er und sein Freund waren vor einer halben Stunde an die Bar gewechselt und flirteten nun mit jeder Frau, die vorbeikam. Es sollte ihr egal sein, doch stattdessen hoffte sie ärgerlicherweise auf mehr.

»Alles klar, Schwesterchen?« Colton berührte sie sacht an der Schulter, als er hinter ihr eine Flasche Schnaps aus dem Regal angelte. Er war ein Jahr älter als sie und ein ruhigerer Charakter als Harper und Brock, introvertierter und weniger stur. Jana und er hatten sich schon immer nahegestanden, und sie war das erste Familienmitglied gewesen, dem er sich bei seinem Coming-out anvertraut hatte. Ihm hatte sie auch als Erstem ihre Entscheidung mitgeteilt, dass sie keine Beziehung mehr führen wollte.

»Ja. Ich muss nur eben wohin.« Sie umrundete die Ecke in den schmalen Gang und war froh, die Damentoilette leer vorzufinden. Rasch hielt sie die Hände unter kaltes Wasser, richtete ihre Frisur und lehnte sich dann gegen das Waschbecken, um sich ein bisschen gut zuzureden. Hunter Lacroux spielte heute nur ein bisschen mit ihr. Genauso, wie sie es mit ihm machte. Sie waren sich zu ähnlich und das verursachte das Chaos in ihrem Kopf. Sie musste ihn hinter sich lassen, ein für alle Mal.

Entschlossen straffte sie die Schultern, schob das Kinn nach vorne und verließ dann den Waschraum – nur um prompt gegen Hunters unglaublich harte Brust zu prallen. Seine großen Hände legten sich um ihre Arme, was einen heißen Blitz bis in ihre Zehen jagte.

»Hoppla. Immer schön langsam, meine Hübsche.« Der Blick seiner dunklen Augen verbrannte sie beinahe und ihr Puls schoss schon wieder in die Höhe. »Warum hast du es denn so eilig?«

»Einige von uns müssen arbeiten und haben keine Zeit zum Flirten.« *Nimm das.*

»Ach ja?« Er drückte ihre Arme ein wenig stärker. »Sah aber schon so aus, als würdest du mit Clark flirten.« Er lehnte sich näher zu ihr, sodass seine Bartstoppeln über ihre Wange strichen, und fuhr mit tiefer, heiserer Stimme fort: »Hast du das Seidenhöschen gefunden, das ich dir netterweise zurückgegeben habe?«

Warum machte es sie so sehr an, wenn ein großer, starker Mann das Wort *Höschen* sagte?

Sie straffte erneut die Schultern und wich vor der puren Männlichkeit zurück, die ihr langsam aber sicher den Willen raubte, auf Distanz zu bleiben.

»Habe ich. Danke. Ich will ja nicht, dass du damit Druck auf mich ausüben kannst.«

Er ließ die Hände zu ihrem unteren Rücken wandern und drängte das Becken nach vorn, um sie so gegen seine beeindruckende Erektion zu pressen. Sie verbiss sich peinliches, lusterfülltes Wimmern.

»Baby, ich will eine Menge mit dir anstellen, aber Druck wird dabei nur auf deine Handgelenke ausgeübt, wenn ich dich fessle. Mit Seidenschals. Und dann mein Gesicht zwischen deinen herrlichen Schenkeln vergrabe.« Er strich mit der Zunge über ihre Ohrmuschel und flüsterte: »Und ich verspreche dir, dass du mir dafür danken wirst – und nach mehr betteln.«

Sie hatte keine Ahnung, wie sie es schaffte, aufrecht stehen zu bleiben, geschweige denn zu sprechen, doch sie schaltete schnell genug für eine Lüge, die sie ihm sogar mit vorgetäuschter Gelassenheit servierte. »Alles schon erlebt.«

»Ah ja?«, gab er schroff zurück. »Aber nicht mit mir.«

Sie schnaubte spöttisch, auch wenn es ihr bei der Vorstellung von einem nackten Hunter, der ihr die Handgelenke über dem Kopf fesselte, schwerfiel, sich daran zu erinnern, warum sie nicht einfach noch ein letztes Mal mit ihm ins Bett gehen sollte. Doch ein kleiner Hauch von Vernunft erklärte ihr, dass sie die unbändige Lust zwischen ihnen nie wieder unter Kontrolle bekommen würde, wenn sie das jetzt nicht beendete. Und sie mochte Hunter tatsächlich als Freund, trotz seiner Arroganz. Da musste sie ihn nicht unangenehmen Situationen mit ihrem Bruder oder mit Sky und Sawyer aussetzen. Und wenn sie ehrlich war: Sie wollte auch seine Freundschaft nicht verlieren.

Daran klammerte sie sich auch jetzt. »Das ist für dich was Besonderes?«

Er schob sie ein Stückchen nach hinten, sodass sie zwischen der Wand und seinen muskulösen Oberschenkeln eingeklemmt war. »Hast du schon vergessen, wie gut es sich anfühlt, wenn wir zusammen sind?«

Oh nein. Keine einzige, wundervolle Sekunde davon.

»Frauen stehen Schlange, um mit mir zu schlafen. Ich bin erfolgreich, gut in Form und …« Er umfasste ihren Hintern und ließ dann eine Hand unter ihren Rock gleiten, um mit den Fingern zwischen ihre Beine zu wandern. »… weiß verdammt gut, was dir gefällt.«

Sie löste sich aus seinem Griff, weil sie gefährlich nah dran war, den Verstand zu verlieren. »Du hast *wahnsinnig stur* vergessen.« Eilig machte sie einen Schritt von ihm weg mit der festen Absicht, wieder an die Arbeit zu gehen … sobald ihr Körper sich wieder beruhigt hatte und ihre Beine wieder ihren Dienst taten.

Hunter schaute an ihr vorbei, und sie folgte seinem Blick zu dem Pärchen, das knutschend am anderen Ende des Gangs stand. Er senkte die Stimme ein wenig. »Du erwartest von mir, dass ich dir glaube, dass du mich nicht willst?« Erneut griff er sie sanft am Arm und zog sie zu sich. »Weil ich das nämlich stark annehme.«

Warum machte sie diese Selbstsicherheit so an? »Dir ist schon klar, dass ich, selbst wenn ich Sex wollen würde …«

»Den du definitiv willst«, warf er ein.

»Gott.« Er war unmöglich. »Siehst du? *Deswegen* will ich keine Beziehung mit einem Mann. Und am wenigsten mit dir!« Sie machte auf dem Absatz kehrt, doch er zog sie wieder zurück.

»Mach dir nichts vor, Jana. Du bist genau wie ich. Du willst keine Beziehung. Aber du willst mich.«

»Träum weiter«, erwiderte sie spöttisch grinsend. »Du könntest eine Frau nicht mal dann romantisch umwerben, wenn dein Leben davon abhängen würde.«

»Das denkst du wirklich?« Sein Blick bohrte sich in ihren.

Sie hielt ihm stand und hasste sich ein bisschen dafür, dass sie ihn wegen der Anspannung in seinen Kiefermuskeln und der Entschlossenheit in seinen Augen noch heißer fand. Das Wissen, dass er sie so sehr begehrte, verursachte ihr Schmetterlinge im Bauch, als wäre sie ein Schulmädchen. Seine Brustmuskeln streiften ihre aufgerichteten Nippel – *dumme Nippel.* Und verflucht, ihr gefiel sogar das.

Sie hatte wieder einmal zugelassen, dass Hunter ihr unter die Haut ging, und als er seine Lippen auf ihre senkte – der arrogante Mistkerl –, verlor sie sich in der herrlichen Berührung seines wundervollen Munds, und jeder Vorsatz, Hunter Lacroux zu vergessen, ging hochkant über Bord. Er küsste sie nicht einfach nur. Er eroberte sie mit seiner Zunge an ihrer, in jedem Zentimeter ihres Munds. Dann schlang er die Arme um sie und hielt sie so fest, dass sie kaum noch Luft bekam, und ihr Atem vermischte sich miteinander, ohne dass ihre Verbindung auch nur einen Moment lang abbrach. Und als er ein Knie zwischen ihre Beine schob und sie erneut gegen die Wand drängte, konnte sie sich einfach die Lust nicht versagen, von der sie genau wusste, dass er sie ihr schenken würde. Sie ließ die Hände über die harten Muskeln seines Rückens gleiten, hinunter bis zu seinem perfekten Hintern, als er seine Lippen schließlich von ihren löste und ihr einen Kuss auf den Mundwinkel gab. Ein letztes Mal drückte er das Becken gegen ihres, dann umfasste er ihr Gesicht mit beiden Händen, sodass sie seinem hungrigen Blick nicht ausweichen konnte.

Seine Lippen waren von ihrem tiefen Kuss gerötet, und sie wusste, dass ihre eigenen vermutlich noch schlimmer aussahen. Sie spürte die wunden Stellen von seinen Bartstoppeln.

»Mach dir nichts vor, meine Hübsche. Es gibt nichts, das ich nicht kann.«

Hunter war noch nie vor einer Herausforderung zurückgeschreckt, und Jana Garner schaute gerade mit einer Mischung aus Lust und Verärgerung zu ihm auf – die größte Herausforderung von allen. Sie fühlte sich so gut in seinen Armen an und jedes Wort aus ihrem Mund setzte seinen Körper in Brand. Es machte ihn rasend, dass sie behauptete, ihn nicht zu begehren, wo er doch genau wusste, dass er auf sexueller Ebene perfekt zu ihr passte. Was war denn so schlimm daran, wieder miteinander im Bett zu landen, auch wenn sie beide keine Beziehung wollten? Warum wehrte sie sich so gegen die offensichtliche Chemie zwischen ihnen?

»Keiner von uns will eine Beziehung. Da stimme ich dir zu.

Aber du küsst mich, als würdest du mich wollen.« Er streichelte mit dem Daumen über ihre Wange. Nur nicht daran denken, wie weich ihre Haut sich unter seinen rauen Händen anfühlte. »Du willst es vielleicht nicht zugeben, meine Hübsche, aber eines Tages wirst du gar nicht mehr anders können, als mir zu sagen, wie sehr du mich willst.«

Sie wollte etwas erwidern, doch er drückte ihr einen Finger auf die Lippen, um sie sanft daran zu hindern.

»Jedes Wort aus deinem Mund macht mich entweder heiß oder stocksauer. Wie wäre es, wenn wir auf Nummer sicher gehen und du das jetzt einfach für dich behältst?« Er hielt kurz inne und gab ihrem Körper Zeit, das Zittern einzustellen, und der Lust, aus ihren wunderschönen Augen zu weichen. Sie musste wieder an die Arbeit. Was sich wie eine Stunde anfühlte, hatte in Wahrheit nur ein paar Minuten gedauert, aber er wollte sie nicht von ihrem Job abhalten.

Okay, vielleicht doch. Er wollte sie ins nächstbeste Bett tragen und sie vernaschen, bis sie leidenschaftlich seinen Namen schrie – wie gestern Nacht. Aber da das gerade unmöglich war und ein Freund an der Bar auf ihn wartete, den er beaufsichtigen musste, hob er nur ihre Hand an die Lippen und drückte ihr einen Kuss auf die Finger. »Bis zum nächsten Mal.«

Als er an dem küssenden Pärchen vorbei zurück in den Gastraum ging, straffte er die Schultern ein wenig. Mission *Jana das Gegenteil beweisen* nahm in seinem Kopf Gestalt an.

Vier

Jana redete sich erfolgreich ein, dass Hunter am Abend zuvor nur Spielchen mit ihr gespielt hatte, aber als sie am Morgen zu ihrem Auto kam, um ins Tanzstudio zu fahren, fand sie einen Bund Tigerlilien an ihrem Scheibenwischer vor. Die Blumen sahen aus, als würden sie von einem Straßenstand stammen, und eine Karte von Hunter war daran befestigt. Sie war sich ziemlich sicher, dass die Karte aus einer kostenlosen Postwurfsendung zu Weihnachten stammte, weil darauf ein niedlicher, weißer Hundewelpe mit Weihnachtsmütze abgebildet war – und es war erst Juni. Auf die Innenseite hatte er geschrieben: *Ist das nicht romantisch? Hunter*

Erst hatte sie nur darüber gelacht und es für ein weiteres Spielchen gehalten, aber inzwischen hatte sie mit Harper in der Mittagspause darüber gesprochen und fragte sich nun, warum er sich so viel Mühe machte.

»Willst du meine Meinung dazu hören?«, fragte Harper. Sie saßen am Hafen in Wellfleet, aßen Hummerbrötchen von Mac's Seafood und beobachteten eine Familie mit drei kleinen Jungs, die ein paar Meter weiter angelten. Und ein bisschen auch die heißen Kerle, die weiter hinten am Anlegesteg mit ihrem Schiff festmachten.

»Natürlich.« Jana knabberte an ihrem Hummerbrötchen herum.

»Du solltest ihn heute Abend beim Strandfeuer fragen. Direkt vor versammelter Mannschaft. Sprich ihn darauf an.« Harper schob sich die langen, blonden Haare hinters Ohr und rückte ihre rote Plastiksonnenbrille zurecht. Den Ausdruck in ihren blauen Augen konnte Jana durch die dunklen Gläser nicht sehen, aber sie kannte ihre ältere Schwester gut genug, um sich die Gelassenheit und Selbstsicherheit in ihnen vorzustellen.

»Ihn darauf ansprechen?« Sie schüttelte den Kopf über den lächerlichen Vorschlag ihrer Schwester. »Dir ist schon klar, dass wir hier über Hunter sprechen, oder? Großer Kerl, sagt immer, was er denkt? Skys Bruder? Kannst du dir vorstellen, was ich mir von ihm anhören darf, und was Sawyer macht, wenn er rausbekommt, dass Hunter Spielchen mit mir spielt?« Sie lachte, aber ihr Magen krampfte sich bei diesem Gedanken zusammen. »Und Brock? Er hat mir schon gesagt, dass er Hunter umbringt, wenn er mir wehtut.«

Harper verdrehte die Augen. »Brock bringt niemanden um. Das weißt du. Außerdem tut Hunter dir nicht weh, er spielt mit dir. Genau wie du mit ihm spielst.«

Jana aß den letzten Bissen auf und erhob sich, um den Müll wegzuwerfen. Nichts war so entspannend, wie am Pier zu sitzen und die leichte Brise zu genießen, die von der Bay her wehte, aber sie hatte noch einen Kurs vor sich und wollte nicht auf Harpers Kommentar antworten, dass sie mit Hunter *spielte*.

In der Hoffnung auf eine Ablenkung von Hunter schaute sie zu den heißen Kerlen hinüber, die mit ihrem Schiff angelegt hatten, aber keiner von denen reizte sie. Nicht mal ein kleines, aufregendes Kribbeln. Abgesehen davon, dass sie alle ungeniert Harper angafften, die nicht mitzubekommen schien, dass die

Brise den Saum ihres kurzen Sommerkleids anhob.

»Die Adonisse da drüben bekommen gerade ordentlich was zu sehen, Harper.«

»Omeingott.« Sie sprang auf und brachte ihr Kleid wieder unter Kontrolle. Lachend wandte sie sich von den Männern ab. »Es hat schon Vorteile, am Hafen zu arbeiten, oder?« Harper war Drehbuchautorin und hatte im vergangenen Jahr den Auftrag bekommen, eine ziemlich anzügliche Sitcom zu schreiben. Aktuell arbeitete sie hauptsächlich im Homeoffice oder in Coffeeshops.

»Oh ja. Heiße Kerle, wohin man auch schaut, am Strand, im Theater und in unserem Freundeskreis.« Jana seufzte. »Ich wünschte nur, dass mein Leben nicht so voll wäre. Langsam wird mir alles ein bisschen zu viel. Die Arbeit für Marco ist echt ein Kreuz. Er sollte sich um neue Kundschaft kümmern, aber nachdem er nach Plymouth gezogen ist, muss ich das jetzt auch noch machen.«

»Sollte das nicht nur zur Überbrückung sein?«, fragte Harper.

»Ja, dachte ich auch.« Jana gab inzwischen seit zwei Jahren Kurse im Cape Dance, dem Tanzstudio von Marco Luger. Als sie dort angefangen hatte, kümmerte er sich ums Geschäftliche, während sie unterrichtete, aber jetzt war er damit beschäftigt, ein weiteres Studio zu eröffnen, und Jana nur noch überarbeitet. Als sie die Zusatzaufgaben bereitwillig angenommen hatte, war das eigentlich unter der Annahme passiert, dass es nur für vier Wochen oder so war. Etliche Monate später machte sie nicht nur immer noch die ganze Arbeit, sondern hatte auch noch von Marco eine Absage erhalten, als sie nach einer Gehaltserhöhung gefragt hatte, weil er sich das angeblich nicht leisten konnte.

»Du musst ihn noch mal nach mehr Geld fragen, wenn er

sich weiter darauf verlässt, dass du sein Geschäft ankurbelst. Das ist dir auch klar, Jana. Normalerweise bist du so direkt, warum also bei ihm so vorsichtig?«

»Weißt du, wie viele Studios es hier unten am Cape gibt?«

Harper zuckte mit den Schultern. »Keine Ahnung. Zwei? Drei?«

»Genau. Und ich liebe wirklich alle Kurse. Ich will Teenagern Hip Hop beibringen und süßen kleinen Kindern mit großen Träumen Ballett und … na ja, Erwachsenen alles, was geht. Kein anderes Tanzstudio bietet diese Palette an.«

»Vielleicht musst du da Kompromisse machen. Einen Teil von dem aufgeben, was du willst, für das, was du haben kannst.«

»Du bist immer so praktisch veranlagt. Ich will nichts aufgeben. Dafür liebe ich es viel zu sehr und außerdem verliere ich das Können, wenn ich es nicht nutze.« Sie musste das Thema wechseln, weil sich sonst die Diskussion gleich wieder darum drehen würde, dass sie sich nur auf eine Sache konzentrieren sollte. Das war ein wunder Punkt für sie, insbesondere weil sie zum ersten Mal seit Jahren nicht am Theater arbeiten konnte, was ihr so viel bedeutete. Aber bis Marco zurückkam oder jemand anderen einstellte, hatte sie einfach keine Zeit.

»Ich gehe übermorgen mit Sky in Seaside frühstücken. Kommst du mit?« Durch Sawyer waren Jana und Harper inzwischen auch gut mit Sky und ihren Leuten aus der Seaside-Siedlung befreundet.

»Weiß ich noch nicht«, sagte Harper. »Ich muss heute Abend noch einen Haufen Feedback durcharbeiten und kann deswegen auch nicht zum Strandfeuer. Kommt drauf an, wie viel ich da schaffe.«

Jana begleitete sie zurück zu ihrem Auto. »Was glaubst du, soll ich in Bezug auf Hunter machen? Ich meine, warum kümmert es ihn, ob ich ihn für romantisch halte oder nicht? Er schläft sich durch noch mehr Betten als ich.«

Harper schob ihre Sonnenbrille hoch, und Jana erkannte den ernsten Ausdruck in ihren Augen. »Ich weiß es nicht, Jana. Ihr beide seid im einen Moment wie Öl und Wasser und im nächsten fallt ihr leidenschaftlich übereinander her. Euer Sexlevel ist mit meinem nicht zu vergleichen.«

»Toll, danke, Schwesterherz«, sagte sie mit einem leicht sarkastischen Unterton.

»Das meine ich nicht negativ. Du hast viel mehr Erfahrung als ich und generell mehr Spaß. Du bist freier. Ich bin nicht verklemmt oder so, aber du bist viel schneller bei der Sache, und ich … halte einfach langsamer auf die Zielgerade zu, denke ich.«

»Schon okay.« Jana seufzte. »Ich kriege das schon hin.«

Harper umarmte sie und stieg dann ins Auto. »Tust du doch immer.«

Jana war sich da nicht so sicher. »Viel Spaß beim Schreiben! Lass es heiß und sexy werden. Stell dir einfach *mich* als Figur vor.«

Harper winkte, warf ihr ein Luftküsschen zu und fuhr davon.

Das Tanzstudio befand sich nicht weit vom Hafen entfernt. Jana schlenderte die Straße entlang und dachte dabei über Harpers Rat nach. Natürlich konnte sie Hunter nicht vor allen darauf ansprechen, denn seine Antwort würde ihr vielleicht nicht gefallen. Und diese Erkenntnis machte ihr zu schaffen. Sie mochte ihn wirklich als Freund und als Liebhaber. Aber wenn man diese beiden Dinge miteinander vermischte, konnte das für sie beide haarig werden, weil es nirgendwohin führen würde.

Sie warf einen Blick auf die obere Terrasse des Restaurants Pearl, wo Paare unter bunten Sonnenschirmen saßen. Die

Männer und Frauen wirkten glücklich, wie sie da nah zueinander gebeugt saßen. Seit Spencer hatte Jana keinen festen Partner mehr gehabt und das war nun fünf Jahre her. Beziehungen jagten ihr eine Heidenangst ein. Sie gaben ihr das Gefühl, eingesperrt zu sein. Aber Szenen wie diese lösten ein sehnsüchtiges Ziehen in ihrer Brust aus, und eine kleine Stimme in ihrem Hinterkopf flüsterte ihr zu, dass vielleicht *eines Tages* ... Gefolgt von dem Bedürfnis, auf dem Absatz kehrtzumachen und wegzurennen.

Schnell schaute sie stattdessen zur Galerie nebenan und bemerkte einen Mann, der eine große Metallskulptur in Form eines Fischs schleppte. Das Ding war beinahe so groß wie er selbst. Der Künstler, ein attraktiver Mann, der manchmal vor seiner Galerie im Freien arbeitete, folgte ihm nach draußen. Das Lächeln auf seinem Gesicht verriet Jana, wie glücklich er darüber war, dass eins seiner Werke ein neues Zuhause gefunden hatte, und sie fragte sich, ob Hunter sich wohl auch so fühlte, wenn er eins seiner Stücke verkaufte.

Während sie sich dem Eingang zum Tanzstudio näherte, ging ihr auf, wie seltsam dieser Gedanke war. Eigentlich dachte sie bei Hunter nie wirklich an mehr als an sein Aussehen, seine Gefahrenzone und die sturen Ansichten, die gerne mal seinen Mund verließen.

Oh, dieser Mund.

Nein, sie würde sich heute nicht von Gedanken an Hunter ablenken lassen. Sie musste sich auf das bevorstehende Treffen mit der *Cape Cod Times* konzentrieren, um ihr Werbevorhaben festzuklopfen, und dann hatte sie noch drei Kurse vor sich.

Ihr Handy vibrierte. Sie zog es aus der Handtasche, und ihr Puls schoss in die Höhe, als sie NICHT REAGIEREN! auf ihrem Display sah. Lange starrte sie einfach nur darauf und rang mit sich, ob sie darauf tippen sollte. Aber wem wollte sie denn was vormachen? Sie entsperrte das Display, weil sie es einfach nicht lassen konnte, Hunters Nachricht zu lesen.

Hol dich um sieben zum Sonnenuntergang vorm Strandfeuer ab. Sei startklar.

Sie musste den Text zweimal lesen, um ihren Augen zu trauen. Was zum Teufel dachte er sich bitte dabei, ihr vorzuschreiben, was sie zu tun hatte? Sie würde sich ganz sicher von keinem Mann sagen lassen, wann sie für ihn startklar zu sein hatte.

Sie tippte eine knappe Antwort: *Nein danke.* Rasch schickte sie sie ab, stocksauer, weil er offenbar einfach so davon ausging, dass sie mit ihm irgendwohin gehen wollte. Einen Moment später zeigte ihr Handy vibrierend eine weitere Nachricht an.

Antwortet man so auf eine romantische Einladung?

War das sein Ernst? War er wirklich so ehrgeizig? Sie reagierte mit einem: *Was willst du wirklich?*

Als ihr Handy einen Augenblick darauf klingelte, blieb sie wie angewurzelt stehen. Sie nahm den Anruf an und hielt sich das Gerät ans Ohr. Bevor sie jedoch etwas sagen konnte, hörte sie auch schon Hunters tiefe Stimme.

»Die Wahrheit.«

Sie seufzte. »Was?«

»Du hast gefragt, was ich will. Ich will, dass du zugibst, dass du mich willst.«

»Hunter …«

»Ich lasse dich jetzt keinen Streit anzetteln. Sag einfach, dass du mich willst, dann fühlst du dich gleich viel besser.«

Das gab er so selbstsicher von sich, dass es sie trotz ihrer Verärgerung zum Lächeln brachte. »Ach ja? Tja, nur zu deiner Information: Ich will dich nicht.« Wenn sie Pinocchio wäre, würde ihre Nase jetzt direkt ein Stück wachsen.

»Immerhin können wir festhalten, dass du eine echt schlechte Lügnerin bist. Ich hole dich um sieben bei dir zu Hause ab. Ich warte nicht gerne, also sieh zu, dass du fertig bist.«

»Oh, das ist wirklich *wahnsinnig* romantisch«, meinte sie trocken. »Hör zu, ich …«

»Sieben, meine Hübsche. Bis nachher.« Er legte auf und sie blieb mit offenem Mund, genervt und ein bisschen erregt zurück.

Fünf

Hunter stopfte das Handy in seine Hosentasche und marschierte auf der Suche nach Clark in den vorderen Teil der Werkstatt. Sie waren die halbe Nacht auf gewesen und hatten über Clarks Eheprobleme gesprochen. Jetzt war Hunter noch fester entschlossen, dafür zu sorgen, dass sein Kumpel die Sache mit Nina wieder einrenkte. Sie war eine wundervolle Frau mit einem großen Herz, und er wusste aus dem, was er selbst schon gesehen, und dem, was Clark ihm erzählt hatte, dass sie eine fantastische Mutter war.

Das Problem schien sich darauf runterbrechen zu lassen, dass Clark sich nicht begehrenswert und seiner Männlichkeit beraubt fühlte, und das war etwas, mit dem Hunter keine Erfahrung hatte. Aber er war bereit, eine Lösung dafür zu finden.

Jetzt brauchte er jedoch erst mal die Hilfe seines Freunds. An Clarks Schreibtisch angekommen lehnte er sich mit verschränkten Armen dagegen. Sein Kumpel war verheiratet. Er hatte irgendwann mal seine jetzige Frau auf romantische Art davon überzeugt, ihn zu heiraten. Vielleicht würde es ihn daran erinnern, wie sehr er sie liebte, wenn er darüber sprach.

»Das romantische Einmaleins. Her damit.«

Clark schaute ihn verwirrt an. »Wie bitte?«

»Romantik. Du weißt schon, Blumen und der ganze Kram. Erzähl mir, was ich darüber wissen muss.« Er war wild entschlossen, die Worte *Ich will dich* aus Jana herauszubekommen, und um das zu erreichen, musste er offenbar lernen, wie man romantisch war.

Clark lachte so heftig, dass er mit dem Stuhl ein wenig nach hinten kippte. »Du glaubst im Ernst, dass ich dir beibringen kann, wie man romantisch ist, damit du die Kleine aus der Bar flachlegen kannst? Mann, such dir einfach die Nächste. Was soll ich denn schon über Romantik wissen?«

»Du bist verheiratet. Du hast eine Frau dazu gebracht, dass sie dich heiratet, Clark. Da muss doch irgendwo Romantik im Spiel gewesen sein.« Oder nicht? Wenn man Sky so zuhörte, war alles romantisch, was Sawyer tat. Vielleicht fragte er hier ja den falschen Mann.

»Keine Ahnung. Ein paar Sachen habe ich schon gemacht.« Clark klang halb genervt. »Ich habe ihr ein paarmal Blumen mitgebracht. Einen Tisch fürs Abendessen reserviert, solche Sachen halt.«

Hunter dachte an die Blumen, die er am Morgen in seinem Garten gepflückt hatte. »Und das ist romantisch? Das kann doch jeder Trottel.«

»Aber darum geht's bei Romantik ja. Man macht etwas, weil man an sie denkt und sie lächeln sehen will, nicht irgendeinen verrückten Unsinn, wie sie nach Paris zu entführen, um zu zeigen, wie toll man ist.« Clark tippte etwas auf seiner Tastatur und drehte dann den Monitor zu Hunter um, damit er die wikiHow-Seite *Wie man ein Romantiker wird* sehen konnte. »Hier, schau dir das mal genauer an.«

Hunter überflog die Überschriften: *Sei aufmerksam, Sei*

kreativ, Bring frischen Wind in die Beziehung, Wachst aneinander.

Unter *Sei aufmerksam* war ein Bild von einem Geschenk. Hunter dachte an Janas Höschen und lachte leise. Und da waren auch noch die Blumen. *Abgehakt.*

Es gab außerdem eine Illustration von einem Gitarre spielenden Kerl, dem eine lächelnde Frau über der Schulter hing. *Ja, nee, das läuft absolut nicht auf Sex hinaus. Weiter geht's …* Auf dem nächsten Bild waren Bücher zu sehen, zwischen denen ein Notizzettel mit einem Lippenstiftabdruck steckte. *Jana hat einen unglaublichen Mund. Jetzt kommen wir der Sache schon näher.* Sie durfte ihre sinnlichen Lippen gerne überall bei ihm einsetzen, aber sie auf ein Blatt Papier zu drücken, wäre doch ziemliche Verschwendung. *Weiter …*

Auf dem folgenden Bild war ein Paar zu sehen, das miteinander übers Handy chattete. *Abgehakt.* Und ein Bild von einem Mann, der ein Auto putzte. *Ganz sicher nicht.*

Sei kreativ wirkte schon interessanter: ein Paar, das im Bett lag. Die Frau trug einen roten BH und einen passenden Slip und massierte dem Mann den Rücken. Der lächelte – *und ist wahrscheinlich hart.* Na ja, den Rücken hatte Jana ihm nicht massiert, dafür aber andere Dinge. *Abgehakt.*

Mehr Illustrationen von Paaren folgten. Sie lasen zusammen, tranken Wein, hielten Ballons in den Händen. *Ballons?* Er überflog die Abbildungen unter *Bring frischen Wind in die Beziehung:* Händchenhalten, rasieren … Er fuhr sich über die Bartstoppeln. *Ernsthaft? Rasieren?*

Die Eingangstür wurde geöffnet und Graysons Stimme ertönte aus der Lobby. »Was zum Teufel lest ihr da?«

Grayson war frisch rasiert und seine vollen Haare waren ordentlich gekämmt.

»Du hast dich rasiert«, sagte Hunter.

»Nicht nur im Gesicht. Willst du es sehen?« Er zog den Bund seiner Hose ein Stück vom Bauch weg. »Habe heute Abend ein Date.«

»Du rasierst dich für Dates?« Warum war ihm das vorher nie aufgefallen?

»Manchmal. Oder glaubst du, dass Frauen drauf stehen, wenn man ihnen die Oberschenkel mit den Bartstoppeln wund scheuert?« Grayson schüttelte den Kopf, als wäre das eine wirklich dumme Frage.

Stimmte vielleicht auch. Hunter hatte sich noch nie für ein Date das Gesicht rasiert. Anderweitige Körperpflege betrieb er natürlich, aber im Gesicht?

Grayson deutete auf eine Abbildung auf dem Bildschirm unter der Überschrift *Wachst aneinander*. Darauf war ein Mann zu sehen, der die Füße in die Luft streckte und irgendetwas sehr Akrobatisches mit der Frau machte. Sie balancierte mit dem Hintern auf seinen Füßen und hing kopfüber in einer Art Cheerleaderpose, stützte sich mit den Armen ab und ... sie küssten sich.

Was. Zum. Geier.

Grayson las die Bildunterschrift laut vor. »Macht etwas zusammen, das euer Adrenalin in die Höhe treibt.« Sein Blick huschte zum Titel des Artikels. »Ist das euer Ernst? Was macht ihr beide denn da?«

Clark hob abwehrend die Hände. »Das geht voll auf sein Konto, ich habe damit nichts zu tun. Ich bin gerade erst aus dieser Nummer raus.«

Grayson verengte die Augen ein wenig. »Apropos. Wir zwei müssen uns mal unterhalten. Du kannst nicht einfach so deine Frau und dein Kind verlassen, Clark.«

»Sehe ich auch so«, bestätigte Hunter nachdrücklich, wie er

es schon unzählige Male am Abend zuvor getan hatte.

Clark öffnete den Mund, um zu antworten, doch Hunter sagte: »Versuch es gar nicht erst.«

»Komm wieder klar«, fügte Grayson hinzu.

»Ihr habt doch keine Ahnung. Ihr seid beide nicht verheiratet«, erwiderte Clark. »Also lasst mich in Ruhe. Alles verändert sich, wenn man sich erst mal bindet und ein Kind hat.«

»Ja, das nennt man Verantwortung übernehmen«, sagte Hunter. »Was glaubst du denn, warum ich keine Freundin habe?«

»Weil du dich nicht rasierst«, meinte Grayson lachend.

»Weil du alles vögelst, was nicht bei drei auf dem Baum ist«, sagte Clark.

»Weil ich diese Verantwortung nicht will. Glaubt ihr, dass ich der Mensch sein will, der einer Frau zuhört, wenn sie über ihre Frauensachen redet? Allein beim Gedanken an das ganze Drama wird mir schlecht. Und jahrelang nur mit der einen Frau schlafen? Mann …« Er schüttelte den Kopf, auch wenn er sich gerade nicht erinnern konnte, wann er zum letzten Mal mit einer Frau außer Jana geschlafen hatte. Oh verdammt. Hatten sie schon so lange mehr oder weniger regelmäßig Sex?

Grayson deutete auf das Bild mit dem akrobatischen Kopfüberkuss auf dem Monitor. »Wenn man so was veranstaltet, muss man sich wohl kaum Sorgen machen, jemals zu heiraten. Außerdem brauchst du wirklich Nachhilfe, wenn du versuchst zu lernen, wie man romantisch ist. Romantik kommt von Herzen, nicht von einer Website.«

»Woher willst du das denn wissen?«, fragte Hunter.

»Großer Gott. Sind wir im gleichen Haushalt aufgewachsen? Alles, was Dad für unsere Mom getan hat, war romantisch. Abends pünktlich nach Hause zu kommen war romantisch. Mit uns Kindern zu helfen, wenn wir ihr den ganzen Tag auf die Nerven gegangen sind, war romantisch. Selbst von Sonnenaufgang bis Sonnenuntergang in dem verfluchten Baumarkt zu arbeiten, war romantisch. Er hat das für sie und für uns getan. Damit Geld in die Kasse kam und damit wir alles hatten, was wir brauchten, und Mom glücklich war. Das konnte sogar ich sehen.« Grayson blieb an der Tür zur Werkstatt stehen und bedachte Hunter mit einem ernsten Blick. »Und jahrelang mit nur einer Frau zu schlafen? Schau dir Pete und Jenna an. Sky und Sawyer. Sie sind verdammt glücklich miteinander. Du willst das vielleicht nicht, aber so langsam glaube ich, dass wir diejenigen sind, die da was verpassen.«

»Nie im Leben«, murmelte Hunter und schaute auf die Tür, die hinter Grayson ins Schloss fiel.

»Ich gebe ihm ja nicht gerne recht, aber du hast wirklich keine Ahnung, wovon du da sprichst, Hunter.« Clark drehte den Bildschirm wieder zu sich und lachte über das Bild. »Obwohl das schon ein bisschen kinky ist.«

»Moment mal, was soll das heißen, ich habe keine Ahnung? Du bist derjenige, der seine Frau verlassen hat.«

»Ja, weil wir *nie* Sex haben. Oder uns auch nur miteinander unterhalten.« Der Frust in seiner Stimme war unüberhörbar. »Aber ich *liebe* sie immer noch. Ich *will* sie noch.«

»Dann ruf sie an, du Trottel. Rede mit ihr. Mach das Zeug von dieser dummen Website.« Hunter hoffte inständig, dass sein Freund das Richtige tun würde. Er selbst wollte vielleicht nicht für den Rest seines Lebens mit nur einer Frau schlafen, aber er kannte Clark, und der gebrochene Mann, der hier vor ihm saß, war nicht der aufrechte, zutiefst loyale Freund, den er schätzte und respektierte.

Clark schüttelte den Kopf, als könnte Hunter das nicht

verstehen, doch das Verrückte daran war, dass er das durchaus irgendwie tat. Seiner Meinung nach lief es doch wieder darauf hinaus, auf Dauer nicht nur eine Frau zu wollen. Clark würde er das nie so direkt sagen, aber trotz Graysons Worten zweifelte Hunter stark an dem ganzen Monogamie-Ding.

Er klopfte Clark auf die Schulter. »Denk zumindest drüber nach, okay? Sie liebt dich, Clark. Sie hat dir gestern Abend unzählige Nachrichten geschrieben. Das ist Liebe.«

»Da stand drin, ob ich heute Windeln vorbeibringen kann, weil Billy eine Erkältung hat und sie ihn nicht mit rausnehmen will.« Clark seufzte. »Und ja, das habe ich heute Morgen gemacht.«

»Guter Mann«, sagte Hunter und stieß sich dann vom Schreibtisch ab, um zurück in die Werkstatt zu gehen.

»Hunter?«, rief Clark ihm hinterher.

»Ja?«

»Danke, dass ich bei dir schlafen kann. Ich weiß, dass das eine bescheidene Situation ist und dass du nicht willst, dass ich Nina verlasse, aber ich muss das alleine hinbekommen.«

Hunter nickte, bevor er durch die Tür verschwand und sich wieder an die Arbeit machte. Doch die wikiHow-Seite und die Sache mit Clark, der Nina Windeln vorbeibrachte, gingen ihm nicht aus dem Kopf. Das fiel doch unter *sich Gedanken machen*, oder? Auch wenn sie ihn darum gebeten hatte? Und bestimmt zählte es auch, dass er Blumen für Jana dagelassen hatte. Aber irgendwie hatte er das Gefühl, dass es bei Romantik um mehr ging als um Blumen und Windeln. Er musste nur herausfinden, was noch dazugehörte — und warum ihn das überhaupt kümmerte.

Um halb sieben entschied er, dass er genug Zeit damit verschwendet hatte, die Sache mit der Romantik zu ergründen.

Wahrscheinlich spielte es sowieso keine Rolle, ob er romantisch war. Die sexuelle Chemie zwischen Jana und ihm war großartig, und er war sich sicher, dass ihr das auch wieder einfallen würde. Ein paar Küsse, und schon sagte sie *Ich will dich* im Schlaf.

Er duschte, zog sich Cargoshorts und ein Tanktop an, streifte sich eine Kapuzenjacke über und stieg in seinen Pick-up. Bei einem letzten Blick in den Rückspiegel musterte er seinen Drei-Tage-Bart.

»Ach, was soll's.« Rasch stieg er wieder aus und ging zurück ins Haus. Immer zwei Stufen auf einmal nehmend rannte er nach oben ins Badezimmer. Jede Faser in ihm sträubte sich gegen das, was er vorhatte. Sein Kopf erklärte ihm, dass er ein Dummkopf war, aber irgendetwas in ihm spornte ihn an. Er gab sich Mühe für eine Frau, und das gab ihm das Gefühl, seine Haut wäre eine Nummer zu klein. Unruhig zupfte er am Kragen seines Tanktops, um die unangenehme Empfindung loszuwerden. Nachdem er seine stoppeligen Wangen eingeschäumt hatte, schnappte er sich seinen Rasierer und versuchte, die Nervosität zu ignorieren, die sich in seinem Bauch ausbreitete. Als er die Stoppeln immer weiter entfernte und sein glattrasiertes Gesicht zum Vorschein kam, hinterfragte er seine Aktion erneut. Und ein ganz neues Gefühl regte sich in ihm.

Er fühlte sich gut damit, sich Mühe für Jana zu geben. Aber das Aftershave diente nur der Beruhigung seiner Haut, sonst nichts. Zumindest redete er sich das ein.

Wahrscheinlich würde es ihr nicht mal auffallen. Jana war nicht wie die meisten Frauen, die überzogen auf die lächerlichsten Dinge reagierten.

Ein bisschen unmännlich fühlte er sich ja ohne seinen Bart schon, also tauschte er die Shorts gegen Jeans und entschied sich gegen seinen Pick-up. Mit den Motorradschlüsseln in der Hand machte er sich erneut auf den Weg nach draußen.

Jana lauschte Sky, die ihr am Telefon erzählte, wer alles zum Strandfeuer kommen würde. Die kleine Party war vom Cahoon Hollow Beach zu Petes und Jennas Haus an der Bay verlegt worden, wo sie den großen Hibachi-Grill benutzen mussten, den Grayson angefertigt hatte. Offene Lagerfeuer waren an den Stränden auf der Bayside nicht erlaubt.

»Klingt gut. Ich kann es kaum erwarten, die süße kleine Bea und die anderen Mädels und ihre Babys zu sehen.« Jenna und Pete hatten im vergangenen Winter ein Mädchen bekommen und sie nach Petes Mutter benannt, die vor ein paar Jahren unerwartet gestorben war. Letztes Jahr im Sommer hatten ihre Freundinnen Amy und Bella ihre Töchter Hannah und Summer geboren.

»Die Jungs sehen wir dann morgen beim Frühstück.« Skys Begeisterung brachte Jana zum Lächeln. »Jessica und Jamie kommen heute Abend noch aus Boston, und Leanna hat gesagt, dass sie und Kurt vorhaben, den Rest des Sommers im Ferienhaus zu verbringen. Sie muss sich heute Abend noch um eine große Marmeladenbestellung kümmern.« Leanna gehörte das kleine Unternehmen *Luscious Leanna's Sweet Treats*, in dem sie in einem umgebauten Atelier auf ihrem Bayside-Grundstück Marmeladen herstellte. Sie und Kurt wohnten dort einen Großteil des Jahres über, doch sie verbrachten die Sommer in der Seaside-Siedlung, wie auch die anderen, denen dort Ferienhäuser gehörten.

»Dustin und Sloan sind so niedlich. Ich kann es kaum erwarten, sie alle wiederzusehen«, sagte Jana bei dem Gedanken, wie süß Jessicas und Leannas Söhne waren. Ihre Ankunft im Frühjahr war mit einer großen Party gefeiert worden.

»Sollen wir dich heute Abend mitnehmen?«, fragte Sky.

Sky wusste, dass Jana und Hunter was miteinander gehabt hatten, bevor sie Jana durch Sawyer kennengelernt hatte, aber Jana ging davon aus, dass sie nichts von den kleinen Eskapaden seitdem wusste. Ja, sie hatten die Bar neulich Abend gemeinsam verlassen, aber Sky dachte vermutlich, dass Hunter sie nur nach Hause gebracht hatte. Er kümmerte sich immer um Freunde. Sky würde daher wohl auch nichts hineininterpretieren, wenn Hunter Jana zum Strandfeuer mitnahm, also erzählte sie ihrer Freundin die Wahrheit.

»Hm, nein danke. Hunter holt mich nachher ab.«

»Cool. Dann sehen wir uns ja da. Sag meinem Bruder, dass er sich benehmen soll.«

Jana lachte. Konnte der Kerl das überhaupt? Nachdem sie sich verabschiedet hatte, betrachtete sie noch einmal ihr Outfit. Skinnyjeans und ein Batik-Top drückten doch Desinteresse aus, oder? Sie trug keinen Minirock oder sonst etwas, das leichten Zugang gewährte. Sie hatte sich sogar die Haare zu einem Zopf geflochten, weil sie wusste, dass Hunter genauso gerne mit ihren Strähnen spielte, wie sie das Gefühl mochte, wenn er es tat. Wenn sie zusammengebunden waren, würde *das* schon mal nicht passieren. Jana war vollkommen klar, dass diese kleinen Dinge nur eine Krücke waren, um sich selbst genauso wie ihn unter Kontrolle zu halten, aber eine Frau musste eben tun, was eine Frau tun musste.

Seit wann brauche ich eigentlich Krücken? Sie schlüpfte in ihre Flipflops, und in diesem Moment klopfte es an der Tür, was prompt Panik in ihr aufsteigen ließ. Das war ebenfalls neu.

Himmel. Hunter ging ihr wirklich unter die Haut. Sie musste einen Weg finden, ihn da wieder rauszubekommen. *Und zwar schnell.*

Sie straffte die Schultern und sagte sich erneut, dass sie Hunter Lacroux sehr wohl widerstehen konnte.

Sex hatte sie bereits mit ihm gehabt, und auch wenn er wirklich großartig darin war, hüpften sie viel zu oft miteinander ins Bett. Nicht, dass sie mehr wollte, aber sie wusste auch, dass es besser war, die Tür zum Schlafzimmer jetzt zu verrammeln, anstatt die Horizontalaktivitäten immer wieder zu genießen.

Selbst, wenn es jedes Mal noch besser ist als das Mal davor?

Diesen Gedanken schob sie rasch beiseite und öffnete die Tür.

Heilige Mutter aller sündigen Dinge. Da stand Hunter in dunklen, tief sitzenden Jeans, die seine muskulösen Oberschenkel betonten. Die offene schwarze Kapuzenjacke gab den Blick auf das Tanktop darunter frei, dessen Stoff sich an seine festen Brustmuskeln schmiegte. Doch es war sein Gesicht, bei dessen Anblick sie sich unwillkürlich über die Lippen leckte und sich trotz ihrer Entschlossenheit, ihn auf Distanz zu halten, eine kleine Kostprobe wünschte. Sein kantiges Kinn war glattrasiert und machte ihn zusammen mit seinen vollen, perfekt zum Küssen geeigneten Lippen noch attraktiver, als er sowieso schon war. Zu seinem heute etwas gepflegteren Look kam noch der schwarze Motorradhelm, den er sich unter den Arm geklemmt hatte, und mit ihm die perfekte Mischung aus Draufgänger und Gentleman.

Janas Hirn setzte aus. Als er sich zu ihr lehnte, um ihr einen Kuss auf die Wange zu geben, stieg ihr der verführerische Duft von Tommy Hilfiger und ihm selbst in die Nase. *Verlockend.*

»Hey, meine Hübsche.«

Sein sexy Lächeln und seine raue Stimme schickten einen heißen Blitz direkt in ihre Körpermitte. »Hey«, brachte sie hervor und versuchte, ihren Verstand wieder zum Laufen zu bringen, während er sie von oben bis unten musterte.

»Verdammt, du siehst echt heiß aus.«

Seine Augen verdunkelten sich ein wenig, und er legte den Helm neben der Tür ab, fasste Jana dann um die Taille und zog sie zu sich. Ihr Entschluss löste sich in Luft auf, als er ihre Lippen mit einem harten, hungrigen Kuss eroberte.

Nichts daran war romantisch oder zurückhaltend. Der Kuss war pure, heiße Leidenschaft, bei der ihr ganz schwindelig wurde. Hunter war bereits hart, und als er ihren Hintern fest umfasste, gab sie dem Verlangen nach, das schon seit gestern Abend in der Bar unter ihrer Haut simmerte. Sie schob ihm die Jacke von den Schultern, gierig auf der Suche nach Haut. Mit einer schnellen Bewegung streifte er sich den Stoff ab und schubste die Tür mit dem Fuß zu. Seine Augen waren dunkel und der Ausdruck in ihnen besitzergreifend, als er sie dicht an sich zog.

»Jana.«

In ihrem Namen schwang so viel drängende Lust mit, die das Feuer in ihr noch mehr anfachte. Bei ihm fühlte sie sich begehrenswert und sexy, und innerhalb von Sekunden waren alle guten Vorsätze über Bord. Ihre Beine stießen gegeneinander und verhedderten sich, als sie sich küssend und an ihrer Kleidung zerrend zur Couch bewegten. Ihr Oberteil musste weichen, und Hunter machte sich nicht die Mühe, ihren BH zu öffnen. Er riss ihn ihr einfach vom Leib, was den Verschluss in hohem Bogen durch den Raum fliegen ließ.

»Du bist so wunderschön.« Er senkte seinen Mund auf ihre Brust und schickte damit ein aufregendes Kribbeln in ihre

Körpermitte.

Er neckte und reizte die harte Brustwarze mit den Zähnen und zog Jana dabei die Jeans über die Hüften. Sie strampelte sie sich von den Beinen und taumelte nur noch mit ihrem Slip bekleidet auf die Couch. Er folgte ihr sofort und sein Mund auf ihrem verscheuchte jeden verbleibenden rationalen Gedanken. Ein sehnsüchtiges Ziehen breitete sich in ihrem Körper aus, als er seine harte Länge gegen ihre feuchte Mitte drängte und damit Reibung erzeugte, die sie schnell an den Rand des Wahnsinns trieb. Sie brauchte das hier. Sie musste ihn in sich spüren, sodass sie nur noch an ihn denken konnte und an nichts anderes mehr. Hunter wusste genau, wie er sie berühren musste, um das Chaos in ihrem Kopf zu beruhigen.

Sie fummelte am Knopf seiner Jeans herum, doch er schnappte sich ihr Handgelenk und zog es von sich weg. In seinen Augen stand eine klare Herausforderung. »Sag es, meine Hübsche.«

Verdammter Kerl. Sie wehrte sich gegen seinen Griff, doch er grinste nur. Ein durchtriebenes, freches Grinsen, und als er ihre Arme nach oben über ihren Kopf drückte, schickte er damit eine neue Welle der Lust durch ihren Körper. Er wusste sicher, was das mit ihr machte – dass sie nur noch an das Bild denken konnte, das er ihr in den Kopf gepflanzt hatte: ihre gefesselten Handgelenke, während er sich in ihr bewegte. *Mistkerl.*

»Keine Chance.« Sie drängte ihm ihr Becken entgegen, weil sie wusste, dass er ihr genauso wenig widerstehen konnte wie sie ihm.

Er senkte den Kopf und schmiegte seine ungewohnt weiche Wange an ihre. Noch nie hatte sie ihn glattrasiert erlebt und das Gefühl war einfach unglaublich. Sie liebte das Kratzen seiner Bartstoppeln, das verlockende Brennen auf ihrer Haut, wenn er ihr Lust verschaffte. Aber das hier? Das machte ihn noch heißer und weckte ihre Neugierde. Wie würde es sich jetzt anfühlen, wenn er seine weichen Wangen über die Innenseite ihrer Oberschenkel rieb?

»Du weißt, dass du mich willst«, raunte er heiser an ihrem Ohr.

»Halt die Klappe und setz deinen Mund für was Sinnvolleres ein«, gab sie ebenso vehement zurück.

Er verstärkte seinen Griff um ihre Handgelenke und zog sie noch ein Stückchen weiter nach oben, während er ihre Hüften unter seinen einklemmte. »Spiel nicht mit mir, Jana. Du weißt, dass du mich willst.« Er untermalte seine Worte mit einer weiteren Bewegung, bei der er den Winkel seines Schafts so änderte, dass er nach oben zwischen ihre Beine stieß.

Sie biss die Zähne zusammen. »Große Worte. Wie wäre es mit ein paar mehr Taten? Oder hast du Angst, dass du dieses Mal am Ziel vorbeischießt?«

»Ich treffe mein Ziel immer.« Er schob ihre Beine mit den Knien auseinander und drängte sich gegen sie, was noch mehr köstliche Reibung erzeugte.

Sie krümmte die Finger und versuchte, an ihn heranzukommen, weil sie ihn spüren wollte, aber das würde sie ihm nie im Leben verraten.

»Beweis es.«

Er hielt ihre Handgelenke nur noch mit einer seiner großen Hände fest gegen die Rückenlehne der Couch gedrückt und griff mit der anderen nach dem Verschluss seiner Hose. »Den Beweis kannst du gerne haben.«

Endlich würde er ihr Befriedigung verschaffen und dabei diesen Unsinn vergessen, dass sie laut aussprechen musste, wie sehr sie ihn wollte. War das nicht offensichtlich, so wie sie sich unter ihm wand und praktisch danach bettelte, dass er mit ihr schlief?

Grummelnd stemmte er sich ein wenig hoch, um die Jeans loszuwerden, und Jana vermisste sofort sein Gewicht auf sich. Er zerrte und drehte sich, zog sie an den Handgelenken mit sich hoch, als er sich die Schuhe von den Füßen streifte und weiter versuchte, sich seiner Hose zu entledigen.

Sie konnte ein Kichern nicht unterdrücken beim Anblick seines großen Körpers und der herrlichen Muskeln, mit denen er sich gerade in einem albernen Winkel verbog und damit kämpfte, seine Jeans mit einer Hand auszuziehen.

»Du könntest meine Hände loslassen, dann ist es vielleicht einfacher.«

»Verdammt.« Er ließ sie tatsächlich los und stand gleich darauf nackt vor ihr.

Jana entwich ein geräuschvoller Atemzug, als er seine harte Länge befreite. Sie hatte schon mindestens ein halbes Dutzend Mal Sex mit ihm gehabt, und trotzdem sabberte sie jetzt noch immer fast beim Anblick seines fantastischen Körpers. Dann schnappte er sich sein Tanktop und wickelte es ihr um die Handgelenke.

Ihr Kopf ruckte hoch. »Was machst du da?«

Er brachte sie mit einem heißen Blick zum Schweigen. Als er das Shirt enger um ihre Handgelenke zog, beschleunigte sich ihr Puls.

»Warte!« Ihre Augen wurden groß, als sie das Verlangen in seinen sah. Inzwischen keuchte sie und eine Mischung aus lustvoller Gier und einem Hauch Angst durchfuhr sie.

Sein teuflisches Grinsen wurde ein wenig weicher, ebenso wie sein Tonfall. »Was ist los, meine Hübsche?«

Sie biss sich auf die Unterlippe, weil sie es nicht zugeben

wollte. Allein so gefesselt zu sein, löste ein fast schmerzhaftes, lustvolles Pochen in ihr aus. Doch als sie ihm in die Augen schaute und die Hitze und das Verlangen darin sah, die nur ihr galten, entdeckte sie überraschenderweise noch etwas anderes darin: Sorge. Diesen Ausdruck hatte sie bei ihm schon unzählige Male gesehen, doch er hatte immer seinen Geschwistern und engsten Freunden gegolten. Und als er mit den Fingerspitzen über ihre Arme strich und ihre Lippen mit einem so zarten Kuss berührte, dass sie beinahe dahinschmolz, ging ihr auf, dass sie Hunter vertraute. Noch nie hatte sie jemandem erlaubt, sie zu fesseln, aber mit ihm wollte sie das wagen. Den Sex auf ein neues Level heben. Ihre Lust und die Kontrolle Hunter anvertrauen.

»Nimm mich hart«, flüsterte sie an seinen Lippen.

Sechs

Es waren nicht Janas Worte, die ihn handeln ließen – auch wenn er seine Lieblingsbitte nur zu gerne aus ihrem sexy Mund hörte. Es war der Ausdruck in ihren Augen, einen Moment bevor sie die Worte aussprach. Voller Vertrauen. Das rührte etwas tief in ihm an. Und weckte die Erkenntnis – vielleicht sogar zum ersten Mal in seinem Leben –, dass das Hämmern in seiner Brust von seinem Herzen kam. Sein Herz war bei Frauen noch nie im Spiel gewesen, und er brauchte einen Augenblick, um das zu verarbeiten, darüber hinwegzukommen und sich zu sammeln.

Er schnappte sich ein Kondom aus seiner Hosentasche und streifte es sich über. Jana befeuchtete ihre Lippen, was ihn sofort noch härter werden ließ. Seine Lippen fanden erneut ihre, und sie erwiderte die Bewegungen seiner Zunge mit süßen, lustvollen Lauten, die ihm durch und durch gingen. Langsam rutschte er an ihrem Körper nach unten, neckte ihre Nippel und drückte sie sanft, bevor er ihren Slip mit beiden Händen packte und ihn ihr von den herrlichen Hüften zog. Jana war im Gegensatz zu vielen anderen Frauen heutzutage nicht komplett rasiert, sondern ließ eine schmale Linie aus blonden Härchen zwischen ihren Beinen stehen, in denen ihr süßer Duft hängen blieb.

Jedes Mal, wenn er sie mit dem Mund verwöhnte, rann ihm dabei ein wohliger Schauer über den Rücken. Aber dazu würden sie später kommen – sie hatte ihn um harten Sex gebeten und genau das würde er ihr auch geben.

Er packte sie an den Hüften und hob sie leicht an, während er sie etwas tiefer auf die Sitzfläche der Couch zog. »Lass die Arme über dem Kopf.«

Janas Augen wurden groß, als er sie mit einem Ruck in die Waagrechte beförderte und mit einem tiefen Stoß in sie eindrang. Ein sinnliches Lächeln umspielte ihre Lippen.

»Noch mal.« Sie klammerte sich mit den Fingern an die Kante des Sofapolsters.

Hunter fühlte sich, als wäre er im Paradies gelandet. Er beugte sich über sie, weil er ihren schönen Mund auf seinem spüren musste, während er sich heftiger in ihr bewegte als je zuvor. Sie eroberte, sie für sich einnahm. Sie so vollständig ausfüllte, dass sie es morgen noch spüren würde, und die Vorstellung, dass sie sich daran erinnerte, wie er in ihr war, gefiel ihm.

»Hunter …«

Inzwischen wusste er, dass ihre Stimme kurz vor dem Orgasmus höher klang und auch dieses Wissen gefiel ihm. Er umfasste ihren Hintern mit festem Griff und hob ihre Hüften im perfekten Winkel an, um sie zum Höhepunkt zu bringen. Immer schneller bewegte er das Becken, während sie das Gesicht stöhnend an seinem Hals vergrub und einen leisen Aufschrei von sich gab, als ihre inneren Muskeln lustvoll pulsierten und sich um ihn zusammenzogen.

»Genau so, meine Hübsche, lass los.« Mehr, immer mehr gab er ihr. Er genoss es, Jana Lust zu verschaffen, zuzusehen, wie sie die Augen zusammenkniff, ihre Kiefermuskeln sich anspannten, und das alles in dem Wissen, dass er dafür verantwortlich war. Zumindest heute Abend.

Dieser Gedanke machte ihm normalerweise nicht zu schaffen, aber jetzt verkrampfte sein Magen sich unangenehm. Als ihr Orgasmus langsam abklang, zog er sich beinahe vollständig zurück, bis nur noch seine Spitze in ihr war.

»Hunter«, presste sie zwischen zusammengebissenen Zähnen hervor, bog den Rücken durch und versuchte, ihn wieder tiefer aufzunehmen. »Gott …«

Er unterdrückte den Drang, ihr zu sagen, dass ihm die Vorstellung nicht gefiel, wie sie das mit anderen Männern machte. Das war einfach zu seltsam. Zu fremd. Zu viel. Er wollte das Gefühl wegvögeln. Wieder und wieder drang er in sie ein, bis er nur noch ihre Enge um sich spürte und nur noch daran denken konnte, Jana zu befriedigen, bis sie sich nicht mehr daran erinnerte, je mit einem anderen Mann geschlafen zu haben.

Sie war heiß und voll bei der Sache und fühlte sich so gut an. Alles andere sollte keine Rolle spielen. Nur das Hier und Jetzt. An diesen Gedanken klammerte er sich, als er sich ihre Beine um die Taille legte und ein Kissen unter ihren Hintern schob, bevor er sie noch mal zum Höhepunkt brachte und schließlich seine eigene, explosive Erfüllung fand.

Einen Moment lang blieben sie liegen, bevor er das Kondom entfernte und sie dann fest an sich drückte, während er die Fessel um ihre Hände löste. Ihre Arme sackten nach unten.

»Ich hab dich«, flüsterte er. »Ich hab dich.« Er trug sie ins Schlafzimmer und sein Herz machte sich erneut mit heftigem Pochen und einem engen Gefühl in der Brust bemerkbar.

»Wow«, gab sie leise zurück. »Das war … unglaublich.«

Er setzte sich aufs Bett und hielt sie lange fest, strich ihr die Haare aus dem Gesicht und massierte ihre Arme, um das

Ziehen in ihren Muskeln zu lindern, das sie mit Sicherheit merkte. Vollkommen neue Emotionen rauschten durch ihn hindurch, während er ihren nackten Körper an seinen drückte, und er versuchte, sie irgendwie zu sortieren. Weg war das Bedürfnis, sich von ihr wegzudrehen und einzuschlafen oder aufzustehen und zu gehen. Er wollte hier sitzen bleiben und sie in den Armen halten, bis ihre Kraft zurückkehrte, bis er sicher war, dass es ihr gut ging.

Und das erschütterte ihn bis ins Mark.

»Wir werden beim Strandfeuer erwartet«, murmelte sie leise an seiner Brust.

Ein Teil von ihm wollte sich an diese Ausrede klammern, sich waschen und von hier verschwinden, aber der viel größere Teil wollte bleiben und sie weiter festhalten. Und genau deswegen *musste* er sich jetzt unbedingt in Bewegung setzen.

»Wir haben den Sonnenuntergang verpasst, aber zum Feuer schaffen wir es noch«, sagte er und setzte sie widerstrebend neben sich auf der Matratze ab. Es wurde zunehmend dunkel im Zimmer und sie sah so hübsch aus mit vom Nachglühen geröteten Wangen und dem befriedigten Ausdruck in den Augen. *Oh verdammt.* Da war auch wieder dieser vertrauensvolle Blick.

Mit einem Ächzen stemmte er sich vom Bett hoch. »Ich gehe mich mal waschen.«

Etwas steifbeinig ging er ins Bad und nahm eine kalte Dusche. Als er mit einem Handtuch um die Hüften zurückkam, erwartete er eigentlich, Jana wieder angezogen vorzufinden, aber sie saß noch nackt und müde auf der Bettkante. *Süß und sexy.*

Sein Herz sagte erneut: *Beachte mich.*

»Komm schon, meine Hübsche.« Die Zärtlichkeit in seiner Stimme war auch neu. Was zum Teufel machte sie nur mit ihm? »Du musst dich fertig machen, damit wir loskönnen.« Er zog sie auf die Beine.

Sie legte ihm die Hände auf die Brust und lächelte ihn schläfrig an, bevor sie die Wange an seiner Haut ruhen ließ. »Du hast dich rasiert.«

Sein Herz schlug ein wenig schneller.

»Und geduscht. Zweimal.« Er wollte nicht so harsch klingen, aber ihr Tonfall war so weich und das passte gar nicht zu Jana. Jana war schnippisch und wild, nicht sensibel oder die Art von Frau, die sich darum kümmerte, ob er sich rasiert hatte. Es gefiel ihm schon, dass es ihr aufgefallen war, aber dass er dabei weich wurde, passte ihm gar nicht.

Also fasste er sie an den Schultern, drehte sie in Richtung Bad und gab ihr einen Klaps auf den Hintern. »Mach schon. Rein da, bevor ich mit dir unter die Dusche gehe und wir hier gar nicht mehr wegkommen.«

»Typisch Mann«, sagte sie mit ein bisschen mehr Energie und schlenderte ins Bad. Sie sah unwiderstehlich verführerisch aus. »Erst verspricht er mir einen Sonnenuntergang und dann bekomme ich stattdessen Orgasmen.«

Eine knappe Dreiviertelstunde später parkten Jana und Hunter vor Petes und Jennas Haus. Sie hatte gehofft, dass sie auf der Fahrt den Kopf freibekommen würde, doch das Vibrieren des Motorrads zwischen ihren Beinen erinnerte sie nur an all die herrlichen Gefühle, die Hunter in ihr auslöste. Beim Duschen und Anziehen hatte sie sich durch die unterschiedlichsten Emotionen gearbeitet, von Neugierde – sie wollte unbedingt wissen, welche sexuellen Kunststücke Hunter noch in petto hatte – bis hin zu viel zu vielen positiven Empfindungen für ihn. Nach dem Sex war er so sanft und liebevoll mit ihr umgegangen. Das hatte er noch nie getan. Normalerweise gingen sie einfach wortlos ihrer Wege oder schliefen ein, ohne sich weiter anzufassen, bis sie sich wie neulich davonstahl.

Ihr gefiel diese weichere Seite an ihm. Dass er fürsorglich war, hatte sie immer gewusst. Er verhielt sich beschützend gegenüber Sky und erkundigte sich ständig nach ihr. Auch mit seinen Brüdern hielt er guten Kontakt, aber sie hatte nie erlebt, dass er so zu einer anderen Frau war. Nicht, dass sie ihn überhaupt zweimal mit der gleichen Frau gesehen hatte, und auch das war ihr nicht entgangen. Sie hatten schon viel zu oft Sex gehabt, oder? Zu oft für sie beide.

Und dann war da noch die Wut darüber, dass sie ihrem Verlangen nachgegeben hatte. Sie war wütend auf sich selbst, weil sie unter der Hitze dahingeschmolzen war, und auf *ihn*, weil er sie geküsst hatte und so heiß aussah, dass sie ihm einfach nicht widerstehen konnte. Er hatte sich sogar *rasiert*, von seinem Aftershave mal ganz abgesehen. Sie hatte gehofft, dass die kühle Nachtluft, die ihr auf der Fahrt über die Haut strich, ihre Reaktion auf ihn vertreiben würde, aber als Hunter ihr vom Motorrad half und noch genauso verführerisch aussah wie vorhin an ihrer Haustür, regte sich die schwelende Lust schon wieder in ihr.

Er zog ihr den Helm vom Kopf und strich ihr über die Haare. »Deine Frisur gefällt mir.« Sanft zog er an ihrem dicken Flechtzopf. »Daran hätte ich früher denken sollen.«

»Gott, du bist so ein …«

Er grinste nur und schlang einen Arm um ihre Schultern. »Komm schon, meine Hübsche. Du solltest ein paarmal blinzeln, sonst merken die anderen, wie sehr du mich willst, sobald sie dir in die Augen schauen.«

»*Aah!* Ich will dich nicht«, sagte sie. Gemeinsam gingen sie am Haus vorbei und über die Düne. Nicht mal sich selbst konnte sie etwas vormachen. Wie sollte sie da die anderen täuschen? Von der Bay wehte eine Brise herüber und ließ sie erschaudern. Hunter zog sie dichter zu sich, und auch wenn sein großer Körper angenehm warm war, versuchte sie, ihn von sich zu schieben, weil das eben so zwischen ihnen war. Sie kuschelten nicht. Doch er gab sie nicht frei, und genau das gefiel ihr, auch wenn es ihr nicht passte.

»Das hat vor einer Stunde noch ganz anders geklungen. Ich erinnere mich recht gut an einige *mehr* und *härter* und *ja*, die dein sinnlicher Mund mehrfach von sich gegeben hat.«

»Halt die Klappe und nimm die Pfoten weg. Ich dachte, dass die Leute nicht sehen sollen, wie …« Sie ließ den letzten Satz unvollendet zwischen ihnen stehen.

»Also in *meinen* Augen sieht man kein Verlangen.«

Sie rupfte stöhnend seine Hand von ihrer Schulter. »Du bist unmöglich. Glaubst du, ich sehe dir nicht an, wie sehr du mich willst?« Sie blieb stehen und lehnte sich näher zu ihm. »Glaubst du, sie merken nicht, dass wir gerade Sex hatten?«

»Nicht an meinem Blick.« Er schaute gelassen zu den Leuten am Fuß der Düne und winkte ihnen zu.

»Tja, an meinem auch nicht.« Sie stapfte die Dünen hinunter und versuchte, sich zum Lächeln zu zwingen. Das leise Lachen hinter sich ignorierte sie und umdrehen würde sie sich auch ganz sicher nicht. Kein einziges Mal. Nicht mal ein Blick über die Schulter.

Ihre Freunde hatten sich um ein prasselndes Feuer versammelt. Sie atmete ein paarmal tief durch und schaffte es schließlich, ein echtes Lächeln aufzusetzen, als Sky aufsprang und ihr entgegenkam.

»Da bist du ja! Ich dachte schon, dass mein Bruder dich entführt hat.« Sie umarmte Jana, und als sie dann zu Hunter weiterging, achtete Jana darauf, nicht zu ihnen rüberzuschauen. Sie hielt den Blick fest auf Baby Bea gerichtet, die schlafend in Petes Arm lag.

»Oh mein Gott. Sie ist so niedlich.« Jana ging neben ihm in die Knie und bewunderte die winzigen, rosigen Lippen und langen Wimpern des Säuglings.

»Klar doch, sehr niedlich«, sagte Pete, sah aber zu einem Punkt irgendwo hinter ihr.

Sie ging davon aus, dass er Hunter beobachtete, aber Jana würde sich sicher nicht umdrehen. Dann spürte sie Hunter näherkommen. Spürte seine Präsenz so deutlich wie den Sand unter ihren Füßen.

Hunter beugte sich hinunter und nahm Pete das schlafende Baby ab. »Gib mir mal meine zauberhafte Nichte.« Er warf Jana ein Grinsen zu und schmiegte seine frisch rasierte Wange an das Baby. Bea hatte flusige Haare auf dem Kopf, dunkel wie die ihrer Eltern. Der Säugling seufzte in seinen muskulösen Armen. Noch nie hatte Jana etwas Attraktiveres gesehen als diesen sturen, wunderschönen Mann, der ein winziges Baby hielt. Eifersucht kroch ihr durch die Glieder. Sie wollte gerne das Kind sein, das sich warm und sicher an Hunters Brust schmiegte. Sein Grinsen war einem ehrlichen Lächeln gewichen und er drückte Bea einen Kuss auf die Stirn.

Jana schmolz ein wenig dahin bei dem Anblick und ihre Gefühle für Hunter vertieften sich.

»Setz dich«, sagte Amy und klopfte auf die Decke neben sich. Ihr Ehemann Tony saß auf ihrer anderen Seite, einen Arm über ihren Stuhl gelegt. »Wir haben vergessen, ein paar Extrastühle mitzubringen, aber du und Hunter könnt gerne Hannahs Decke benutzen. Sie schläft tief und fest im Laufstall.« Sie deutete auf die beiden Laufställe hinter Tony. »Summer schläft in dem blauen.«

»Danke.« Jana ließ sich auf die Decke sinken, fest entschlossen, nicht weiter zu beobachten, wie Hunter in die Kühlbox neben Grayson griff und zwei Flaschen herausfischte, während er Bea auf dem anderen Arm hielt.

»Und, hast du das Ding mit der Romantik jetzt kapiert?«, fragte Grayson.

Janas Blick huschte zu Hunter. *Das Ding mit der Romantik?*

Der verärgerte Ausdruck auf Hunters Gesicht sagte ihr, dass seinem Bruder da gerade was rausgerutscht war.

Als hätte er Janas Gedanken gelesen, fragte Sawyer: »Was für ein Ding mit Romantik?«

Hunter setzte sich mit Bea auf dem Arm neben Jana und reichte ihr eine der Flaschen. Als sie sie nicht annahm, zog er eine Augenbraue hoch und grinste, als wollte er sagen: *Mach schon, sonst merken die anderen, dass was nicht stimmt.*

Sie griff widerstrebend nach der Flasche und versuchte, sich nicht von dem Duft nach Baby und Hunter beeinflussen zu lassen.

»Clark hat Probleme mit seiner Frau«, erklärte Hunter. »Ich habe versucht, ihnen bei ihrer Beziehung zu helfen.«

Aber klar doch.

»Romantik ist auf jeden Fall ein guter Weg.« Sky lehnte den Kopf an Sawyers Schulter. »So hat Sawyer mich für sich eingenommen.«

»Für mich ist alles romantisch, was Tony macht.« Amy griff nach der Hand ihres Manns.

Tony strich ihr eine blonde Strähne hinters Ohr, die der Wind ihr ins Gesicht wehte, und gab ihr einen Kuss. »Was hast du gestern Abend gesagt? Dass du das Gefühl hast, einen Mommy-Porno zu schauen, als ich Hannah die Windel gewechselt habe?«

Die Mädels lachten und Bellas Mann Caden sagte: »Bella meint immer, dass sie lieber mir zuhört, wenn ich Summer was vorsinge, als Adam Levine oder Luke Bryan.«

»Bella!«, rief Jenna. »Du lügst deinen Mann so an?«

»Hey!« Bella lehnte sich gegen Cadens Seite. »Keiner dieser Kerle könnte je so heiß aussehen wie meiner mit Summer im Arm. Oder überhaupt. Ihr habt meinen Mann noch nie nur in seinem Holster und Polizeistiefeln gesehen.«

»Und das wird sie auch nie«, meinte Pete und zog Jenna auf seinen Schoß.

Jana warf Hunter einen Seitenblick zu, der immer verdammt heiß aussah, egal, was er anhatte, und das Baby machte ihn nur noch attraktiver. Fast ein Jahr war vergangen, seit sie das erste Mal miteinander ins Bett gegangen waren, und in den Monaten nachdem Sawyer und Sky ein Paar wurden, war das immer wieder passiert – und ganz nebenbei waren sie auch noch wie und Hund und Katze.

Hatte sie sich deswegen immer rausgeschlichen, während er schlief? Um einen Streit am Morgen zu vermeiden? Um sicherzustellen, dass sie nichts verband außer einer Nacht Spaß? Sie kannte den tatsächlichen Grund nicht, wusste aber sehr wohl, dass Hunter sich darüber ärgerte. Hauptsächlich, weil er behauptete, dass sich rauszuschleichen sein Modus Operandi war, doch für Jana machte das die Sache nur noch besser. Sie war gerne im Vorteil.

»Erzähl ihnen die Wahrheit, Hunter«, drängte Grayson ihn.

»Er und Clark haben recherchiert, *wie man ein Romantiker wird.*« Er lachte, und Jana blieb angesichts dieser versehentlichen Preisgabe von Hunters Absichten der Mund offenstehen.

Hunter zuckte mit den Schultern und nahm einen Schluck aus seiner Flasche, als wäre das keine große Sache.

Bei der Vorstellung, dass er romantische Sachen gegoogelt hatte, nachdem sie ihm die Herausforderung vor den Latz geknallt hatte, fühlte sie sich glatt ein bisschen schlecht, weil sie sich immer weggeschlichen hatte.

Sie hätte ihn nicht weiter anschauen sollen, konnte den Blick aber nicht abwenden, während die anderen weiter über Romantik und Tipps aus dem Internet plauderten. Auf keinen Fall hätte sie den Wunsch verspüren sollen, ihn zu berühren und ihm zu sagen, dass seine Recherche nach romantischen Dingen das vielleicht Romantischste war, was sie je gehört hatte. Aber so war es, und als sie ihre Hand auf seinen Arm legte und ihr die Worte über die Lippen kamen, erkannte sie, dass in einem einzelnen Moment des Schweigens in Verbindung mit einem einzigen Blick so viel Bedeutung stecken konnte. Sie sah eine Mischung aus Überraschung und Ungläubigkeit, aber auch Dankbarkeit in Hunters Augen. Ehrliche, von Herzen kommende Wertschätzung. Die Wärme, die wieder in ihr aufstieg, hatte dieses Mal einen ganz anderen Grund. Einen, den sie sehr mochte. Und als sich ein Lächeln auf ihren Lippen ausbreitete, wurde ihr klar, dass sie Hunter auch sehr mochte – oder vielleicht akzeptierte sie es jetzt einfach.

Sieben

Am nächsten Morgen ging Hunter früh joggen in der Hoffnung, die Anspannung in seinen Schultern loszuwerden und ebenso die Gefühle, die in ihm Amok liefen. Er versuchte zu sortieren, was er am vergangenen Abend für Jana empfunden hatte, doch als er von seiner Runde zurückkam, war er kein bisschen weniger verwirrt.

Joggen hatte ihm dabei noch nie wirklich weitergeholfen, doch er hatte gehofft, dass es dieses Mal anders war. Wenigstens fühlte er sich jetzt wacher, nachdem er diese Nacht wahnsinnig schlecht geschlafen hatte.

Er ging früh in die Werkstatt. Allein der Anblick ihres Betriebsgebäudes verschaffte ihm ein wenig Erleichterung. Grayson und er hatten die Immobilie vor ein paar Jahren bei einer Auktion ersteigert. Dazu gehörte auch ein Haus direkt an der Route 6, dem großen Highway, der über das Cape führte. Ursprünglich war geplant gewesen, es zum Showroom umzubauen, aber sie hatten von Anfang an so viel zu tun gehabt und ihre Werke verkauften sich so schnell, dass sie nie dazu gekommen waren. Mit der Hilfe von Pete und ihrem guten Freund Blue Ryder, beide sehr versierte Handwerker, war die Scheune schließlich zu einem Büro- und Werkstattgebäude umgestaltet worden. Die alten Holzböden hatten sie durch Beton ersetzt, dazu aus Ziegeln eine Esse gebaut, ein ordentliches Belüftungssystem installiert und Strom gelegt. Die Einbauregale und Maschinenplätze verschafften ihrem kreativen Chaos ein bisschen Organisation. Die Idee mit dem Showroom war dabei auf der Strecke geblieben, und das leer stehende Gebäude blieb, wie es war.

Hunter traute sich die Arbeit an der Esse nicht zu, bevor er seinen Körper und Geist wieder unter Kontrolle hatte. Bei der Arbeit mit hoch erhitztem Metall musste Sicherheit immer an erster Stelle stehen, was bedeutete, dass er immer voll und ganz konzentriert zu sein hatte. Über seine Gefühle hatte er jedenfalls gerade keinerlei Kontrolle. Die ganze Zeit dachte er darüber nach, warum Jana nicht einfach zugab, dass sie ihn wollte, wo das doch offensichtlich der Fall war. Es sollte eigentlich keine Rolle spielen, aber sie schickte ihm widersprüchliche Signale und das ging ihm echt auf den Zeiger.

Er kaute auch immer noch auf dem Thema für die Skulptur herum, die er beim Wettbewerb zur Verschönerung der Gemeinde einreichen wollte, und versuchte, sich nicht unter Druck zu setzen, während die Tage vergingen, ohne dass er seine Richtung fand. Er begutachtete die Stücke, die er bereits angefertigt hatte, und entschied, dass die gar nicht so schlecht waren, auch wenn er noch keine richtige Verbindung dazu bekam. Vielleicht würden sie ja zu ihm sprechen, wenn er noch einen weiteren Tag daran arbeitete. Dass er nach langer Zeit mal wieder so eine kreative Blockade hatte, nervte ihn noch zusätzlich zu allem anderen.

Schließlich entschied er sich, kleine Teile aus gewundenem Eisen anzufertigen, die als Akzente zu praktisch jedem Design passten. Die Biegemaschine erlaubte es ihm, sich auf seine

Aufgabe zu konzentrieren, ohne Gefahr zu laufen, sich oder irgendwas in seiner Umgebung zu verbrennen. Als Erstes bereitete er die Eisenstücke vor, die er verarbeiten wollte, und dann die Teile der Maschine, die er nutzen würde, um die Rundungen spiralförmig zu vergrößern. Nachdem alles bereitlag, machte er sich ans eigentliche Biegen des Metalls. Für Hunter spielte es keine Rolle, ob er Metall erhitzte, es in Form hämmerte, Nieten setzte, es drehte und bog oder einen Entwurf zu Papier brachte – er liebte es, einer Idee Leben einzuhauchen. *Leben* war ein wichtiges Element in all seinen Arbeiten.

Jedem seiner Kunstwerke widmete er die gleiche Aufmerksamkeit und Liebe zum Detail, unabhängig davon, ob es am Schluss architektonischen Zwecken diente oder in eine Ausstellung wanderte. Er nutzte gerne unterschiedliche Texturen und verarbeitete naturalistische Elemente in seinen Kreationen, am liebsten solche, die Wachstum und Stabilität symbolisierten, oder Wandel und Dinge, die im Fluss waren.

»Ich bin da!«, rief Clark, als er das Gebäude betrat.

»Gray kommt später«, antwortete Hunter laut, weil ihm gerade einfiel, dass sein Bruder das am Vorabend erwähnt hatte.

Er wusste, dass Clark sich gestern Abend mit einem ihrer Kumpels zum Essen hatte treffen wollen, und als Hunter nach Hause gekommen war, telefonierte Clark gerade im Gästezimmer. Er nahm an – *hoffte* –, dass er mit Nina gesprochen hatte.

Clark brachte ihm einen To-go-Kaffeebecher von Dunkin' Donuts.

»Danke dir.«

»Du warst schon weg, als ich heute Morgen aufgestanden bin, da habe ich mir gedacht, dass du den sicher brauchen kannst. War's nett beim Strandfeuer?« Clark wirkte immer noch müde, aber wenn das davon kam, dass er die halbe Nacht mit seiner Frau telefoniert hatte, wäre es ja gut.

»Ja. Ist immer schön, die anderen wiederzusehen und ein bisschen Zeit mit Bea zu verbringen. Sie ist wirklich süß.« Nachdem er Bea im Arm gehalten, ihr niedliches Gesicht angeguckt und ihren Babyduft gerochen hatte, war ihm durch den Kopf gegangen, wie unschuldig Säuglinge doch waren. Wie sehr sie davon abhängig waren, dass die Erwachsenen in ihrer Umgebung sie liebten und für sie sorgten. Jetzt war es ihm noch viel unverständlicher, wie Clark seinen Sohn hatte zurücklassen können. Wenn Hunter ein Kind hätte, würde es ihm immens schwerfallen, nur zur Arbeit zu fahren, geschweige denn aus der Wohnung auszuziehen.

»Ich habe dich gestern telefonieren hören, als ich nach Hause gekommen bin. Läuft es besser mit Nina?« Hoffnung breitete sich in seiner Brust aus, als ein Lächeln auf Clarks Gesicht erschien. Und er bemerkte, dass sein Freund sich heute rasiert hatte. Das musste doch ein gutes Zeichen sein. Verdammt, so was war ihm früher nie aufgefallen. Jana färbte offenbar tatsächlich auf ihn ab.

»Nein. Robert und ich waren im Beachcomber, und ich habe diese heiße Blondine kennengelernt und …«

Hunter biss die Zähne zusammen. »Sag mir bitte, dass du nicht mit ihr rumgemacht hast.«

»Nein, ich habe nicht mit ihr *rumgemacht*. Wir haben nur geredet. Mehr nicht.« Clark stopfte die Hände in die Hosentaschen seiner Jeans, doch das triumphierende Grinsen verschwand nicht aus seinem Gesicht, was Hunter noch wütender machte.

In letzter Zeit machte ihn alles wütend, aber nachdem er gestern Abend Zeit mit seinen Freunden verbracht hatte und die Liebe dieser Paare deutlich spürbar war und sich in den

Gesichtern ihrer Kinder widerspiegelte, machten ihn Clarks Trennungsabsichten noch fuchsiger.

»Um ein Uhr morgens?« Das klang wie ein Vorwurf, doch Hunter versuchte nicht mal, das abzumildern.

Clarks Lächeln verblasste und er zog die Brauen verärgert zusammen. »Ja, was geht dich das an? Wir haben geredet. Wir haben nicht rumgemacht. Ich habe sie nicht mal angefasst. Wir haben uns nur über ein paar Sachen unterhalten.«

»Was für Sachen?« Hunter verschränkte die Arme vor der Brust. So schnell würde er nicht lockerlassen.

»Keine Ahnung. Billy. Ehe. Leben.« Clark marschierte unruhig auf und ab, was Hunter sagte, dass er endlich an ihn herankam.

»Mit irgendeiner Frau, die du in einer Bar kennengelernt hast? Der hast du Einzelheiten aus deiner Ehe erzählt? Clark …«

»Was?« Der giftige Unterton in seiner Stimme passte zum Ekel, den Hunter verspürte.

»Meinst du nicht, dass du diese Zeit lieber in die Beziehung mit Nina stecken solltest? Der Mutter deines Kinds?« Ihm stand das Bild von Clark vor Augen, der sich in einer Bar an die nächstbeste hübsche Frau ranmachte, während Nina mit Billy zu Hause saß und sich vermutlich die Augen wegen der Trennung ausheulte.

»Verdammt, Hunter«, sagte Clark. »Ich dachte, du bist hier auf meiner Seite.«

»Ich bin auf deiner Seite. Aber ich will ganz ehrlich sein, Clark: Ich bin auch auf Billys Seite. Hast du mal dran gedacht, was Nina macht, während du saufen gehst und Frauen aufreißt?«

»Ich habe sie nicht aufgerissen.« Clark fuhr sich mit einer Hand durch die Haare und seufzte. »Nina will nicht mit mir reden. Sie meint, dass ich erwachsen werden soll. *Erwachsen werden!*« Er schüttelte mit einem spöttischen Schnauben den Kopf. »Ich reiße mir den Arsch auf, damit sie und Billy in einem tollen Haus wohnen können und was zu essen auf dem Tisch haben …«

»Hör mal zu, Clark. Ich behaupte nicht, dass ich viel über Beziehungen weiß, aber Nina hat mit Sicherheit genauso das Bedürfnis, sich wie eine Frau zu fühlen, wie du es hast, dich wie ein Mann zu fühlen.«

Clark hielt inne.

»Denk mal drüber nach.« Hunter lehnte sich gegen die Werkbank. »Ich weiß, dass ihr ewig keinen Sex mehr hattet, aber geh mal noch einen Schritt weiter. Wann hattest du das letzte Mal *wilden, verrückten, hemmungslosen* Sex mit deiner Ehefrau?«

Clark zuckte mit den Schultern. »Keine Ahnung. Irgendwann vor Billy vielleicht?«

»Tja, dann solltest du vielleicht nicht mit fremden Frauen flirten, sondern mit deiner Frau. Wann hast du ihr das letzte Mal gesagt, wie schön sie ist? Alter, wann hast du sie das letzte Mal angesehen, als könntest du die Finger nicht von ihr lassen?«

»Sie spricht nicht mit mir, Hunter. Wahrscheinlich schaue ich sie ständig an, als würde ich in ihrer Nähe auf rohen Eiern laufen.«

»Das ist noch ein Grund mehr, dir mehr Mühe zu geben. Du hast eine Frau *geheiratet*, bei der du früher einen Ständer bekommen hast, wenn du nur ihre Stimme gehört hast. Weißt du noch? Du hast mir erzählt, dass du ihr komplett verfallen bist. *Verfallen*, Clark. Sie ist noch die gleiche Frau, nur ist sie jetzt auch noch die Mutter deines Sohns.«

»Sie ist sogar noch schöner als an dem Tag, als wir uns kennengelernt haben, aber …«

»Nein. Hör auf damit. Kein *aber* mehr.« In diesem Moment wusste er genau, was Clark zu tun hatte, und dass ihm diese Erkenntnis kam, überraschte ihn mehr als alles andere.

»Lass mich heute Abend auf Billy aufpassen und du gehst mit deiner Frau aus. Ruf sie an und bitte sie um ein Date. Zeig ihr, dass du dich an das Paar erinnern willst, das ihr mal wart. Flirte mit ihr. Lass sie wissen, dass du sie schön findest.« Je länger er darüber nachdachte, desto mehr wollte er, dass das klappte. »Oder noch besser: Buch euch ein Zimmer in einem B & B. Ich bleibe über Nacht bei Billy.«

Clark schnaubte erneut. »Du? Ein Kind über Nacht babysitten? Ich kann auch meine Mom fragen. Du brauchst das nicht machen.«

»Willst du, dass deine Mutter von euren Eheproblemen erfährt?« Das wollte er ganz sicher nicht. Clarks Mutter war dafür bekannt, sich überall einzumischen. »Lass mich das für euch tun. Los, mach Pläne deine Frau zu vögeln, damit sie vergisst, warum sie überhaupt sauer auf dich war. Dann fühlt ihr euch beide besser.«

»Wirklich?«

Hunter nickte.

»Wer hätte gedacht, dass du mal Eheratschläge gibst?« Clark schlug ihm auf den Rücken und ging dann zurück ins Büro im vorderen Teil des Gebäudes. In der Tür blieb er jedoch stehen und drehte sich noch einmal um. »Benutz das Wort *vögeln* nicht, wenn du über Sex zwischen mir und meiner Frau sprichst. Es ist so viel mehr als das und ein verdammt großer Unterschied. Bei Nina geht es für mich immer nur um Liebe und nichts weniger. Danke, dass du mich daran erinnert hast.«

Hunter lächelte in sich hinein und ihm ging auf, dass auch

seine Wut verraucht war. Rasch tippte er eine Nachricht an Jenna und räumte dann die Metallteile weg, an denen er gerade gearbeitet hatte, um anschließend die Esse anzufeuern.

Nach ihrem letzten Kurs organisierte Jana sich noch für den folgenden Tag im Tanzstudio und sprang dann im Undercover ein. Schließlich trudelte sie um kurz nach acht in dem Häuschen ein, das sie angemietet hatte. Sie war müde von dem langen Arbeitstag und ihre Oberarmmuskeln machten sich mit einem leisen Ziehen bemerkbar, als sie den Briefkasten leerte – eine kleine Erinnerung an das, was sie und Hunter vor dem Strandfeuer gemacht hatten.

Der Muschelkies knirschte unter ihren Füßen, während sie auf dem Weg zur Eingangstür die Post durchsah. Das gemütliche Cottage war wundervoll. Es befand sich nicht in fußläufiger Nähe eines Strands oder der Touristenattraktionen, sodass sie hier am Ende der unbefestigten Straße ihre Ruhe hatte, was ihr sehr gefiel. In dem Häuschen gab es nur ein Schlafzimmer, eine Küche, in die gerade so ein Mensch passte, ein Wohn- und Esszimmer und ein Bad. Es war perfekt für sie. So gern Jana auch unter Leuten war, sich mit ihnen unterhielt und Musik hörte, zu Hause wollte sie ihre Privatsphäre.

Die Vermieter hatten jemanden damit beauftragt, sich um den Garten zu kümmern, und Jana liebte es, sich morgens mit ihrem ersten Kaffee an die kleine Küchentheke zu setzen und die Sonnenstrahlen dabei zu beobachten, wie sie über die Rasenfläche krochen. Dieses erste Morgenlicht verlieh dem Garten eine magische Atmosphäre, in die es die Rosenbüsche, die in voller Blüte stehenden Rhododendren, die hohen Pechkiefern und das üppige, grüne Gras tauchte.

Als sie die Stufen zur vorderen Veranda hochstieg, musste sie erneut an Hunter denken, wie er gestern mit dem Helm unter dem Arm vor ihrer Tür gestanden hatte wie der personifizierte Sex. Sie lächelte, unterdrückte das jedoch rasch wieder, als ihr die Nachricht einfiel, die sie heute von ihm bekommen hatte. *Gibst du es schon zu?*

Nein, sie würde vor ihm gar nichts zugeben. Warum wollte er das überhaupt?

Kopfschüttelnd schloss sie die Tür auf, blieb jedoch wie angewurzelt stehen, als die Erinnerung an sein Rasierwasser sie überwältigte. Bisher hatte sie das noch nie an ihm wahrgenommen, und in diesem Moment ging ihr auf, dass er es vielleicht für sie getragen hatte.

Auf keinen Fall.

Sie dachte an seine frisch rasierten Wangen.

Vielleicht …

Dass sie seit heute Morgen nichts mehr von ihm gehört hatte, bestätigte nur, was sie sich schon den ganzen Tag lang dachte. Gestern Abend, als er Bea auf dem Arm hielt, hatte sie ihn durch eine rosarote Brille gesehen, die Männer nur durch die Nähe eines Kinds oder Hunde- oder Katzenwelpen wie etwas wirken ließen, was sie nicht waren.

Sie stellte ihre Sachen an der Eingangstür ab und ließ sich seufzend auf die Couch sinken. Endlich konnte sie die Beine hochlegen. Sie streifte sich die Schuhe ab und zog die Füße auf die Sitzfläche, in Gedanken noch immer beim gestrigen Abend. Sie hatte zugelassen, dass Hunter ihr die Hände fesselte, und ihr hatte es gefallen, dass er die komplette Kontrolle über ihre Lust und Sicherheit bekam. Warum war es so leicht, ihm zu vertrauen? Sollte sie peinlich berührt sein, weil sie das getan hatten? Oder sich Sorgen machen, ob er Grayson oder Sawyer davon erzählen würde, wenn er das nächste Mal mit ihnen ausging? Oh, die Vorstellung verursachte ihr ein unangenehmes Gefühl, aber die Sorge verflog gleich wieder, und ihr wurde klar, dass sie Hunter wirklich vertraute. Wo kam das her? War es ein trügerisches Gefühl der Sicherheit, das sie dringend loswerden sollte? Sie hatte seit Jahren keinem Mann mehr vertraut – wenn überhaupt –, abgesehen von ihren Brüdern und ihrem Vater, aber das war eine andere Art von Vertrauen.

Sie versuchte, die Gedanken abzuschütteln. Natürlich vertraute sie Hunter. Er war schließlich *Hunter*, der Mann, der immer das Glück seiner Familie und Freunde im Blick hatte. Der Mann, der schon so oft für *Sky* alles hatte stehen und liegen lassen. Der Mann, der wunderschöne Kunstwerke erschuf und sie ansah, als wollte er sie mit Haut und Haar verschlingen.

Genau. *Das* stimmte an dieser Gleichung nicht. *Er war Hunter.* Der Mann, der eine Menge Frauen anschaute, als wollte er sie mit Haut und Haar verschlingen – und dem auch gerne nachgab.

Jana lehnte sich zurück und schloss die Augen. Warum kümmerte sie das alles überhaupt? Machte sie nicht das Gleiche mit Männern? Na ja, vielleicht nicht in letzter Zeit, seit sie und Hunter regelmäßiger miteinander in die Kiste sprangen, aber sie war definitiv eine Frau, die nicht alleine nach Hause ging, wenn sie nicht alleine nach Hause gehen wollte.

Warum dachte sie darüber nach, was er mit anderen Frauen anstellte? Sie war ja schließlich nicht auf der Suche nach einem festen Freund. Und wenn sie es wäre, würde ihre Wahl sicher nicht auf Hunter fallen, weil der alles andere als ein Beziehungsmensch war. Aber sie wollte sowieso nur Spaß, von daher ... musste sie die Sache noch nicht beenden. Bei allem, was sie miteinander taten, wenn sie alleine waren, fühlte sie sich lebendiger als mit jedem anderen Mann zuvor. Jeder seiner Küsse entfachte ein Inferno in ihr und jede Berührung ließ sie sich bereits nach der nächsten sehnen. Und dann hatte er sie gestern Abend auch noch ins Schlafzimmer getragen und in den Armen gehalten, bis sie aufhörte zu zittern.

Alles hatte sie dafür getan, um nicht an diese zärtlichen Momente zurückzudenken, weil sie nicht davon ausging, dass sie irgendetwas zu bedeuten hatten. Doch alle paar Stunden beschlich sie wieder das Gefühl, wie es war, in seinen Armen zu liegen. Und der gefühlvolle Ausdruck in seinen Augen fiel ihr wieder ein.

Sie musste aufhören, an diese Sekunden zu denken – mehr war es ja auch nicht gewesen. *Nur Sekunden.* Ein Aufblitzen von etwas, das sie sich vermutlich ohnehin nur eingebildet hatte.

Sie machte sich einen Salat und aß ihn, während sie nebenbei durch ein Klatschmagazin blätterte. Schon jetzt freute sie sich auf ein langes, heißes Bad, um ihre schmerzenden Muskeln zu entspannen und dann hoffentlich die Nacht gut durchzuschlafen. Morgen war sie zum Frühstück mit Sky und ihren Freundinnen in Seaside verabredet und konnte es kaum erwarten, ein bisschen Mädelszeit zu bekommen. Manchmal rauschten die Tage so schnell an ihr vorbei, dass sie kaum Zeit zum Denken hatte.

Um neun goss sie sich ein Glas Wein ein und füllte die Wanne mit einem Schaumbad. Dann zog sie sich aus und überdachte noch mal den Plan mit dem einen Glas Wein. Rasch wickelte sie sich in ein Handtuch, um die ganze Flasche zu holen, und sank dann in die wohlige Wärme der Badewanne, wo sie die Augen schloss.

Das schmerzhafte Ziehen in ihren Schultern ebbte gerade ab, als ihr Handy in der Hosentasche ihrer Jeans auf dem Boden neben der Wanne vibrierte. Sie ignorierte es, fest entschlossen, sich zu entspannen. Ein paar Minuten später vibrierte es erneut. Rasch nahm sie noch einen Schluck von ihrem Wein, doch als das Telefon sich dann ein drittes Mal meldete, gab sie auf und griff danach.

Sie konnte ein Lächeln nicht unterdrücken, als sie NICHT REAGIEREN! auf dem Display sah. Was würde Mr. Du-weißt-dass-du-mich-willst wohl dazu sagen, wenn er das sehen könnte? Sie las die erste Nachricht. *Was machst du gerade?* Dann die zweite. *Vermisst du mich?* Und schließlich die dritte. *Rate mal, was ich gerade mache.*

Sie wischte sich die Hände am Handtuch trocken und fragte sich, warum er ihr auf einmal schrieb. Trotzdem schickte sie ihm eine kurze Antwort. *Du schreibst mir Nachrichten.*

Dann legte sie das Handy weg und schloss die Augen wieder in der Hoffnung, dass ihre Reaktion langweilig genug war, um ihr ein bisschen Ruhe und Frieden zu verschaffen. Als ihr Handy jedoch erneut vibrierte wie auf Speed, musste sie einfach ihre Neugierde befriedigen.

Sie öffnete die erste Nachricht, und während sie noch überlegte, wessen niedlicher Sohn da auf dem Selfie mit Hunter zu sehen war, folgten noch mehr Fotos. Sie scrollte durch Bilder von Hunter und dem süßen Zwerg mit den grünen Augen. Er hatte ein Foto von sich mit dem Kind und einem offenen Buch auf dem Schoß gemacht, doch irgendwie hatte Jana Probleme, sich Hunter dabei vorzustellen, wie er ihm vorlas. Auf dem nächsten Bild aßen sie beide Spirelli-Nudeln. Es folgte der Junge in einem süßen Schlafanzug mit Bärenaufdruck, und schließlich eins, auf dem er tief und fest in etwas eingewickelt schlief, was vermutlich seine Lieblingskuscheldecke war.

Bevor Jana es verhindern konnte, entkam ihr ein entzückter Laut. Eine weitere Chatnachricht folgte.

Ich babysitte Clarks Sohn, damit er mit seiner Frau ausgehen kann.

Er war ein netter Kerl, aber irgendwie konnte sie sich nicht vorstellen, dass er einfach so ein paar Stunden Lebenszeit opferte, um ein Kind zu beaufsichtigen. Auf der anderen Seite passte es so gut zu Hunter. Sie hatte das Gefühl, dass er so viel mehr zu geben hatte als nur Sex, wenn er sich irgendwann dazu entschloss.

Sie antwortete ehrlich. *Das ist wirklich süß von dir.*

Hunters nächste Nachricht kam nur einen Augenblick später. *Es macht tatsächlich Spaß. Der Kleine ist wirklich super.*

Wie lange bleibst du da?, fragte Jana.

Auch dieses Mal reagierte er schnell. *Die ganze Nacht. Clark und Nina brauchen ein bisschen Zeit für sich. Billy schläft wie ein Stein.*

Jana versuchte sich vorzustellen, wie Hunter eine ganze Nacht zum Babysitten opferte, doch bevor sie antworten konnte, kam noch eine Nachricht. *Es war meine Idee.*

Das musste sie erst mal verarbeiten. Seine Idee? Wow. Ihr Handy klingelte urplötzlich, sodass sie es vor Schreck beinahe in die Wanne fallen ließ. Sie nahm seinen Anruf an, und er redete los, bevor sie auch nur Hallo sagen konnte – typisch Hunter.

»Du bist dran«, sagte er. »Was machst du gerade?«

Ihr Blick fiel auf den Schaum in der Wanne. »Ich bade.« *Oh Gott, warum erzählst du ihm das?* Sie schloss die Augen und erwartete direkt einen sarkastischen Kommentar.

»Steckt dir gestern Abend noch in den Knochen?«, fragte er mitfühlend.

Überrascht verneinte sie ein bisschen zu schnell und fügte dann leiser hinzu: »Ein bisschen vielleicht. Aber auf gute Art.«

»Tut mir leid. Ich wollte dir nicht wehtun.« Er klang, als würde er es ernst meinen, was ein Flattern in ihrem Bauch auslöste.

»Hast du nicht. Ich beschwere mich nicht.« Es fühlte sich seltsam an, so freimütig mit ihm zu sprechen, während sie nackt in der Badewanne lag.

»Hilft das Bad?«

»Ja. Der Wein auch. Warte mal kurz.« Sie legte für einen Moment das Handy weg und goss sich nach. »Tut mir leid, bin wieder da.«

Er schwieg.

»Hunter?«

»Ja. Ich bin noch dran.« Er stieß einen geräuschvollen Atemzug aus. »Ich versuche nur gerade, mir dich nicht in der Badewanne vorzustellen. Nackt.«

»Schon lustig. Ich hätte vermutet, dass du die Vorstellung in vollen Zügen genießt.«

»Vielleicht wenn ich die Möglichkeit hätte, bei dir vorbeizukommen. Gerade verdränge ich den Gedanken daran eher. Sei mal einen Moment lang still. Deine Stimme macht mich jedes Mal heiß.«

Gut zu wissen. Mit Hunter zu spielen war die perfekte Entspannungsmethode. »Ach ja?«, fragte sie im verführerischsten Tonfall, den sie zustande brachte.

»Jana«, gab er grollend zurück.

Oh, das macht wirklich Spaß. Aufregung machte sich in ihr breit, und sie konnte nicht widerstehen, ihren unschuldigsten Ton anzuschlagen. »Aber Hunter, willst du denn nicht wissen, dass der Schaum sich gerade auflöst und ich meine Nippel knapp über der Wasseroberfläche sehe und …«

»Verflucht«, flüsterte er.

Die Anspannung in seiner Stimme machte sie an. Sie hatte noch nie Telefonsex gehabt, aber Hunter zu necken machte einfach zu viel Spaß, um jetzt damit aufzuhören.

»Das klingt, als wärst du gerne hier, bist du aber leider nicht, also …« Sie glitt tiefer in die Wanne. »Das Wasser kühlt langsam ab, aber mir wird wärmer.«

»Dir wird …« Er murmelte irgendwas, das sie nicht verstand. Dann hörte sie, wie er sich bewegte. »Ich nehme das Babyfon mit ins Gästezimmer.«

»Sieh mal einer an, du bist ja echt verantwortungsbewusst, wie ein großer Junge.«

»Ich zeig dir gleich einen *großen Jungen*.«

Bei diesem Versprechen rieselte Jana ein wohliger Schauer über den Rücken. Sie hörte, wie eine Tür geschlossen wurde und dann Hunter ein wenig schwerer atmen.

»Sag mir, was du tust.« Sie kniff die Augen zusammen und formte ein *Oh mein Gott!* mit den Lippen, fassungslos, dass sie das hier wirklich tat.

»Ich mache es mir bequem und ziehe die Jeans aus.« Es folgte etwas, das sich wie Kleidung anhörte, die auf einen Holzboden fiel. Dann war er wieder am Telefon. »Okay, meine Hübsche.« In seiner tiefen, lusterfüllten Stimme schwang so viel Selbstsicherheit mit. »Ich will dich sehen.«

»Was?« Sie riss die Augen auf. »Nein.«

»Komm schon. Lass uns einen Videoanruf machen. Wir sind allein. Billy schläft. Lass mich dein hübsches Gesicht sehen.«

»Nein. Keine Chance.« Ein aufregendes Kribbeln breitete sich bei dem Gedanken, eine weitere Grenze mit Hunter zu überschreiten, in ihrem Körper aus.

»Darf ich deine schönen, blauen Augen nicht sehen, während wir schmutzige Sachen anstellen?«

Sie antwortete nicht, weil sie tatsächlich auch gerne zuschauen würde, wenn er sich selbst anfasste. Bei der Vorstellung beschleunigte sich ihr Atem. Ihre Brustwarzen kribbelten wie verrückt und sehnten sich nach seiner Berührung.

»Hast du so was schon mal gemacht?«, fragte er.

Sie überlegte kurz, ob sie lügen sollte, aber dann entkam ihr ein »Nein«, bevor sie es verhindern konnte.

Er schwieg eine ganze Weile, bevor er ganz leise zugab: »Ich auch nicht.« Mehr sagte er nicht, und sie wusste, dass er ehrlich zu ihr war.

»Ich wollte noch nie einer Frau Lust verschaffen, ohne mit ihr im selben Raum zu sein, aber die Vorstellung, dich nur mit meinen Worten und deinen Händen zum Kommen zu bringen? Das ist so verdammt heiß.«

Sie spürte, wie ihr Hitze in die Wangen stieg, und die Vorstellung, ihn zu beobachten, wie er sich selbst anfasste, lenkte sie so sehr ab, dass sie nicht antworten konnte.

»Bist du noch dran, meine Hübsche?«

»Mhm.«

»Ich vertraue dir, Jana. Vertraust du mir?«

»Ja«, flüsterte sie so leise, dass sie sich nicht sicher war, ob sie es überhaupt laut ausgesprochen hatte.

»Gut. Denn das kannst du auch. Eins der Dinge, die ich am meisten an dir schätze, ist die Tatsache, dass du keine Angst hast, deine Sexualität zu genießen.«

Sie schloss die Augen und spürte der Mischung aus Nervosität und Aufregung in ihr nach.

»Du hast keine Angst, mir zu sagen, was dir gefällt«, fuhr er in unfassbar sinnlichem Tonfall fort. »Oder dir zu nehmen, was du von mir willst. Die meisten Frauen tun das nicht. Wusstest du das?«

»Nein«, flüsterte sie.

»Du bist anders. Ich glaube, deswegen kommen wir immer wieder zueinander zurück. Weil wir uns da ähnlich sind. Bei dir kann ich ich selbst sein. Ich kann mir nehmen und von dir fordern, was ich will, die Grenzen austesten und mir dabei vollkommen sicher sein, dass du mir sagst, wenn ich zu weit gehe. Das wirst du doch, meine Hübsche, oder?«

»Ja.« Ein Zittern breitete sich in ihrem Körper aus, nicht aufgrund des nur noch lauwarmen Wassers, sondern von der Vorfreude darauf, etwas so Unanständiges mit Hunter zu tun. Der raue Klang seiner Stimme hatte sie schon immer unglaublich erregt, aber das wurde gerade ins Unermessliche gesteigert.

»Gut. Ich möchte, dass du mir immer sagen kannst, wie du dich fühlst. Was du brauchst.«

Ihr entwich ein nervöser Atemzug. Sie ließ eine Hand unter die Wasseroberfläche gleiten und berührte die heiße Stelle zwischen ihren Beinen, um das sehnsüchtige Ziehen ein wenig zu mildern.

»Jana?«

»Hm.« Mit geschlossenen Augen bewegte sie die Finger über ihr empfindliches Geschlecht.

»Sag mir, dass du mich willst, Baby.« In seiner Stimme schwang so viel Erregung mit, und sie wusste, dass er es hören wollte, vielleicht sogar hören musste, aber sie würde nicht nachgeben.

»Niemals«, erwiderte sie provokant und musste unwillkürlich grinsen.

»Verdammt, Jana. Ist das dein Ernst?«

»Aber so was von.« Sie lächelte, ohne die Augen zu öffnen.

»Du bringst mich irgendwann noch ins Grab.«

»Aber nicht heute Abend, hoffe ich.«

Er lachte, tief und verführerisch, was ihre Erregung noch weiter steigerte. »Ich will dich sehen, meine Hübsche.«

Sie hielt mitten in der Bewegung inne, die Hand immer noch zwischen ihren Beinen, und öffnete blinzelnd die Augen. Sie könnte ablehnen. Ihm nicht geben, was er wollte. Aber damit würde sie selbst auch nicht bekommen, was sie wollte.

<h1 style="text-align:center">Acht</h1>

Hunters Hände zitterten. Er hatte keine Ahnung, warum er dieses heiße Geplänkel mit Jana so auf die Spitze trieb, aber er war steinhart und absolut bereit, die Sache durchzuziehen. Der Kleine schlief nebenan tief und fest, er hatte das Babyfon bei sich und die Tür war abgeschlossen. An der Sorge, von Billy erwischt zu werden, konnte das Zittern seiner Hände also nicht liegen. Die Aussicht auf das, was sie womöglich gleich tun würden, machte ihn nervös. Er hatte sich noch nie vor einer Frau einen runtergeholt, aber mit Jana konnte er sich kaum etwas Erotischeres vorstellen.

»Ich will dich auch sehen.« Ihre Stimme klang dünn und zittrig, was ihm verriet, dass sie ebenfalls nervös war.

»Ich lege jetzt auf und starte den Videoanruf. Lauf nicht weg.« Er beendete das Telefonat und rannte ins Badezimmer, wo er eine Tube Handcreme gesehen hatte, die er aufs Bett warf, während sie den Videocall schneller annahm, als er erwartet hatte. Der Gedanke, dass Jana vielleicht in den dreißig Sekunden, die verstrichen waren, einen Rückzieher machen würde, ließ seinen Puls in die Höhe schießen.

Ihr Gesicht erschien auf dem Display und er konnte die weiße Badewanne hinter ihren Schultern erkennen. Sie lag bis knapp unter die Schlüsselbeine im Wasser und ihre Wangen waren leicht gerötet, ein unglaublich erotischer Anblick. Sie lächelte, biss sich dann jedoch auf die Unterlippe. Am liebsten wäre er durchs Telefon geklettert und hätte sie auf den herrlichen Mund geküsst. Sie war so unglaublich mutig, dass es ihm den Atem verschlug.

»Hey, meine Hübsche.« Inzwischen trug er nur noch seine schwarzen, eng anliegenden Boxershorts und hielt das Handy so, dass sie den oberen Teil seines Oberkörpers sehen konnte. Sein Herz hämmerte so schnell, dass er befürchtete, sie könnte es merken.

»Hey.«

»Nervös?«

Sie nickte.

»Ich auch. Du siehst so verflucht niedlich aus. Gar nicht wie die freche Blondine, die ich kenne.«

Sie zog die Augenbrauen zusammen, doch ihre Mundwinkel bogen sich nach oben. »Tja, du grinst ja auch nicht so arrogant wie sonst. Bist du dir sicher, dass du das beim Babysitten machen willst?«

Er hielt das Babyfon hoch, damit sie es sehen konnte. »Die Magie der modernen Technologie. Ich würde nie etwas tun, das Billy schadet.«

Sie blinzelte ein paarmal. »Das weiß ich doch.« Ihre Stimme klang atemlos, und er wünschte, er könnte ihren Atem auf seiner Haut spüren.

»Kannst du dein Handy so hinstellen, dass ich dich sehe? Und du die Hände frei hast?«

Sie presste die Lippen aufeinander und sah sich suchend um. »Ja, aber hier wird es langsam ein bisschen kalt. Warte eben.« Sie lehnte das Handy gegen irgendwas, was ihm einen direkten Blick auf ihren Oberkörper gewährte, als sie sich nach vorne beugte. Dann hörte er Wasserrauschen. »Ich lasse noch mal warmes Wasser ein. Kleinen Augenblick.« Sie kniete sich hin, und er befürchtete, dass er allein vom Anblick von ihr auf allen vieren kommen würde.

»Verdammt, du bist echt unglaublich, meine Hübsche.« Er umfasste seine Härte durch den Stoff seiner Shorts, zog sie dann jedoch rasch aus und legte sie auf den Stuhl neben dem Bett, falls Billy aufwachte.

»Hör auf. Du machst mich ja ganz verlegen.« Sie drehte das Wasser wieder ab, bevor sie es sich erneut in der Wanne bequem machte.

Er stellte das Handy so auf den Nachttisch, dass sie sein Gesicht sehen konnte.

»Tiefer, bitte«, sagte sie.

Sein Blick ruckte nach oben. »Du bist eine Frau mit ganz, ganz schmutzigen Fantasien, Jana Garner. Und ich mag dich viel mehr, als ich gerade sollte.« Er zögerte einen Moment, veränderte dann aber hin- und hergerissen den Winkel des Handys. Einerseits wollte er ihr Gesicht beobachten, wenn sie sich selbst anfasste, aber ihren Körper *und* ihr Gesicht im Blick zu haben, wäre ideal.

»Stell das Handy weiter weg, damit ich alles sehen kann.«

»Du zuerst«, gab sie bissig zurück. Ihre Selbstsicherheit war zurück und schickte heiße Lust durch seine Adern.

»Oh verflucht.« Er rutschte nach hinten, sodass er weiter vom Nachttisch entfernt lag und sie ihn von der Mitte der Oberschenkel aufwärts sah. Dann umfasste er die Basis seiner Erektion mit festem Griff, um dem dumpfen Ziehen etwas entgegenzusetzen.

»Wow, in diesem Winkel siehst du echt groß aus!« Sie lachte.

»Ich bin groß und das weißt du auch ganz genau.«

»Darüber sollten wir jetzt lieber nicht diskutieren.« Sie lachte erneut und setzte ihr Telefon dann um.

Erneut wäre er gerne durchs Handy gestiegen, diesmal um sie daran zu erinnern, wie groß er tatsächlich war. Wieder und wieder und wieder.

»Ich kann nicht fassen, dass wir das wirklich machen. Ich sag's dir, wenn du das jemals irgendwem erzählst, kastriere ich dich!«

»Du weißt doch, dass ich genieße und schweige. Glaubst du denn wirklich, ich will, dass andere Kerle sich vorstellen, wie du nackt in der Badewanne aussiehst?« Plötzlich breitete sich ein besitzergreifendes Gefühl in seiner Brust aus, das normalerweise für die Leute reserviert war, die ihm am nächsten standen, und das überraschte ihn maßlos. »Sag mir, dass du das mit niemand anderem machen wirst«, platzte er heraus, bevor er sich daran hindern konnte. Verdammt. Das klang viel fordernder, als er beabsichtigt hatte.

»Wie bitte? Glaubst du, dass ich das plötzlich mit jedem machen will, wenn wir hier fertig sind?« Sie verdrehte die Augen. »Hunter«, fuhr sie dann leiser fort. »Das würde ich nie tun.«

Sie ließ den Kopf auf dem Rand der Badewanne ruhen und schloss die Augen. Das zeugte von so viel Vertrauen und schürte die besitzergreifenden Instinkte in ihm nur noch mehr. Als sie die Augen öffnete und ihr Gesicht dem Handy zuwandte, sanken ihre Schultern ein winziges Stück nach unten, als hätte sie sich mental auf das vorbereitet, was sie gleich tun würden.

»Schließ die Augen wieder«, sagte er leise.

»Warum?« Sie runzelte verwirrt die Stirn.

»Weil das wirklich heiß aussah. Nur für einen Moment.«

»Aber ich will dich sehen.«

»Mann, Jana. Diskutier doch mal für einen Moment nicht, sondern mach einfach die Augen zu.« Er wünschte, das Licht wäre aus und Kerzen würden brennen, was wirklich merkwürdig war, weil das auch zu den Dingen gehörte, die er nie tat. Kerzen für Frauen anzünden. Aber aus irgendeinem Grund wollte er es für Jana tun.

Als sie schließlich die Augen wieder schloss, nahm er sich einen Augenblick Zeit, um sie ausgiebig zu betrachten. Ihre vollen, großen Brüste zeichneten sich deutlich sichtbar unter dem schaumigen Wasser ab. Er umfasste sie so gerne, neckte sie so gern mit der Zunge. Dann ließ er den Blick zu ihrem aufgestellten Knie schweifen und weiter nach unten, wo ihre Hand auf ihrer linken Hüfte ruhte.

»Stell dir einen dunklen Raum vor und Kerzen rund um die Badewanne.« In seiner leisen Stimme schwang sein Verlangen deutlich hörbar mit.

»Hmm. Klingt gut.«

»Du lehnst an meiner Brust. Meine Oberschenkel drücken sich gegen deine Hüften. Du spürst meine Härte an deinem Rücken und ich umfasse deine Brüste mit beiden Händen. Streichel deine Brüste für mich, meine Hübsche.«

Sie folgte seiner Aufforderung.

»Genau so. Jetzt streich mit den Daumen über deine schönen Nippel.«

Ihr entkam ein Seufzen und ein kaum hörbares Stöhnen.

»Du machst das toll. Gott, du bist so sexy.« Er nahm sich etwas von der Handcreme und umfasste seine harte Länge. Langsam ließ er die Hand daran auf- und abgleiten, während er sie weiter beobachtete.

»Jetzt beweg deine Hand über deinen Bauch nach unten …
Schön langsam, als wäre es meine. Was soll ich mit dir anstellen,
meine Hübsche?«

»Fass mich an«, gab sie keuchend zurück.

»Fass dich selbst an, wo du mich spüren willst.« Sie schob
die Finger zwischen ihre Beine und bog den Kopf stöhnend
nach hinten. Dann hob sie ihn jedoch wieder an und warf dem
Handy einen verführerischen Blick zu.

Ein Lächeln umspielte ihre Mundwinkel, als sie sah, wie er
die Hand über seine Erektion gleiten ließ. Sie leckte sich über
die Lippen und schluckte hart, bevor sie den Mund erneut
leicht öffnete. Der hungrige Ausdruck in ihren Augen brachte
Hunter beinahe zum Orgasmus.

»Das Spiel gefällt mir«, sagte sie heiser, was bei ihr unglaublich erotisch klang.

»Schieb einen Finger in dich und stell dir vor, dass ich es
bin. Sag mir, wie es sich anfühlt.« Er beobachtete, wie sie nun
auch das zweite Bein aufstellte und die Knie auseinanderfallen
ließ. Das versperrte ihm die Sicht in die Badewanne, doch ihr
Blick blieb fest auf seine Hand an seiner Erektion gerichtet.
»Red mit mir, meine Hübsche. Wie fühlt es sich an? Ich kann
nichts sehen, also musst du es mir beschreiben.«

»Ich … bin zu sehr damit beschäftigt, dir zuzuschauen.«

»Reiz deine Brustwarze, während du den Finger in dir be-
wegst.«

Sie gehorchte und bog mit einem leisen Aufschrei den Rücken durch. Die Augen fielen ihr wieder zu und ihr Kopf sank
nach hinten. Hunter umfasste seine Hoden mit der freien
Hand.

»Lass mich dich sehen, Baby. Schau mich an.« Er war so
kurz vor dem Höhepunkt, dass er den Griff um seine Erektion

erneut verstärken musste, um nicht die Kontrolle zu verlieren.

Sie öffnete die Augen, und er erkannte, dass sie auch fast so weit war. Ihr Blick war verschleiert und sie blinzelte ein paarmal.

»Fühlt sich … so gut … an.«

»Du fühlst dich immer gut an, Baby. Du bist so eng und feucht und du brauchst es so sehr. Bring es zu Ende, aber ich will hören, wie du meinen Namen sagst, wenn du kommst, und ich will deine wunderschönen Augen sehen, damit ich mich in ihnen verlieren kann.«

Ihr Arm bewegte sich schneller und er zog das Tempo ebenso an.

»Ich bin gleich …« Sie schaute ihm in die Augen. »Ich komme gleich.«

»Ich auch, Baby. Spiel noch mal mit deinem Nippel und lass es passieren, als wäre ich das zwischen deinen Beinen. Hart, schnell … Oh, verflucht! Jana …« Warmes Sperma traf auf seine Brust im gleichen Moment, als sie seinen Namen rief.

»Hunter! Oh Gott!«

Ihre Blicke trafen sich, und Hunter hätte schwören können, dass sich in diesem Bruchteil einer Sekunde alles veränderte. Er sah nicht mehr einfach Jana in einer Badewanne, deren Wangen gerötet von ihrem Orgasmus glänzten. Er sah *nur noch* Jana. *Seine* Jana. Er ließ sich nach hinten auf die Matratze sinken, ohne den Blick von ihr zu nehmen, und fühlte sich zum ersten Mal in seinem Leben einer Frau wirklich verbunden. Er lächelte und hoffte, dass es ihr ebenso ging, aber sie beugte sich nach vorne und beendete den Anruf einfach. Und Hunters Herz forderte erneut: *Beachte mich.* Nur dieses Mal fühlte es sich dunkel und schwer an, als eine Welle der Traurigkeit ihn überrollte.

Neun

Den ganzen Morgen über fühlte Jana sich beflügelt, ja sogar befreit, als wäre sie in einen neuen Club eingetreten. *Der Club für virtuellen Sex*, sinnierte sie. Es hatte ihr gefallen, wie Hunter sie am vergangenen Abend angesehen hatte, wie sexy und sinnlich sie sich dabei gefühlt hatte und gar nicht schmutzig und billig. Und ihn dabei zu beobachten, wie er Hand bei sich selbst anlegte? Es gab keine Worte, um zu beschreiben, wie unglaublich gut sich dieser scheinbar so kleine Aspekt angefühlt hatte. Sie hätte ihm die ganze Nacht lang dabei zusehen können – doch dann war es plötzlich zu viel geworden.

Sie hatte das Handy ausgemacht, was wohl die Entsprechung dafür war, dass sie sich wortlos rausschlich, nachdem Hunter eingeschlafen war. Nur war sie dieses Mal nicht dem Morgen danach entkommen. Sie war vor den Gefühlen davongelaufen, von denen sie so sicher gewesen war, sie vor Jahren weggeschlossen zu haben. Doch diese Gefühle reagierten auf das, was sie miteinander geteilt hatten, und drohten sich zu offenbaren, weil er sie in diesem letzten Moment auf diese ganz bestimmte Art angesehen hatte.

Nun meldete sich ihre Nervosität jedoch mit voller Macht zurück, als sie ihr Auto vor dem Waschhaus in der Seaside-

Siedlung parkte, um sich mit Sky und den Mädels zum Frühstück zu treffen.

Sie drehte den Rückspiegel zu sich, um ihr Gesicht darin zu mustern. Würden die anderen ihr ansehen, was sie getan hatte? Sah sie irgendwie … hemmungsloser aus? Sie stöhnte. Die Mädels waren definitiv nicht verklemmt, aber was sie gestern Abend getan hatte, fühlte sich plötzlich irgendwie verboten an. Jenseits von ein bisschen verrucht. Und Hunter war Skys Bruder, wodurch sie noch mehr das Gefühl bekam, eine Grenze zu überschreiten. Sie musste wirklich entweder aufhören, mit Hunter zu schlafen, oder … Oder was? Sky gegenüber zugeben, dass sie eine Menge fantastischen Sex mit Hunter hatte, sich bei ihnen aber nicht mal eine Beziehung anbahnte?

Wie war sie überhaupt auf diese dumme Idee gekommen? Es war eine Sache, einen One-Night-Stand zu haben und dann ihr Leben weiterzuleben, als wäre Hunter einfach nur irgendein Kerl, aber er war Skys *Bruder!* Sie musste wirklich aufpassen, dass man ihr den Orgasmus nicht an der Nasenspitze ansah. Wie schaffte er es nur, solche Gefühle allein durch *virtuellen* Sex in ihr auszulösen? Der Mann war ein Meister der Verführung.

Ein Klopfen an ihrem Seitenfenster ließ sie zusammenzucken. Sie stellte den Motor ab und lächelte Bella an, die ihre Tochter Summer auf einer Hüfte und eine Schale mit trockenen Cornflakes in der anderen Hand balancierte. Summer hatte die blonden Haare und großen, braunen Augen von ihrer Mutter geerbt. Die Kleine streckte ihre pummeligen Händchen nach Jana aus, sobald sie aus dem Auto stieg, und als sie das süße Mädchen auf den Arm nahm, waren ihre Sorgen wie weggeblasen.

Die Superkraft von Babys war anscheinend über Nacht exponentiell stärker geworden.

»Du kommst gerade rechtzeitig«, sagte Bella und umarmte sie liebevoll. »Die Jungs sind eben eine Runde joggen gegangen und Leanna hat ihre neueste Marmeladenkreation zum Probieren mitgebracht. Oh mein Gott, warte nur, bis du Sloan siehst. Er sieht Leanna inzwischen so unglaublich ähnlich. Unfassbar, wie sehr sich Babys innerhalb von ein paar Wochen verändern können. Und Dustin? Der ist eine Miniaturausgabe von Jamie mit Jessicas Augen. Unfassbar süß, wirklich.«

Jana kam gar nicht zu Wort, aber das störte sie nicht. Sie amüsierte sich köstlich mit Summer, die an ihren Haaren zog und kicherte, als Jana sie am Bauch kitzelte. Sie überquerten die Rasenfläche, die die Ferienhäuser als Gemeinschaftsfläche miteinander verband und der Schauplatz ihrer Grillabende und Lagerfeuer war.

Der Morgen war sonnig und es wehte ein angenehmer Wind. Krähen krächzten in den Kiefern und die Gesprächsfetzen und das Lachen ihrer Freundinnen brachte Jana zum Lächeln.

»Jana!« Leanna begrüßte sie als Erste. Sie hatten sich seit Wochen nicht gesehen und Leanna sah so fröhlich aus wie immer. Ihre dunklen Haare waren zerzaust, und als sie ihre Umarmung wieder löste, schlug sie sich erschrocken eine Hand vor den Mund. »Oh du meine Güte. Ich habe dich mit Strawberry-Spice-Marmelade vollgeschmiert. Das tut mir so leid.«

»Ich mach das schon.« Jenna zog Leanna von ihr weg und wischte mit einem feuchten Lappen über Janas Shirt. »Ich bin immer vorbereitet, wenn Kinder dabei sind. Warum habe ich nicht schon vor Jahren eins bekommen? Dann hätten wir alle weniger Flecken von Leannas Umarmungen gehabt.«

»Danke, Jenna, aber das ist wirklich nicht schlimm.« Jana

setzte Summer in ihren Hochstuhl und machte eine Runde um den Tisch, um Küsschen an die anderen zu verteilen. »Hannah sieht dir so ähnlich, Amy.« Sie gab der Kleinen einen Kuss auf die Wange und bekam dafür eine Handvoll zermatschter Pfirsichstücke angeboten. »Nein danke, Schätzchen. Iss die mal ruhig alleine.«

Hannah stopfte sich das Obst mit einem Glucksen in den Mund.

»Oh, sieh ihn dir an.« Jana drückte Jessicas Schulter. »Darf ich Dustin mal auf den Arm nehmen? Bitte?«

»Aber klar doch.« Jessica reichte den Jungen zu ihr rüber.

»Was für ein süßer Kerl.« Jana rieb ihre Nase an seiner Wange. »Und er riecht so typisch nach Baby.« Sie schaute zwischen Jessica und Dustin hin und her. »Ich sage es ja nicht gerne, Jess, aber der Kleine sieht Jamie jetzt so unfassbar ähnlich. Die gleichen rabenschwarzen Haare, und bei dem Kinn würde ich drauf wetten, dass er mal genauso stur wird. Er hat deine Augen, aber wow. Es wundert mich, dass ihr ihn nicht Jamie II genannt habt.«

Jessica lachte. »Dafür ist Jamie viel zu bescheiden. Außerdem wollten wir damit seine Eltern ehren. Dustin Ray Reed. Zum Glück war der Name seiner Mutter Rachel, sodass wir ihn zu Ray abkürzen konnten.«

Jana gab Jennas kleiner Bea einen Kuss auf den Kopf. »Ihr müsst alle überglücklich sein. Hier ist so viel Liebe in der Luft, das ist ja kaum auszuhalten.«

»Komm, setz dich.« Jessica zog einen Stuhl für Jana vom Tisch zurück. »Das Baby steht dir wirklich gut, du bist ein Naturtalent.«

Jana verdrehte die Augen. »Ich bekomme kaum mein eigenes chaotisches Leben auf die Reihe. Das Letzte, was ich jetzt brauche, ist jemand, der von mir abhängig ist.«

Bella goss ihr eine Tasse Kaffee ein und Amy fügte noch Sahne und Zucker hinzu.

»Danke«, sagte Jana. »Hey, wo ist Sky denn? Sie ist normalerweise immer früher da als ich.«

»Sie hat vor ein paar Minuten Bescheid gegeben, dass sie und Sawyer verschlafen haben.« Jenna wackelte vielsagend mit den Augenbrauen. »Sie schafft es heute nicht. Oh! Das hätte ich ja beinahe vergessen. Lizzie hat sie gestern Abend spät aus New York angerufen. Offensichtlich hat sie ein fantastisches Angebot bekommen, die Rechte an *The Naked Baker* zu verkaufen. Sie und Blue hatten gestern ein Meeting mit dem Sender, um den Vertrag zu unterschreiben.« Blue und Lizzie waren zwei von Skys engsten Freunden und seit dem vergangenen Sommer ein Paar. Lizzie gehörte der Blumenladen neben Skys Tattoostudio in Provincetown, und sie betrieb außerdem einen monetarisierten Webcast namens *The Naked Baker*, in dem sie mit Perücke und dunkler Sonnenbrille getarnt nur in Schürze und High Heels vor der Kamera backte.

»Das ist ja großartig«, meinte Jessica. »Ich finde ihre Sendung wirklich klasse. Da bekomme ich immer Anregungen, die ich dann an Jamie ausprobiere.«

»Das glaube ich gerne.« Bella grinste. »Aber keine Einzelheiten bitte. Ich kenne Jamie schon seit immer und will mir absolut nicht vorstellen, was ihr beide so mit Schlagsahne macht.«

Jessica lachte. »Und Zuckerguss. Lizzie hebt die Freude am Backen auf ein ganz neues Level. Gib mir mal Dustin zurück, Jana, dann füttere ich ihn und du kannst uns auf den neuesten Stand bringen, was bei dir so los ist. Ich würde gerne mal zur Abwechslung was über das Chaos von jemand anderem hören.«

Jessica nahm ihr den Kleinen ab und gab ihm einen Kuss, bevor sie ihn in den Hochstuhl setzte.

»Ja, raus damit.« Leanna beugte sich nach vorn. »Du weißt doch, wie sehr ich Chaos liebe.«

»Du bist das Chaos in Person, Leanna«, neckte Bella sie.

»Und stolz darauf, vielen Dank auch.« Leanna warf Jana ein Lächeln zu. »Vielleicht können wir dir ja helfen, deins ein bisschen zu entwirren?«

Jana sah sich in der Runde um und in die mitfühlenden Gesichter ihrer Freundinnen. Die anderen waren immer bereit, sich ihre Sorgen anzuhören. »Da gibt's eigentlich nichts Neues. Ihr wisst ja, wie gerne ich unterrichte und dass mein dummer Chef sich nach Plymouth abgesetzt hat, sodass ich hier Stellung halten muss.«

»Ja, der Blödmann«, sagte Bella. »Ich weiß nicht, wie er auf die Idee kommt, dich so zu behandeln.«

»Weil er es *kann*«, erwiderte Jana. »Ich bin es so leid, ständig von A nach B zu hetzen. Vom Boxen zum Tanzen und dann ins Underground, um Colton unter die Arme zu greifen. Ich mache das alles gerne, aber ich würde es gerne besser organisiert bekommen. Und ich vermisse das Theater so unglaublich.« Ihr war gar nicht bewusst gewesen, wie erschöpft sie sich fühlte, bis sie die Worte laut aussprach.

»Möchtest du denn Hilfe, um dich besser zu organisieren?«, fragte Amy.

Jana zuckte mit den Schultern. »Ganz ehrlich? Ich weiß nicht, was ich will. Ich vermisse das Theater, und bis Marco abgehauen ist, um ein zweites Studio zu eröffnen, habe ich mein Leben wunderbar auf die Reihe bekommen. Aber jetzt … keine Ahnung. Vielleicht muss ich wirklich irgendwas verändern.«

»Was sind die drei oder vier Dinge, die du am meisten

magst?«, fragte Leanna. »Ich meine, ich hatte acht Jobs in vier Jahren, bevor ich mich mit den Marmeladen selbstständig gemacht habe. Glaub mir, ich weiß, wie du dich fühlst.«

»Was ich am meisten mag? Das ist einfach. Tanzen, schauspielern, boxen und …« Sie zog die Nase kraus, weil sie wusste, dass die Mädels gleich lachen würden. »Sex.«

Jenna und Bella lachten tatsächlich schallend, was Bea erschrocken aufheulen ließ. Amy und Jessica kicherten hinter vorgehaltener Hand, während Jenna damit beschäftigt war, ihre Tochter zu beruhigen.

Doch dann wurde Leanna wieder ernst. »Na ja, du kannst ja schlecht eine Karriere als boxendes, poledancendes Callgirl anstreben, oder?« Darauf folgte weiteres Gelächter.

Amy berührte sie sanft an der Hand. »Du wirst bitte keine Poledancerin und auch kein Callgirl. Wenn du nicht willst, dass dein Chef dich weiter so ausnutzt, dann lass es nicht zu. Kannst du nicht irgendwo anders unterrichten?«

»Nicht am Cape. Es gibt hier nicht viele Studios und alle bieten nur jeweils bestimmte Stilrichtungen an. Ich will die Vielfalt nicht aufgeben. Und ich will mich nicht mit einem Kompromiss zufriedengeben und dann nicht mehr die Kurse geben, die mir so viel Spaß machen. Also bleibe ich da, aber was ich wirklich gerne machen würde … eines Tages …« Sie richtete den Blick fest auf einen Fleck auf dem Tisch und versuchte, ihren Mut zusammenzunehmen und das zu formulieren, was ihr seit einiger Zeit durch den Kopf spukte.

»Was denn?«, hakte Jenna nach.

»Was ich wirklich will, ist mein eigenes Tanzstudio, aber ich bekomme das Geld dafür nicht zusammen und habe auch eigentlich keine Zeit.« Sie kaute auf ihrer Unterlippe und wartete insgeheim darauf, dass die Mädels ihr recht gaben. Das würde sie nie im Leben hinbekommen.

»Oh mein Gott. Das solltest du unbedingt machen«, sagte Leanna, deren Augen immer größer wurden. Sie gab Sloan einen Kuss auf die Stirn. »Warum tust du es denn nicht einfach?«

»Was brauchst du dafür? Und warum hast du keine Zeit?«, fragte Amy. »Wir sind wirklich gut darin, so was auf die Beine zu stellen. Wir haben Bella mit ihrem Arbeits- und Studienprogramm an der Highschool geholfen und ...«

»Wir waren live dabei und haben Leanna unterstützt, als sie sich selbstständig gemacht hat«, sagte Bella. »Na ja, Jess war damals noch nicht hier, aber sie ist unglaublich gut organisiert. Beinahe wie Jenna, also kann sie mit Sicherheit auch was beisteuern.«

»Was beisteuern? Moment mal ...« Jana konnte praktisch sehen, wie es in ihren Köpfen ratterte, während sie sich angeregt über das Projekt unterhielten.

»Das kriegen wir auf jeden Fall hin«, sagte Jenna. »Amy, hol mal dein Notizbuch raus, damit wir einen Plan machen können.«

Amy wühlte in ihrer Wickeltasche herum und zog ein Notizbuch und einen Kugelschreiber heraus.

»Wartet mal, Leute.« Jana sah sich schockiert am Tisch um. »Ihr wisst doch noch gar nichts darüber. Ich habe nur vier- oder fünftausend Dollar auf der Bank. Und meine Zeit? Das ist noch eine ganz andere Geschichte. Ich bin keine Profiboxerin oder so, aber Brock trainiert mich, was unheimlich Spaß macht. Und ich helfe bei Colton aus, um ein bisschen Zusatzgeld zu verdienen, wenn ich kann. Plus die Verantwortung in Marcos Studio. Zeit ist genau das, was ich nicht habe.«

Amy machte eine wegwerfende Handbewegung. »Ach, Süße. Das haben wir alles schon mal gehört. Du willst dein eigenes Tanzstudio? Dann verschaffen wir dir eins. Ein bisschen simples Marketing bringt dich da schon einen Riesenschritt weiter.«

»Du hast mich da gerade auf eine Idee gebracht. Wie wäre es, wenn du das Gemeinschaftsgebäude für deine Kurse nutzt?«, schlug Jessica vor.

Bella riss die Augen auf. »Ja! Perfekt! Aber wir müssen Theresas Erlaubnis dazu einholen.« Sie drehte sich zu Jana und erklärte: »Blue hat das Waschhaus über den Winter renoviert und dadurch ist der eigentliche Waschraum vom Lager abgetrennt. Letzteres ist eigentlich nur ein großer, leerer Raum, den wir für nichts benutzen, weil wir inzwischen alle hier in der Gegend wohnen und andere Häuser haben. Also hat Blue daraus so eine Art Freizeitraum für die Siedlung gemacht. Das ist natürlich fantastisch geworden, weil Blue sich richtig Mühe mit dem Holzfußboden und der Ausstattung gegeben hat.«

»Wir haben es renoviert, damit wir einen Aufenthaltsraum haben, wenn es regnet, und nicht mit den Kindern unter Sonnenschirmen kampieren müssen«, erklärte Leanna. »Früher war es nicht so schlimm, wenn wir mal nass geworden sind oder es ungemütlich war.«

»Aber wir wollten nicht, dass die Kleinen sich erkälten.« Amy strich ihrer Tochter über die Wange. »Also haben wir jetzt einen tollen Raum. Der wäre definitiv groß genug für Tanzkurse.«

»Theresas Zustimmung.« Jenna warf Bella einen bedeutungsvollen Blick zu. »Die hätten wir im Winter einholen sollen. Jetzt ist die Gefahr groß, dass Bella ihr wieder einen ihrer Streiche spielt.«

»Sky hat mir davon erzählt«, sagte Jana. »Die klangen wirklich lustig.« In jedem Sommer spielte Bella der zugeknöpften

Verwalterin der Siedlung einen Streich.

»Theresa und ich haben letztes Jahr eine Vereinbarung getroffen. Keine Streiche mehr. Ich bin damit durch«, behauptete Bella nachdrücklich und wischte Summer den Mund sauber. »Ich bin fest davon überzeugt, dass sie dir gern hilft. Vielleicht sehen die Statuten vor, dass du einen Obolus für die Nutzung bezahlst, aber wir können sie auf jeden Fall fragen.«

»Keine Streiche mehr?« Amy schüttelte den Kopf. »Ich fasse es nicht. Am Ende bekommst du noch Entzugserscheinungen.«

Bella lachte. »Summer wird mich wohl ganz gut beschäftigen, damit das nicht passiert. Außerdem haben wir jetzt ein Tanzstudio auf die Beine zu stellen.«

Die nächste Stunde verbrachten sie damit, die Details von Janas Selbstständigkeit auszuarbeiten. Schon nach kurzer Zeit bekam Jana das Gefühl, vom besten Planungsteam der Welt unter die Fittiche genommen worden zu sein. Sie rief Brock an, um ihm von dem Vorhaben zu erzählen und zum ersten Mal eine Trainingsstunde abzusagen. Natürlich hielt Brock ihr erst einen Vortrag über Verpflichtungen, aber dann kam der große Bruder in ihm durch, der sie immer unterstützte, und er sagte ihr, wie stolz er auf sie war.

»Das klingt nach einem soliden Plan.« Amy blätterte ihre Notizen durch und las dann die To-do-Liste vor. »Bella, du hilfst Jana bei der Gestaltung der Flyer. Leanna, du stellst die Kontakte zu den Leuten her, die dir damals mit der Werbung geholfen haben, wie diese Journalistin vom *Cape Codder* und bei den anderen Medien, über die wir gesprochen haben.«

»Ja, das wird toll«, sagte Leanna. »Ihr hättet mal sehen sollen, wie die sich gefreut haben, als ich ihnen eine Kiste von der Strawberry-Spice-Marmelade vorbeigebracht habe.« Das war Leannas neueste Kreation und nach einhelliger Meinung der

Mädels auch ihre bislang beste.

Amy verteilte weiter Aufgaben. »Jenna, du hast Listendienst und schreibst die passenden Orte auf, an denen Jana ihre Flyer auslegen und aufhängen kann. Und Jessica und ich kümmern uns zusammen mit Jamie um die Website samt Online-Anmeldeformularen, Hinweisen und Kursbeschreibungen, die Jana uns liefern muss.« Sie ließ grinsend das Notizbuch sinken. »Ich platze gleich vor Aufregung!«

»Euch ist aber schon klar, dass mein Chef einen Anfall bekommt, wenn er diese Flyer sieht?« Jana versuchte, das unangenehme Gefühl in ihrem Magen zu unterdrücken, aber das ging gerade alles so schnell.

»Hör mal, das ist sein Problem, nicht deins. Er kümmert sich ja nicht mal darum, was du in *seinem* Studio machst. Glaubst du wirklich, da juckt ihn deins?«, gab Jenna zu bedenken.

»Außerdem belebt Konkurrenz das Geschäft«, sagte Jessica. »Jamie hat sich auch keine Gedanken darüber gemacht, was Google davon hält, als er seine neue Suchmaschine auf den Markt gebracht hat.«

»Ihr habt ja recht.« Jana spürte einen Kloß in ihrer Kehle. »Leute ... ich bin echt überwältigt. Ihr kennt mich noch gar nicht so lange und wollt mir trotzdem bei dem ganzen Kram helfen?«

»Es geht nicht darum, wie lange man jemanden kennt«, sagte Jessica. »Als ich die Wohnung über Theresas gemietet habe, wusste ich praktisch von dem Moment an, in dem ich mein Handy nach Jamie geworfen habe, dass er mein Mann fürs Leben ist.«

Die Mädels lachten und Jessica mit ihnen. »Das war tatsächlich so lustig. Und ich wusste auch sofort, dass ihr alle wirklich so nett seid, wie ihr auf den ersten Blick wirkt.«

Bella lächelte herzlich. »Du siehst dich immer noch als Skys Freundin, aber wir betrachten dich als *unsere* Freundin, Jana. Wir helfen dir gerne. Jetzt müssen wir das nur noch mit Theresa abklären.«

»Ich habe eine Idee!« Leanna sprang auf und weckte damit Sloan, der in ihren Armen eingedöst war. Er begann zu weinen, und sie hob ihn an ihre Schulter, um ihm den Rücken zu tätscheln. »Schon okay, Schatz. Mommy ist nur aufgeregt«, murmelte sie leise. Nachdem er sich wieder beruhigt hatte, fuhr sie fort: »Wie wäre es, wenn ich Theresas Lieblingsmuffins backe und wir sie ihr morgen früh vorbeibringen? Das bringt uns bestimmt Pluspunkte.«

»Klingt gut«, sagte Bella.

»Moment mal, Leute. Das geht alles gerade so schnell.« Janas Herz raste bei der Vorstellung, dass das wirklich klappen könnte. »Ich kann nicht einfach aufhören zu arbeiten, um das umzusetzen. Ich habe eine Verpflichtung gegenüber Marco, und Flyer verteilen, mich vorbereiten, Ausstattung kaufen, das alles braucht Zeit. Es gibt so viel zu tun.«

Amy winkte erneut ab. »Pfft. Kein Problem. Gib dem Depp einen Monat Zeit, Ersatz für dich zu finden, sag Brock, dass du eine Weile mit dem Training aussetzen musst, und konzentrier dich darauf, deinen Traum zu verwirklichen.«

»Bei dir klingt das so einfach. Was, wenn ich es nicht schaffe?« Ihr Magen krampfte sich schmerzhaft zusammen. »Hier in der Gegend gibt es so wenige Möglichkeiten, als Tanzlehrerin zu arbeiten, dass ich vermutlich nach Hyannis oder noch weiter pendeln müsste, wenn ich mir einen anderen Job suchen muss. Marco nimmt mich vermutlich nicht mehr zurück, wenn ich bei ihm aufhöre.«

»Du willst doch sowieso nicht mehr für ihn arbeiten«, erinnerte Bella sie.

»Ich treffe ständig Impulsentscheidungen, die mein Leben auf den Kopf stellen«, sagte Leanna, die immer noch mit dem inzwischen wieder schlafenden Sloan auf und ab ging. »Ich denke einfach nicht so viel drüber nach.«

»Oh mein Gott«, sagte Jana. »Harper würde dich irgendwo ganz weit weg von mir einsperren, wenn sie das gehört hätte.«

Leanna lachte. »Das könnte ich aus ihrer Perspektive durchaus nachvollziehen. Aber was ich damit meine: Denk nicht darüber nach, dass es nicht klappen könnte. Der Gedanke hat überhaupt nichts in deinem Kopf zu suchen. Entscheide dich dafür, dass du es schaffen wirst. Was ist denn das Schlimmste, das passieren könnte? Du musst noch mal von vorne anfangen oder weiter weg zur Arbeit fahren?« Leanna sah ihr fest in die Augen. »Wie willst du denn herausfinden, zu was du fähig bist, wenn du es nicht versuchst? Das ist wie in der Liebe. Warum es hinterfragen, wenn es sich richtig anfühlt?«

»Ja, tja. Da bin ich auch nicht gerade eine Leuchte.« Jana schaute auf ihr Handydisplay. Sie musste so auf das Gespräch konzentriert gewesen sein, dass sie die Nachricht von NICHT REAGIEREN! übersehen hatte. Sie wischte übers Display und öffnete den Chat.

Ich habe die ganze Nacht davon geträumt, wie du in der Badewanne liegst. Es war eine sehr lange Nacht.

Hitze stieg in Janas Körper auf und sie legte das Telefon rasch umgedreht auf den Tisch. Sofort stand ihr wieder das Bild von Hunter vor Augen, wie er auf dem Bett lag und seinen harten Schaft rieb – und irgendwas sagte ihr, dass sie jetzt einen ziemlich langen Tag damit vor sich hatte.

Das brachte sie einen Moment lang zum Nachdenken. Sie

wagte sich bereits mit Hunter auf unbekanntes Terrain vor. Warum nicht den Rest ihres Lebens auch noch auf den Kopf stellen?

»Okay. Ihr habt mich überzeugt. Packen wir es an.«

Zehn

Hunter hatte schon den ganzen Tag schlechte Laune – seit dem Moment gestern, in dem Jana den Videocall wortlos beendet hatte. Nach dem, was sie miteinander getan hatten, war er eigentlich davon ausgegangen, dass sie darüber sprechen würden. Oder dass zumindest irgendeine Reaktion kam. Dann hatte er ihr am Morgen eine Nachricht geschrieben, auf die sie jedoch nicht reagierte. War er zu weit gegangen? Hatte er eine Grenze überschritten, für die sie sich im Nachhinein schämte? Verdammt, hoffentlich nicht.

Gestern Abend hatte er begriffen, wie mutig Jana tatsächlich war. Boxen war nichts im Vergleich zu dem Vertrauen, das sie ihm gegenüber bewies, zu der Art, wie sie sich ihm hingegeben hatte. Was ihm jedoch erst aufgegangen war, nachdem sie seine Nachricht am Morgen nicht beantwortet hatte: Er hatte sich ihr ebenfalls geöffnet. Er hatte ihr vertraut und ihr genauso viel von sich gegeben wie sie ihm.

Er versuchte, seinen Frust wegzuarbeiten, aber selbst das Hämmern, Biegen, Formen und letzten Endes Verunstalten hatte ihn nur noch wütender gemacht. Dass Clark und Nina sich schon wieder stritten, half da auch nicht. Sie hatten einen schönen Abend miteinander verbracht, und als sie am Morgen nach Hause gekommen waren, schien es, als würden sie sich wieder annähern. Doch bis zum Mittag hatte Clark bereits dreimal mit Nina telefoniert und jedes Gespräch hatte im Streit geendet.

Warum mussten Frauen immer Diskussionen vom Zaun brechen?

Nach einem letzten Blick in die Werkstatt schnappte er sich seine Kapuzenjacke aus dem Büro und stürmte zur Tür.

»Gehst du?«, fragte Grayson, als Hunter am Zeichentisch vorbeimarschierte.

»Jep.«

»Sollen wir ein Bier trinken gehen?« Grayson legte den Stift weg, lehnte sich auf seinem Stuhl zurück und überschlug die Beine lässig. Er sah so entspannt aus, dass es Hunter nur noch deutlicher vor Augen führte, wie angespannt er war.

»Heute nicht.«

»Was ist los?«

Wegen Jana kann ich nicht mehr klar denken. »Nichts, über das ich reden will.«

Grayson lehnte sich über den Tisch. »Okay, aber ich bin da, wenn du ein offenes Ohr brauchst. Oder jemanden, um Dampf abzulassen.«

»Danke.« Hunter stieß die Tür schwungvoll auf. Clark hatte bereits Feierabend gemacht und traf sich mit Robert auf eine Pizza. Seine Laune war kein Stück besser gewesen als Hunters. Er fragte sich ja schon, ob Frauen das alles wirklich wert waren. Wie war Jana ihm überhaupt so unter die Haut gegangen? Er war auf jeden Fall fest entschlossen, sie wieder auf Abstand zu bringen.

Rasch tippte er auf dem Weg zu seinem Pick-up eine Nachricht. *Wo bist du gerade?*

Er wartete auf ihre Antwort, doch als keine kam, ließ er den Motor an und fuhr zu ihr nach Hause. Der Anblick der leeren Einfahrt verursachte ihm ein unangenehmes Gefühl im Magen. Er wusste, dass sie nicht beim Boxen war, das machte sie normalerweise morgens. Hatte sie ein Date? Ignorierte sie deswegen seine Nachrichten?

Was kümmert mich das überhaupt?

Eine Weile ging er in ihrem Vorgarten auf und ab und versuchte, sich darüber klar zu werden, was er tun konnte, um sie zu vergessen, aber je mehr er die Gedanken an sie verdrängte, desto dringender wollte er sie sehen. Und sei es nur, um ihr ein paar Takte zu sagen, weil sie ihn ignorierte.

Verdammt. Er rief im Undercover an, um zu hören, ob sie dort vielleicht aushalf. Colton nahm beim dritten Klingeln ab.

»Hey, Colt. Ich bin's, Hunter. Ich, hm …« *Shit.* Telefonierte er ihr jetzt schon hinterher? Was dachte er sich nur dabei? Er dachte überhaupt nicht nach, das war das Problem. Hastig suchte er nach einer Ausrede für den Anruf. »Jana hat ihren Pullover bei dem Strandfeuer neulich Abend vergessen. Arbeitet sie heute? Dann würde ich ihn kurz vorbeibringen.«

»Nein. Sie hat einen Kurs im Studio, glaube ich. Aber du kannst ihn gerne herbringen, wenn du willst, sie hat morgen die Spätschicht hier.«

Wieso war ihm das Tanzstudio nicht in den Sinn gekommen? »Mache ich vielleicht. Danke.« Er legte auf und fuhr zum Studio. Janas Auto stand auf dem Parkplatz, zusammen mit ein paar anderen. Hunter parkte an der Straße, wartete jedoch dort, weil er ihren Kurs zwar nicht stören, aber auch nicht wieder gehen wollte, ohne mit ihr zu reden.

Er ließ den Kopf nach hinten sinken und schloss die Augen einen Moment lang, während er den gestrigen Abend noch einmal Revue passieren ließ.

Jana hatte so unglaublich in der Badewanne ausgesehen, und »schön« reichte als Wort nicht aus, um sie zu beschreiben. Sein Herz war aufgewacht, als er sie beobachtete, mit ihr sprach, sie *verführte*. Er schlug die Augen auf. Vielleicht war *das* ja das Problem. Aber wollten Frauen nicht verführt werden? Und sie hätte den Videocall ja beenden können, wenn sie nicht so weit hätte gehen wollen.

Darauf kaute er immer noch herum, als ein paar Frauen das Studio durch die Eingangstür verließen, doch inzwischen hatten sich auch Schuldgefühle daruntergemischt. Er wollte nicht, dass Jana sich benutzt fühlte oder billig, oder was auch immer möglicherweise in ihr vorging.

Hunter wartete, bis alle anderen Autos weg waren, bevor er aus seinem Pick-up stieg. Sein Herz schlug so heftig, dass er kaum denken konnte. Zum Glück brauchte er das auch nicht, um die Sache mit Jana zu beenden. Er würde ihr einfach sagen, dass sie damit aufhören mussten, weil es ihn total durcheinanderbrachte.

Und sein verdammtes Herz, aber das würde er niemals zugeben.

Er überquerte den Parkplatz, öffnete die Eingangstür und folgte dann der Hip-Hop-Musik über den Parkettboden zum eigentlichen Studio. Dort blieb er wie angewurzelt stehen, als er Jana in einem Sport-BH und hautengen schwarzen Hotpants entdeckte, die gerade so eben ihren Hintern bedeckten. Und wie sie sich darin bewegte …

Er hatte sie schon in gut besuchten Bars tanzen sehen und wusste, dass sie ihren geschmeidigen Körper einzusetzen wusste. Aber die Art, wie sie die Hüften in eine Richtung schwang, während sich ihre Schultern in die entgegengesetzte bewegten, und das alles mit rhythmischem Zucken ihres Beckens unterstrich, ließ heiße Erregung in ihm aufsteigen. Sie stand mit dem Gesicht zur gegenüberliegenden Wand, und als das Tempo der Musik langsamer wurde, streckte sie eine Hand aus und beschrieb einen Halbkreis mit dem Arm, als würde sie vor Publikum tanzen. Hunter machte einen Schritt zurück, weil er nicht wollte, dass sie ihn bemerkte, während sie den Raum durchschritt, als würde ihr die Welt zu Füßen liegen. Der Künstler in ihm verfolgte ihre fließenden Bewegungen, studierte die schlanken Linien ihres Körpers, als sie die Hüften kreisen ließ. Er sah nicht nur aufreizende Gesten, sondern auch ihre Weiblichkeit und die Kraft, die in ihr steckte. Sie streckte die Finger elegant nach oben und nutzte sogar den Winkel, in dem sie ihr Kinn hielt, um bestimmte Moves zu unterstreichen. Dann sank sie auf die Knie. Sie ließ den Kopf mit geschlossenen Augen nach hinten sinken und ihr Körper wogte vor und zurück wie Ebbe und Flut in einem Ozean. Ihre langen blonden Haare strichen über den Boden, und Hunter musste unwillkürlich daran denken, wie es sich anfühlte, wenn er die Hände in den dichten Strähnen vergrub, während ihre Körper sich vereinten.

Das Tempo der Musik zog wieder an und riss ihn aus seiner Träumerei. Jana machte so etwas wie einen Moonwalk und wechselte dann zu den schnellen, rhythmischen Bewegungen, die er von professionellen Tänzern aus Musikvideos kannte. Sie beherrschte das perfekt. Jeder Move war präzise und zielstrebig, als würde sie eine stumme Nachricht ans Universum schicken. *Hallo Welt, hier bin ich. Ich bin Jana.* Das Lied endete mit einem lauten Krachen und Jana sackte abrupt in sich zusammen. Hunters Instinkt übernahm die Führung und er rannte zu ihr.

»Ist alles in Ordnung?« Er schaute ihr forschend ins Gesicht, registrierte ihr schweres Atmen und den Schweiß, der auf ihrer Haut glänzte. Sie schaute verwirrt blinzelnd zu ihm auf.

»Hunter?« Eilig kam sie wieder auf die Beine und schnappte sich ein Handtuch vom Tisch neben der Tür, um sich übers Gesicht zu wischen. »Was machst du denn hier?«

»Ich …« Die Wut, die ihn hergetrieben hatte, war Verlangen gewichen, aber ihre Erwiderung erinnerte ihn daran, was er eigentlich hier wollte – und entfachte den Zorn auf sich selbst, weil er so heiß auf sie war. »Du hast nicht auf meine Nachrichten geantwortet«, fuhr er sie an.

Sie rieb sich mit dem Handtuch über den Nacken und ging in Richtung Eingangsbereich. »Und?«

»Und?« *Bedeute ich dir so wenig? Sind alle meine Gefühle einseitig?* Er wusste nicht, ob er verletzt oder sauer war.

»Ich hatte zu tun.«

Er folgte ihr in ein vollgestopftes Büro, sauer, weil sie ihn so einfach links liegen ließ. Sie schlängelte sich zwischen einem Ständer mit Tanzoutfits und einem Stapel Matten durch und beugte sich über einen Schreibtisch in der Mitte des Raums, was Hunter einen fantastischen Blick auf ihren Hintern gewährte.

»Was wolltest du denn?«, fragte sie und streckte sich noch ein bisschen mehr.

Er sollte den Wink mit dem Zaunpfahl akzeptieren. *Lass es sein. Sieh ein, dass deine Gefühle genauso durch den Wind sind wie deine Kreativität in letzter Zeit.* Aber als würde sein Körper ein Eigenleben führen, trugen ihn seine Füße zu Jana und seine Hände legten sich auf ihre Hüften, um ihren Körper an seinen zu ziehen. Er konnte spüren, wie die Frage in ihm aufstieg, und gab einfach allem nach – seinen Gefühlen, dem Verlangen, der Tatsache, dass sie ihn schon in der Hand hatte. »Was ich will?«

»Hunter.« Die Warnung war bestenfalls lauwarm und brachte ihn zum Lächeln, auch wenn in seinem Kopf das blanke Chaos herrschte.

Sein Griff um ihre Hüften verstärkte sich, als sie sich zu voller Größe aufrichtete.

»Jana.« Er liebte den Klang ihres Namens aus seinem Mund, voller Leidenschaft und Sehnsucht und so viel mehr. Hörte sie das auch?

»Was willst du?«, wiederholte sie leiser.

»Ich weiß es nicht, Jana. Was willst du denn?« Er drehte sie in seinen Armen um. Sein Becken kam ihrem gefährlich nahe. Er konnte ihr wild schlagendes Herz an seinem spüren. Fühlte sie das auch? Wusste sie, wie sehr er ihr bereits verfallen war?

»Ich …« Sie befeuchtete ihre Lippen, und er zog sie noch näher zu sich, wollte am liebsten der Spur ihrer Zunge mit seiner folgen. »Du bist doch hier, weil du was von mir wolltest, oder?«

»Ja.« Er legte ihr eine Hand an die Wange und strich mit dem Daumen über ihre Unterlippe. »Ich weiß nur nicht mehr, warum ich vorhin so wütend war, weil gerade nichts mehr davon in mir übrig ist.«

»Du bist nicht wütend«, flüsterte sie.

»Nicht mehr.« Er zupfte mit den Zähnen an ihrer Unterlippe. »Du machst mich echt fertig, meine Hübsche. Wie du dich eben auf der Tanzfläche bewegt hast. Gestern Abend am Telefon. Deine Stimme geht mir durch und durch. Wenn du mich zurückweist, fühlt sich das wie ein Messerstich an.« Er wollte sie so sehr küssen, dass er den Blick nicht von ihrem Mund abwenden konnte. »Du gehst mir so sehr unter die Haut, du bist ein Teil von mir geworden, dem ich nicht entkommen kann.«

Röte stieg ihr in die Wangen und sie biss sich auf die Unterlippe. Ihre Finger gruben sich in seine Taille, und er beugte sich vor, um ihre Unterlippe mit den Zähnen zu befreien.

»Willst du mich auch?« Er musste grinsen, als ihm aufging, was er da gefragt hatte und wie selbstverständlich ihm die Frage über die Lippen gekommen war.

Ein heißes Funkeln trat in ihre Augen. Sie versuchte, stark zu sein. Er konnte es in ihrem Körper fühlen, als sie sich versteifte, und wusste, dass sie ihm nicht die Antwort geben würde, die er hören wollte. Ihre Sturheit war definitiv eins der Dinge, die er am meisten an ihr mochte.

Aber er wollte auch die Worte aus ihrem Mund hören – *musste* sie hören.

»Du bekommst Sonnenuntergänge von mir.« Er schob ihre Knie auseinander und drängte seine harte Länge an ihren Schritt. »Wenn du mir die Wahrheit sagst. Sag mir, dass du mich willst, Jana.«

Sie atmete inzwischen wieder schwer, und er legte ihr eine Hand in den Nacken, um sie an Ort und Stelle zu halten.

»Sonnenuntergänge ...« Sie leckte sich erneut über die Lippen. »... passen nicht zu uns.« Sie schloss die Augen, öffnete sie jedoch gleich wieder.

»Vielleicht sollten wir das mal ausprobieren.« Er konnte selbst kaum fassen, was er da vorschlug, aber irgendwie war alles *besser* mit Jana an seiner Seite. Die quälend lang gezogene Erwartung des Kusses, ihres Geschmacks, war beinahe unerträglich. »Sag mir, was ich hören will, meine Hübsche, dann gebe ich dir, was du willst.«

Er hielt es nicht mehr aus. Nicht mal lange genug, um auf ihre Antwort zu warten. Er zeichnete ihre weichen Lippen mit der Zunge nach, was ihm ein sexy Wimmern von ihr einbrachte. All seine Kontrolle musste er aufbringen, um sie nicht auf der Stelle auszuziehen und über den Schreibtisch zu beugen, aber er wollte nicht mehr nur eine lockere Affäre für sie sein. Er wollte sie nicht mit anderen teilen, und er hatte auch kein Bedürfnis danach, andere Frauen zu küssen. Er wollte mehr. Mit Jana. Nur Jana.

Ihre Finger strichen über seinen Rücken und gruben sich in seine Haut, als sie seinen Mund mit einem fordernden Kuss eroberte. Hunter kam ihrer Zunge bei jeder leidenschaftlichen Bewegung entgegen und rieb sich langsam zwischen ihren Beinen. Schließlich hob er sie auf die Schreibtischplatte, ohne den Kuss zu lösen, und sie spreizte die Oberschenkel ein bisschen weiter für ihn. Er konnte der Versuchung nicht widerstehen, seine Hand über ihre Hüfte gleiten zu lassen und sie dann um ihren Schenkel zu legen. Jana bog sich ihm entgegen und spornte ihn damit an, bis er schließlich dem Verlangen nachgab und die Finger unter ihre Shorts und zu der Stelle gleiten ließ, die ihn bereits feucht erwartete.

»Verdammt, meine Hübsche. Du willst mich so sehr.« Er würde sie nie dazu bringen, es zu sagen, nicht, wenn er ihr jedes Mal gab, was sie wollte. Aus irgendeinem Grund war es ihm auf einmal unglaublich wichtig, dass sie es aussprach.

Sie schlang ein Bein um seine Taille und gewährte ihm so noch besseren Zugang. Unter Aufbringung all seiner Willenskraft löste er sich von ihr. In seinem Bauch machte sich ein sehnsüchtiges Ziehen bemerkbar, und er spürte den Verlust körperlich, als er seine Hand aus ihrer Hotpants zog.

»Hunter ...« Sie griff nach dem Knopf seiner Jeans, doch er fasste sie sanft am Handgelenk und schüttelte den Kopf.

»Wenn du bereit bist, mir zu sagen, dass du mich willst, weißt du ja, wo du mich findest.« Er schob ihr Bein von seiner

Hüfte, und einen Moment lang rührte sich keiner von beiden, bis er sich schließlich zum Gehen wandte.

»Ist das dein Ernst?«, rief sie ihm nach. »Du *gehst*?«

Er schlenderte in Richtung der Eingangstür, fühlte sich aber wie ein Arsch, weil er sie so hängen ließ. Ihm ging es ja genauso, aber zum ersten Mal in seinem Leben wollte er mehr als ein bisschen guten Sex, und zwar mit ihr. »Jep.«

»Hunter, was soll das?« Sie packte ihn am Arm und er drehte sich zu ihr um.

Mühsam zwang er sich zu einer gelassenen Miene, was die pure Folter war, weil das, was er mit ihr haben wollte, alles andere als Gelassenheit in ihm auslöste.

»Wir führen keine Beziehung miteinander, Hunter. Warum musst du da irgendwas von mir hören?«

Sie verschränkte die Arme vor der Brust, und der verletzte Ausdruck in ihren Augen hätte ihn beinahe einknicken lassen, doch er blieb stark, weil er wusste, dass er das um ihrer beider Willen sein musste.

»Ich habe keine Ahnung«, antwortete er ehrlich. »Aber bei dir brauche ich das.«

»Dann solltest du vielleicht erst mal dieses Ding mit der Romantik für dich klären!«, rief sie ihm noch hinterher, als er schon halb aus der Tür war.

Vielleicht habe ich das ja gerade.

<h1 style="text-align:center">Elf</h1>

Jana erwachte mit einem Ruck, weil jemand morgens um halb sechs an ihre Tür hämmerte. Sie klammerte sich mit rasendem Puls an ihre Decke und versuchte ihr verschlafenes Hirn davon zu überzeugen, doch bitte seinen Dienst aufzunehmen.

Als das Klopfen verstummte, griff sie nach ihrem Handy und entdeckte drei verpasste Anrufe und ein paar Nachrichten von NICHT REAGIEREN!.

Verdammt, Hunter. Was willst du denn jetzt schon wieder?

Ohne den Chat zu öffnen ging sie zur Haustür und spähte hinaus. Und tatsächlich, da stand Hunter in einer tief sitzenden Jeans und einem Sweatshirt, dessen Kapuze er über den Kopf gezogen hatte. Jana riss die Tür auf.

»Was machst du so früh hier und warum siehst du aus wie ein Gangster?«

Sein Blick huschte über ihr eng anliegendes Tanktop und den Slip. »Machst du die Tür immer halb nackt auf?«

»Nur wenn fremde Männer vor Sonnenaufgang klopfen. Was willst du, Hunter? Mich wieder heißmachen und dann sitzen lassen? Das ist nämlich nicht besonders romantisch.« Sie wandte sich ab und wollte in die Küche gehen.

Er packte sie jedoch am Arm und drehte sie wieder zu sich

herum. »Ich habe dir ja geschrieben, aber du hast nicht geantwortet.«

»Die meisten Männer warten bis zu einer zivilisierten Uhrzeit, also …« Gott, er roch wieder nach diesem Aftershave, und jetzt, wo sie ein bisschen wacher war, bemerkte sie auch, dass er sich tatsächlich rasiert hatte. Ohne darüber nachzudenken, streichelte sie ihm über die Wange. Seine Kiefermuskeln spannten sich unter ihrer Handfläche an. »Ich mag dich glattrasiert fast genauso gerne wie mit deinem raueren Bad-Boy-Look.«

Seine Mundwinkel zuckten, und mit ein paar Schritten war er dicht vor ihr und schob sie gegen die Wand. Er ließ eine Hand unter ihr Oberteil gleiten und streichelte mit dem Daumen über ihre Brustwarze, was jeden sinnvollen Gedanken aus ihrem Kopf vertrieb. »Schön, dass es dir gefällt.«

Ihr blieb beinahe das Herz stehen. Öl und Wasser hatten sich noch nie so gut in Kombination angefühlt.

»Geh dir was anziehen, bevor ich beende, was wir gestern Abend angefangen haben.« Er zog seine Hand unter ihrem Tanktop hervor und machte einen Schritt zurück – und ließ sie damit *schon wieder* erregt auf dem Trockenen sitzen.

Unwillkürlich schaute sie auf die Wölbung in seiner Jeans, war aber zu verwirrt, um das Spielchen auch nur im Ansatz zu verstehen, das er da gerade spielte. »Was anziehen?«

»Ja. Du weißt schon, so Sachen, die deine schönen Brüste und das kleine sexy Höschen verstecken?« Er nahm sie an der Hand und drehte sie in Richtung ihres Schlafzimmers, bevor er ihr die Kehrseite tätschelte. »Ab mit dir, sonst verpassen wir den Sonnenaufgang.«

»Sonnenaufgang?«, murmelte sie, ging aber in ihr Schlafzimmer und fragte sich, was er jetzt schon wieder vorhatte.

Sie fuhren schweigend zum Strand, nur begleitet vom leisen Brummen des Motors. Hunter schaute alle paar Minuten zu ihr rüber, sagte aber kein Wort, sondern musterte nur ab und an ihr Gesicht, als würde er sich selbst fragen, was sie hier eigentlich machten. Er parkte am Indian Neck Beach und kam auf ihre Seite des Pick-ups, während sie ausstieg.

»Ich wollte dir die Tür öffnen.« Er hielt ihr die Hand hin und sie starrte einen Moment lang nur verständnislos darauf.

»Warum? Was ist los?« Sie ließ zu, dass er sie an der Hand nahm und ihr aus dem Auto half, und beobachtete dann, wie er eine Kühlbox hinter dem Fahrerhaus hervorholte und sich eine Decke über die Schulter warf. *Wow. Da ist aber jemand gut vorbereitet.*

»Wir schauen uns den Sonnenaufgang an. Ich habe gehört, dass das romantisch ist.« Erneut griff er nach ihrer Hand und führte sie zu den Dünen, wo sie sich die Schuhe von den Füßen streiften und barfuß über den kühlen Sand weitergingen. Hunter war nicht übermäßig liebevoll, aber sie verstand, dass er versuchte, den Graben zwischen ihnen zu überwinden.

Jana genoss das Gefühl seiner Finger, die sich zwischen ihre schoben, aber die ganze Situation verwirrte sie zutiefst. »Hunter, *warum* schauen wir uns den Sonnenaufgang an?«

Als sie auf dem Dünenkamm ankamen, stahlen sich gerade die ersten blauen und violetten Streifen über den Horizont und spiegelten sich im schwachen Licht auf dem Wasser.

»Wow.« Sie blieb einen Moment stehen, um die Eindrücke in sich aufzusaugen. »Das ist so schön.«

Hunter war gerade damit beschäftigt, die Decke auszubreiten, schaute bei ihren Worten jedoch auf. Er kniete sich hin und öffnete die Kühlbox. »Fast so schön wie du.«

Dann klopfte er auf den Platz neben sich. Er klang so ehrlich, dass sie sich schwertat, seine Bemühungen mit dem Mann in Einklang zu bringen, den sie kannte. Oder besser gesagt, mit den Seiten des Manns, die sie im Rahmen ihrer Beziehung an ihm kennengelernt hatte. Sie wusste, dass Hunter ständig nette Dinge zu anderen Menschen sagte, aber sie beide hatten sich noch nie solche Komplimente gemacht. Sie sagten sich gegenseitig, dass sie heiß oder sexy waren, aber auch nur während sie Sex hatten.

Sie ließ sich neben ihm auf die Decke sinken, und Hunter reichte ihr einen Pappbecher mit Kaffee, den er offenbar in einem Träger in der Kühlbox aufbewahrt hatte. Dem folgte eine Serviette und ein Pappteller.

»Was ist das denn alles?«, fragte sie, als er einen Bananen-Nuss-Muffin auf ihren Teller legte und sich dann selbst ebenfalls einen nahm. »Hunter? Hast du mir meinen Lieblingsmuffin besorgt?«

Er prostete ihr mit seinem eigenen Kaffeebecher zu. »Auf die Romantik, meine Hübsche.«

»Hast du das alles gemacht, nur um mir zu beweisen, dass du lernen kannst, wie man romantisch ist?« Wärme breitete sich in ihr bei dieser Erkenntnis aus. »So was hat noch nie jemand für mich gemacht.«

»Vielleicht hast du bisher niemandem die richtige Herausforderung präsentiert.« Er nahm einen Schluck von seinem Kaffee.

»Also hast du das gemacht, weil ich dir sagen soll, dass ich dich will.« Sie schüttelte den Kopf. »Du bist unmöglich. Ich sollte noch schlafend im Bett liegen.«

Er wollte gerade in seinen Muffin beißen, hielt aber mit offenem Mund und der Hand auf halbem Weg in der Luft inne. »Ist das dein Ernst?«

Ihr Leben war schon chaotisch genug, auch ohne dieses Ding zwischen ihnen mit etwas Bedeutungsvollerem zu verwechseln. Sie wusste immer noch nicht so recht, wie sie das alles deuten sollte, und hatte Angst, sich dieser neuen Ebene mit Hunter zu öffnen. Was, wenn sie nachgab und ihm die Wahrheit verriet – dass sie ihn mehr wollte als irgendwen oder irgendwas je zuvor –, und das alles für ihn nur ein Spiel war? Sie wog ihre Optionen ab und setzte dann auf einen Mittelweg.

»Du solltest an deiner Performance arbeiten.«

Er schüttelte den Kopf und biss dann in seinen Muffin. Mit zusammengezogenen Brauen nickte er kauend. »Meiner Performance.«

»Ja. Du bist quasi in mein Haus hereingeplatzt und hast mich hier rausgezerrt. Frauen mögen Männer mit ein bisschen mehr Finesse.«

Er neigte den Kopf ein wenig zur Seite. »Woher willst du das denn wissen? Du bist ja nicht gerade eine Beziehungsexpertin.«

»Ich hatte schon Partner. Außerdem wissen Frauen so was einfach.«

Sie beobachtete einen Seevogel, der am Rand des Wassers landete und im Sand herumpickte. Hunter nahm ihr Kaffee und Teller ab und stellte beides beiseite. Dann stieg er mit einer schnellen Bewegung über sie und drückte sie nach hinten, wobei er ihre Arme mit den Händen einklemmte. *Das* verstand sie. *Das* war Hunter.

»Hunter.« Sie lachte.

»Finesse, hm?« Mit einem mutwilligen Funkeln in den Augen senkte er die Lippen auf ihren Hals und knabberte an der empfindlichen Haut über ihrem Schlüsselbein. »Ist dir das genug *Finesse*?« Er fuhr mit der Zunge ihren Hals entlang und saugte dann an ihrer Haut, was ihr ein heißes Kribbeln durch den ganzen Körper jagte. »Erst willst du Romantik. Jetzt willst du Finesse?«

»Hunter.« Sein Name klang aus ihrem Mund mehr wie ein Schnurren.

Er verschloss ihr den Mund mit einem leidenschaftlichen Kuss, löste sich dann jedoch wieder abrupt von ihr, um ihr fest in die Augen zu sehen. »Finesse ist nicht meine Stärke.« Hauchzart strich er noch einmal mit den Lippen über ihre und flüsterte: »Aber ich versuche, das mit der Romantik hinzubekommen.«

Dann schwieg er eine ganze Weile lang. Jana hatte Schwierigkeiten damit, die Gefühle zu verarbeiten, die sie in seinem Blick erkannte. Er schaute sie nicht nur an, als würde er mit ihr schlafen wollen. Er schaute sie an, als würde er *nur* sie wollen. Damit waren ihre Gedanken immer noch beschäftigt, als er sich seelenruhig wieder neben sie setzte, als hätte er nicht gerade ihre Welt auf den Kopf gestellt.

Sie aßen schweigend, und als sie fertig waren, packte Hunter ihre Teller und Becher wieder ein, bevor er dichter zu Jana rutschte. Noch nie war sie sich seiner Nähe so bewusst gewesen wie in diesem Moment. Ihre Beine berührten sich sacht auf ganzer Länge, aber das reichte, um ihr eine Gänsehaut auf den Armen zu verursachen. Hunter stützte sich nach hinten ab und drehte sich so, dass sich seine Schulter hinter Janas befand, ihr aber nicht zu nahe kam.

Sie beobachteten den Sonnenaufgang und tauschten dabei nur ein paar Bemerkungen über vorbeifliegende Vögel und das Farbspiel des Himmels aus. Aber die Atmosphäre zwischen ihnen hatte sich verändert. Hunter gab sich sichtlich Mühe, doch sie wusste immer noch nicht, warum er das tat oder was das zu bedeuten hatte. Es gefiel ihr, so zusammenzusitzen, ohne sich direkt gegenseitig die Kleider vom Leib zu reißen. Als sie spürte, wir er sanft eine Hand über ihre legte, lächelte sie. *Finesse.*

Die Sonne kroch über den Horizont und ihre Strahlen funkelten wie Diamanten auf der Wasseroberfläche. Die perfekte Szenerie für einen seltsamen, wundervollen Morgen. Sie schloss die Augen und hielt ihr Gesicht der Sonne entgegen.

Hunter strich ihr ein paar Haarsträhnen von der Schulter.

»Die Morgensonne steht dir gut.«

Die Zärtlichkeit in seiner Stimme und seine lieben Worte ließen sie die Augen wieder öffnen. Ihre Blicke begegneten sich, und sie bemerkte, dass der angespannte Zug um seinen Mund nachgelassen hatte. Weg waren die zusammengebissenen Zähne und der durchdringende Blick, die nun die Schönheit seines Gesichts nicht mehr beeinträchtigten. Sie war sich ziemlich sicher, dass er nicht positiv darauf reagieren würde, wenn sie ihn als schön bezeichnete, aber wenn er sie nicht gerade in den Wahnsinn trieb, bemerkte sie Dinge wie die kleine Vertiefung unter seinem linken Auge, seine kantige Nase und die Tatsache, dass seine Augenbrauen in der Mitte einen kleinen Bogen beschrieben. Als er diese nun zusammenzog, trat ein sinnlicher Ausdruck in seine Augen, mit dem er ihre Entschlossenheit innerhalb eines einzigen, heißen Moments gefährlich ins Wanken bringen konnte. Jetzt brachten seine Blicke zusammen mit den leisen Geräuschen der Bay und der Mühe, die er sich für diesen romantischen Augenblick gegeben hatte, die Mauer um ihr Herz anstatt ihre Libido ins Wanken.

»Wann musst du zur Arbeit?«, fragte er.

»Arbeit?« *Omeingott.* Sie sprang auf, schnappte sich hastig die Kühlbox und zog an der Decke. »Wir müssen los.«

Hunter erhob sich rasch und nahm ihr das Gepäck ab, bevor er ihr dicht auf den Fersen folgte, als sie über die Düne zurück zum Auto eilte. »Warum? Hast du so früh einen Kurs?«

»Nein. Ich treffe mich mit Bella und den Mädels.« Sie hob ihrer beider Schuhe auf und drückte sie sich an die Brust, während sie über den Parkplatz rannte. »Es tut mir leid, ich wollte das hier nicht so abbrechen.« Es tat ihr wirklich leid. Sie wollte herausfinden, was als Nächstes zwischen ihnen passierte, als würde sie ein Buch lesen, in dem das Paar sich vielleicht gleich zärtlich küsste oder sich etwas Süßes sagte.

»Was habt ihr vor?« Er schloss den Pick-up auf, damit sie einsteigen konnte.

Sie wartete, bis er auf dem Fahrersitz Platz genommen und das Auto angelassen hatte, bevor sie antwortete. »Wir wollen mit Theresa über die Nutzung des Gemeinschaftsgebäudes für mein neues Tanzstudio sprechen. Fahr bitte zügig.«

Wie hatte sie nur die Zeit so vergessen können? Bella hatte ihr gestern Abend geschrieben, dass Theresa am nächsten Morgen um neun für einen Tagesausflug nach Boston fuhr. Sie musste sich beeilen.

»Welches neue Tanzstudio?« Zum Glück herrschte so früh am Morgen nicht viel Verkehr.

»Ich bin am Überlegen, bei Marco aufzuhören und mein eigenes Studio aufzumachen.«

Dazu sagte er erst mal nichts mehr, bis sie in Janas Straße einbogen und in ihrer Einfahrt hielten. Sobald das Auto zum Stillstand gekommen war, sprang sie hinaus.

»Du eröffnest dein eigenes Studio?« Hunter folgte ihr über die Rasenfläche.

»Weiß ich noch nicht!« Sie fummelte mit ihrem Hausschlüssel herum, bis er ihn ihr aus der Hand nahm und gelassen die Tür aufschloss.

»Warum weiß ich nichts davon?« Er blieb im Türrahmen stehen und erwartete ganz offensichtlich eine Antwort.

»Weil wir miteinander schlafen und uns nicht miteinander unterhalten.« Sie sah etwas wie Enttäuschung oder Verletztheit über sein Gesicht huschen, und ihr ging auf, dass sie ihn wieder einmal auf Abstand hielt. Also schob sie ihre Hektik für einen Moment beiseite. »Danke für den fantastischen Morgen.« Sie ließ ihre Schuhe neben der Tür auf den Boden fallen und wartete darauf, dass Hunter ging.

»Vielleicht sollten wir das tun«, sagte er und blieb, wo er war.

»Was sollten wir …« Sie antwortete so schnell, dass sie gar nicht richtig Zeit hatte, dem Gespräch zu folgen.

»Uns unterhalten.«

»Uns unterhalten?« Sie lachte, weil ihr der Gedanke kam, dass er vielleicht trotz allem doch nur mit ihr spielte. »Ich muss mich wirklich fertig machen.« Als sie die Tür jedoch schließen wollte, hielt Hunter sie mit einer Hand auf.

»Ich meine es ernst. Wir sollten …« Er schaute sich im Wohnzimmer um, als würde ihn die Antwort hier irgendwo anspringen. »… Essen gehen oder so.«

»Essen gehen?«

»Ja. Wir sollten zusammen was essen.«

Ihr rannte die Zeit davon, und sie verstand immer noch nicht, wo das alles auf einmal herkam. »Wir essen im Bett. Das können wir gut.«

Er verschränkte die Arme vor der Brust und senkte das Kinn – und in diesem Moment erkannte sie, wie ernst er es tatsächlich meinte. *Todernst.*

»Du willst wirklich mit mir essen gehen? Um dich mit mir

zu *unterhalten?*«

»Ja.« Seine Antwort wurde von einem knappen Nicken unterstrichen.

»Okay.« *Oh mein Gott, Hunter.*

»Okay.« Ein Lächeln umspielte seine Lippen. »Heute Abend.«

»Es wäre nett, wenn du mich fragen würdest, anstatt das als Feststellung zu formulieren.«

Er senkte kurz den Blick, und als er wieder aufschaute, lächelte er übers ganze Gesicht, und ihr wurde ganz warm ums Herz.

»Jana, würdest du heute Abend mit mir essen gehen?«

Sie konnte ein Grinsen nicht unterdrücken, weil sie hörte, wie schwer ihm das fiel. »Ich kann nicht. Ich arbeite bis zehn. Morgen hab ich ab sieben frei.«

»Dann hole ich dich um Viertel vor acht ab. Morgen.«

»Alles klar. Aber nur fürs Protokoll: Du hättest *fragen* können, ob Viertel vor acht mir passt.«

»Du bist eine Nervensäge, meine Hübsche. Eine sexy, kluge, verflucht heiße Nervensäge.« Er gab ihr einen Kuss auf die Wange und ging dann zu seinem Pick-up zurück.

Jana schloss die Tür und lehnte sich dagegen. Unter welchem merkwürdigen Stern stand dieser Tag bitteschön, dass Hunter Lacroux sie wirklich um ein ernsthaftes Date bat?

Zwölf

Janas Nerven waren angespannter als die Bänder an den Spitzenschuhen einer Balletttänzerin. Sie saß zwischen Bella und Leanna auf Theresas Couch und versuchte verzweifelt, nicht an den Morgen mit Hunter zu denken, sondern sich auf das Gespräch zu konzentrieren. Der Ausdruck in Theresas Augen und ihr etwas verkniffener Mund verrieten Jana, wie ernst die Frau ihren Job nahm.

Auf dem Couchtisch zwischen ihnen standen ein Teller mit Muffins und ein Glas von Leannas Marmelade. Jana wünschte, sie könnte das Ganze von draußen mitansehen, wie die anderen Mädels, die auf die Kinder aufpassten und Theresas Haus garantiert mit Argusaugen beobachteten.

Theresa schlug die Beine übereinander und pflückte einen Fussel von ihren Bügelfaltenshorts. »Sie wollen also Tanzkurse in unserem Freizeitraum geben? Was für Kurse, wie oft und wie viele Teilnehmer erwarten Sie pro Kurs?«

Jana faltete die Hände im Schoß und versuchte, nicht unruhig auf ihrem Platz herumzurutschen, während sie sich einen Moment Zeit nahm, um ihre Gedanken zu sortieren. »Ja, das würde ich gerne. Da ich nicht davon ausgehe, dass ich eine Ballettstange anbringen kann, wären es vermutlich Hip-Hop-,

Jazz-, Line-Dance-, Experimental- oder Freestyle-Kurse, und vielleicht noch Standardtanz, wenn da Bedarf besteht, aber das kommt hier in der Gegend eher selten vor.« Die Vorstellung, solche Entscheidungen für ihr eigenes Studio treffen zu können, erfüllte sie mit Aufregung. »Mir ist sogar der Gedanke gekommen, einen Foxy-Mamas-Kurs anzubieten, wenn ihr Lust darauf habt«, fügte sie an Bella und Leanna gewandt hinzu.

»Einen Moment.« Theresa hob eine Hand und beäugte Bella misstrauisch. »Ist das eine Form von erotischem Tanz? Ich denke nicht, dass wir mit so etwas in Verbindung gebracht werden wollen.«

Jana konnte sich ein Lachen nicht verkneifen. »Tut mir leid, nein. Das muss ich wohl erklären. Es ist ein Anfänger-Freestyle-Kurs, den ich für frisch gebackene Mütter entwickelt habe, um ihnen die Möglichkeit zu geben, nach der Geburt wieder eine Verbindung mit ihrem Körper herzustellen. Meiner Erfahrung nach fühlen sich viele Frauen in dieser Zeit weniger attraktiv, obwohl sie nach der Geburt schöner sind als je zuvor. Sie verbringen so viel Zeit damit, Mutter zu sein, dass sie darüber vergessen, dass sie auch noch Frauen sind.«

»Das stimmt absolut«, sagte Bella.

»Tanzen ist eine sehr persönliche Erfahrung«, fuhr Jana fort. »Bei diesem Kurs geht es darum, dass junge Mütter lernen, sich wieder sexy zu fühlen, das ist alles.« Sie stand auf und reichte Theresa die Hand. »Kommen Sie, ich zeige es Ihnen.«

»Oh du liebe Güte, nein.« Theresa schüttelte den Kopf. Bella hatte sie vor dem Treffen gewarnt, dass die Verwalterin überkorrekt war, und ihr Polo-Shirt, die perfekt sitzende Frisur und ihre unterkühlte Art unterstrichen das noch, doch so leicht gab Jana nicht auf. Sie glaubte fest daran, dass jede Frau eine innere Sexualität besaß, die sie kanalisieren konnte, und die meisten hatten daran Spaß, wenn sich ihnen die Gelegenheit bot.

»Nicht so schüchtern. Es wird nicht peinlich, das verspreche ich.« Sie zog Theresa auf die Beine, woraufhin Bella erschrocken nach Luft schnappte, doch Jana ignorierte sie. Vielleicht wäre Theresa eher bereit, ihr den Raum zu vermieten, wenn sie es selbst mal ausprobierte.

»Leanna, Bella, ihr müsst auch mitmachen.«

Leanna sprang sofort auf, doch Bella zögerte sichtlich und blieb sitzen.

»Ich bin super tollpatschig«, sagte Leanna. »Aber ich will bei dem Foxy-Mamas-Kurs mitmachen. Es wäre toll, mal wieder eine Verbindung zu meiner inneren Frau zu bekommen und für eine Weile nicht nur Mutter zu sein.«

»Wirklich? Das wäre toll.« Jana warf Theresa einen Blick zu. »Ich meine, wenn wir uns über die Anmietung des Raums einig werden. Und fühlen Sie sich bitte nicht verpflichtet, dem Ganzen zuzustimmen, Theresa. Also, was tanzen Sie am liebsten?«

»Eigentlich tanze ich gar nicht mehr«, sagte Theresa. »Aber ich hatte in jungen Jahren keinen Mangel an Verehrern. Ich war keine schlechte Tänzerin.«

Jana ignorierte Bellas hochgezogene Augenbrauen. »Großartig! Lassen Sie mich ein bisschen Musik machen, und wir schauen einfach, wie es läuft.« Sie rief die Spotify-App auf ihrem Handy auf und innerhalb kürzester Zeit tanzten Leanna und Bella ausgelassen zu Taylor Swift, während Theresa sich zurückhaltender bewegte.

»Fantastisch! Jetzt probiert mal das.« Jana zeigte ihnen, wie sie ihre Hüften fließender kreisen lassen konnten. Sie war nicht überrascht, dass Theresa das ziemlich schnell umsetzte.

»Sieh mal einer an, Theresa! Ich dagegen bekomme das einfach nicht hin.« Leanna schwenkte die Hüften ungelenk von einer Seite zur anderen.

Bella lachte. »Schätzchen, du brauchst ganz dringend diesen Foxy-Mamas-Kurs.«

»Ja, ich weiß.« Leanna fasste Jana an der Schulter. »Kannst du mir helfen, dass es so aussieht wie bei Theresa?«

»Natürlich«, sagte Jana. »Theresa, das ist wirklich super. Sie haben es voll drauf.« Sie fasste Leanna an den Hüften und half ihr, damit ihre Bewegungen weniger abgehackt wirkten.

»Ich fühle mich schon viel attraktiver«, sagte Leanna. »Das wird Kurt freuen.«

Theresa warf einen Blick auf ihre Armbanduhr und keuchte erschrocken auf. »Oh je. Ich muss nach Boston. Tut mir sehr leid, aber ich muss unser Treffen an dieser Stelle beenden.«

»Vielen Dank, dass Sie sich heute früh die Zeit genommen haben, sich mein Anliegen anzuhören. Ich weiß das wirklich zu schätzen.« Jana dachte gar nicht weiter darüber nach, sondern umarmte Theresa einfach. Diese stand erst nur stocksteif da, tätschelte Jana dann aber ungelenk den Rücken. »Wie gesagt, fühlen Sie sich bitte nicht verpflichtet, ihre Zustimmung zu erteilen. Ich bin schon dankbar, dass Sie sich das Ganze überhaupt durch den Kopf gehen lassen, und ich würde Ihnen so oder so gerne beim Tanzen weiterhelfen, wenn Sie möchten.«

»Oh du lieber Himmel.« Theresa löste sich aus ihrer Umarmung. »Wir müssen erst mal die Satzung prüfen und dann die Eigentümer abstimmen lassen. Sollten diese nichts dagegen haben, können wir entsprechende Regeln für Nutzungszeiten, maximale Teilnehmerzahlen und Parkmöglichkeiten besprechen. Oh, und Versicherungen. Das müssen wir mit unserem Makler abklären, und Sie sollten sich da auch mal schlaumachen, Jana. Wir haben also viel zu organisieren, aber ich muss jetzt wirklich los.«

»Kein Problem«, sagte Bella und öffnete die Haustür. »Fahr du ruhig. In der Zwischenzeit kann Jana sich um die Versicherungssache kümmern und die anderen Infos zusammenstellen, die du haben wolltest.«

»Dann gäbe es tatsächlich die Möglichkeit, dass das klappt?«, fragte Jana.

»Nun, wir wollen dem Ganzen ja nicht vorgreifen. Wie gesagt, zuerst müssen wir die Satzung prüfen. Wenn es da kein Problem gibt und wir uns mit dem Rest einig werden, Sie die entsprechenden Versicherungen abschließen und die Eigentümer mehrheitlich zustimmen ...« Theresa griff lächelnd nach ihrem Schlüsselbund und schaute sich noch ein letztes Mal im Raum um.

Sobald sie wieder draußen standen und Theresa weggefahren war, sagte Jana: »Oh mein Gott! Das könnte tatsächlich klappen!«

Jenna, Amy und Jessica kamen mit den Kindern zu ihnen rüber. Nach einer Runde Umarmungen und ziemlich viel freudigem Quietschen unterhielten die Mädels sich über die Einzelheiten, die Theresa angesprochen hatte: Versicherungen, den Mehrheitsbeschluss und Parkplätze.

Jana lehnte sich gegen die Wand des Waschhauses und schloss die Augen.

»Oh mein Gott«, wiederholte sie flüsternd und mehr zu sich selbst. »Ich könnte das wirklich schaffen.«

Hunter half Grayson den ganzen Tag bei einer Bestellung von Hibachis, die letzte Woche eingetrudelt war. Nachdem sie alle Teile dafür gefertigt hatten, kehrten Hunters Gedanken unweigerlich zu Jana zurück. In dem Moment, als er sie so anmutig und selbstbewusst allein im Studio hatte tanzen sehen, war ihm die zündende Idee für den Wettbewerb gekommen. Gestern Abend war er deswegen nach dem Gespräch mit ihr direkt in die Werkstatt gefahren und hatte versucht, das Bild in seinem Kopf zu Papier zu bringen, aber dort herrschte zu viel Chaos und dann entwischte ihm das Ganze so schnell, wie es gekommen war. Er gab auf, als ihm bewusst wurde, dass das, was er erschaffen wollte, zu groß, zu lebendig für Zeichnungen war. Also hatte er die Esse angeheizt und sich an die Arbeit gemacht.

Auf dem Weg durch die Hintertür hinaus zu dem Lager, in dem sie Metallreste aufbewahrten, dauerte es nicht lang, bis er wieder Jana in ihren hautengen Tanzshorts und dem knappen Oberteil vor sich sah – und den Schmerz in ihren Augen, als er sich im Studio von ihr abgewandt hatte. Seine Brust fühlte sich auf einmal zu eng an. Gleich darauf folgten Bilder des überraschten Gesichtsausdrucks, den sie gemacht hatte, als er heute Morgen vor ihrer Tür stand, und dann von der Verwirrung später, mit der sie ihn am Strand gemustert hatte. Seine Gefühle für sie waren tiefer, bedeutsamer geworden, und er hatte den Eindruck, dass sie das nicht nur gemerkt hatte, sondern deswegen auch ziemlich durcheinander war.

Trotz der widersprüchlichen Signale, die Jana ihm sendete, war sie ihm nähergekommen als irgendjemand zuvor und hatte sich in sein Herz geschlichen. Hunter hatte in ihr seine kreative Muse gefunden, aber darüber hinaus inspirierte Jana ihn auch in anderen, wichtigeren Dingen. Er begann, den Mann zu hinterfragen, zu dem er sich entwickelt hatte, und obwohl er stolz auf das war, was er bisher in seinem Leben erreicht hatte, und immer treu zu seiner Familie und seinen Freunden stand, erkannte er auch seine Fehler. Wenn Jana dann dabei noch ins Spiel kam, wirkten sie nicht mehr nur wie kleine Risse – da starrte er auf einen Grand Canyon der Unzulänglichkeiten. Er war mehr als fest entschlossen, der Mann zu sein, den sie verdiente. Wenn sie Romantik und Finesse haben wollte, würde sie genau das bekommen.

Eine Weile später kehrte er mit einem Handwagen voller Metallstücke in die Werkstatt zurück.

»Was hast du vor?«, fragte Grayson, als Hunter das Ganze auf dem Tisch ausbreitete.

Doch er wurde von Clark unterbrochen, der aus dem Büro rüberkam. »Habt ihr was dagegen, wenn ich für heute Schluss mache?«

Hunter und Grayson tauschten einen hoffnungsvollen Blick miteinander.

»Triffst du dich mit Nina?«, fragte Grayson.

»Mehr oder weniger.« Clark kam zu ihnen in den Maschinenbereich. »Als wir aus waren, habe ich gemerkt, wie sehr ich sie vermisse und wie sehr ich Billy vermisse.«

»Das ist wirklich toll«, sagte Hunter. Er hatte seinen Freund gestern Abend noch spät telefonieren hören und gehofft, dass sie ihre Probleme angingen.

»Ja, schon. Aber es hat mir auch bewusst gemacht, wie viel mehr Energie wir da reinstecken müssen. In uns als Paar, meine ich.« Clark rieb sich über den Nacken und wandte den Blick für einen Moment ab. »Nina hat einen Termin mit einer Therapeutin in Yarmouth vereinbart, und die will als Erstes mit jedem von uns allein sprechen, bevor wir eine Paarberatung machen.

Also übernehme ich Billy für ein paar Stunden.«

»Das klingt nach einem guten Anfang.« Hunter war erleichtert. Es klang, als wäre sein Freund auf dem richtigen Weg. Er ging in sein Büro, wo er die Teile zwischenlagerte, die er gestern Nacht gefertigt hatte. Zwar war der Korpus noch lange nicht fertig, aber er konnte schon jetzt spüren, wie die Skulptur zum Leben erwachte. Vorsichtig legte er die Teile auf eine andere Werkbank.

»Viel Spaß mit Billy«, sagte er zu Clark.

Dieser deutete mit dem Kinn auf den Tisch. »Neues Projekt?«

»Nein. Nur eine Idee für den Wettbewerb.«

»Cool. Bin gespannt, was es wird. Dann sehen wir uns nachher bei dir zu Hause.«

»Bei mir wird es spät.« Hunter wollte heute unbedingt ein paar Extrastunden an seinem Werk arbeiten.

»Bei mir auch«, erwiderte Clark. »Bis später.«

Grayson kramte gerade in einem Regal mit Eisenstangen herum, schaute nun aber zu Hunter herüber und stand dann auf. Er fuhr sich mit einer Hand durch die vollen, dunklen Haare und musterte die Einzelteile, die Hunter bereits gefertigt hatte. Vorsichtig nahm er eins davon in die Hand. Es war noch nicht ausgeformt, aber schon weit genug, dass er sicher erkennen würde, wohin die Reise bei dem Projekt ging.

»Der Bauch einer Frau?« Grayson zog eine Augenbraue hoch. »Wow, und ich dachte, Jana wäre nur dein Betthäschen.«

»Nenn sie nicht so.« Hunter riss seinem Bruder das Metallstück aus der Hand. »Es ist nur so eine Idee.«

»Dir selbst eine Frau zu basteln?«, zog Grayson ihn auf. »Ich bin mir ziemlich sicher, dass die dir nicht das Gleiche geben kann wie eine lebendige Frau.«

Hunter ignorierte den Kommentar, was Grayson zum Lachen brachte.

»Okay, mal im Ernst. Erzähl mir, was los ist, großer Bruder. Ich dachte, dass du die Sache mit Jana beenden willst, und dann tauchst du mit ihr beim Strandfeuer auf, nachdem du gegoogelt hast, *wie man ein Romantiker wird.*«

Hunter strich über das glatte, kühle Metall und legte es dann auf den Tisch, bevor er die nächsten Komponenten auswählte. »Es wird eine Tänzerin, von den Oberschenkeln aufwärts. Ich sehe sie mit zurückgeworfenem Kopf vor mir und überlege, ob ich schmale, gedrehte Stahlbänder als Haare nehme. Keine Augen, nur Wimpern, die Nase und der Mund.« In seinem Kopf bewegte sich Jana mit zurückgelegtem Kopf und geschlossenen Augen zur Musik im Studio.

»Oh, Mann. Dich hat's ja echt erwischt.« Grayson klopfte ihm lächelnd auf die Schulter.

»Es ist nur eine Skulptur.« Er konnte jedoch niemandem etwas vormachen, am wenigsten sich selbst.

»Du magst sie.«

Hunter lehnte sich gegen den Tisch und verschränkte kopfschüttelnd die Arme. »Verdammt. Es ist mehr als das.«

Grayson lachte erneut.

»Was denn? Was ist denn so lustig?«

»Du. Du schaust so geplagt drein, als könntest du den Gedanken nicht ertragen, dass eine Frau dir was bedeutet, dabei klingst du so verknallt wie ein Mädchen.«

Hunter holte aus, um Grayson gegen den Arm zu boxen, doch sein Bruder wich ihm aus und lachte nur noch lauter.

»Arsch.« Er jagte Gray um den Tisch herum, bis er ihn schließlich zu fassen bekam und in den Schwitzkasten nahm. »Halt die Klappe.«

Grayson lachte weiter. Hunter biss die Zähne zusammen, um nicht darin einzustimmen. Schließlich stieß Gray ihm den Ellenbogen in die Rippen und befreite sich aus dem Griff, doch er hob beschwichtigend die Hände.

»Okay, okay. Ich sage nichts mehr.« Doch er bekam sein Lachen kaum unter Kontrolle. »Aber du magst sie wirklich sehr. Was ist so schlimm daran?«

Hunter schnappte sich seine Lederschürze und zog sich seine Handschuhe an. »Gar nichts ist schlimm daran. Ich habe nur keine Lust, mir dumme Sprüche wegen unserer potenziellen Beziehung anzuhören.«

Grayson riss die Augen auf. »Moment, du willst eine *Beziehung?* Im Sinne von miteinander ausgehen, an einen öffentlichen Ort, auf ein echtes Date und nicht nur ein Gruppentreffen mit Freunden, nach dem ihr die Nacht zusammen verbringt?«

Hunter warf ihm einen genervten Blick zu und streifte seine Schutzbrille über. »Ja. Wir gehen morgen essen. Ein richtiges Date. Mein erstes seit … zehn Jahren oder so?« Mit der Zange griff er nach einem Metallstück und trug es zur Esse.

»Dir ist schon klar, dass sie eigentlich die perfekte Frau für dich ist, oder?« Grayson folgte ihm.

»Ach ja? Wieso das? Weil sie intelligent und heiß ist und mir manchmal echt auf den Zeiger geht?« Doch er musste lächeln. Er liebte es, wenn sie ihm auf den Zeiger ging. Das machte Jana zu Jana.

»Ja, klar. Vor allem lässt sie dir aber absolut nichts durchgehen, genausowenig wie du ihr. Ihr zwei seit die männliche und weibliche Version voneinander. Und ihr seid beide so unglaublich stur.«

Hunter drehte das Metallstück um, das über der heißen Esse

langsam zu glühen begann. »Und wir sind auch beide verdammt sexy«, scherzte er.

Grayson reichte ihm einen Hammer, als Hunter das jetzt rotglühende Metallstück auf einem Amboss platzierte. »Wohin führst du sie denn aus?«

»Ich dachte, vielleicht ins Underground, weil sie gerne tanzt und sich da wohlfühlt.« Eigentlich hatte er diese Idee schon wieder verworfen, weil er Jana ganz für sich allein haben wollte, aber er war neugierig, was Grayson davon hielt. Mit kräftigen Schlägen hämmerte er das Metall in Form.

»Du meinst, du willst allen an ihrem Arbeitsplatz zeigen, zu wem sie gehört.«

Sein Bruder kannte ihn einfach zu gut.

»Ist das daneben?«, fragte Hunter, kannte die Antwort aber bereits.

»Kommt drauf an. Willst du wirklich eine Beziehung mit ihr? Weißt du überhaupt schon, ob du das willst? Ich bin mir ziemlich sicher, dass ihr klar ist, was du da machst, wenn du mit ihr dort hingehst.«

Hunter lächelte. »Ja, ich will definitiv was Festes mit ihr. Und dass sie zu mir gehört. Aber wir gehen woanders hin. Ich wollte nur deine Meinung hören, weil ich mir nicht sicher war, ob ich richtig liege.«

»Vertrau deinem Bauchgefühl, Hunter. Du hattest schon lange keine Beziehung mehr, aber du weißt, wie man eine Frau für sich gewinnt. Das liegt dir im Blut. Dir und mir. Wir wissen, wie man es richtig macht, wir tun es einfach nur oft nicht. Wir wehren uns dagegen.«

»Ich glaube, ich habe genug vom Wehren.« Er klopfte das Metallstück flach und legte es dann beiseite, um ein anderes mit der Zange zu greifen. »Na ja, wir werden sehen. Ich gehe mit ihr ins Wicked Oyster.«

»Wow, du fährst aber ordentlich auf. Der Schuppen sollte Wicked Teuer heißen.«

»Sie ist es wert«, erwiderte er, ohne zu zögern, und erst im Nachhinein ging ihm auf, wie viel Stolz in seiner Stimme mitschwang. Er führte Jana Garner zu einem Date aus und fühlte sich richtig gut dabei. »Apropos: das mit dem Rasieren? Sie steht total drauf.« *Und ich stehe total drauf, sie lächelnd anstatt wütend zu sehen.*

Dreizehn

Am folgenden Abend stand Jana mit dem Handy am Ohr an ihrer Küchenanrichte und überflog die Notizen, die sie sich seit dem Treffen mit Theresa gemacht hatte.

»Es tut mir so leid, dass ich das alles verpasst habe«, sagte Sky am anderen Ende der Leitung. »Bella hat erzählt, dass sie dir die Antworten von der Versicherung besorgt. Was kommt als Nächstes?«

Jana schaute ins Notizbuch. »Ich stelle eine Liste der Dinge zusammen, die ich für das Studio brauche, und Amy hat vorhin angerufen, weil sie die Kursbeschreibungen benötigt und wissen muss, wie die Anmeldeformulare aussehen sollen. Jamie hat mir ein paar Links zu Seiten geschickt, auf denen ich mir die Rechtstexte erstellen lassen kann, die ich brauche. Er hat das Grundgerüst für die Website fast fertig, obwohl wir den Ort noch gar nicht festgemacht haben. Die Mädels und Jamie sind wirklich unglaublich. Das geht alles so irre schnell. Wie hat Jamie das bloß hinbekommen? Er hat mich nur gefragt, was auf der Seite stehen soll, und ich habe ihm ein paar Beispiele gezeigt.«

»Jamie ist echt schlau und mehr als fähig. Denk mal drüber nach. Er hat One Click entwickelt, die zweitgrößte Suchmaschine nach Google. Das macht man nicht mal so einfach. Der Kerl ist ein Genie. Eine Website zu erstellen, ist für ihn vermutlich so einfach wie für mich, eine gerade Linie zu tätowieren.« Im vergangenen Jahr hatte Sky das Inky Skies, ihr eigenes Tattoostudio in Provincetown eröffnet.

»Da hast du wohl recht.« Sie blätterte die Seite um und entdeckte die Notiz *Bei Marco kündigen?*, die sie etwa fünfzig Mal unterstrichen hatte. »Wenn das wirklich klappt, freue ich mich nicht auf die Kündigung bei Marco. Er wird aus den Latschen kippen.«

»Gut. Das hat er verdient«, sagte Sky. »Ich verstehe sowieso nicht, warum du dir diesen Mist von ihm gefallen lässt.«

»Weil ich das Spielchen mitspielen muss, bis sich mir eine andere Möglichkeit bietet, wenn ich nicht den Rest meines Lebens kellnern will.« Jana klappte das Notizbuch zu, als es an der Tür klopfte, und prompt meldete sich ihre Nervosität in voller Intensität. »Ich muss los.«

»Warum auf einmal?«

»Ich habe ein Date und will ihn nicht warten lassen. Ich ruf dich an.« Sie gab Sky noch ein Küsschen übers Telefon und legte dann auf, bevor ihre Freundin noch mehr Fragen stellen konnte. Sky würde sich vermutlich freuen, dass sie mit Hunter auf ein echtes Date ging, und sie wollte ihr keine falschen Hoffungen machen – auch wenn sie selbst den ganzen Nachmittag gegrübelt hatte, was hinter dieser Verabredung stecken könnte.

Hunter hatte ihr am Vormittag geschrieben, dass sie sich was Schickes anziehen sollte, doch als sie nach dem Warum gefragt hatte, bekam sie nur zur Antwort: *Musst du denn alles hinterfragen?* Das geisterte ihr gerade durch den Kopf, als sie an sich hinabschaute. Das korallenrote Trägerkleid reichte ihr bis zur Mitte der Oberschenkel und hatte einen transparenten Spitzeneinsatz um die Taille. Der Saum war mit einer passenden Spitzenborte versehen, was ihm einen sexy Touch verlieh. Sie hatte sich die Zeit genommen, einen Blumenkranz mit weißen Blüten aus dem Garten für ihre Haare zu flechten, und trug dazu mehrere Muschelketten in unterschiedlichen Längen und Farben und ein paar silberne Armbänder an einem Handgelenk. Ihre Sandalen waren flach, aber das Schmuckstück an ihrem mittleren Zeh, von dem eine perlenbesetzte Kette über ihren Fußrücken zu dem Kettchen um ihren Knöchel führte, war ein Hingucker. Sie fühlte sich sexy und attraktiv und perfekt für einen Ausgehabend gekleidet. Doch als Hunter erneut klopfte, machten sich ihre Nerven bemerkbar, und ihr wurde bewusst, wie sehr sich dieser Abend von allen anderen bisher unterscheiden würde.

Sie atmete tief durch in der Hoffnung, ihr wild schlagendes Herz zu beruhigen, und öffnete die Tür.

Hunters Augen wurden groß, und er unternahm nicht mal den Versuch, zu verbergen, dass er sie musterte. Sein Blick wanderte über ihre geschminkten Lippen und blieb einen Moment daran hängen, bevor er zu ihren Brüsten huschte und dann auf dem Streifen sichtbarer Haut an ihrer Taille verweilte. Schließlich setzte er seinen Weg ihre Beine hinunter fort bis zu ihren Zehen. Als sich ihre Blicke wieder trafen, schluckte er hart und wirkte, als hätte er Schwierigkeiten, etwas zu sagen, was ihr Selbstbewusstsein, aber gleichzeitig auch ihre Nervosität steigerte.

»Hi«, sagte sie, als er nach ihrer Hand griff.

»Hi. Du siehst ...« Er verschränkte seine Finger mit ihren und hob mit der freien Hand eine ihrer Haarsträhnen an, die ihr offen über die Schultern fielen. Man merkte ihm an, wie sehr ihm gefiel, was er sah, und mehr Bestätigung brauchte sie nicht dafür, dass sie die richtige Wahl bei allem getroffen hatte.

»Unglaublich heiß aus«, sagte er schließlich. »Und die Blumen in deinen Haaren? Oh Mann ...« Er hob ihre Hand an seine Lippen und gab ihr einen Kuss auf die Fingerknöchel.

Das war so süß, dass ihr Hitze in die Wangen stieg.

»Du siehst auch wirklich gut aus.« Hunter in Jeans verdrehte ihr schon den Kopf, aber beim Anblick von Hunter in einer dunklen Anzughose, passenden Schuhen und einem schwarzen Hemd wurde ihr auch an anderen Stellen ganz warm.

Er legte ihr einen Arm um die Taille und lehnte sich für einen Kuss zu ihr – aber was folgte, war nicht einer der leidenschaftlichen Küsse, die sie normalerweise miteinander teilten. Dieser hier war sanft und zärtlich und in ihm schwang das Versprechen auf mehr mit. Und das *mehr* war für sie kein Versprechen auf etwas Sexuelles. Nein, dieser Kuss zusammen mit der Art, wie er ihre Hand hielt, und dass er darauf achtete, dass sein Körper in sicherem Abstand zu ihrem blieb, gab ihr das Versprechen auf etwas Wichtiges. Ihre Gefühle waren ein einziges Durcheinander, und sie war gleichzeitig aufgeregt und hatte auch ein bisschen Angst.

Auf dem Weg zum Restaurant war sie so unruhig, dass sie auf eine alte Beruhigungstechnik zurückgreifen musste, die sie seit ihrem ersten Tanzkurs mit neunzehn nicht mehr benutzt hatte. Sie schloss die Augen und stellte sich den Song »Let Me Down Easy« von Billy Currington vor. Das war ihre Nummer eins, um wieder runterzukommen, wenn sie nervös war, und auch jetzt sang sie den Text im Kopf mit – Verszeilen, in denen es ganz offensichtlich nicht ums Tanzen ging, sondern um Liebe. Sie öffnete die Augen wieder und warf Hunter einen verstohlenen Seitenblick zu, der daraufhin nach ihrer Hand griff und sie sacht drückte, was ihre Unruhe wieder aufflammen ließ.

Zwanzig Minuten später saßen sie an einem Ecktisch im Wicked Oyster.

»Du hättest mich nicht in einen so teuren Laden ausführen müssen, Hunter. Ich wäre auch mit dem Mac's oder PJ's zufrieden gewesen.« Das Wicked Oyster war vermutlich das exklusivste Restaurant in Wellfleet.

Hunter saß ihr gegenüber, doch bevor er antwortete, stand er auf und wechselte auf den Platz neben ihr, was die Situation noch bedeutungsvoller machte – und Jana schon wieder nervös. Er umfasste ihre Hand und verschränkte ihre Finger miteinander.

»Ich wollte mit dir in ein Restaurant, wo wir uns unterhalten können. Ich weiß, wie gerne du tanzen gehst, das können wir danach gerne noch machen. Wie du möchtest. So habe ich dich ganz für mich allein, ohne dass wir abgelenkt werden, zumindest für eine Weile.«

Diese Art von Aufmerksamkeit war so anders als alles, was sie von Hunter gewöhnt war, dass es ihr einen Augenblick die Sprache verschlug. Zum Glück trat in diesem Moment die Kellnerin an ihren Tisch, um ihre Getränkewünsche aufzunehmen. Sie schaute Hunter ein bisschen zu lange an, der jedoch den Blick keine Sekunde von Jana nahm. Die Kellnerin war etwa Ende zwanzig und hatte makellos helle Haut, die den perfekten Kontrast zu ihren blauen Augen und den schulterlangen, schwarzen Haaren bildete. Die Frau war atemberaubend schön.

Hunter bestellte für sie beide und sah dabei nur kurz zu ihr rüber.

Als sie wieder gegangen war, sagte Jana: »Sie war echt hübsch.«

»Ist mir nicht aufgefallen.« Hunter öffnete die Speisekarte und reichte sie Jana.

Sie hatte das Bedürfnis, die Augen zu verdrehen und ihm zu verklickern, dass er gerade ein bisschen zu dick auftrug, aber dann biss sie sich auf die Zunge, als ihr aufging, dass sie die Kellnerin wesentlich länger gemustert hatte als er. Alles an Hunter war heute Abend anders. Die Anspannung in seinen Schultern war ebenso verschwunden wie die auf seinem Gesicht.

Ihre Hände lagen immer noch ineinander, und als er sie beim Starren erwischte, lächelte er. »Was denn?«

Sie senkte rasch den Blick.

»Was ist denn los? Warum hast du mich so komisch angeschaut?«

»Es ist nur … Ich weiß nicht, was ich von der ganzen Sache halten soll.« Es fiel ihr nicht schwer, ehrlich zu Hunter zu sein, auch wenn sie sich ein bisschen merkwürdig dabei fühlte, das vor ihm zuzugeben.

Er zog die Augenbrauen zusammen. »Von unserem Date?«

»Unserem Date. Dir. Dem Restaurant. Mit dir hier zu sein.« Sie lehnte sich zu ihm und sprach leiser weiter. »Du bist heute anders. Komplett anders als sonst.«

Ein besorgter Ausdruck trat in seine Augen. »Ich versuche nur, nicht mein typisches Arschloch-Selbst zu sein.«

»Ach, Hunter. Du bist kein Arsch.« Glaubte er wirklich, dass sie so über ihn dachte?

»Kann ich aber sein.« Als er seine Hand wegziehen wollte, hielt sie ihn eisern fest.

»Das können wir wohl beide, aber so sehe ich dich nicht.« Sie winkte ihn mit einem Finger zu sich heran, und er beugte sich zu ihr, den Blick auf ihre Hände gerichtet. »Ich mag dich so, wie du bist.« Sie wartete, bis er ihr wieder in die Augen schaute, bevor sie hinzufügte: »Sehr sogar.«

Sein Lächeln brachte ihr Herz zum Schmelzen.

»Und das hier gefällt mir auch«, versicherte sie ihm. »Aber du musst nicht jemand anderes sein, um mich zu beeindrucken.« Klang das egozentrisch? Als würde sie ihm unterstellen, dass er sie beeindrucken wollte? »Nicht, dass ich das denke, weil …«

Er legte ihr einen Finger auf die Lippen und brachte sie so zärtlich zum Schweigen. »Das freut mich, aber ich mag das hier auch. Es fühlt sich gut an, dich als die Frau wertzuschätzen, die du bist.« Einen kurzen Moment wandte er den Blick ab, und da war es wieder, das mutwillige Funkeln in seinen Augen, das sie nur allzu gut kannte. »Es fühlt sich beinahe so gut an, als wären wir nicht auf einem anständigen Date und ich dürfte über dich herfallen.«

Er lehnte sich auf seinem Stuhl zurück, während sie versuchte, sich daran zu erinnern, wie man atmete.

Sie teilten sich gedünstete Muscheln als Vorspeise und genossen das ganze Abendessen und ein paar Gläser Wein in vollen Zügen. Hunter wollte Jana unzählige Male während ihres Gesprächs küssen, beherrschte sich aber, weil er wollte, dass dieses Date anders lief als ihre normalen Treffen. Die Themen gingen ihm mit Jana nie aus, doch er ertappte sich immer wieder dabei, wie er beim Anblick ihres Lächelns oder dem Strahlen in ihren Augen den Faden verlor, als sie sich über das Musical unterhielten, in dem sie vor zwei Jahren aufgetreten war. Damals hatten sie sich noch nicht gekannt.

»Ich wünschte, ich hätte dich auf der Bühne erlebt.« Er war fest davon überzeugt, dass sie alle anderen in den Schatten gestellt hatte. Wenn sie auch nur halb so gut schauspielern und singen konnte, wie sie tanzte, haute sie jeden damit um.

Als sie fertig waren, beglich Hunter die Rechnung, und sie traten aus dem Restaurant in die kühle Abendluft hinaus.

»Wusstest du, dass dieses Restaurant früher auf Billingsgate Island stand?« Das war früher mal eine Insel vor Cape Cod. Ein Sturm hatte das kleine Eiland im Jahr 1855 in zwei Hälften gespalten und durch Erosion war bis zum Ende der Dreißiger- und Anfang der Vierzigerjahre nichts mehr davon übriggeblieben.

Er legte ihr eine Hand auf den unteren Rücken, als sie den Weg quer über den Parkplatz einschlugen.

»Nein, aber das ist spannend.«

»Dieses Gebäude und viele andere wurden auf Flößen von Billingsgate durch den Hafen nach Wellfleet gebracht. Kannst du dir vorstellen, wie anders es hier damals ausgesehen haben muss? Wie anders es ohne Internet und ohne Handys und ohne das ganze Zeug war, das wir heute als selbstverständlich betrachten?«

»Ohne spätabendlichen Videocall-Sex?«

Das brachte sie beide zum Lachen. Das untere Cape war weniger durchtechnologisiert, aber speziell Wellfleet war eine verschlafene Kleinstadt, die mehr auf Familienausflüge als auf Online-Unterhaltung ausgelegt war. Das gefiel Hunter an dieser Gegend besonders. Bei einem Blick in Janas Augen musste er jedoch zugeben, dass er sein iPhone nun mehr liebte als je zuvor.

»Ich bin ja ganz froh über moderne Technik.« Aus einem Impuls heraus zog er sie dichter an seine Seite, als sie bei seinem

Pick-up ankamen.

»Danke für die Einladung, Hunter. Das war ein wirklich schöner Abend.« Jana legte sich eine Hand auf den Bauch. »Aber ich bin so vollgefuttert. Ich glaube nicht, dass ich noch tanzen kann.«

Hunter wollte nicht, dass der Abend schon endete, fragte sich aber, ob das ihre Art war, ihm eine Abfuhr zu erteilen. Vielleicht wollte sie lieber wo ganz anders sein, während er sich mit jedem Satz mehr in sie verliebte. Bei der Vorstellung wurde ihm übel.

»Soll ich dich nach Hause bringen?« Er versuchte, gelassen zu klingen und sich die Enttäuschung nicht anmerken zu lassen, konnte die Anspannung in seiner Stimme aber nicht verbergen.

»Nein.« Sie runzelte die Stirn. »Oh, Moment. *Willst* du mich nach Hause bringen? Wenn ja, kann ich …«

Er küsste sie mit all der Zuneigung, die sich in ihm während des Abendessens aufgestaut hatte. Und es war so anders als der Feuersturm, den ihre Küsse normalerweise auslösten. Das hier war ein Kuss voller Bestätigung ihrer zwei Welten, die aufeinandertrafen. Und er konnte es nicht lassen, ihn zu vertiefen. Sie stellte sich auf die Zehenspitzen und klammerte sich an seinem Hemd fest. Als er sich von ihr löste, um Luft zu holen, drängte sie sich näher an ihn.

Er hatte sich selbst das Versprechen gegeben, auf keinen Fall und unter keinen Umständen heute mit Jana im Bett zu landen. Das Gespräch mit Grayson hatte ihm aufgezeigt, dass er längst Gefühle für sie entwickelt hatte, die zu einer festen Beziehung passten, die ganz offensichtlich noch nicht existierte. Und bis er sie zum Date abholte, hatte er für sich auch geklärt, wie sehr er sich nicht nur wünschte, dass sie zu ihm gehörte – sondern wie sehr er auch zu *ihr* gehören wollte. Bei diesem Gedanken hätte er die Flucht ergreifen sollen, aber das Gegenteil war der Fall. Er wollte sich noch mehr bemühen, ihr das Gefühl geben, etwas Besonderes zu sein, damit sie nie wieder einen anderen Mann wollte.

Nachdem das für ihn feststand, war es erstaunlich einfach, die Anspannung loszulassen, die er wie eine Rüstung getragen hatte. Als hätte er nur auf die Erlaubnis seines sturen Verstands gewartet, die Mauer niederzureißen und Jana in seine Welt zu lassen.

Jetzt kämpfte er mit dem Verlangen, das sich in ihm ausbreitete, mit dem Bedürfnis, sie nach Hause zu bringen und ihr zu zeigen, wie sehr er sie begehrte.

»Jana.« Er lehnte die Stirn an ihre und versuchte, sich wieder unter Kontrolle zu bringen. »Ich will nicht, dass unser Date schon zu Ende geht.«

»Ich auch nicht.«

Ihre Worte trafen ihn mitten ins Herz und erinnerten ihn daran, dass Sex nicht das ultimative Ziel war. Er hegte Hoffnungen auf Größeres.

»Wie wäre es mit einem Spaziergang?«, schlug er vor.

Als sie nickte, nahm er sie an der Hand, überlegte es sich dann aber anders und legte ihr einen Arm um die Taille, weil er sie dicht bei sich spüren wollte. Auch wenn er nicht mit ihr schlief, war Janas Nähe etwas, das ihm inzwischen nicht nur vertraut war, sondern wonach er sich sehnte.

Vierzehn

»Liest du gerne?«, fragte Jana, während sie der Main Street Richtung Innenstadt folgten und dabei am Buchladen Herridge Books vorbeikamen, der gerade den Feierabend einläutete. Alles an diesem Geschäft wirkte ein wenig aus der Zeit gefallen, von den altmodischen Schaufenstern bis hin zu den Lesegewohnheiten der Einheimischen – Taschenbücher oder Hardcover, keine E-Book-Reader. Die Welt der elektronischen Bücher und Smartphones gehörte eher zu den Touristen als zu den Anwohnern.

»Ja. Und du?«

»Ich habe im Moment nicht so viel Zeit zum Lesen, aber ich mag gute Science-Fiction- und Fantasy-Romane.«

Hunter lachte. »Ist das dein Ernst?«

»Ja. Mein voller Ernst sogar. Die liebe ich heiß und innig. Harper zieht mich gerne mal damit auf, weil ich insgeheim ein Trekkie bin, und wenn ich einmal von *Doctor Who* anfange …«

»Jana Garner, ich glaube, ich mag dich jetzt noch ein bisschen mehr.« Hunter war schon ewig *Doctor-Who*-Fan, aber er hatte noch nie eine Frau getroffen, die die Serie auch mochte.

Jana lehnte den Kopf an seine Schulter, und das fühlte sich so gut an, so richtig, als würde sie genau dorthin gehören.

Sie unterhielten sich über ihre Lieblingsfolgen und dass sie ihre Liebe zu Science-Fiction nicht an die große Glocke hängten, weil sie nicht wollten, dass andere sich darüber lustig machten. Ihm gefiel die Erkenntnis, dass sie viel mehr Gemeinsamkeiten hatten als nur tolle sexuelle Chemie.

Eine Weile später kamen sie am Wellfleet Market und dem Laden, in dem lokale Künstler ihre Sachen verkauften, vorbei, wo sich eine Familie ein Eis schmecken ließ.

»Erzähl mir von dem Tanzstudio, das du eröffnen willst. Ich wusste nicht mal, dass du mit dem Gedanken gespielt hast.«

»So würde ich das auch nicht nennen.« Sie zog ihn in Richtung Straße. »Wollen wir uns ein Eis holen?«

Lachend eilte er mit ihr über die Fahrbahn. »Ich dachte, du hättest zu viel gegessen, um noch tanzen zu gehen.«

»Schon, aber zu Eis kann ich nie Nein sagen. Vor allem nicht hier, weil es hier meine Lieblingssorte gibt – Chunk O' Funk.« Sie folgten dem gepflasterten Weg bis zur Eisdiele A Nice Cream Shop, vor der gerade ein knappes Dutzend Leute Schlange standen.

»Wir müssen uns nicht anstellen, wenn du nicht willst.« Jana schaute zu ihm auf, und er fragte sich unwillkürlich, wie sie innerhalb weniger Tage von der Frau, mit der er gerne vögelte, zu der einzigen Frau geworden war, mit der er jemals zusammen sein wollte.

Er zuckte mit den Schultern. »Ich habe Zeit.«

»Wirklich?« Sie kräuselte die Nase und sah damit unfassbar süß aus.

»Außer dir habe ich heute nichts vor.« Er gab ihr einen kurzen Kuss. »Aber nur, wenn du mir von deinem zukünftigen Studio erzählst.«

»Ich kann das alles immer noch nicht richtig fassen. Es fällt mir schwer, darüber zu reden, weil ich mich an die Vorstellung noch gar nicht richtig gewöhnt habe.« Sie hakte einen Finger in seinen Hosenbund ein, und er erkannte die Vorfreude in ihrem Blick, aber auch die Sorge.

»Willst du es versuchen? Oder es lieber erst mal für dich behalten?«

Sie runzelte die Stirn und ihr Gesichtsausdruck wurde ernst. Es gefiel ihm nicht, bei etwas für sie so Wichtigem ausgeschlossen zu werden, aber er würde sie nicht drängen, wenn sie noch nicht so weit war.

»Ist schon in Ordnung, meine Hübsche. Erzähl mir von deinem aktuellen Job. Warum willst du da aufhören? Willst du lieber darüber reden?«

Sie erklärte ihm, dass ihr Chef eigentlich nur für eine Weile hatte wegbleiben wollen, sie inzwischen jedoch gezwungenermaßen seit Monaten den Job als Vollzeit-Geschäftsführerin machte. Ärger regte sich in seiner Brust bei dem Gedanken, dass Jana derart ausgenutzt wurde.

Kurze Zeit später bekamen sie ihre Eiswaffeln, und Hunter legte wieder den Arm um sie, als sie zurück zur Main Street gingen und dabei ihr Eis aßen.

»Hast du deinem Chef mal vorgeschlagen, dass er noch jemanden einstellt, der dir ein paar von den extra Aufgaben abnimmt?«

Sie leckte über ihre Eiskugel und spähte hinter einer Haarsträhne hervor, die ihr in die Augen gefallen war. Verdammt. Wollte sie ihn dazu bringen, hier und jetzt vor ihr auf die Knie zu gehen? Es gab nichts, was erotischer war als Jana, die ein Eis aß.

Sie leckte sich über die Lippen und nickte.

Er hatte sich geirrt. Jana, die sich über die Lippen leckte, lieferte sich ein Kopf-an-Kopf-Rennen mit ihrer Zunge, die über die Eiskugel fuhr. Er konnte sich einfach nicht von dem Anblick losreißen.

»Du machst mich fertig.« Er biss die Zähne zusammen und zwang sich, den Blick abzuwenden, bevor seine Erregung noch offensichtlicher wurde. »Erinnere mich das nächste Mal daran, kein Eis mit dir zu essen, wenn wir nicht unter uns sind.«

»Warum?«, fragte sie betont unschuldig.

Er lehnte sich zu ihrem Ohr. »Weil ich nicht dafür verantwortlich gemacht werden kann, was ich mit meiner Zunge anstelle, wenn du deine so einsetzt.«

Sie formte ein stummes *Oh* mit den Lippen.

An der Bücherei angekommen bogen sie in Richtung Hafen ab.

»Nur damit ich das richtig verstehe: Dein Chef ist so arschig, dass er dir weder eine Gehaltserhöhung gibt, noch jemanden zusätzlich einstellt.« Er würde sich sehr gerne mal mit Marco unterhalten.

»Genau.« Als sie um die nächste Ecke bogen, kam der Hafen in Sicht. »Und als ich das neulich Bella und den anderen Mädels erzählt habe, haben sie mich gefragt, was ich wirklich machen will. Irgendwie kam ›mein eigenes Studio eröffnen‹ dabei heraus. Du kennst doch die Mädels. Sie sind so selbstsicher und wollen jedem helfen.« Sie zuckte mit den Schultern. »Bevor ich wusste, wie mir geschah, haben sie einen Plan entwickelt, den Freizeitraum in der Seaside-Siedlung für meine Kurse anzumieten. Wir haben uns gestern mit Theresa getroffen, und sie will sich schlaumachen und das Ganze ins Rollen bringen. Alles passiert gerade so schnell.«

Er hob ihr Kinn an, um ihr in die Augen zu sehen. Darin erkannte er einen Anflug von Angst, wie bei einem kleinen

Vogel, der zum ersten Mal am Rand des Nests stand. Sie war sich sicher, dass sie fliegen konnte, aber was wenn doch nicht … Diese Zweifel brachten ihn aus dem Konzept. Jana wirkte immer so stark, dass Hunter gerade das Gefühl hatte, etwas unter der Oberfläche entdeckt zu haben, einen weiteren Teil der *echten* Jana.

»Willst du das? Dein eigenes Studio, diesen Raum?«, fragte er schließlich.

Sie ließ sich einen Moment Zeit mit der Antwort, und er nutzte die Gelegenheit, um nach Hinweisen darauf zu suchen, was sie dachte, merkte aber, dass er sich doch einfach wieder in ihrer Nähe verlor. Sie sah heute Abend jünger und weniger abweisend aus mit den Blumen im Haar und in diesem Kleid, in dem jede andere Frau overdressed wirken würde, in dem Jana jedoch einfach so perfekt *Jana* war.

Jana spürte, wie Hunter sie musterte, aber auf ganz andere Art, als sie von ihm kannte – nicht, als würde er an all die schmutzigen Dinge denken, die er mit ihr anstellen wollte. Er sah sie an, als würde er wirklich hören wollen, was sie zu sagen hatte. Als würde es ihn interessieren.

»Ich glaube schon«, antwortete sie leise. »Je mehr ich darüber nachdenke, desto mehr freue ich mich darauf. Aber was weiß ich schon darüber, wie man ein Unternehmen führt?«

»Du führst doch jetzt auch schon ein Unternehmen.« Hunter griff nach ihrer Hand, und sie folgten der Straße um die Kurve am Pearl, am Bookstore Restaurant und dem Spielplatz vorbei.

»Das stimmt schon.«

»Du hast doch gerade gesagt, dass du nicht nur Kurse gibst, sondern auch die Abrechnung machst, dich ums Marketing kümmerst und den Bürokram erledigst. Du tust schon alles, was du brauchst, Jana.« Hunter führte sie auf die Rasenfläche zwischen den Tennisplätzen und einer Reihe von Ferienhäusern und ließ den Blick über den Hafen schweifen.

»Als ich elf oder zwölf war, bin ich oft mit meiner Familie hergekommen. Wir haben uns ein Eis geholt und sind am Strand spazieren gegangen. Ich habe nie verstanden, warum wir ausgerechnet hierher gefahren sind, wo wir doch in Brewster gewohnt haben, aber irgendwann habe ich dann rausgefunden, dass das einer der Lieblingsorte meiner Mutter war. Hier haben meine Eltern sich kennengelernt.« Hunters Gesichtsausdruck wurde ernst und in Jana stieg Mitgefühl für seinen Verlust auf.

»Du vermisst sie bestimmt sehr.«

»Ja.« Er nickte. »Aber ich weiß, dass sie noch immer hier drin ist.« Er legte sich eine Hand aufs Herz und blinzelte ein paarmal. Dann wechselte er das Thema, und sie akzeptierte, dass er nicht über seine Gefühle sprechen wollte. »Mein Vater hatte es wirklich drauf, uns alle in unseren Interessen zu unterstützen. Er hat Matt jedes nur erdenkliche Buch besorgt, über alle möglichen Themen, die mich nie interessiert haben, aber aus irgendeinem Grund war Matt begeistert davon.«

»Das ist er wohl immer noch.«

Hunter lächelte. »Ja. Er lehrt so gerne in Princeton. Du weißt ja, dass mein Dad Pete beigebracht hat, wie man Schiffe restauriert, und Grayson und mir, wie man Metall bearbeitet. Meiner Mutter hat es nie gefallen, dass wir etwas so Gefährliches von ihm lernen, aber nach ein paar Jahren hat sich das geändert. Sie hat gesehen, wie sehr wir es liebten, und wir haben bewiesen, dass wir verantwortungsbewusst damit umgehen. Und sie hat gemerkt, wie nah Grayson, Dad und ich uns durch die gemeinsame Arbeit gekommen sind. Irgendwann hat sie dann ihren Frieden damit gemacht.«

»Ihr hattet Glück, dass euer Vater so gerne Zeit mich euch verbracht und sich für euch interessiert hat. Meine Eltern sind der lebende Beweis für Generationslücken. Sie haben Brocks Spaß am Kampfsport unterstützt, aber abgesehen davon waren sie der Meinung, dass wir alle ganz normale Jobs haben und dass Harper und ich verheiratet sein und zwei Komma fünf Kinder haben sollten. Keine Ahnung, wie es kam, dass keins ihrer vier Kinder einer gewöhnlichen Arbeit nachgeht.«

Hunter strich ihr ein paar Strähnen hinters Ohr und fuhr sacht mit den Fingern über ihre Wange. Zusammen mit dem zärtlichen Ausdruck in seinen Augen war das so eine intime Geste, dass ihr ein Schauer über den Rücken lief.

»Mein Vater hat uns beigebracht, dass einige Menschen nicht dazu bestimmt sind, den Träumen anderer Leute zu folgen. Darauf will ich hinaus. Ich erinnere mich noch an diesen einen Abend hier. Ich habe mit meinen Geschwistern gespielt und meine Eltern hier, genau an dieser Stelle stehen sehen. Sie standen ganz nah beieinander. So.« Er trat so dicht zu ihr, dass ihre Oberschenkel sich berührten. »Und ich weiß noch, wie ich gedacht habe, dass ich dieses Bild nie vergessen will. Am nächsten Tag habe ich an meiner ersten richtigen Skulptur gearbeitet. Zum ersten Mal in meinem Leben war ich von etwas inspiriert. Statt einfach nur zu schweißen und zu schmieden, habe ich etwas Spannendes erschaffen, angetrieben von einem Bild vor meinem inneren Auge. Es war eine Skulptur von ihnen beiden, wie sie da zusammen stehen. Ich habe Monate gebraucht, um sie fertigzustellen, weil ich nur schmieden durfte, wenn mein Vater dabei war. Er hat ständig gearbeitet, weil ihm der Baumarkt gehört, wie du ja weißt.«

Sie konnte sich kaum vorstellen, wie Hunter auf irgendetwas wartete. Er nahm sich, was er wollte, er wartete nicht darauf.

»Aber nachdem ich diese Skulptur gefertigt hatte, wusste ich genau, was ich mit meinem Leben anfangen will. Und ich wusste auch, dass meine Chancen auf eine Zukunft als Berufskünstler ziemlich schlecht standen, weil meine Mutter praktisch veranlagt war und nicht davor zurückscheute, die Dinge beim Namen zu nennen. Aber ich wollte das mehr als alles andere auf der Welt.«

»So geht es mir mit dem Tanzen. Ich liebe alles daran. Ich kann mich darin verlieren. So empfinde ich nur da und beim Boxen und …« Sie hielt inne, bevor sie das *bei dir* aussprechen konnte. Schnell wandte sie sich ab und hielt sich eine Faust vor den Mund. *So ein Mist. Ich kann mich tatsächlich in ihm verlieren.* Dafür war sie nicht bereit. Sie vertraute Hunter, nicht aber dieser Hundertachtziggradwende, die er gerade vollzog. Ihr Leben war ein einziges Durcheinander und sie traute sich im Moment den Durchblick und kluge Entscheidungen in dieser Sache nicht zu.

»Und?« Er machte einen Schritt um sie herum, um wieder in ihrem Blickfeld zu stehen.

Er war so attraktiv und sein durchdringender Blick, der sie dazu bringen wollte, ihm einfach *alles* zu erzählen, zusammen mit seinem liebevollen Tonfall, verursachten ihr ein Kribbeln im Magen.

»Und …« Sie durfte nicht zulassen, dass die Gefühle, die in ihr aufkeimten, irgendetwas zwischen ihnen veränderten. Sie war verletzlich wegen dem, was gerade arbeitstechnisch in ihrem

Leben passierte. Bestimmt war sie deswegen so schrecklich emotional. »Ein Traum würde wahr werden, wenn ich mein eigenes Studio hätte.«

»Dann sollte dir nichts im Weg stehen. Nicht Marco und keine Selbstzweifel. Nichts.«

Er sagte das, als würde er an sie glauben, als würde sie es verdienen, dass ihre Träume wahr wurden, und das gab ihr Kraft und Rückhalt. Als er eine Hand in ihren Nacken legte und sie anlächelte, öffnete sie sich zunehmend dieser neuen Situation, die sich gerade zwischen ihnen entspann, trotz ihres Entschlusses, sich nicht von ihren Gefühlen beeinflussen zu lassen.

Jana stellte sich auf die Zehenspitzen, fasste ihn an der Taille, und ihr Herz setzte einen Schlag aus, als seine Augen sich verdunkelten. »Mir gefällt diese Seite an dir.«

Ihre Lippen trafen sich zu einer ganzen Reihe von langsamen, bebenden Küssen.

»Mir gefällt diese Seite an dir auch«, sagte er mit einem Lächeln, bei dem sie weiche Knie bekam.

Auf dem Weg zurück zum Auto schwebte sie auf Wolke sieben. Der Weg, den sie zurücklegten, kam ihr kürzer vor und die Fahrtzeit zu ihrem Haus verging schneller als je zuvor. Sie konnte es gar nicht erwarten, diesen neuen Hunter in die Arme zu schließen und weiter zu erforschen, was sich zwischen ihnen entwickelte.

Lachend folgten sie dem Weg zur Haustür. Als sie auf die Veranda trat, drehte er sie zu sich herum, sodass sie sich beinahe auf Augenhöhe gegenüberstanden. Sie schlang die Arme um seinen Nacken, und er fasste ihre Haare mit einer Hand zusammen, um sanft daran zu ziehen, was einen heißen Lustblitz durch ihren Körper jagte.

»Danke für den schönen Abend.« Er legte die freie Hand auf ihren unteren Rücken und zog sie an sich. Jana konnte den Blick nicht von seinen Augen und dem Ausdruck in ihnen abwenden. Seine Gefühle waren einfach zu deuten. *Ich will dich.*

Er gab ihr einen Kuss auf die Nasenspitze, die Wange, die Stirn, und endlich – *endlich* – fanden seine Lippen ihre. Sie verlor sich in dem Gefühl seiner Zunge, die sich vortastete, über ihre strich und ihren Mund eroberte. Sein Griff in ihren Haaren verstärkte sich und damit ihre Erregung, was ihr ein verlangendes Aufstöhnen entlockte. Er küsste es ihr von den Lippen. Sie wollte, dass das niemals aufhörte, wollte den neuen Hunter in sich spüren.

»Darf ich dich wiedersehen?«, fragte er an ihrem Mund, bevor er sie erneut küsste, dieses Mal flüchtiger, schneller, was sie hungrig nach mehr zurückließ.

»Du gehst?« Ihre Emotionen legten eine Vollbremsung ein. Was sollte das? Sie ließen sich nicht einfach so sitzen. Sie hatten Sex, der sie befriedigt zurückließ, und eigentlich hatte sie gedacht, dass sich heute Abend alles zwischen ihnen veränderte. Dass es noch besser wurde. Das war schon das zweite Mal, dass er sie auf dem Trockenen zurückließ, während sie so viel mehr von ihm wollte.

Er sah ihr forschend in die Augen, und sie fragte sich, ob er die Sehnsucht darin erkannte, die sie empfand. Spielte er wieder mit ihr? War das alles nur ein dummes Spielchen für ihn? Genau deswegen musste sie mit diesem ganzen Unsinn aufhören. Sie hätte ihn nie mit dieser Romantik-Sache herausfordern dürfen, auch wenn es ihr wirklich sehr gefiel, wenn er sich so verhielt.

»Das heute Abend hat mich verändert, Jana«, flüsterte er, was ihre chaotischen Gedanken verstummen ließ. Von einer

Sekunde auf die andere. »Du hast irgendwie so was wie eine Tür in mir geöffnet. Was auch immer da passiert, ich will dem nachgehen und sehen, was dabei herauskommt. Wenn ich jetzt mit dir reingehe und das tue, was ich mit dir anstellen will ...« Er zog sie an seinen heißen, harten Körper. »... verwechselst du das vielleicht mit dem, was wir sonst immer tun.«

»Ich ... ich verstehe das nicht, Hunter. Wir hatten schon Sex. Jetzt wird es einfach nur besser.«

Seine Kiefermuskeln spannten sich an und seine Augen wurden schmal. »Wenn wir das nächste Mal miteinander schlafen, wird es nicht *einfach nur* irgendwas sein. Zumindest nicht für mich, und ich hoffe, für dich auch nicht.« In seiner Stimme schwang dieser verzehrend fordernde Unterton mit, den sie so gut von ihm kannte.

Er presste die Lippen auf ihre und küsste sie, wie sie es gewohnt war, als wollte er ihr postwendend die Kleider vom Leib reißen und sich in ihr versenken. Heiße Lust bahnte sich einen Weg durch ihr Inneres. Als sie sich schließlich wieder voneinander lösten, rangen sie beide nach Luft.

»Wenn wir das nächste Mal miteinander schlafen, wird es *alles* sein.«

Panik vertrieb die Lust und sie suchte verzweifelt nach Worten. »Hunter, ich ... ich weiß nicht ... Ich weiß nicht, ob wir für *alles* bereit sind.«

»Lass mal meine Sorge sein, für was ich bereit bin. Ich werde so romantisch sein, dass du nicht mehr weißt, wo dir der Kopf steht, und es wird dir gefallen.«

Erst als er wegfuhr, ging ihr auf, dass er dieses Mal nicht versucht hatte, sie zu dem Eingeständnis zu bewegen, dass sie ihn wollte.

Fünfzehn

Hunter arbeitete schon seit sieben Uhr morgens an der Skulptur für den Wettbewerb. Ihm war sehr bewusst, wie viele Tage er vor dem Kuss seiner Muse verloren hatte, und nun hatte er nur noch einen Monat Zeit bis zur Abgabe und spürte den Druck deutlich. Grayson traf sich am Vormittag mit einem Lieferanten, und als Clark kam, war es bereits zehn. Er war ja gestern Abend bei Nina gewesen, und weil Hunter ihn in seiner Wohnung nicht angetroffen hatte, war er davon ausgegangen, dass Clark dort schlief. Doch dann hörte er ihn gegen drei Uhr morgens hereinkommen und wusste, dass das kein gutes Zeichen war. Natürlich war er in dieser schwierigen Phase nachsichtiger mit Clark, aber er hätte ihm wenigstens Bescheid sagen können, dass er später zur Arbeit kommen würde.

Hunter ging nach vorne, um mit ihm zu reden, und musterte besorgt Clarks zerknitterte Kleidung und wirre Haare – bis ihm die geschwollenen, blutunterlaufenen Augen seines Kumpels auffielen. Er wusste, wie ein Kater aussah.

»Stress mit Nina gestern Abend?« Er hielt seine Verärgerung nur mühsam im Zaum. Es war eine Sache, wegen Clarks Eheproblemen ein Auge zuzudrücken, aber er würde sicher nicht wegsehen, wenn sein Freund sein Leben im Alkohol ertränkte. Das hatte er bei seinem Vater mitansehen müssen und der Weg zurück war lang und schmerzhaft gewesen.

»Nein. Da war alles in Ordnung. Tut mir leid, dass ich zu spät komme.« Clark ließ sich schwer in seinen Stuhl sinken und stützte den Kopf in die Hände.

»Hast du gestern ein bisschen zu viel getrunken?« Er verschränkte die Arme, und als Clark ihm endlich in die Augen schaute, musterte Hunter ihn erneut ernst. »Warst du mit Robert unterwegs?« Robert war Single und feierte gerne, war jedoch auch verantwortungsbewusst. Hunter konnte sich kaum vorstellen, dass er mitten unter der Woche bis drei Uhr um die Häuser zog und sich betrank.

»Am Anfang ja. Er ist gegen zehn gegangen.« Clarks Handy klingelte, und er zog es aus der Tasche, schaute aufs Display und schickte den Anruf auf die Mailbox. »Verdammt.«

»Was ist los, Clark? Wir sind Freunde, aber mal ganz im Ernst: Ich will nichts damit zu tun haben, wenn du Nina betrügst.«

Clark massierte sich die Nasenwurzel mit Daumen und Zeigefinger. »Ich betrüge sie nicht.«

Hunter deutete mit dem Kinn auf Clarks Handy. »Wer hat da gerade angerufen? Die gleiche Frau, die dich die ganze Woche schon die halbe Nacht wach hält?«

»Da läuft nichts zwischen uns.« Er rieb sich mit einer Hand übers Gesicht und seine Schultern sackten nach unten. »Ich schwöre es. Sie will mehr, aber ich bin dafür nicht bereit.«

»Dann lass es sein.« Hunter hatte kein Verständnis für Menschen, die ihr Leben nicht in die Hand nahmen. Das war doch so einfach. Man legte sich einen Plan zurecht und setzte den dann um. Wie er es bei Jana machte. Im Lauf der letzten Tage hatte sich alles für ihn verändert, und nun konnte er auch nachvollziehen, wie Pete und Sky sich so schnell so sehr in Jenna und Sawyer verliebt hatten. Er hatte nicht nur mehr Zeit mit Jana verbracht als mit jeder anderen Frau, er bekam sie auch einfach nicht aus dem Kopf.

Er fragte sich, ob sie gut geschlafen und ob sie so oft an ihn gedacht hatte wie er an sie. Ob sie heute die Vorstellung eines eigenen Studios noch genauso nervös machte wie gestern. Und wenn ja, wollte er ihr dabei helfen zu begreifen, dass sie ihre Träume verwirklichen konnte. Sie musste nur ihren sturen Verstand dazu bringen, das zu akzeptieren. Und gestern Abend? *Himmel, gestern Abend.* Er hatte seine komplette Selbstbeherrschung aufbringen müssen, um zu gehen, denn eigentlich wollte er ihr nur ins Haus folgen, um auf jeder nur erdenklichen Oberfläche Sex mit ihr zu haben. Sie sollte erkennen, dass sie genauso gern alles mit ihm teilen wollte wie er mit ihr.

»Sie schreibt ständig«, gab Clark zu. »Und ruft dauernd an. Ich bin echt nicht gut darin, anderen Leuten eine Abfuhr zu erteilen, und sie hört mir zu. Sie hört mir bei wirklich allem zu, was ich sage.«

Als ihm klar wurde, wie sehr sein Freund gerade mit sich zu kämpfen hatte, ging ihm auch auf, wie egoistisch er sich verhielt. Clark hatte bei ihm Hilfe gesucht, nicht bei seiner Familie. Er hatte nicht versucht, es alleine in den Griff zu bekommen. Er war zu Hunter gekommen, und was tat der? Er war so sehr mit Jana beschäftigt, dass er seinen Freund seinem Schicksal überlassen hatte, obwohl er ganz offensichtlich zu sehr durch den Wind war, um das Problem alleine zu lösen.

Er legte Clark tröstend eine Hand auf die Schulter. »Tut mir leid, dass ich nicht für dich da war. Bei dir läuft gerade so viel schief und ich hätte mich mehr einbringen sollen.«

»Das hast du doch, Hunter. Du hast sogar für uns auf Billy

aufgepasst. Es ist ja nicht dein Problem.«

»Doch, ist es schon. Wenn ich eine schwere Zeit durchmachen würde, wärst du da und hättest ein offenes Ohr für mich, damit ich mich nicht einer Wildfremden anvertrauen muss. Du brauchst diese Frau nicht, damit sie sich deine Lebensgeschichte anhört. Du brauchst deinen besten Freund, und ich werde für dich da sein, versprochen. Ab sofort.«

Er griff nach Clarks Handy und klickte auf die Nachrichten, las sie aber nicht, sondern hielt Clark das Display hin. »Ist sie das? Cherise?«

»Ja.«

»Wir fangen damit an, ihr eine nette, kleine Nachricht zu schreiben, dass du dich entschieden hast, an deiner Ehe zu arbeiten, dass du ihre Freundschaft sehr schätzt, aber nicht willst, dass deine Frau einen falschen Eindruck bekommt, und deswegen den Kontakt zu ihr abbrechen musst.« Nachdem er das getippt hatte, schaute er zu Clark, um dessen Zustimmung einzuholen.

Clark nickte. »Schick es ab.« Er schloss die Augen und seufzte tief. »Shit. Warum hast du das für mich machen müssen? Was stimmt denn nicht mit mir?«

»Du hast das Gefühl, als würdest du die Kontrolle über dein Leben verlieren. Das passiert uns allen irgendwann mal, aber so schlimm ist es nicht. Du musst nur wieder in die Spur kommen. Nimm dir heute frei. Fahr in meine Wohnung und schlaf. Wir gehen heute Abend essen und reden. Ich bin für dich da und ein guter Zuhörer.«

»Was ist mit deinem Mädchen?« Clark stand auf und wirkte immer noch vollkommen erschöpft, aber auch ein wenig erleichtert.

Hunter hatte Jana eine Nachricht geschickt, als er in der

Werkstatt eingetroffen war. *Hatte viel Spaß bei unserem Date. Freue mich schon auf das nächste.* Er konnte den bissigen Unterton in ihrer Stimme deutlich hören, als er ihre Antwort las. *Es gibt vielleicht kein nächstes Date, wenn du mich immer am langen Arm verhungern lässt.* »Sie ist noch nicht davon überzeugt, dass sie mein Mädchen werden will, aber keine Sorge. Das bekomme ich auch noch hin.«

Sie verabredeten sich zum Abendessen und nachdem Clark gegangen war, schickte Hunter ihr eine weitere Nachricht. *Wir werden mehr als Freunde mit gewissen Vorzügen sein. Spar dir die Mühe und akzeptier es.*

Es war erst ein Uhr und Jana hatte schon eine Trainingssession mit Brock hinter sich, drei Tanzkurse und ein Gespräch mit der Lokalzeitung wegen Werbeanzeigen, weil Marco für die nächste Kursrunde Ermäßigungen anbieten wollte. Das Programm lief im Acht-Wochen-Rhythmus, und er verstärkte das Marketing immer ein paar Wochen vor dem neuen Anmeldezeitraum. Oder besser gesagt: *Jana* verstärkte das Marketing. Aber nicht mehr lange. Der Gedanke spendete ihr genug Trost, um sie durch den hektischen Nachmittag zu bringen, der vor ihr lag.

Sie haderte immer noch mit der Vorstellung, ihr eigenes Studio zu eröffnen. Hunter und die Mädels gaben ihr das Gefühl, dass sie das schaffen konnte, aber Marcos Job zu machen plus die Kurse – da fragte sie sich schon, inwiefern sich ihre Arbeit im eigenen Studio von ihrem jetzigen Leben unterscheiden würde.

Sie war schon unzählige Male die Vor- und Nachteile

durchgegangen und wusste, dass auf der Pro-Seite mehr Argumente standen als auf der Kontra-Seite, aber sie zögerte noch immer.

Ihr Handy vibrierte, und sie musste nicht aufs Display schauen, um zu wissen, dass es eine Nachricht von Hunter war. Sie hatte seine vorherige nicht beantwortet, in der er behauptet hatte, dass sie nicht mehr nur Freunde sein würden, die ab und zu Sex hatten. Was war denn so falsch an ihrem Arrangement? Ihr Magen krampfte sich zusammen. Warum kam er ihr auf einmal so gefährlich nah? Das Einzige, dessen sie sich immer sicher gewesen war, war ihre Sexualität. Diesen Aspekt in ihrem Leben konnte sie kontrollieren, und sie machte oft davon Gebrauch, um den Kopf freizubekommen und mit ihren Gefühlen umzugehen. Jetzt versuchte Hunter, ihr das wegzunehmen und sie nicht nur dazu zu bringen auszusprechen, dass sie ihn wollte, sondern auch dazu, eine feste Beziehung mit ihm einzugehen, wenn sie die Zeichen richtig deutete.

Sie war vollkommen zufrieden damit, einfach nur manchmal Sex mit ihm zu haben, aber er musste ja hergehen und plötzlich nett und romantisch werden. Das Wicked Oyster? Ein Spaziergang? Küsse, die ihr den Verstand raubten? Sie sollte sich von Wolke sieben direkt in seine muskulösen Arme stürzen. Stattdessen setzte langsam Panik ein. Sie hatte schon Marco am Hals, der einen kräftigen Tritt in den Hintern verdiente. Sie konnte sich nicht mal richtig entschließen, ein eigenes Studio aufzumachen. Im Moment fühlte sich alles an, als wäre sie ein Fisch, der hilflos auf dem Trockenen zappelte. Wie konnte sie da einen Schritt in Richtung einer Beziehung mit Hunter gehen? Sie konnte sich nicht auf etwas Festes mit ihm einlassen, solange sie so mit sich haderte.

Stunden später checkte Jana endlich ihre Nachrichten,

nachdem sie geschäftliche E-Mails fürs Studio beantwortet, drei weitere Kurse gegeben und sich mit einer unhöflichen Mutter auseinandergesetzt hatte, die immer versuchte, ihre Tochter vor Stundenende aus dem Kurs zu holen. Als sie sah, dass die Nachricht vom Mittag gar nicht von Hunter, sondern von Bella gekommen war und kurz darauf eine von Leanna, klammerte sie sich an ihre schwindende Hoffnung und öffnete sie.

Schlechte Neuigkeiten. Theresa hat die Seaside-Satzung geprüft und offenbar dürfen wir den Raum nicht vermieten. Er kann nur von den Anwohnern genutzt werden.

Jana blieb der Mund offen stehen. Tränen brannten in ihren Augen und Trauer schnürte ihr die Kehle zu. Ihr war nicht bewusst gewesen, wie verzweifelt sie sich tatsächlich nach dieser Möglichkeit gesehnt hatte.

Sie presste die Lippen aufeinander, weil sie sich nicht von etwas herunterziehen lassen wollte, was sie noch vor einer Woche überhaupt nicht ernsthaft ins Auge gefasst hatte. *Es war ein alberner Traum.*

Sie zwang sich, die Tränen hinunterzuschlucken, und antwortete auf Bellas Nachricht. *Schon in Ordnung. Ich wusste ja, dass die Wahrscheinlichkeit nicht groß ist, dass das klappt.*

Sie wischte sich eine Träne von der Wange, die ihr entkommen war, und öffnete einen Gruppenchat mit Harper und Sky. *Ich muss mal raus. Kommt ihr mit ins Undercover?*

Kurz überlegte sie, ob sie Hunter schreiben sollte, doch da kam auch schon eine Antwort von Sky. *Natürlich. Was ist los?*

Sie tippte gerade *Freizeitraum klappt nicht*, da meldete sich bereits Harper. *Mache gerade Feierabend. Wir sehen uns dort!*

Sie zwang sich zu einem Lächeln, auch wenn sie die Tränen nun wirklich nicht mehr zurückhalten konnte. Auf ihre Schwester und Sky war immer Verlass. Sie versuchte, ihre

Gefühle wieder unter Kontrolle zu bekommen, und las noch einmal Hunters Nachricht vom Morgen. *Wir werden mehr als Freunde mit gewissen Vorzügen sein. Spar dir die Mühe und akzeptier es.*

Kurz überlegte sie, ihm ehrlich zu antworten – *Nein, Hunter, werden wir nicht. Bei mir geht alles drunter und drüber, und ich brauche jetzt ein bisschen unkomplizierten Sex mehr als je zuvor.* Doch nach gestern Abend würde Hunter vermutlich das Warum wissen wollen, aber solange sie es selbst nicht verstand, konnte sie es ihm auch nicht erklären.

Stattdessen schrieb sie ihm etwas, gegen das er schlecht protestieren konnte. *Wir sind hervorragende Freunde mit gewissen Vorzügen. Warum diese Perfektion zerstören?* Sie schob den Schmerz von sich, der sich prompt in ihr meldete und der noch von dem schlechten Gewissen verstärkt wurde, denn das war eine glatte Lüge. Aber wie sollte sie ihm mehr als das bieten?

Sie ging gerade den Papierkram für die Zeitungsanzeigen durch, die sie gebucht hatte, als er antwortete.

Ganz genau. Wir passen perfekt zusammen.

Ja, schon irgendwie, aber wie lange würde Hunter mit nur einer Frau glücklich sein? Sie war sich nicht mal sicher, ob sie noch wusste, wie man die Freundin von jemandem war. Sie schickte ihm eine Nachricht, die seinen Wunsch nach mehr hoffentlich ersticken würde. Ja, sie wollte mit ihm zusammen sein, aber ihr Leben war auch so schon kompliziert genug, und was sie vor ihrer dummen Romantik-Herausforderung gehabt hatten, war kein bisschen kompliziert. Sie hatten heißen Sex miteinander. Keine Fragen, keine Verpflichtungen. Es war perfekt.

Gestern Abend hat Spaß gemacht, vielen Dank dafür. Aber ich glaube, du hast mir besser gefallen, als du mir Sonnenuntergänge versprochen hast und ich stattdessen Orgasmen bekommen habe.

Dann machte sie ihr Handy aus, verschränkte die Unterarme auf der Schreibtischplatte und legte die Stirn darauf. Jana hasste Lügner und Menschen, die anderen wehtaten.

In diesem Moment hasste sie vor allem sich selbst.

Sechzehn

Das Undercover war mehr als gut besucht. Hunter hatte vergessen, dass heute Open-Mic-Night war. Im Moment quälte sich ein rothaariger Kerl durch einen Song von Maroon Five. Hunter und Clark hatten sich Pizza und einen Pitcher Cola bestellt und unterhielten sich seit zwei Stunden, aber jedes Mal, wenn Hunter das Gespräch auf Nina lenken wollte, umschiffte Clark das Thema. Hunter verlor zunehmend die Geduld, doch gleichzeitig wusste er, dass das nicht Clarks Schuld war. Es lag an Janas Nachrichten. Sie mochte ihn lieber, wenn er ihr Sonnenuntergänge versprach, sie aber Orgasmen von ihm bekam? Was sollte das denn heißen? Sie war doch diejenige, die sich Sonnenuntergänge gewünscht hatte. Gerade fragte er sich, ob er Frauen je verstehen würde.

Er goss ihnen nach und musterte Clark. Sein Freund war kein Trinker, und die Cola heute diente eher dem Zweck, diese Tatsache zu verdeutlichen, aber so langsam bekam er den Eindruck, dass hinter der Trennung von Nina mehr steckte, als er durchblicken ließ.

»Eins würde mich mal interessieren«, sagte Hunter. »Ich versuche immer noch dahinterzukommen, wie zwei Menschen, die sich so sehr geliebt haben, dass sie sich eine Zukunft ohneeinander nicht vorstellen konnten, dort enden, wo ihr beide jetzt steht.«

Clark machte kopfschüttelnd eine hilflose Geste. »Das frage ich mich auch schon seit Monaten. Es ist, als …« Er ließ den Blick durch den Gastraum schweifen, doch Hunter merkte, dass er nicht nach jemand bestimmtem Ausschau hielt. Er war auf der Suche nach Antworten.

»Du weißt es wirklich nicht? Bist du einfach eines Tages aufgewacht und dir ist aufgegangen, dass du dich eingeengt fühlst? Dass du da raus musst?«

Clark zog die Augenbrauen zusammen und starrte für einen Moment in sein Glas. »Wenn Grayson und du Metall schmieden wollt, macht ihr es heiß und hämmert es dann auf dem Amboss in die Form, die ihr haben wollt, richtig?«

»Ja.«

»Und wenn es abkühlt, müsst ihr es manchmal noch mal erhitzen, wenn ihr mit dem Ergebnis nicht zufrieden seid?«

Das war etwas, was Hunter verstand und nachvollziehen konnte. »Ja.«

»Du weißt, wie viel mir an Nina liegt. An meiner Liebe zu ihr hat sich nichts geändert, und ehrlich gesagt hat diese ganze Sache …« Clark wandte den Blick ab und seine Augen wirkten verdächtig feucht. »Diese Sache lässt mich sie in einem ganz neuen Licht sehen.«

»Aber du siehst sie kaum noch. Du hast mehr Zeit damit verbracht, dich zu betrinken, als mit Nina.« Das stimmte vielleicht nicht ganz, kam der Sache jedoch recht nahe.

»Vielleicht hast du recht. Aber kannst du dir vorstellen, wie sehr ich sie vermisse? Weißt du, warum ich einer Wildfremden mein Herz ausgeschüttet habe?«

Hunter schüttelte den Kopf und hoffte inständig, dass Clark

jetzt nicht zugab, Nina betrogen zu haben. Denn das war etwas, über das Hunter wahrscheinlich nicht würde hinwegsehen können. Für ihn ging nichts über die Loyalität zur Familie.

Clark lehnte sich über den Tisch. »Weil ich Angst davor habe, mit Nina über meine wahren Gefühle zu sprechen«, sagte er sehr ernst, »weil es mich schwach und bemitleidenswert aussehen lässt und sie mich dann vielleicht nicht zurücknimmt. Aber ich muss das loswerden, sonst drehe ich noch durch.«

Hunter schaute ihn eine ganze Weile nur schweigend an. Er wollte nicht hören, dass sein Freund fremdgegangen war, aber Clark gehörte für ihn zur Familie, also konnte er ihn auch nicht im Regen stehen lassen. »Was zum Teufel hast du angestellt?«

»Wie kommst du darauf, dass ich was angestellt habe? Ich habe nichts gemacht. Ich habe dir doch gesagt, warum ich ausgezogen bin, und das war die Wahrheit. Aber komm schon, Hunter. Wie armselig ist das bitte?«

»Ich verstehe es nicht. Wenn du gegangen bist, weil du dich eingeengt gefühlt hast, weil du dich nicht wertgeschätzt oder als Mann wahrgenommen gefühlt hast und weil du die Intimität mit deiner Frau vermisst, warum erzählst du ihr das nicht einfach? Warum hast du keinen Babysitter engagiert? Eine Lösung dafür gesucht?« Hunter schaute in Richtung Bartresen. Er konnte weder Colton entdecken, wie er Drinks servierte, noch die Bühne. Die Leute standen dicht an dicht und er musste wieder an Jana denken. Als sie entschieden hatten, ins Undercover zu gehen, hatte er gehofft, dass sie heute arbeitete, doch von ihr war weit und breit nichts zu sehen.

»Weil es oberflächlich betrachtet daran lag.« Clark lehnte sich auf seinem Stuhl zurück. »Aber erst, als ich mit dieser Frau telefoniert habe, ist mir der Rest bewusst geworden, und dieser Rest ist das, was mich wirklich wie ein Arschloch dastehen lässt.«

»Ich komme nicht mehr mit. Was ist denn der *Rest*?«

»Ich schütte dieser Frau mein Herz darüber aus, dass Nina mich gar nicht mehr richtig anschaut, erzähle ihr, wie schön es ist, dass mich mal jemand fragt, wie mein Tag gelaufen ist und so, und sie geht direkt zur Frage über, ob meine Frau mir noch einen bläst. Dass ich daran merken würde, ob Nina mich liebt.«

Hunter schluckte die Übelkeit runter, die in seiner Kehle aufstieg. »Sag mir bitte, dass du keine Einzelheiten eures Sexlebens vor ihr ausgebreitet hast.« Sofort war er wieder bei Jana. Er sprach mit Grayson oder Clark über so was bei so ziemlich jeder anderen Frau, aber die Vorstellung, so intime Details über Jana mit ihnen zu teilen? Das brachte sein Blut zum Kochen und dabei war sie nicht mal seine Frau.

»Nein, natürlich nicht, aber in dem Moment ist mir bewusst geworden, dass ich nichts in der Gesellschaft von Frauen zu suchen habe, die nur ein bisschen Spaß haben wollen. Ich weiß, dass ich dir da nichts Neues erzähle, aber mir war das erst da klar. Mein Leben dreht sich nicht um andere Frauen und feiern gehen. Bei der Vorstellung, Liebe durch einen Blowjob zu definieren, ist mir echt schlecht geworden. Ganz im Ernst, ich stehe ja auch auf gute Blowjobs, aber das ist keine Liebe. Nina und Billy sind mein Leben, und ich habe vielleicht eine Weile gebraucht, um das zu begreifen, aber Sex und Liebe sind nicht gleichbedeutend.« Er trank sein Glas aus. »Die ganze Zeit während dieser Telefonate habe ich darüber nachgedacht, was Nina wohl denken würde, wenn sie diese Nummer in meinen Kontakten findet und mal anruft, um rauszufinden, wer das ist. Deswegen habe ich mich gestern Abend betrunken. Ich konnte mich selbst kaum noch ertragen.«

»Dann renk es wieder ein, Clark. Du weißt, was du zu tun

hast.«

»Ja, ich weiß. Aber ich bin mir nicht sicher, ob Nina mich zurücknimmt, wenn ich ihr die Wahrheit gestehe. Und das werde ich, weil es sonst keine Chance auf eine Lösung unserer Probleme gibt. Für diese Erkenntnis brauche ich keine Therapeutin. Aber Hunter ... Ich war immer der Mann in Ninas Leben, weißt du? Der, an den sie sich wendet, wenn sie etwas braucht oder wenn sie traurig ist oder ... immer eben. Und plötzlich war ich das nicht mehr. Sie hat sich um Billy gekümmert und brauchte mich nicht mehr so sehr. Jetzt wird sie sehen, wie egoistisch ich war, weil ich nur an mich und meine Bedürfnisse gedacht habe, wo ich einfach mal die Arschbacken hätte zusammenkneifen und damit klarkommen müssen.«

Sie unterhielten sich noch eine Weile und kamen überein, dass Clark die notwendigen Schritte einleiten musste, um mehr Zeit mit Nina zu verbringen. Er war noch nicht bereit, wieder zu Hause einzuziehen, weil er die Befürchtung hatte, dass sie sich zu viel streiten würden, aber er würde dafür sorgen, dass sie sich öfter sahen, und das ließ Hunter deutlich optimistischer in die Zukunft blicken.

Als sie schließlich aufstanden, um zu gehen, hörte er plötzlich eine vertraute Stimme singen. Hunters Blick ruckte zur Bühne. Es war zu viel los, um eindeutig zu erkennen, dass da wirklich Jana gerade ein Lied zum Besten gab, aber sein Puls schoss in die Höhe und mehr Bestätigung brauchte er nicht.

»›Out of the Woods‹«, sagte Clark. »Ich mag Taylor Swift ja nicht, aber das ist der perfekte Song für heute Abend.«

»Ich komm später nach«, meinte Hunter noch schnell und bahnte sich dann einen Weg durch die Menge, um auf die Bühne sehen zu können.

Da standen Jana, Sky und Harper, sangen ins Mikrofon,

und verdammt, Jana trug das knappste, engste rote Kleid, das er je gesehen hatte, und dazu High Heels, in denen ihre fantastischen Beine unendlich lang wirkten. Ihre zahlreichen Halsketten und Armbänder funkelten, als sie sich von Sky und Harper abwandte und über die Bühne stolzierte, als wäre sie der Star. Jeder Mann im Raum sabberte ihr nach – Hunter eingeschlossen.

Jana war schon sturzbetrunken, als sie im Undercover ankamen. Sie hatte vorher noch eine Nachricht von Bella bekommen, die sie zu sich einlud. Jana war auf ein paar Gläser Wein geblieben, über denen sie alle gemeinsam die Absage des Freizeitraums betrauerten. Jenna und Amy entschieden, dass Jana sich für das Treffen mit Sky fertig machen sollte, während sie da war, und hatten ihr ein Outfit ausgesucht, weil Jenna der Meinung war, dass man *an Abenden wie diesen zu drastischen Maßnahmen greifen muss.* Sie suchten eins von Leannas Kleidern aus, woran Bella einen Heidenspaß hatte. *Ich wusste immer, dass Leanna eine wilde Ader hat,* sagte sie, als sie unerwartet ein ziemlich gewagtes fand, worauf Leanna antwortete: *Nur für Kurt, vielen Dank auch.* Als sie mit ihr fertig waren, trug sie ein Kleid, das zu eng, zu kurz und zu rot war. Ihr Outfit wurde von einem Paar von Bellas Vögel-mich-High-Heels abgerundet. Jenna hatte in den Ferienhäusern der Mädels Schmuck eingesammelt und tadaa! Jana sah aus wie eine Prostituierte und in ihrem angeschickerten Zustand fühlte sie sich damit unglaublich sexy. Etliche Gläser Wein später holte Sky sie ab. Offenbar wussten die Mädels aus Seaside, wie man sich um Freunde kümmerte. Sie hatte gar nicht gemerkt, dass sie Sky Bescheid gegeben hatten.

Jetzt tanzte sie über die Bühne, ging voll in ihrem Look und dem Song auf. Sky, Harper und sie sangen sich die Seele aus dem Leib. Jana gelangte beim Refrain an und sang *Out of the Woods* in dem Bewusstsein, dass bei ihr gerade gar nichts in Ordnung war. Sie steckte so tief im Chaos, dass sie kaum noch atmen konnte, und dieser Frust befeuerte ihre Stimme.

Sie ließ den Blick über die Bargäste und die hungrigen Augen der Männer schweifen – und fühlte sich dabei gut und schlecht zugleich. Bei der nächsten Strophe schloss sie die Augen, und als sie sie wieder öffnete, teilte sich die Menge vor ihr wie das Rote Meer und sie entdeckte breite Schultern und wütend funkelnde Augen. Augen, die sie überall wiedererkannt hätte. Augen, von denen sie seit Monaten jede Nacht träumte.

Hunter stürmte mit finsterem Gesichtsausdruck auf sie zu, doch Jana war nicht in Stimmung für eine Predigt oder einen geringschätzigen Kommentar. Sie war in Stimmung, das emotionale Durcheinander zu vergessen, das sie in den letzten vierundzwanzig Stunden durchlaufen hatte, und sie kannte auch die perfekte Lösung dafür. Guten, leidenschaftlichen Sex.

Mit Hunter konnte man guten Sex haben. *Richtig guten.*

Sie fixierte ihn mit einem heißen Blick, ignorierte den Sturm, der sich in seinen Augen zusammenbraute, und legte all ihre Energie in den Song. Als die Musik verklang, atmete sie schwer, und es war vollkommen unmöglich, den Blick von dem lodernden Feuer vor ihr abzuwenden. Nur am Rand bekam sie mit, dass Sky und Harper sie von der Bühne zogen, und sie folgte den beiden ein wenig unsicher auf den Beinen durch die Menge zu einer Sitznische im hinteren Teil des Raums neben der Bar.

»Oh Mann, Jana, das war unglaublich!« Sky musste schreien, um über den Geräuschpegel in der Bar gehört zu werden, doch Jana verstand sie trotzdem kaum, weil ihr das Blut in den Ohren rauschte.

Sie schaute zurück in Richtung Bühne und suchte hektisch nach Hunter. Hatte sie sich ihn nur eingebildet, weil sie ihn so sehr wollte? Ihr Blick huschte über die Gäste und Enttäuschung machte sich in ihr breit. Gerade, als sie sich wieder umdrehen wollte, entdeckte sie jedoch Hunter, der wie ein Raubtier auf sie zugepirscht kam.

»Ich habe dir doch gesagt, dass sie fantastisch singen kann«, sagte Harper. Sie nippte an ihrem Drink und folgte Janas Blick. Ihre Augen wurden groß und sie griff hastig nach der Hand ihrer Schwester. »Jana …«

»Oh, schaut mal! Hunter ist da.« Sky sprang auf, um ihn zu umarmen.

Er hob kaum die Arme und wandte den Blick keine Sekunde von Jana ab. Ihr Schwips verflüchtigte sich in Windeseile. Sky wusste nicht, dass sie und Hunter miteinander geschlafen hatten, von dem allerersten Mal abgesehen. Himmel, warum musste sie ausgerechnet jetzt wieder an dieses erste Mal denken? An den Tequila. Nackt am Strand zu liegen. Sex im Auto. In seinem Schlafzimmer. Die Eingeständnisse. *Oh Gott! Die Eingeständnisse.* Er war noch nie verliebt gewesen, wollte sich auch nicht binden. Und sie … *Ich wäre die schrecklichste Freundin aller Zeiten.* Sie hatte ihn vor ihren Schwächen gewarnt, lange bevor sie seinen Namen wieder vergaß und ihn bei so ziemlich jedem anderen genannt hatte, der ihr einfiel.

Er setzte sich neben Harper auf die Sitzbank, Sky und Jana gegenüber. Der Rest ihres ersten One-Night-Stands lief derweil vor ihrem inneren Auge ab. Er hatte gemerkt, dass sie sich nicht an seinen Namen erinnerte, doch sie hatte direkt zurückgefeuert. *Als ob du meinen noch weißt!?* Sie genehmigten sich im Verlauf des Nachmittags ein paar Drinks, und nach einer letzten Runde Knutschen auf dem Rücksitz seines Autos riefen sie sich ein Taxi, um zu ihm nach Hause zu fahren. Selbst angetrunken erinnerte er sich noch an ihren Namen. Sie stritten sich – kein Wunder. Und dann hatte er ihr *noch mal* seinen Namen gesagt und verlangt, dass sie ihn in Erinnerung behielt. Konnte er eigentlich noch was anderes als Forderungen auszusprechen? Dem folgte noch mehr Sex. *Himmel.* Der Mann vögelte wie ein Duracell-Häschen, brauchte einen Waffenschein für seinen Mund, und sie bekam durch ihn mehr Orgasmen als im ganzen Monat davor. Doch ab da ging es bergab. Mitten im Höhepunkt hatte sie ihn wieder beim falschen Namen genannt. *Mehrfach.*

Sie schluckte schwer bei dieser Erinnerung, um sie weit, weit von sich zu schieben, und versuchte, sich auf Skys und Harpers Gespräch übers Tanzen zu konzentrieren. Warum saß Hunter eigentlich mit ihnen am Tisch? Und schaute sie an, als wäre er ihr Freund und sie hätte ihn hintergangen?

Das Gefühl der Nüchternheit war nur von kurzer Dauer. Jana straffte die Schultern und konzentrierte sich auf das Gefühl von Stärke, das der Alkohol ihr verlieh. Ganz sicher würde sie sich nicht wegen dieser ersten Nacht mit Hunter schwach fühlen und auch nicht schlecht, weil er sie jetzt so anschaute. Sie hatte Spaß, und das würde sie auch weiterhin.

»Das war echt super«, sagte Sky. »War Jana nicht großartig, Hunter?«

»Ja, absolut fantastisch.« Sein Lächeln war gnadenlos, auf eine sehr sexuelle Art. Oder vielleicht war das auch der Alkohol, der ihre Wahrnehmung beeinträchtigte.

Harper schob Hunter von der Bank, damit sie aufstehen

konnte. Er stand hinter ihr, und sein Blick bohrte sich weiter in Janas, während Harper sich über den Tisch lehnte und nach ihrer Hand griff. »Tanz mit mir«, sagte sie.

Selbst betrunken erkannte Jana, dass ihre Schwester sie davor bewahren wollte, einen Streit mit Hunter vom Zaun zu brechen. Warum war das immer so bei ihnen, wo sie sich doch viel lieber in seine Arme fallen lassen wollte, während er sie auszog und ihr im Dunkeln schmutzige Versprechen zuflüsterte?

»Ja, lasst uns tanzen!« Sky stand ebenfalls auf.

Jana folgte ihr, doch sobald sie die Nische verlassen hatte, packte Hunter sie um die Taille. »Ja, lass uns tanzen«, sagte er mit tiefer Stimme.

Er ließ ihr keine Zeit für eine Antwort, sondern zog sie mit sich auf die Tanzfläche und riss sie dabei fast von den Füßen. Über die Schulter hinweg erhaschte sie noch einen Blick auf Harpers überraschten Gesichtsausdruck, doch dann drehte Hunter sie schwungvoll zu sich um und drückte sie ein bisschen zu fest an sich.

Seine Bartstoppeln kratzten über ihre Wange. *Du hast dich nicht rasiert.* Sie wusste nicht, warum ihr ausgerechnet dieser Gedanke durch den Kopf ging, wo doch alles andere keinen Sinn ergab.

»Warum bist du hier?«, fragte sie langsam und ein bisschen lallend.

»Ich war mit Clark was essen. Warum bist du hier, Jana? In diesem Kleid.«

»Was?« Sie stemmte sich immer noch unsicher auf den Beinen gegen seine Schultern und versuchte, ihm einen strengen Blick zuzuwerfen, schwankte aber dadurch noch mehr und klammerte sich schließlich an seinem Shirt fest.

Sein Gesichtsausdruck verfinsterte sich. »Du siehst so heiß

aus, dass wohl so ziemlich jeder Kerl hier drin gleich in seiner Hose kommt.«

Sie grinste unwillkürlich und war zu betrunken, um es zu unterdrücken. »Du auch?«

»Jana.« Er zog sie wieder an sich, und sofort stieg ihr sein männlicher Duft in die Nase und schickte ein lustvolles Kribbeln direkt in ihre Körpermitte.

»Das passt gar nicht zu dir, Jana. So was machst du normalerweise nicht.«

»Doch, tue ich. Wir haben uns an genau so einem Abend kennengelernt.« *Oh, verdammt …*

Sie spürte, wie sich sein Körper versteifte. Und schwor sich in diesem Moment, jene Nacht aus ihrer Erinnerung zu löschen, damit sie sie nie wieder ansprach. Er war so wütend gewesen, als sie ihn versehentlich mit den Namen anderer Männer angesprochen hatte, nachdem er ihr süßere Dinge zugeflüstert hatte, als je ein Mann zuvor.

»Du magst mich mehr, wenn wir Freunde mit gewissen Vorzügen sind?«, raunte er ihr ins Ohr. In seiner Stimme schwang ein eisiger Unterton mit.

Ihr Temperament flammte auf, als er ihre eigenen Worte so gegen sie verwendete, aber als seine Hände über ihre Taille nach oben wanderten, lenkte sie das von ihrer Wut ab, und als er mit den Daumen über die Seiten ihrer Brüste strich, lehnte sie die Wange an seine Schulter. Sie wollte von ihm berührt werden, brauchte es sogar. *Nur von Hunter.* Wenn Hunter sie anfasste, schwanden das Chaos in ihrem Kopf und die Unentschiedenheit. Seine Hände nahmen ihren Weg wieder nach unten auf, über ihre Hüften hinweg, und Jana hatte Schwierigkeiten, sich auf irgendetwas zu konzentrieren außer das Verlangen, sich ihm hinzugeben. Als er ihren Hintern umfasste, keuchte sie auf.

»Willst du das, Jana? Guten, harten Sex?« Sein Becken drängte sich gegen ihren Bauch und sorgte dafür, dass sich auch noch ihre verbliebenen Gehirnzellen verabschiedeten.

Sie öffnete den Mund, doch nichts kam heraus. Ihr Körper wollte, was er ihr anbot, doch ihr Herz, ihr dummes, sehnsüchtiges Herz wollte mehr – von ihm und nur von ihm –, und das jagte ihr eine Heidenangst ein.

Er ließ die Hände über die Rückseite ihrer Oberschenkel nach unten gleiten und spielte mit dem Saum ihres Kleids. »Du weißt, dass ich dir das geben kann.«

Sie schloss die Augen und versuchte, aus seinem Ton schlau zu werden, zwischen den Zeilen zu lesen. Aber die Grenzen verschwammen zunehmend und sie blieb allein mit ihren verzweifelten, widerstreitenden Gefühlen zurück. Ihr gieriges Herz wollte Hunter, und zwar alles von ihm: seine zärtlichen Berührungen, seinen Beschützerinstinkt und sein sexuelles Geschick. Aber dann meldete sich ihre Panik wieder mit voller Macht und trampelte ihre aufblühende Liebe und die damit verbundene Sicherheit nieder. Zurück blieb nur undurchdringliche Dunkelheit.

Er gab ihr einen Kuss unters Ohr. »Du musst es nur sagen, Jana, dann bringe ich dich nach Hause und gebe dir, was du brauchst.«

Der aktuelle Song ging zu Ende, und Jana merkte, wie die Leute um sie herum die Tanzfläche verließen, doch sie wollte sich nicht von Hunter lösen, also bewegten sie sich weiter zu einer Melodie, die nur sie beide hörten. Noch immer hielt die Panik ihr Herz fest umklammert und in ihrem Kopf herrschte das blanke Chaos, doch sie zwang sich, das auszusprechen, was sie wirklich wollte.

»Bring mich nach Hause, Hunter.«

Siebzehn

Hunter parkte vor Janas Haus und stellte den Motor ab. Nachdem sie erst praktisch versucht hatte, ihm auf den Schoß zu kriechen, war Jana schließlich auf der Fahrt vom Underground hierher eingeschlafen und lehnte nun an seiner Schulter. Er schob sie sanft auf die andere Seite, damit sie nicht umfiel, wenn er ausstieg. Vorsichtig nahm er sie in die Arme und ihm fiel auf, dass der engelsgleiche Ausdruck auf ihrem friedlichen Gesicht nicht zu dem kurzen Kleid und den High Heels passte. Aber genau das war eben Jana, ein einziger, großer Widerspruch in sich, selbst wenn sie schlief. Mühelos hob er sie hoch und gab ihr einen Kuss auf die Stirn. Sie war vielleicht stur und mürrisch, aber er hatte sie auch schon erlebt, wenn ihre Wachsamkeit nachließ, und wusste daher, dass das alles nur Fassade war. Sie konnte ihn so viel provozieren, wie sie wollte, doch aus irgendeinem Grund wollte er sie dann nur noch mehr.

Sie kuschelte sich an seine Brust und schlang die Arme um seinen Nacken.

»Schlüssel«, murmelte er. Sie waren so schnell gegangen, nachdem er Sky erklärt hatte, dass er Jana nach Hause bringen würde, und hatten dabei offenbar ihre Handtasche vergessen.

»Unter der Fußmatte.« Sie stützte sich mit einer Hand an

seiner Brust ab und blinzelte verschlafen zu ihm hoch.

Und war dabei immer noch so heiß, dass ihm ein wohliger Schauer über den Rücken rieselte. Na schön, sie bedeutete ihm wirklich etwas. Unwiderruflich. Er konnte nicht widerstehen und drückte ihr einen Kuss auf die geschminkten Lippen.

»Wir müssen mal über Einbruchschutz reden, meine Hübsche.«

»Nicht reden«, lallte sie und schloss die Augen wieder. »Sex.«

Er ging in die Hocke und drückte Jana fest an sich, während er den Schlüssel unter der Matte hervorholte und die Tür öffnete.

»Darüber werden wir auch reden«, sagte er, auch wenn ihre tiefer werdenden Atemzüge ihm sagten, dass sie schon wieder eingeschlafen war.

Janas Haus war dunkel und still und es roch nach ihr: sexy, feminin und zu verführerisch. Er war neulich schon hier gewesen, aber zu dem Zeitpunkt hatte die Erregung ihn fest im Griff gehabt und im Schlafzimmer war er so von seinen Gefühlen überwältigt worden, dass er nichts anderes mehr wahrnahm. Jetzt nahm er sich einen Moment Zeit, sich umzusehen. Das Haus war nur wenig größer, als es von außen wirkte, aber er entdeckte Jana in jeder Ecke. Die leichten, bunten Vorhänge im Wohnzimmer waren ein Stück zugezogen und die hellblaue Couch biss sich mit dem orangefarbenen Sessel. Dieser passte auch nicht zu den Batik-Kissen, die darauf und daneben auf dem Boden lagen. Die Wände waren in einem blassen Gelbton gestrichen, doch als Hunter durch den Flur in Richtung der offenen Schlafzimmertür ging, bemerkte er, dass dessen Wände pink waren. Er lächelte in sich hinein. Ihre Einrichtung war ebenso chaotisch wie ihr Leben.

Er blieb auf der Schwelle zu Janas Schlafzimmer stehen und versuchte, aus dem Anblick schlau zu werden. Ihm war nicht klar, ob er da gerade ein Szenario aus einem zauberhaften Kinderbuch sah oder das Set eines schicken High-End-Katalogs. Wie zum Geier hatte er das beim letzten Mal nicht mitbekommen? Die Wände waren in einem matten Gold gehalten. An einer birnengrünen Kommode erkannte er auf einen Blick die Metallbeschläge in Blumenform wieder, denn er hatte genau die als Spezialanfertigung für den Eclectic Shop gefertigt, und in seiner Brust breitete sich ein warmes Gefühl aus. Jana mochte offenbar Sessel sehr, weil hier ein weiterer stand. Das schwarz-weiße Karomuster der Sitzfläche biss sich mit dem pink-violetten Paisley-Polster der Rücken- und Armlehnen, aber irgendwie passte das goldene, troddelbesetzte Kissen zum Rest des stilistischen Durcheinanders. Am Kopfende des Doppelbetts hingen grellgrün-blau-gemusterte Vorhänge von einer gewundenen Metallstange, die er ebenfalls wiedererkannte. Auch die hatte er für den gleichen Laden angefertigt, der auch die Beschläge der Kommode bestellt hatte.

Stirnrunzelnd fragte er sich, ob sie gewusst hatte, dass diese Teile von ihm stammten.

Auf dem Bett lagen mindestens fünfzehn Kissen in den wildesten Mustern, jeder Farbe und Größe auf einer fuchsiafarbenen Tagesdecke, die auf der Hälfte gefaltet war und damit den Blick auf die orangefarbene Bettdecke freigab. Abgerundet wurde das Ganze durch eine olivgrüne Decke, die quer über dem Fußende lag. Schon beim Anblick der vielen Decken wurde ihm warm. Es war Sommer. Wer brauchte da nachts so viele Decken?

Er machte ein paar Schritte in den Raum hinein und schaute sich kurz um. Eine orangefarbene Lampe stand neben einigen getöpferten Werken in verschiedenen Größen. Überraschenderweise waren die alle im selben grellen Ton gehalten. Das ganze Zimmer spiegelte sich in einem Gemälde wider, das aussah, als hätte ein Kind wilde Striche auf der Leinwand gemalt in all den Farben, die in diesem Raum vorkamen. Mit Jana in den Armen setzte er sich aufs Bett, und ihm kam der Gedanke, dass er gerade mehr über *sein Mädchen* erfahren hatte, als sie ihm je selbst mitteilen könnte.

Vorsichtig zog er ihr die hochhackigen Schuhe aus und hoffte, dass er sie damit nicht weckte. Er stellte sie auf dem Boden ab und überlegte kurz, Jana auch noch aus dem Kleid zu befreien. Ihre Brüste waren ganz offenbar dafür, ihr Stoffgefängnis zu verlassen, weil sie sich schon über den tiefen Ausschnitt wölbten. Um sich von der Entscheidung abzulenken, stand er mit ihr in den Armen wieder auf, schob die Kissen vom Bett und schlug dann die weichen Decken und Laken zurück. Er konnte sich nicht vorstellen, wie man unter so vielen Decken schlafen konnte, und fragte sich, warum sie die alle brauchte.

Als er sie auf dem Bett ablegte, seufzte sie leise. Jetzt sah er sich mit einem weiteren Dilemma konfrontiert. Er wollte sie nicht alleine lassen. *Wirklich* nicht. Und zwar nicht, weil er befürchtete, dass sie sich mitten in der Nacht im Schlaf übergab und daran erstickte, oder aus einem ähnlich ehrenwerten Grund. Er wollte ihr einfach nah sein. Sie in den Armen halten und so zusammen mit ihr aufwachen. Das wollte er seit dem Tag ihres Kennenlernens vor so vielen Monaten. Er setzte sich neben sie auf die Bettkante und strich ihr die Haare aus der Stirn. Selbst in der ersten Nacht, als sie ihn mit dem falschen Namen angesprochen hatte und er sie am liebsten erwürgt hätte, war er enttäuscht gewesen, als sie sich rausgeschlichen hatte, während er noch schlief.

Wochen später, als Sky und Sawyer zusammengekommen waren, besuchte er Sawyers Kampf – und da war Jana auf einmal. Dieses Mal war die Anziehung noch stärker gewesen. Sie stritten sich, sie forderten sich gegenseitig heraus, sie provozierten einander bis zur Schmerzgrenze, nahmen sich, was sie wollten, und gaben nichts dafür zurück. Trotzdem wollte er jedes Mal mehr, nachdem sie miteinander geschlafen hatten. Er konnte es nicht erklären, aber auch nicht leugnen, dass sie ihm einen Strick um den Hals gelegt hatte und jedes Mal ein Stück von ihm mitnahm, wenn sie ging.

Er ging ins Badezimmer, das ihm wie das Auge des Sturms in ihrem Haus vorkam. Hier dominierten Pastellblau und -gelb mit einem weißen Fliesenboden und der frei stehenden Badewanne mit Löwenfüßen. Er musste sich darüber klar werden, ob er gehen oder bleiben wollte. Sie hatte immerhin mit ihm Sex haben wollen. *Das ist schon irgendwie eine Einladung.*

Er wusch sich rasch am Waschbecken und machte es dann sorgfältig sauber. Als er ins Schlafzimmer zurückkehrte, hatte Jana bereits das Laken bis über ihre Schultern hochgezogen. Ihre Haare hatten sich über das Kopfkissen verteilt, was sie unglaublich unschuldig aussehen ließ. Alles in Hunter sehnte sich danach, sie in die Arme zu nehmen, und eigentlich sollte er sie auch gerade wirklich nicht allein lassen, oder? Er zog sich Jeans und T-Shirt aus, warf beides auf den Sessel und schlüpfte unter das Laken. Doch noch immer haderte er mit der Entscheidung zu bleiben, obwohl sie ihn nicht offiziell aufgefordert hatte. Er legte sich auf den Rücken und verschränkte die Hände hinterm Kopf.

Als hätte sie einen eingebauten Männer-Detektor, drehte Jana sich in diesem Moment um. Ihre Wange berührte seine

Brust, und sie umfasste mit einer Hand seinen halb aufgerichteten Schaft durch seine Unterwäsche, während sie ein Bein über seine legte. Wo zum Teufel war ihre Kleidung? Verdammt, sie war vollkommen nackt. Sie summte verführerisch und ihm entkam ein lustvolles Stöhnen. Das war *nicht* Teil des Plans.

»Jana.« Das war ein Fehler gewesen. Er würde nicht mit ihr schlafen, wenn sie so betrunken war, dass sie nicht mal die Augen aufbekam. Überrascht, dass sie nichts sagte, wagte er einen Blick. Sie schlief wieder tief und fest und gab dabei dieses Fast-Schnarchen von sich, das zu viel Alkohol gerne mal verursachte. Ihr Griff um seine inzwischen steinharte Erektion blieb jedoch unnachgiebig.

Verflucht.

Er schloss die Augen und versuchte, seine stetig wachsende Erregung unter Kontrolle zu bekommen, aber er sah immer wieder Jana auf der Bühne vor sich, ihre funkelnden Augen, ihre heiße Figur und den geschminkten Mund, der so gerne schmutzige Dinge tat. Er war sicher in der Hölle gelandet. Das würde die längste Nacht seines Lebens werden.

Was riecht denn hier so gut? Jana holte tief Luft und ihre langsam erwachenden Sinne erkannten den Duft des einzigen Mannes, mit dem sie in den letzten Monaten geschlafen hatte. Sie lag quer über Hunter, nur war sie komplett nackt und er nicht. Sie ließ seine harte Länge los. *Wow, selbst im Schlaf bist du allzeit bereit.* Sie lächelte in sich hinein. *Das ist mein Hunter. Immer bereit für Spaß.* Sie versuchte, sich zu erinnern, was am vergangenen Abend passiert war, und prompt meldete sich ihre Panik zurück. Sich ihre Schlüssel schnappen und ins Dunkel der Nacht verschwinden, war hier keine Option. Hunter wecken und ihn bitten zu gehen, ging auch nicht. Natürlich könnte sie das machen, aber das würde nur zu Streit führen, und ihr gefiel dieser friedliche Moment mit ihm zu gut, wo endlich mal keine Spannung zwischen ihnen herrschte.

Ihr Blick fiel auf seine Erektion.

Na ja, mal abgesehen *davon.*

Sie stahl sich unter der Decke hervor, was sie daran erinnerte, wie sie sich mitten in der Nacht in Provincetown rausgeschlichen hatte beim letzten Mal, als Hunter und sie miteinander in einem richtigen Bett gelandet waren. *Als ich mir geschworen habe, nie wieder mit dir zu schlafen.* Dann kam ihr der Abend hier in ihrem Schlafzimmer in den Sinn. Nachdem er ihr die Hände gefesselt hatte. Die Zärtlichkeit, mit der er sie anschließend auf seinem Schoß in den Armen gehalten hatte.

Ihr wurde schwindelig von der Erkenntnis, wie viel sie vor Hunter bereits von sich preisgegeben hatte. Sie brauchte kaltes Wasser. Und Abstand. Ein bisschen Zeit zum Nachdenken.

Auf Zehenspitzen schlich sie ins Bad, putzte sich die Zähne und entfernte das Make-up von ihrem Gesicht, bevor sie ihren Schmuck ablegte. Ihr Dilemma löste sich auch bei der Rückkehr ins Schlafzimmer nicht auf. Warum war Hunter nicht nackt? Er schlief immer nackt. Zumindest hatte er sich nie nach dem Sex wieder etwas angezogen. Warum war er hier, wenn sie nicht miteinander geschlafen hatten? Und dabei war sie sich sehr sicher, auch wenn alles andere ein bisschen verschwommen war. Sex mit Hunter Lacroux vergaß man nicht. *Niemals.*

Nervös zog sie sich sein T-Shirt über und überlegte erneut, ob sie ihn wecken und bitten sollte, zu gehen. Dann entschied sie sich jedoch dagegen, weil es den Streit nicht wert war.

Immerhin war das die Geschichte, die sie sich selbst weismachte, als sie lächelnd wieder zu ihm ins Bett krabbelte und sich mit dem Rücken zu ihm zusammenrollte. Die Matratze sank ein wenig ein, als er sich auf die Seite drehte und einen starken Arm um sie legte, um sie an seine Brust zu ziehen. Ihr Körper passte perfekt zu seinem. Sie versuchte, keinen Muskel zu rühren, doch ihr Herz hämmerte wie wild, während sie noch überlegte, was sie davon hielt, ihn so nahe bei sich zu haben.

»Mach deine hübschen Augen zu und schlaf weiter.«

Sie riss die Augen auf. »Du bist wach?«

»Du klebst seit Stunden an mir. Natürlich bin ich wach.« Er drückte ihr einen Kuss auf die Wange. »Aber ich würde gerne schlafen, wenn es dir nichts ausmacht.«

Sie lächelte, weil es ihr gefiel, dass er bleiben wollte, doch sie konnte sich den Protest nicht verkneifen. »Dann solltest du vielleicht nach Hause gehen.«

»Nein, meine Hübsche. Dieses Mal gewinne ich. Schlafen. Jetzt.«

»Hunt…«

Er rollte sich über sie und schaute ihr direkt in die Augen. Seine Erregung drückte sich gegen ihren Oberschenkel. Wie schaffte er es nur, ihren Verstand mit einem einzigen, heißen Blick abzuschalten?

»Du hörst nie zu.« Er verlagerte sein Gewicht ein wenig und drängte seine harte Länge zwischen ihre Beine.

»Wo wir beide jetzt schon mal wach sind …« Sie stemmte sich ein wenig hoch und biss ihn spielerisch ins Kinn. Er schien in ihren Augen nach etwas zu suchen und die Lust in seinen war nicht zu übersehen. »Ich bin nicht mehr betrunken, falls du dich das fragst.«

Seine Hand wanderte unter das Laken und zeichnete die

Kurve ihrer Taille nach. »Ich kann ziemlich gut einschätzen, wann du betrunken bist.« Er umfasste ihre Hüfte. Fest. Sie zog Luft zwischen zusammengebissenen Zähnen ein. »Ich will bis morgen früh bleiben. Genau hier. Und dich in den Armen halten.«

»Dann bekomme ich auch ein bisschen Action.«

Er schaute sie finster an, doch die Bewegungen seines Beckens sagten ihr, dass er ebenfalls gegen sein Verlangen ankämpfte.

Sie verdrehte die Augen. »Warum bestimmst du eigentlich die Regeln?«

»Weil deine Regeln ätzend sind.« Er hob die Hüften an, und sie spürte, wie er sich aus der Unterhose befreite. »Verdammt, Jana. Ich kann dir einfach nie was abschlagen.« Einen Moment später drückte sich die Basis seines harten Schafts gegen ihre Feuchtigkeit. »Ich sollte aufstehen und gehen, denn dir nachzugeben, ist, wie ein Kind mit Süßigkeiten zu belohnen. Du willst immer mehr davon.«

»Und das ist schlecht, weil …?« Sie bewegte das Becken gegen seins.

Er biss die Zähne zusammen und wandte den Blick einen Moment lang stöhnend ab. Sie ließ die Hüften kreisen und drückte die Hände auf seinen unteren Rücken in dem Wissen, dass sie ihren Willen bekommen würde.

»Weil ich nie mehr von dir bekommen werde, wenn ich jedes Mal nachgebe.«

Sie griff zwischen ihre Körper und umfasste seine Erektion mit festem Griff.

»Verdammt«, murmelte er. »Du genießt es wohl, mich zu foltern.«

»Fast so sehr, wie ich es genieße, dich zu verwöhnen.« Sie

stemmte sich gegen seine Brust, bis er sich auf die Seite rollte. Jana rutschte auf der Matratze nach unten und nahm ihn unvermittelt in den Mund.

Hunter zischte leise und ein sehnsüchtiges Stöhnen entkam ihm, das sie noch zusätzlich anspornte. Sie liebte seinen Geschmack und das Gefühl, wie er noch ein bisschen härter wurde, während sie ihn streichelte, ihn mit der Zunge neckte, an ihm saugte und ihn immer weiter reizte. Er vergrub eine Hand in ihren Haaren, führte sie, bestimmte das Tempo. Das sollte ihr wahrscheinlich nicht so sehr gefallen, aber sie liebte es, wenn er die Kontrolle verlor.

»Verdammt, Baby. Komm hoch zu mir.« Er streckte die andere Hand nach ihr aus, doch sie versetzte ihr einen Klaps.

Dann ließ sie die Zunge über die Spitze seiner Erektion gleiten und lächelte zu ihm auf. »Sind wir etwa gierig?«

»Bei dir?« Seine Augen verdunkelten sich. »Oh ja.«

Sie setzte sich rittlings auf seinen Schoß, streifte rasch das T-Shirt ab und hielt seine Handgelenke fest. Ihre Erregung stieg noch einmal an, als sie das Funkeln in seinen Augen sah. Sie wusste, dass er sich problemlos aus ihrem Griff befreien konnte, aber es gefiel ihr, diesen Mann ihrer Gnade ausgesetzt zu sehen. Über ein Meter achtzig sexueller Energie und Dominanz, die sich ihrem Willen unterwarfen. *Herrlich.*

Sein Blick fiel auf ihre Brüste. »Lehn dich zu mir runter, damit ich dich schmecken kann.«

Seine Aufforderung ließ ihr einen heißen Schauer über die Haut laufen. Sie beugte sich nach vorn, bis er mit dem Mund ihre Brüste erreichte. Beim ersten Strich seiner Zunge zuckte ein lustvoller Blitz zwischen ihre Beine. Sie bog sich den leidenschaftlichen Lippen entgegen und er nahm eine Brustwarze tief in den Mund. Die Reibung fühlte sich so fantastisch an, dass ihr

Kopf nach vorne sank und ihre Haare wie ein Vorhang ihrer beider Gesichter umfingen, was die Geräusche ihres Atmens und seiner Liebkosungen noch verstärkte. Dann wandte er sich der anderen Brust zu, und seine Finger gruben sich in ihre Haare, bevor sie seine Lippen hart auf ihren spürte. Ein Feuerwerk explodierte hinter ihren geschlossenen Lidern und im nächsten Moment lag sie unter ihm. Der Ausdruck in seinen Augen war die pure Sünde.

»Kondom.« Sein Blick huschte suchend durch den Raum.

»Ich habe keine da.« Er verzog das Gesicht und sie fügte schnell eine Erklärung hinzu. »Ich nehme nie Männer mit ins Schlafzimmer.«

»Verdammt.« Er ließ den Kopf nach vorne sinken.

»Hast du keins dabei?« Sie nahm die Pille, war aber noch nie das Risiko von Sex ohne Kondom eingegangen.

»Nein, ich habe keins. Ich war mit Clark essen, nicht mit dir.«

Die Art, wie er *nicht mit dir* sagte, hörte sich so an, als wäre sie die einzige Frau, mit der er schlafen wollte, und auch wenn sie wusste, dass das nicht stimmte, setzte ihr Herz einen Schlag aus.

»Ich dachte, Männer wären immer auf alles vorbereitet«, gab sie bissig zurück, als wäre das seine Schuld, obwohl sie den Sex angestoßen hatte.

»Bin ich auch, wenn ich vorhabe, mit jemandem zu schlafen.« Er küsste sich an ihrem Körper nach unten und verharrte über ihrem Geschlecht, während er ihre Beine weiter auseinanderschob.

»Hunter. Was machst du denn da?«

Ohne zu zögern setzte er seinen Mund für das ein, was er am besten konnte, und beantwortete ihre Frage, indem er die

Zunge über ihre feuchte Mitte gleiten ließ. Sie spürte noch dem aufregenden Kribbeln nach, als er richtig zur Sache kam und ihre Oberschenkel mit den Händen an Ort und Stelle festhielt. Entschlossen und geschickt brachte er sie an den Rand des Höhepunkts, doch als sie kurz davor war, ließ seine flinke Zunge von ihr ab, und er neckte ihre empfindliche Klitoris mit dem Daumen, während er sacht über die Feuchtigkeit zwischen ihren Beinen blies. Ein sehnsüchtiges Ziehen machte sich in ihrer Mitte breit, und sie wollte ihn spüren, wollte, dass er ihr Verlangen stillte.

»Ich kümmere mich um mein Mädchen.« Seine Worte klangen abgehackt, als könnte er es nicht erwarten, sie zum Orgasmus zu bringen.

Sie bewegte die Hüften, und seine Worte hallten noch in ihren Ohren nach wie eine Drohung – *oder ein Versprechen –*, bevor er ihre Oberschenkel noch ein bisschen fester auf die Matratze drückte. Ihr lag der Protest *Ich bin nicht dein Mädchen* auf der Zunge, doch als sein Mund sie erneut leidenschaftlich eroberte und er mit der Zunge tief in sie eindrang, zerbarst das letzte bisschen ihrer Kontrolle und Lichter explodierten hinter ihren geschlossenen Lidern. Ihr Körper bewegte sich gegen seinen Mund, und die Lüge, die sie ihm beinahe aufgetischt hatte, verging in der Ekstase.

Achtzehn

Hunter saß auf Janas Couch im Wohnzimmer, als sie um halb elf am nächsten Morgen aus dem Schlafzimmer schlurfte. Sie trug wieder sein Shirt und rieb sich die Augen. Seine Anwesenheit war ihr offenbar nicht bewusst, weswegen er sie ungehindert beobachten konnte, als sie sich auf die Zehenspitzen stellte, um eine Tasse aus dem Hängeschrank zu fischen. Dabei rutschte das Shirt nach oben und entblößte ihren nackten Hintern. Hunter lächelte. Er liebte diesen Hintern. Und ihm ging auf, dass sich da etwas in seiner Brust austobte, dem noch viel mehr an ihr gefiel.

Sie stellte die Tasse auf die Anrichte und griff nach dem Kaffee, den Hunter bereits aufgesetzt hatte. Einen Moment später fuhr sie zu ihm herum und riss die Augen auf, als sie ihn auf der Couch entdeckte.

Er lächelte. »Guten Morgen, meine Schöne.« Allerdings machte er keine Anstalten, zu ihr rüberzugehen, weil er ihr einen Moment Zeit geben wollte, ihn voll bekleidet und entspannt in ihrem Wohnzimmer zu sehen. Zum Glück hatte er immer ein oder zwei Ersatzshirts im Auto, falls er mal spontan einen Kundentermin wahrnehmen musste.

»Was …? Du bist noch da?«

Sie nahm ihren Kaffee mit zur Couch, wo Hunter sie auf seinen Schoß zog. »Was ist denn das für eine Begrüßung für den Mann, der dir letzte Nacht Orgasmen in Mehrzahl verschafft hat?«

»Du warst gestern Nacht ein sehr braver Junge, aber …«

Er senkte den Mund auf ihren und zeichnete mit der Zunge den Umriss ihrer Lippen nach. Sie ließ ihn ein und erwiderte den Kuss leidenschaftlich, löste sich dann aber abrupt wieder von ihm.

»Krieg bitte keinen Anfall«, sagte er rasch.

»Du bist über Nacht geblieben.« Die Panik in ihren weit aufgerissenen Augen war unübersehbar und schwang auch im Zittern ihrer Stimme mit.

»Bin ich. Danke, dass du mir gegeben hast, worum ich dich gebeten hatte. Wenigstens dieses eine Mal bin ich mit dir in den Armen aufgewacht.« Er hatte im Bett gelegen, dicht an sie geschmiegt, während sie noch schlief, und nichts hatte sich je so richtig angefühlt. Ab und an hörte er sie seufzen oder einen leisen Laut von sich geben, fast als würde sie im Schlaf reden, doch er hatte nichts Verständliches mitbekommen. Bei Sonnenaufgang war er aufgestanden, hatte geduscht und sich um ein paar Sachen gekümmert, die heute anstanden.

»Tut mir leid, ich habe deine … du weißt schon …« Sie senkte den Blick. »… deine Bemühungen nicht erwidert.«

Nachdem sie kein Kondom zur Hand gehabt hatten, hatte er sie immer wieder nur mit Händen und Mund zum Kommen gebracht. Sie war durch den Restalkohol und die Orgasmen so erschöpft gewesen, dass sie kurz darauf eingeschlafen war, aber das störte ihn nicht. Er hatte es sogar durch die restlichen Nachtstunden geschafft, ohne selbst bei sich Hand anzulegen – bis er unter der Dusche stand. Umgeben vom Duft ihres

Duschgels und Shampoos mit dem Bild vor Augen, wie sie unter ihm lag und sich an ihm festklammerte, hatte er nicht lange gebraucht, um den Druck abzubauen.

»Doch, hast du«, erwiderte er lächelnd. »Ich durfte mit dir in den Armen aufwachen.« Sie versuchte, von seinem Schoß aufzustehen, doch er hielt sie fest. »So schnell kommst du hier nicht weg, nicht jetzt, wo ich dich ohne Ablenkungen bei mir habe.«

Sie verdrehte gähnend die Augen. »Wie spät ist es?« Sie warf einen Blick über die Schulter auf die Uhr an der Küchenwand. »Oh verdammt! Ich muss Brock anrufen. Er wird stinksauer sein.«

Er hielt sie weiter an den Hüften fest. »Ich habe ihn um halb sieben angerufen und ihm Bescheid gegeben, dass du es nicht zum Training schaffst.«

»Hunter! Dazu hattest du kein Recht. Du hättest mich wecken sollen.«

»Gern geschehen.« Er lachte, doch ihre Verärgerung blieb. »Er hat dich für einen Schaukampf gegen den Plymouth Fight Club angemeldet, und ich hätte ihm beinahe gesagt, dass du nicht daran teilnehmen wirst, aber ich wusste, wie sauer dich das machen würde. Mir gefällt die Vorstellung nicht, dass dein hübsches Gesicht was abbekommt.«

Der finstere Ausdruck wich nicht von ihrem Gesicht, doch Hunter ignorierte ihn. »Du wirst vermutlich irgendwann ein paar zusätzliche Trainingsrunden vor dem Match einschieben müssen. Aber Brock fand es okay, dass du heute mal aussetzt.«

»Ja, ich wette, dass er dir gerne eine reinhauen wollte.« Sie schaute zur Seite.

Hunter drehte ihr Kinn sanft zu sich, um ihr in die Augen zu sehen. »Mach dir keine Sorgen, meine Hübsche. Er denkt, dass ich dich gestern Abend nach Hause gefahren habe, weil du einen über den Durst getrunken hast, und dass ich dann geblieben bin, damit du nicht an deinem Erbrochenen erstickst. Ich habe ihm erzählt, dass ich auf der Couch geschlafen habe.«

Sie seufzte. »Danke dafür.«

»Ich habe auch eine Schwester. Ich verstehe das.« Und das brachte ihn auf das nächste Thema, das er mit ihr besprechen wollte. »Sky hat deine Handtasche vorbeigebracht, und ich habe mir Marcos Nummer aus deinem Handy besorgt und mit ihm telefoniert. Ich habe ihm gesagt, dass du krank bist und heute nicht arbeiten kannst.«

»Oh mein Gott. Sky weiß, dass du über Nacht geblieben bist? Und meine Kurse? Jetzt habe ich echt ein Problem.«

»Erstens: Ja, aber Sky glaubt auch, dass ich auf der Couch geschlafen habe. Darüber sprechen wir später.« Er ließ das erst mal sacken, auch wenn Janas Erleichterung direkt wieder einem Stirnrunzeln wich. »Und was deine Kurse angeht: Marco kümmert sich um die Absagen. Er hat das tatsächlich ziemlich gelassen aufgenommen. Gar nicht so arschig, wie ich erwartet hatte.« Marco hatte ihn gefragt, ob er ihr Bruder war, und Hunter hatte sich die Freiheit genommen, das zu verneinen und sich als ihren Freund zu bezeichnen. Aber das würde er ihr sicher nicht auf die Nase binden.

»Er war nicht sauer?« Sie rutschte ein wenig auf seinem Schoß herum und ihr Blick verlor ein wenig an Härte.

»Nein. Wir haben uns nett unterhalten.«

Sie ließ die Stirn mit Schwung auf seiner Schulter landen. »Oh verflixt.«

Erneut hob er lächelnd ihr Kinn an. »Es war alles okay. Er muss verstehen, dass er von dir nicht erwarten kann, sieben Tage die Woche zu arbeiten oder die Verantwortung von drei

Leuten zu schultern.«

»Ich bin so was von gefeuert.« Jana schloss die Augen.

»Nein, bist du nicht. Er meinte, dass er bald zurückkommen will, um dir unter die Arme zu greifen. Ich habe keine Ahnung, ob das ernst gemeint war, aber er weiß jetzt, dass jemand auf dich aufpasst.«

Sie vergrub das Gesicht in den Händen, doch Hunter zog sie weg, sodass Jana ihn anschauen musste. Er würde nicht zulassen, dass sie so tat, als würden die Gefühle zwischen ihnen nicht existieren, und ganz sicher würde er nicht zulassen, dass ihr Chef sie weiter ausnutzte.

»Du gehst jetzt duschen und ziehst dir was an, und dann reden wir.« Er stellte sie auf die Füße und tätschelte ihr den nackten Hintern. »Ab mit dir. Wir haben heute eine Menge vor.«

»Ich muss zur Arbeit, Hunter. Ich kann den Tag nicht mit dir ...«

Er stand auf, zog sie in die Arme und ignorierte dabei ihr Gezappel und ihren Protest. *Hunter. Hör auf. Ich verpass dir gleich eine. Arsch.*

Als würde sie ihm nicht gerade gegen die Arme boxen, wiederholte er gelassen: »Du wirst jetzt duschen und dann unterhalten wir uns. Keine Arbeit. Keine Ausreden.« Er trug sie ins Bad, und als sie erneut protestieren wollte, küsste er sie leidenschaftlich und ließ sie schwer atmend zurück. Auf dem Weg hinaus schloss er die Tür hinter sich.

Jana wusste nicht, ob sie vor Nervosität oder Wut bebte, aber sie war froh, dass einmal nicht Erregung dafür verantwortlich war. Wenigstens hatte sie ihren Körper in *dieser* Hinsicht unter Kontrolle. Was glaubte er denn, wer er war, einfach ihre Kurse abzusagen und ihren Bruder anzurufen? Sie duschte und zog sich an, während sich die Wut auf ihn immer mehr zusammenbraute. Mit dem Haareföhnen ließ sie sich ordentlich Zeit in der Hoffnung, dass Hunter die Lust verlor und abhaute. Irgendwie musste sie sich aber dann doch eingestehen, dass es auch umsichtig von ihm gewesen war, ihre Termine abzusagen. Vielleicht sogar hart an der Grenze zu romantisch. Musste er denn heute nicht arbeiten?

Sie machte den Föhn aus und bürstete sich die Haare. Ihre Gedanken wanderten zurück zur letzten Nacht und dem Moment, als er gesagt hatte, dass er sich um *sein Mädchen* kümmerte. Ein aufregendes Kribbeln jagte durch ihren Körper, auch wenn sie natürlich nicht seine Partnerin war. Sie war niemandes Partnerin und konnte es auch nicht werden, bevor sie nicht ihr Leben in den Griff bekam und herausfand, was sie damit anfangen wollte. Außerdem wollte Hunter einfach nur gewinnen. Das wollte er immer. Sicher war das alles immer noch Teil eines Spiels für ihn.

Warum wollte er dann gestern Nacht nicht gehen?
Und warum hat er sich heute um deine Termine gekümmert?
Und will jetzt mit dir reden?

Sie öffnete die Badezimmertür und lauschte in die Stille hinein. Hunter war weg. Ihr Magen krampfte sich zusammen und unerwartet machte sich Enttäuschung in ihr breit. Vermisste sie ihn etwa jetzt schon? Nein. Das war *alles* Teil seines dummen Spielchens. Sie schnappte sich ihr Handy vom Tisch, rief den Kontakt NICHT REAGIEREN! auf und tippte rasch eine Nachricht. *Du bist gegangen?*

Sie ließ sich auf die Couch sinken. Auch wenn sie kein Recht dazu hatte, fühlte sie sich betrogen und war verwirrt. Sie hatte ihm klargemacht, dass sie keine Zeit zum Reden hatte. Natürlich war er gegangen.

Hätte sie das nicht getan, wenn die Rollen vertauscht wären? Ach, sie wäre vermutlich schon abgehauen, während er noch schlief. Trotzdem simmerten weiter Wut und Verletztheit in ihr. Sie tippte eine weitere Nachricht, weil er sie offensichtlich ignorierte: *WTF?*

Dann sprang sie auf und tigerte durchs Wohnzimmer, bevor sie einen Blick aus dem Fenster warf und Hunter entdeckte, der telefonierend im Garten auf und ab ging.

Erleichterung durchflutete sie, dicht gefolgt von Reue über die wütenden Nachrichten, die sie ihm geschickt hatte. Sie beobachtete, wie er sich über den Nacken rieb und blinzelnd ins Sonnenlicht schaute. Er beendete das Telefonat und schaute auf sein Handydisplay. Bevor er jedoch ihre Nachrichten anklicken und lesen konnte, rannte sie durch die Hintertür hinaus. Sein umwerfendes Lächeln weckte ihr schlechtes Gewissen, doch sie warf sich ihm trotzdem in die Arme.

»Oh je«, sagte Hunter lachend. »Was hast du angestellt?«

»Gar nichts. Ich hatte nur …« *Angst, dass du gegangen bist.*

Er löste ihre Arme von seiner Taille und sah ihr forschend in die Augen. »Raus damit, meine Hübsche. Wir haben doch schon festgestellt, dass du eine lausige Lügnerin bist.«

»Ich dachte, dass du weg bist«, nuschelte sie.

»Wie bitte?« Er lehnte sich näher zu ihr.

»Ich dachte, dass du weg bist! Zufrieden? Mann. Und vielleicht habe ich dir ein paar wütende Nachrichten geschickt.«

Sie drehte sich um und marschierte in Richtung Haus. Hunter folgte ihr rasch, steckte sein Handy in die Hosentasche und schlang einen Arm um ihre Schultern. Sie erwartete, dass er sie auslachte oder damit aufzog, aber er schwieg und führte sie zu der Hängeschaukel, die am Rand der Rasenfläche in einem der großen Bäume angebracht war. Sie war groß genug für zwei, also ließ er sich auf der Sitzfläche nieder und zog Jana neben sich.

Sie musterte ihn misstrauisch, doch als er sie seitlich an sich zog, wehrte sie sich nicht dagegen. Sie wollte das hier, auch wenn sie Mühe hatte, die finstere, unangenehme Panik im Zaum zu halten, die sie zu überwältigen drohte.

»Ich möchte Sky erzählen, dass wir miteinander ausgehen«, sagte er schließlich ruhig und selbstsicher, ohne seinen üblichen fordernden Unterton.

Das war nicht das, was sie erwartet hatte. »Wolltest du darüber mit mir sprechen?«

»Nein.« Er musterte sie von der Seite. »Doch, auch, aber nicht nur.«

»Aber wir steuern nicht auf eine Beziehung zu, Hunter. Warum willst du ihr davon erzählen?«

»Okay, dann will ich offiziell eine Beziehung mit dir ansteuern und ihr dann davon erzählen. Ich habe keine Geheimnisse vor meiner Familie, Jana. Früher vielleicht, aber das ist nicht der Mann, der ich bei dir sein will. Dieser Mann will ich überhaupt nicht mehr sein.«

»Als wir uns kennengelernt haben, habe ich dir deutlich gesagt, dass ich nicht zur Freundin tauge. Und du hast gesagt, dass du dich nie an nur eine Frau binden willst. Wo kommt das also auf einmal her?« Ihr zögerlicher Tonfall überraschte sie selbst. Er spiegelte die gegensätzlichen Emotionen wider, mit denen sie täglich zu kämpfen hatte.

Er wandte sich ihr komplett zu und legte einen Arm über

die Rückenlehne der Schaukel, bevor er nach ihrer Hand griff. »Wo das herkommt?« Er zuckte mit den Schultern. »Aus meinem Herz, vermute ich. Ich bin bei diesem Kram echt nicht gut, das weißt du, also halt es mir nicht vor. Ich verstehe schon. Du hast Angst vor einer festen Beziehung. Verdammt, Jana, die habe ich auch.«

Das würde sie nicht leugnen. »Warum willst du das dann mit mir?«

»Weil ich jedes Mal mehr von dir will, wenn ich dich anschaue. Ich will verstehen, warum du tust, was du tust, sei es nun boxen oder tanzen, weinen oder dich anziehen wie gestern Abend und dir auf der Bühne die Seele aus dem Leib singen. Ich will dich nachts in den Armen halten, nachdem ich dich so oft verwöhnt habe, dass du den Gefallen nicht mehr erwidern kannst.« Ein erleichtertes Lächeln umspielte seine Lippen, als hätte er diese Worte zu lange für sich behalten. »Dann will ich morgens aufwachen und noch mal mit dir schlafen. Ich will deine Sturheit ertragen und deine liebevolle Seite entdecken. Ich will zuhören, wenn du von deinen Träumen erzählst, und dir helfen, sie zu verwirklichen. Ich will alles mit dir, und das ist mir noch nie zuvor passiert.«

Jana war sich sicher, dass ihr Herz seinen Dienst eingestellt hatte. Das musste es sein. Sie war tot.

Ihr Magen schlug einen Salto, als er ihr über die Wange strich. *Nope. Nicht tot.*

Sie zog die Hand aus seiner und wandte sich dem Garten zu, weil sie weder klar denken noch sprechen konnte.

»Du wirst mich jetzt nicht ignorieren, Jana. Nicht nach dem, was ich dir gerade gesagt habe. Glaubst du, das war einfach für mich?«

Sie konnte förmlich spüren, wie er sich an seine Selbstbeherrschung klammerte. Also zwang sie sich zu einer Antwort. »Nein«, flüsterte sie.

Er wartete stumm auf eine Erklärung. Sie schwieg ebenfalls, weil sie immer noch verarbeitete, was er gesagt hatte, was er von ihr wollte. Sie wollte die Frau sein, die das erwiderte, aber Panik breitete sich wie ein Buschfeuer in ihrer Brust aus und hinderte die Worte daran, ihr über die Lippen zu kommen.

»Das war's? Mehr hast du mir nicht zu sagen?« Hunter stand auf, und Jana sackte der Magen in die Kniekehlen – genau so hatte sie sich gerade schon gefühlt, als sie gedacht hatte, er wäre gegangen.

Die Panik trieb sie ebenfalls vom Schaukelsitz und dann platzte die Wahrheit aus ihr heraus. »Nein. Ich habe einiges zu sagen. Ich habe keine Angst, Hunter. Ich bin wie gelähmt. Ich weiß nicht, wie man eine gute Partnerin ist, und gerade bekomme ich nicht mal mein eigenes Leben auf die Reihe. Wie kann ich dir da irgendwelche Versprechen geben? Und du ... Du willst dich genausowenig binden wie ich. Wie kommst du darauf, dass das funktionieren wird? Ich war noch nie eine gute Freundin, nicht mal in der Highschool, als niemand etwas anderes im Kopf hatte.«

Ihre Stimme wurde leiser, als sie eingestand, was er bereits wusste, aber es laut auszusprechen, führte es ihr auch noch einmal klarer vor Augen. In diesem Moment war sie nicht so stolz darauf wie sonst immer, dass sie so eine unabhängige Frau war.

Seine Kiefermuskeln spannten sich an. »Mit wie vielen Männern hast du im letzten halben Jahr geschlafen?«

»Was?« Sie schüttelte den Kopf und versuchte, die Monate und ihre Dates zusammenzubekommen. Obwohl sie Schwierigkeiten damit hatte, weil ihr Herz immer noch wild hämmerte und ihre Hände schweißnass waren, brauchte sie nicht lange, um den Tatsachen ins Auge zu sehen.

»Mit wie vielen, Jana?« Er überwand den Abstand zwischen ihnen. »Ja, ich bin normalerweise der, der durch die Betten turnt, aber in den letzten Monaten habe ich mit niemandem außer dir geschlafen. Nicht einmal. Nicht mal ein Kuss.«

Ihr blieb der Mund offen stehen.

Er zuckte mit den Schultern, und sie konnte praktisch zusehen, wie die Anspannung aus seinen Muskeln wich. »Es ist wahr. Es gab nur dich, meine Hübsche.«

Sie schaute auf seine Hand, als er nach ihrer griff und sie an seine Lippen hob.

»Und du bist die einzige Frau, die ich je mit einem Kosenamen angesprochen habe. Bei dir kann ich nicht anders.« Er trat näher zu ihr, bis sich ihre Körper von der Brust bis zu den Oberschenkeln berührten. »Und ich wollte noch nie von einer Frau hören, dass sie mich will. Möchtest du wissen, warum?«

Das Blut rauschte so laut in ihren Ohren, dass sie sich wirklich konzentrieren musste, um den Kopf zu schütteln.

Er umfasste ihr Gesicht mit beiden Händen und strich mit den Daumen über ihre Wangen. In seinem Blick lag so viel Gefühl, dass sie gar nicht anders konnte, als ihm zu glauben.

»Weil mir alle egal waren. Alle außer dir.«

Neunzehn

Angst. Das erkannte Hunter in Janas Augen, als er auf ihre Reaktion wartete. Jede Sekunde des Schweigens fühlte sich wie eine Ewigkeit an. Er wollte sie nicht drängen, weil er befürchtete, sie damit zu verschrecken. Er war selbst gerne vor so etwas davongelaufen, aber das war vorbei, und er hoffte, ihren Mauern genug Risse zuzufügen, dass sie das auch für sich in Betracht zog.

»Du bist dir bei der ganzen Sache so sicher …«, sagte Jana so leise, dass er sie kaum verstand. »Als würdest du alle Antworten kennen.«

Bei Liebe geht es nicht darum, alle Antworten zu kennen. Es geht darum, dass es nichts ausmacht, wenn man sie nicht kennt, denn Glück bedeutet nichts anderes als die Erkenntnis, dass man keine Antworten braucht, wenn das Herz so von dem Menschen erfüllt ist, der einem am meisten bedeutet. Die Erinnerung an die Worte seiner Mutter wurde von einem tiefen Gefühl des Verlusts begleitet, das Hunter in jeder Faser seines Seins spürte. Er dachte oft an sie und vermisste die Gewissheit, dass sie immer lächelte, sobald sie ihn sah, egal, was er in der Nacht zuvor angestellt hatte. Sie hatte die Arme ausgebreitet und ihn mit ihrer bedingungslosen Liebe umfangen, von der er vermutlich mehr bekommen hatte, als ihm zustand. Jetzt bestätigten ihm die Worte seiner Mutter das, was sein Herz bereits wusste.

»Ich kenne nicht alle Antworten. Aber die einzige, die ich brauche.« Hunter wurde aus Janas Schweigen nicht schlau. Er wusste, dass sie sich nicht so einfach auf ihn einlassen würde. Verdammt, sie sagte ihm ja nicht mal, dass sie ihn wollte, während sie nackt miteinander im Bett lagen und es ihr so deutlich wie die Röte auf ihren Wangen ins Gesicht geschrieben stand.

Eine warnende Stimme in seinem Hinterkopf flüsterte ihm zu, dass er ihr gerade sein Herz öffnete und sie vielleicht darauf herumtrampeln würde. Jana war nicht gerade von der feinfühligen Sorte. Ihre scharfe Zunge wusste genau, wohin sie zielen musste. Aber er war schon so weit gekommen, jetzt würde er sich nicht mehr davon abbringen lassen.

»Vielleicht interpretiere ich das ja alles falsch«, sagte er schließlich. »Vielleicht willst du mich nicht so, wie ich angenommen habe, aber das ändert nichts an meinen Gefühlen für dich.«

Jana zupfte an einer ihrer Haarsträhnen. Unsicherheit huschte über ihr Gesicht, und er fürchtete schon, sie zu stark gedrängt zu haben.

»Ich …«, stammelte sie, fand jedoch einen Moment später ihre Stimme wieder. »Ich habe auch seit Monaten mit niemand anderem geschlafen.«

Er konnte das Lächeln nicht unterdrücken, das sich auf seinen Lippen ausbreitete, und ihm wurden die Knie vor Erleichterung weich.

Sie kam zögerlich einen Schritt auf ihn zu und ihre Verletzlichkeit gab ihm beinahe den Rest. Barfuß reichte sie ihm nicht mal bis zum Kinn und gerade wirkte sie wesentlich kleiner und zerbrechlicher als sonst.

Sie schaute mit einer Mischung aus Hoffnung und Sorge zu ihm auf. »Was, wenn das mit uns nicht klappt?«

»Was, wenn doch?«, konterte er.

Ihr entkam ein leises Lachen und das war ein zauberhafter Laut.

»Ich meine es ernst, Hunter. Wir sind gut … im Sex. Was, wenn wir in allem anderen nicht gut sind?«

»Dann haben wir eben wieder nur noch Sex.« Was sollte er sonst antworten? Er bezweifelte nicht, dass sie alles andere auch hinbekommen würden, wollte aber nicht riskieren, dass sie direkt an eine mögliche Trennung dachte.

»Und was genau willst du jetzt von mir?«

Er zog die Augenbrauen hoch und verkniff sich einen zweideutigen Kommentar. Ihr Lachen schoss ihm direkt ins Herz.

»Gott. Du bist unmöglich«, sagte sie. »Du weißt, was ich meine.«

»Ich will den Tag mit dir verbringen. Ich will mit dir über dein Studio reden.« Wenn das mit ihnen funktionieren sollte – und das wünschte er sich so sehr –, war es Zeit, reinen Tisch zu machen und sie darüber aufzuklären, was er schon wusste.

»Als Sky deine Handtasche vorbeigebracht hat, hat sie mir erzählt, dass sich das mit dem Raum in Seaside zerschlagen hat. Darüber will ich mit dir unter anderem reden.« Das erklärte absolut ihr Verhalten des gestrigen Abends. Sie musste am Boden zerstört gewesen sein, als sie das erfahren hatte, und er wusste nur zu gut, wie viel Angst Jana vor Gefühlen hatte.

Sie nickte. »Und das hier?« Sie machte eine Geste von sich zu ihm. »Was willst du in Bezug auf uns?«

Ohne zu zögern, zog er sie wieder an sich – und hoffte, dass sie sich nicht von ihm losmachte und den Tag allein verbrachte.

»Ich will, dass es ein *uns* gibt. Eine feste Beziehung. Für dich gibt es nur mich und für mich gibt es nur dich.«

Sie verdrehte die Augen, doch ihm war klar, dass das nur ein Abwehrmechanismus war. »Du willst gewinnen. Dass ich dir sage, dass ich dich will.«

Natürlich wollte er das hören. Welcher Mann wünschte sich das nicht? Aber was Jana nicht verstand, war, dass gewinnen für Hunter bedeutete, sie für sich ganz allein zu haben.

»Nein. Du musst mir nicht sagen, dass du mich willst. Sag mir einfach, dass du nur mit mir zusammen sein willst.«

Das brachte sie zum Lachen und sie biss sich stirnrunzelnd auf die Unterlippe. »Okay.«

»Okay, was?«

»Mann, du bist echt eine Nervensäge. *Okay.* Ich werde nur mit dir schlafen, aber wir führen keine Beziehung und ich kann nicht versprechen …«

Er verschloss ihr den Mund mit seinem und hob sie hoch, als er den Kuss vertiefte. Wie konnte sie bei solchen Küssen leugnen, dass zwischen ihnen so viel mehr war als nur Sex?

»Ich kann mich nicht ändern, Hunter«, sagte sie zwischen zwei Küssen. Als er weiterküssen wollte, wich sie ihm jedoch aus. »Ich bin egoistisch. Mein Leben ist chaotisch. Ich bin nicht gut darin, mich fest auf jemanden einzulassen, und ich bin mir auch nicht sicher, ob du das wirklich kannst.«

Er schnaufte genervt, hob sie ein wenig höher und legte sich ihre Beine um die Taille. »Du bist außerdem stur wie ein Esel, aber ich weiß mit ziemlicher Sicherheit, auf was ich mich einlasse. Und jetzt halt die Klappe und küss mich.«

Hunter trug sie ins Haus und überlegte kurz, direkt mit ihr im Schlafzimmer zu verschwinden, um ihr zu zeigen, wie sehr er wollte, dass das mit ihnen klappte. Doch er wusste, dass es keine

Gespräche mehr geben würde, wenn er das machte. Sie hatten diesen einen Tag ohne Ablenkung von außen, und er hatte vor, das Beste aus der Zeit zu machen und Jana zu beweisen, wie gut sie zueinander passten.

Jana beobachtete Hunter, während er sich durch ihre Listen und Notizen arbeitete, die sie für die Planung eines eigenen Studios gemacht hatte. Sie war nach seinem Geständnis ziemlich durch den Wind gewesen und fühlte sich ein bisschen überfordert. Also hatten sie zusammen auf der Couch gesessen und lange über Dinge gesprochen, die nicht so beängstigend waren, zum Beispiel über die Frage, wie sie zu diesem engen Kleid und High Heels gekommen war. Er lachte, als sie zugab, dass sie auf der Bühne so getan hatte, als wäre sie tatsächlich Taylor Swift. Sie erzählte ihm sogar, dass sie nach der Absage für den Raum in Seaside geweint hatte und wie sehr sie das selbst überrascht hatte. Seiner Meinung nach waren die Tränen ein sehr deutlicher Hinweis darauf, wie viel ihr das Studio tatsächlich bedeutete. Und er hatte sie in den Arm genommen, als ihr erneut Tränen in die Augen gestiegen waren. »Ich wünschte, ich wäre da gewesen, um dich zu trösten«, hatte er geflüstert. Er bot ihr Trost an, ohne sie zu verurteilen. Dabei war er der Mensch, vor dem sie nie Schwäche hatte zeigen wollen, doch als sie es nun tat, fühlte sie sich dadurch irgendwie stärker als zuvor.

Sie hatten ihr Auto in Seaside abgeholt und den ganzen Nachmittag mit Reden verbracht. Über seine Mutter und wie sehr er sie vermisste. Er hatte den Schmerz über die Alkoholsucht seines Vaters mit ihr geteilt, und sie konnte ihm die Erleichterung darüber ansehen, dass sein Vater endlich wieder der Alte war. Ihr war auch bewusst geworden, wie es für ihn gewesen sein musste, sie so betrunken zu erleben. Nicht nur gestern Abend, sondern auch sonst oft genug. Auch sie hatte den Alkohol zu oft als Flucht genutzt und damit war jetzt Schluss.

Dieser Mann, der eher vor ihr hätte davonlaufen sollen, anstatt sich ihr zu öffnen, weckte so tiefe Gefühle in ihr – und er half ihr, runterzufahren und das Gleiche zu tun.

Sie hatte erwartet, dass er im besten Fall ihre Notizen kurz überflog, aber ihre Pläne schienen ihn wirklich zu interessieren. Er las konzentriert, hielt den Finger auf bestimmte Stellen und schaute kurz ins Leere, als würde er über das nachdenken, was da stand.

Schließlich klappte er das Notizbuch zu und legte eine Hand darauf. »Du hast deine Hausaufgaben gemacht.«

»Ja, aber das spielt ja nun keine Rolle mehr. Vielleicht kommt Marco ja zurück und dann wird es wieder leichter.« Sie griff nach dem Notizbuch, doch er ließ es nicht los.

»Seit wann gibst du denn so schnell auf?«, fragte er ruppig.

Perplex über seinen plötzlichen Tonfallwechsel riss sie ihm das Notizbuch aus der Hand. »Ich gebe nicht einfach auf.« Würden sie sich weiter ständig streiten, sogar wenn sie schöne Stunden miteinander verbracht hatten?

Er schnaubte spöttisch. »Dann war dir die Sache mit dem eigenen Studio wohl doch nicht so wichtig.«

»Ich habe dir gerade erzählt, dass ich *geheult* habe, weil ich es so sehr wollte, und du weißt genau, dass ich das nie tue. Ich tobe und schreie, aber ich heule nie«, gab sie bissig zurück. »Mein eigenes Studio zu eröffnen, würde bedeuten, dass ich wieder am Theater spielen kann. Ich könnte selbst bestimmen, wann und wie viel ich arbeite, ich könnte meine eigenen Entscheidungen treffen. Gott, Hunter.« Sie wandte den Blick ab, sauer auf sich selbst, weil sie ihn so angefahren hatte.

»Warum gibst du dann auf? Nur, weil das mit dem einen Raum nicht geklappt hat, der dir sowieso in den Schoß gefallen ist? Suchen wir dir doch eine andere Möglichkeit.«

»Ach, weil das ja auch so einfach ist?« Sie verdrehte die Augen.

»Nichts von Wert ist einfach. Du brauchst dir ja nur dich anschauen.« Sein Lächeln sagte ihr, dass das nur halb scherzhaft gemeint war, aber er hatte recht. Jana wusste, dass sie alles andere als einfach war. »Aber du hast Glück, für dich könnte es einfacher sein als für die meisten Leute. Du kannst unser leer stehendes Gebäude an der Route 6 nutzen.«

»Das werde ich ganz sicher nicht.« Sie stand auf und tigerte unruhig im Raum auf und ab.

»Warum nicht?«

»Weil wir was miteinander haben. Geschäft und Vergnügen zu vermischen, ist nie eine gute Idee.«

»Jana, die Location ist perfekt, es gibt genug Parkplätze, keine Nachbarn mit Ladengeschäften, die sich über die laute Musik oder was auch immer beschweren, und das Gebäude gehört mir, was bedeutet, dass du dich nicht mit einem ätzenden Vermieter rumschlagen musst.«

»Nein.« Sie ging weiter auf und ab. »Das macht alles zu kompliziert.«

Er stand auf und versperrte ihr den Weg. Seine Verärgerung war ihm deutlich anzumerken.

»Wann kommst du endlich mal von deiner Sturheit runter? Mach die Augen auf und nimm an, was man dir anbietet. Alles, was du dir wünschst, ist direkt vor deiner Nase.«

Sein Tonfall ließ sie zusammenzucken, und sie fragte sich, ob er damit sich selbst oder das Gebäude meinte. »Das ist keine gute Idee.«

»Du hast sehr deutlich gemacht, dass wir keine Beziehung miteinander führen, und damit kann ich umgehen, aber Jana …« Er zog sie wieder zu sich – das machte er in letzter Zeit ständig, nicht nur beim Sex. Es gab ihr das Gefühl, etwas Besonderes und wichtig für ihn zu sein. Als wäre sie das Einzige, was zählte und das es zu beschützen galt. Daran war sie nicht gewöhnt.

Seine Anspannung ebbte ab, als ihre Körper sich berührten. »Baby, was ich dir anbiete, hat nichts mit Sex oder uns oder einer Beziehung zu tun. Nur damit, dass du deine Träume verwirklichen kannst.«

Sie wollte darauf vertrauen, dass er die Wahrheit sagte, aber sie war immer noch durch den Wind von allem, was sich in den letzten Stunden zwischen ihnen verändert hatte – und auch in ihrem eigenen Gefühlsleben. Noch traute sie dem Ganzen nicht vollkommen. Sie ließen sich gerade auf etwas ein, gegen das sie sich beide so lange gewehrt hatten. *Wobei, eigentlich nicht.* Sie hatte im letzten halben Jahr nicht mal versucht, was mit einem anderen Mann anzufangen, und geschlafen hatte sie nur mit Hunter. Das war eine Tatsache, ob sie es nun hatte wahrhaben wollen oder nicht, bevor er sie dazu gezwungen hatte, sich damit auseinanderzusetzen.

»Dann hat dein Angebot absolut nichts mit Kontrolle zu tun?«, fragte sie. »Oder dass du mich an der kurzen Leine halten willst?«

Er löste sich von ihr. »Nein. Das glaubst du?« Mit zu Fäusten geballten Händen umrundete er die Couch.

Sie fragte sich unwillkürlich, ob er wohl direkt zur Tür rausmarschieren würde, und dieser Gedanke löste eine neue Panikwelle in ihr aus. Sie machte gerade alles kaputt, obwohl sie es gar nicht wollte. Aber sie mussten ein bisschen das Tempo rausnehmen. Oder vielleicht war es ja ihr *Leben*, aus dem sie das Tempo rausnehmen musste.

Zum Glück verschwand Hunter nicht, sondern ging in die Küche und lehnte sich mit dem Rücken zu ihr gegen die Anrichte. Sie hatte ihn schon so oft und heftig von sich gestoßen, doch er war nie gegangen. Vorsichtig machte sie einen Schritt auf ihn zu, blieb jedoch sofort wieder stehen, als er sich umdrehte und sie niedergeschlagen anschaute.

»Jana, ich weiß, dass ich ganz schön rangehe im Moment, und ich verstehe auch, warum du denken könntest, dass ich die Sache zwischen uns kontrollieren will, aber siehst du denn nicht, wie sehr ich mich bemühe? Ich bin vielleicht manchmal ein Arsch, aber ich würde nie versuchen, dich an die Leine zu legen. Du bist wie ein Wildpferd. Man kann dich weder zähmen noch anketten.«

Wieder blickte er ihr forschend in die Augen, und dieses Mal war sie sich sicher, dass er merkte, wie sich ihr Herz ihm öffnete, denn sie hätte es nicht mal verhindern können, wenn sie gewollt hätte. Noch nie hatte jemand so sehr gesehen, wie sie wirklich war, oder verstanden, wie sie sich fühlte. Es gab so viel, was sie vom Leben wollte – *boxen, tanzen, Theater … Hunter.*

»Das ist das Faszinierende an dir.« Er schüttelte lächelnd den Kopf. »Ob du es glaubst oder nicht, ich mag dich so, wie du bist, und ich will dich nicht ändern. Ich will einfach nur mit dir zusammensein. Mit dir auf Entdeckungsreise durchs Leben gehen und dich glücklich sehen. Wenn du über dein eigenes Studio sprichst, strahlst du übers ganze Gesicht, und ich kann nicht mitansehen, dass du so einfach aufgibst. Insbesondere weil das einfach nicht zu deiner Persönlichkeit passt.«

Die Ehrlichkeit in seinen Worten konnte sie nicht wegreden. Er wollte ihr wirklich helfen, ihr zur Seite stehen, ihr aber nichts abnehmen. Und er hätte ihr auch einen Seitenhieb verpassen können, dass man sie einfach ins Bett bekam, doch er hatte darauf verzichtet. Irgendwie gab er ihr wieder das Gefühl, stärker zu sein, und das überforderte sie, brachte sie aber auch dazu, sich ihm noch mehr zu öffnen.

»Du bist vermutlich der einzige Mensch, der mich so sieht, wie ich wirklich bin, und ich …« Ihre Gefühle für ihn rangen mit der Angst, ihn irgendwie zu verletzen – oder sich selbst. »Ich weiß das mehr zu schätzen, als du dir vorstellen kannst. Und ich liebe es, dass du mit mir zusammen sein willst, ohne mich zu kontrollieren. Aber kann ich darüber nachdenken? Mir die Räume erst mal ansehen?«, fragte sie und umrundete die Couch, um zu ihm rüberzugehen.

»Natürlich.« Er sah nicht wütend aus, nur entschlossen und als wüsste er, dass sie ein bisschen Zeit brauchte.

»Solltest du nicht auch erst mal mit Grayson darüber reden?« Sie griff nach seiner Hand, und als er sie dieses Mal an sich zog, schlang sie die Arme um ihn und genoss die Geborgenheit, die er ihr schenkte. »Tut mir leid. Das geht alles so schnell. Du bist dir mit allem so sicher, aber ich brauche noch ein bisschen Zeit.«

»Um mir zu vertrauen.«

Das war keine Frage, doch sie erkannte, dass er nur einen Teil dessen verstand, was sie sagte. Es ging auch darum, sich selbst zu vertrauen, ihm nicht wehzutun.

»Uns beiden zu vertrauen. Den Veränderungen, über die wir hier sprechen. Es tut mir leid.«

Er hob ihr Kinn an und schaute ihr mit einem Blick in die Augen, der ihr klarmachte, dass sich bereits *alles* verändert hatte. Fort war das Machtgerangel, die Spielchen, und an ihre Stelle trat etwas Echtes. Etwas, das weit darüber hinausging.

Sie spürte, wie die Panik wieder in ihr aufstieg, doch dieses Mal war es einfacher, sie in den Griff zu bekommen.

»Du musst dich nie dafür entschuldigen, dass du vorsichtig bist. Wir haben beide unsere Vergangenheit und da ist einiges schiefgelaufen. Hey, die meisten Leute würden noch nicht mal versuchen, es zu verstehen. Aber du und ich? Ich wiederhole mich gerne: Wir sind uns so ähnlich. Wir sind beide stur, leidenschaftlich und haben gerne die Kontrolle über Dinge. Ich will diese Grenze mit dir überschreiten. Ich will Vertrauen aufbauen, aber das ist keine Einbahnstraße. Wir werden uns streiten und vielleicht auch ein paar Schritte zurückgehen für jeden, den wir nach vorne machen, aber das ist okay.«

Du verstehst mich wirklich.

Vielleicht schafften sie das ja tatsächlich.

»Das Angebot mit den Räumlichkeiten steht, unabhängig davon, ob du mir morgen sagst, dass du einen Fehler gemacht hast und wir doch nicht zusammen sein können. Keine Verpflichtungen. Ich rede mit Gray, aber er wird nichts dagegen haben.« Er lächelte sie an. »Du weißt, wo das Gebäude ist, oder? Erstklassige Lage, direkt an der Route 6 gegenüber vom Dunkin' Donuts mit ausreichend Parkplätzen. Es ist nicht ausgebaut, also können wir es gestalten, wie immer du willst.«

Er hielt ihre miteinander verschränkten Hände hoch, bevor er die Lippen auf ihre senkte und mit einem Kuss seine Hoffnung besiegelte und ihre weckte.

Zwanzig

An diesem Abend hatten sie keinen heißen, hemmungslosen Sex und sie fuhren auch nicht zum Gebäude an der Route 6. Nachdem Hunter einen Abstecher nach Hause gemacht hatte, um sich mit dem Notwendigsten zu versorgen – Kleidung und Kondome –, kochten sie ein schnelles Abendessen und schauten einen Film. Jana schlief mitten in *Million Dollar Baby* mit dem Kopf auf Hunters Schoß ein, worüber er froh war, weil sie ihn bestimmt damit aufgezogen hätte, dass er feuchte Augen bekam. Dieser Film ging ihm jedes Mal so nahe, weil er Jana in Hilary Swanks wilder Entschlossenheit wiedererkannte. Er trug sie ins Bett und wachte zum zweiten Mal in Folge mit ihr in seinen Armen auf.

Und dann hatten sie heißen, hemmungslosen Sex.

Seitdem waren ihre Tage hektisch verlaufen. Hunter arbeitete viele Stunden an der Skulptur, um sie rechtzeitig zum Wettbewerb fertig zu bekommen, und Jana schob Überstunden im Studio, was dazu führte, dass sie sich selten vor neun Uhr abends zu Gesicht bekamen. Zum Glück hatte Jana nicht dagegen protestiert, dass er bei ihr schlief, und so wachten sie die komplette Woche über zusammen auf. Er scheuchte sie rechtzeitig für ihr Boxtraining aus dem Bett, hatte dann aber

Schwierigkeiten, sie in ihren engen Sportklamotten gehen zu lassen, weshalb sie die Augen verdrehte. Auch den Kommentar, dass sie deutlich schneller fertig wäre, wenn er nicht über Nacht bleiben würde, verkniff sie sich nicht.

Er liebte jeden Moment ihrer Wortgefechte, und irgendwie war ihm klar, dass sich daran nie etwas ändern würde. Zumindest hoffte er das inständig.

Hunter hatte mit Grayson darüber gesprochen, Jana das Gebäude zur Nutzung zu überlassen, und wie nicht anders erwartet hatte sein Bruder sofort zugestimmt. Währenddessen diskutierten Hunter und Jana intensiv das Drumherum, für den Fall, dass sie das Angebot annahm. *Was, wenn wir uns trennen? Was, wenn wir zusammenbleiben und es mit dem eigenen Studio nicht klappt? Was, wenn ich meinen Job kündige und niemand bei mir Kurse buchen will?* Inzwischen waren sie beide Experten in diesen Gesprächen und Jana freute sich nur noch mehr auf die Eröffnung ihres eigenen Studios. Allerdings vermied sie sorgfältig, dass das Thema auf ihre Beziehung kam.

Es war Sonntagabend, und endlich fanden sie die Zeit, sich das Gebäude anzuschauen.

Hunter öffnete die Beifahrertür seines Pick-ups und half Jana heraus, bevor er ihr die Schlüssel reichte. »Bitte sehr, meine Hübsche. Sieh es dir an und schau, wie es sich anfühlt.«

»Die Lage ist wirklich gut«, sagte sie und ging in Richtung Eingangstür. »Und du hattest recht, es gibt mehr als genug Parkplätze.«

Wie die meisten Gebäude am unteren Cape hatte es eine Zedernholzfassade, die grau verwittert war, und das Ganze sah mehr nach einem Wohnhaus als einer Gewerbeeinheit aus.

»Die Außenanlagen sind verwildert und der Rasen muss gemäht werden, aber das ist schnell erledigt.« Hunter deutete auf die rechte Seite des Parkplatzes. »Wir könnten dort ein Schild aufstellen, damit die Bäume es nicht verdecken und man es aus beiden Richtungen im Vorbeifahren sieht.«

Jana wandte sich mit einem breiten Lächeln zur Straße um. »Ich kann nicht fassen, dass ihr das Gebäude nicht nutzt. Oder es schon anderweitig vermietet habt.«

Hunter zuckte die Schultern und sie gingen gemeinsam zur Eingangstür. »Wir wollten einen Showroom daraus machen, aber nachdem wir es gekauft haben, zog unser Geschäft so an, dass wir die Idee für den Moment verworfen haben. Jetzt machen wir nur noch Auftragsarbeiten und halten deswegen nichts auf Lager. Und vermieten ist superätzend.«

Er legte ihr eine Hand auf den unteren Rücken und sie gingen gemeinsam die Stufen zur Tür hinauf. »Aber für dich würde ich das in Kauf nehmen«, neckte er sie und knabberte sacht an ihrem Ohr.

Sie kicherte und schloss die Tür auf. In letzter Zeit ertappte er sich immer wieder dabei, sie genauer zu beobachten, ihre Energie aufzunehmen, um sie in seiner Skulptur zu verewigen. Er war diese Woche so inspiriert gewesen, dass er den Rumpf bereits fertig bekommen hatte. Aktuell arbeitete er an dünnen, gedrehten Streifen aus Eisen für einen Rock, der aussah, als würde er im Wind wehen, und nächste Woche würde er ein Oberteil aus Hunderten kleiner Metall- und Spiegelglasstücken basteln, um die Illusion von Stoff zu erschaffen.

Jeder Moment, den er mit Jana verbrachte, schuf mehr Nähe auf tieferer Ebene zwischen ihnen, und er wachte jeden Morgen noch inspirierter als am Tag zuvor auf. Die Skulptur wandelte sich so schnell wie ihre Beziehung. Wenn er Jana anschaute, seine Muse, sah er die Frau, die sich aus ihrem selbst gebauten Gefängnis befreite und sich vor seinen Augen weiterentwickelte. Deswegen hatte die Skulptur ein Eigenleben entwickelt.

Jana drückte die Tür lächelnd auf. Das Gebäude stand schon so lange leer, dass sich eine feine Staubschicht auf den Holzfußböden abgesetzt hatte, doch das ging Hunter erst in diesem Moment auf. Er hatte sich so darauf gefreut, ihr die Räume zu zeigen, weil er wusste, dass allein die Lage schon einen Großteil ihres Erfolgs garantieren würde, dass er vollkommen vergessen hatte, hier mal zu putzen.

»Tut mir leid, Baby. Ich hätte vermutlich mal jemanden durchfegen lassen sollen, bevor ich es dir zeige.«

»Schon okay. Ein bisschen Dreck macht mir nichts aus.« Sie gingen hinein und Jana drehte sich langsam mit einem niedlichen Lächeln auf den Lippen im Kreis. »Das ist groß genug, um einen Eingangsbereich zu gestalten und ein paar Stühle für wartende Eltern aufzustellen und …« Sie durchquerte die Diele und wandte sich dann wieder zu Hunter um.

Er war ihr dicht auf den Fersen und verschränkte die Arme. »Ein Empfangsbereich, hm? Für mich schreit das ja eher nach Knutsch-Lobby.«

Sie stellte sich auf die Zehenspitzen und legte ihm die Arme um den Nacken. »Hmm. Das gefällt mir.«

»Warte nur, bis du die Cunnilingus-Küche siehst.« Er küsste sie innig und umfasste ihren Hintern mit beiden Händen.

»Hunter«, flüsterte sie. »Warum fangen wir nicht da an?«

Er knabberte an ihrem Hals und schob sie in Richtung der Türen im hinteren Teil des Gebäudes. Sie lief rückwärts, blieb aber alle paar Meter stehen, weil er an ihrer Haut saugte oder sie sanft biss.

»Baby, ich fange an, wo immer du willst.« Damit hob er sie hoch und sie schlang die Beine um seine Taille. Wie machte sie das nur? Innerhalb von Sekunden waren sie bei einem Rundgang durch ein Haus dazu übergegangen, sich die Kleider vom Leib zu reißen. Der Röte auf ihren Wangen und der Lust in ihren Augen konnte er auch dieses Mal nicht widerstehen, als sie ihn in einen hungrigen Kuss zog.

Er öffnete die Tür zur Küche und setzte sie auf der Anrichte ab. »Du bist so unglaublich heiß. Du hast mich so was von im Griff, Jana.« Er eroberte ihren Mund erneut und schob ihr den Rock bis zur Taille hoch, um sie durch den Stoff ihres Seidenhöschens zu liebkosen.

»Oh Gott, ja«, zischte sie.

Er schob ihren Slip zur Seite und drang mit zwei Fingern tief in sie ein, während er im gleichen Rhythmus die Zunge in ihrem Mund bewegte. Sie kam ihm voller Genuss entgegen. Als er ihre Klit mit dem Daumen reizte, ließ Jana den Kopf in den Nacken sinken und gab ihm so perfekten Zugang zu der weichen Haut ihres Halses. Verdammt, er hätte nur von dem Anblick ihrer Ekstase kommen können. Als er sie in die empfindliche Stelle oberhalb ihrer Schulter biss, wurde ihr Atem flacher. Sie krallte sich an seinen Schultern fest, als er in die Knie ging, bis er die Lippen auf ihre heiße, feuchte Mitte pressen konnte.

»Hunter … Oh mein Go…« Sie verstummte, als er ihre Beine weiter auseinanderschob und all seine Bemühungen auf ein Ziel lenkte.

Die Muskeln ihrer Oberschenkel verspannten sich, und er spürte an den Bewegungen ihrer Hüften und den keuchenden Seufzern, wie sich der Orgasmus in ihr aufbaute. Sie schrie seinen Namen, als sie schließlich zum Höhepunkt kam, und als das Nachglühen gerade abebbte, drang er erneut mit den Fingern in sie ein und fand den Punkt in ihr, der sie direkt wieder nach oben katapultierte, während er sie gleichzeitig leidenschaftlich küsste.

Irgendwann wich die Anspannung aus ihrem Körper und ihre Lippen lösten sich voneinander. »Willst du das Nacktlager sehen?«, fragte er.

Hunter, oh Hunter. Sie wusste gar nicht mehr, wo oben und unten war. Während der letzten Woche hatte er sich auf so viele Arten um sie gekümmert. Sex wurde zum Sahnehäubchen, anstatt das eigentliche Mahl darzustellen. Sie hätte nie gedacht, dass sie mal einen Mann kennenlernte, dessen Libido es mit ihrer aufnehmen konnte. Ja, Männer mochten Sex generell, aber die meisten besaßen keinerlei Fantasie. Hunter kannte keine Hemmungen. Er gab und nahm gleichermaßen, und das liebte sie so an ihm. Es störte ihn nicht, wenn sie aggressiv war, und er überraschte sie auch sonst immer wieder aufs Neue, indem er ihr zum Beispiel eine Nachricht schrieb, nur um ihr zu sagen, dass er gerade an sie dachte. Manchmal bekam sie auch erotische Nachrichten und dann wieder so süße, dass sie beinahe Karies davon bekam. Als sie sich gestern Abend gestritten hatten, hatte er ihre Boxhandschuhe hervorgeholt und ihr ein Kissen hingehalten, damit sie ihre Wut rauslassen konnte. Und das wahrscheinlich Liebste, was ihr wohl nie jemand abkaufen würde, wenn sie es erzählte: Er massierte ihr die Füße vorm Schlafengehen. *Du bist den ganzen Tag auf den Beinen. Die brauchen auch Aufmerksamkeit.* Selbst jetzt kümmerte er sich um sie, zog ihr den Rock zurecht und stellte sicher, dass sie wieder anständig angezogen war.

Sie schaute sich in dem kleinen Pausenraum um und versuchte sich auf den Grund dieses Ausflugs zu besinnen. Die Räume waren wunderbar geeignet, aber die Vorstellung, Geschäftliches und Privates so zu vermischen, war ihr immer noch unangenehm.

»Gefällt es dir?« Er küsste sie noch einmal, wobei sie ihren eigenen Duft auf seinen Lippen wahrnahm.

»Was du gerade gemacht hast? Musst du das wirklich fragen?« Sie wusste, dass er das Gebäude meinte, aber sie spürte seine Erektion an ihrem Bauch, und das lenkte sie zu sehr ab, um an irgendetwas anderes zu denken.

»Hmm. Das ist eine hervorragende Antwort.«

Sie hakte einen Finger in eine seiner Gürtelschlaufen ein und zog ihn durch die zweite Tür, die von dem Raum abging. »Zeig mir doch noch mal das Nacktlager.«

Die Tür fiel hinter ihnen ins Schloss und Dunkelheit umfing sie.

»Ich fühle mich wie ein Teenager, der sich zum Knutschen im Schrank versteckt«, flüsterte sie, obwohl niemand außer ihnen da war. »Ich bin dran«, sagte sie und zog ihm das Shirt über den Kopf.

»Komm her.« Er zog sie dicht zu sich und küsste sie. Seine Haut war heiß und seine Rückenmuskeln arbeiteten unter ihren Fingern, als er das Becken an ihrem rieb.

»Ich könnte dich den ganzen Abend lang küssen«, murmelte er an ihrem Mund.

»Ich hätte da noch eine andere Idee.« Sie öffnete seine Jeans und zog sie ihm über die Oberschenkel nach unten.

Dann küsste sie sich über den kleinen Pfad unterhalb seines Bauchnabels abwärts, bis sie die Spitze seiner Erektion erreichte. Sie leckte die Feuchtigkeit auf, die dort auf sie wartete, und genoss mit geschlossenen Augen das hungrige, tiefe Stöhnen, das ihm entkam, als er die Finger in ihren Haaren vergrub. Sie ließ die Zunge von seiner Basis bis nach oben gleiten, und neckte dann seine empfindlichen Hoden mit einer Hand, während sie seinen Schaft mit der anderen rieb. Sie liebte, wie er sich in ihrer Hand anfühlte, hart und heiß, und als sie ihn in den Mund nahm, stieg ihre eigene Erregung nur noch weiter durch sein scharfes Einatmen an.

»Oh ja, genau so«, spornte er sie an, als sie seine Länge tiefer aufnahm. »Verdammt, Jana, du machst mich so hart, dass es wehtut.«

Sie lächelte um seine Erektion und drängte ihn gegen die Wand, während sie das Tempo ein wenig anzog. Er drängte ihr das Becken entgegen, was ihr sagte, dass er kurz vorm Höhepunkt stand.

»Jana. Verdammt. Jana.« Die Anspannung in seiner Stimme trieb sie nur noch weiter an. »Shit. Halt. Ich komme gleich.«

Sie mochte es, dass er sie vorwarnte, aber um nichts in der Welt würde sie sich zurückziehen, bevor sie ihn schmeckte. Seine Hüften stießen noch einmal, zweimal nach vorn und beim dritten Mal spürte sie die warme, salzige Flüssigkeit auf der Zunge. Sie hatte Mühe, alles zu schlucken, aber der Wunsch, ihm Lust zu verschaffen und dem Mann, der ihr so viel schenkte, etwas zurückzugeben, war stärker, und sie nahm jeden Tropfen von ihm auf.

Dann lehnte sie die Stirn gegen seinen Nabel und schwelgte in dem Gefühl, ihm so nah zu sein, während er über ihre Haare streichelte und ihr zuflüsterte, wie unglaublich sie war.

»Du verwöhnst mich zu sehr, Baby.« Er zog sie auf die Beine und strich ihr ein paar Haarsträhnen hinters Ohr, bevor er sie zärtlich küsste. »Schauen wir uns noch den Rest an, bevor wir zum Duschen nach Hause fahren, und dann könnten wir uns den Sonnenuntergang am Race Point anschauen.«

Auf dem Weg zurück zu ihrem Haus fragte Jana sich, wann das auch zu seinem Zuhause geworden war.

Einundzwanzig

Am nächsten Morgen unterzog Brock sie einer beinharten Trainingsstunde. Sie arbeiteten am Sandsack, an der Boxbirne – die sie am wenigsten mochte, weil sie nicht besonders schnell war –, und dann ließ er sie Seilspringen und schickte sie für vier Runden ins Sparring.

»Du hast nicht so viel Dampf unter der Mütze wie sonst«, sagte Brock, als sie einen Schluck aus ihrer Wasserflasche nahm. »Willst du mir irgendwas erzählen?«

Sie schüttelte den Kopf. »Nicht unbedingt. Es ist nur gerade ziemlich viel los.« Sie hatte lange über den Schaukampf nachgedacht. So sehr sie die richtigen Kämpfe auch liebte, war ihr doch klar, dass sie nicht in Topform war. In ihr tobte nicht mehr die Aggression wie noch vor einer Woche, und sie wusste, dass das an der Veränderung in ihrer Beziehung zu Hunter lag. Vielleicht war eine Absage des Kampfs und der Verzicht darauf, alles gleichzeitig zu machen, genau die Entschleunigung, die sie gerade brauchte.

»Hunter hat mir von dem Schaukampf erzählt. Wärst du mir sehr böse, wenn ich das absage? Ich bin gerade so sehr mit der Entscheidung für oder gegen das Studio und mit allem anderen beschäftigt. Ich habe das Gefühl, dass das vielleicht die eine Sache zu viel wäre.«

Er reichte ihr ein Handtuch, mit dem sie sich übers Gesicht wischte.

»Nein, gar nicht. Hör mal, das Boxen war deine Idee. Wenn dir das zu viel Stress ist oder es dir keinen Spaß mehr macht, musst du das nicht wegen mir weitermachen. Nimm dir eine Auszeit, wenn du sie brauchst.«

»Danke, Brock. Es ist alles gut. Ich will nur nicht noch den zusätzlichen Druck eines Schaukampfs. Aber danke für dein Verständnis.«

»Ich war ja schon überrascht, als Hunter sich neulich morgens gemeldet hat.«

Sie hatte sich schon gefragt, wann Brock das Telefonat endlich ansprach, und in den letzten Tagen hatte sie hin und her überlegt, wie sie dann damit umgehen sollte.

»Tut mir leid, dass ich das Training verpasst und dich nicht selbst angerufen habe. Der Abend vorher war ziemlich hart für mich.« Sie setzte sich auf die Bank und lehnte sich mit dem Rücken gegen die Wand.

»Ja, Harper hat es mir gesagt.« Sein Blick war gelassen, doch Jana fragte sich, wie viel Harper ihm wohl noch erzählt hatte. »Tut mir leid wegen dem Raum in Seaside. Aber ich bin mir sicher, dass du was anderes finden wirst.«

»Du glaubst nicht, dass ich einen Fehler damit mache?«

»Mit deinem eigenen Studio? Auf keinen Fall. Du bist so gut und du unterrichtest so gerne, Jana. Warum solltest du weiter für einen Kerl arbeiten, der das nicht zu schätzen weiß und dich ausnutzt?«

Sie nickte und dachte unwillkürlich an Hunter, der alles an ihr schätzte und sie in die gleiche Richtung drängte. »Hunter hat mir ein Gebäude draußen an der Route 6 angeboten.«

»Ach, wirklich?« Brock verengte die Augen, als würde er sofort Hunters Motive hinterfragen, doch genauso schnell verschwand der Ausdruck wieder von seinem Gesicht und er lächelte. »Das ist eine erstklassige Lage. Kannst du dir die Miete leisten?«

»Oh Mann, darüber haben wir noch gar nicht geredet. Ich weiß im Moment noch nicht, ob ich Hunters Mieterin werden will.«

»Warum?« Er neigte den Kopf zur Seite und sah damit sehr nach älterem Bruder aus, der fragte: *Muss ich jemandem eine reinhauen?*

Sie zuckte mit den Schultern und versuchte, gleichmütig zu wirken. »Er ist ein Freund. Was, wenn etwas schiefgeht? Das wäre das Ende unserer Freundschaft.«

»Hör mal, ich habe dich vielleicht vor Hunter als potenziellem Partner gewarnt, weil er mir ein bisschen zu viel durch die Gegend vögelt, aber er ist ein guter Mann. Selbst wenn du das Ding bis auf die Grundmauern niederbrennst, würde er annehmen, dass es ein Unfall war.«

Sofort wollte sie Hunter verteidigen, weil sie genau wusste, dass er im letzten halben Jahr mit niemandem außer ihr geschlafen hatte. Sie überlegte kurz, ob sie Brock von ihrer Beziehung erzählen sollte, verwarf den Gedanken dann aber wieder, weil sie zu diesem Schritt noch nicht bereit war. Er wartete geduldig auf eine Antwort, als hätte er alle Zeit der Welt, obwohl sie doch genau wusste, dass er genauso viel um die Ohren hatte wie sie.

»Kann ich dich was fragen?«

»Natürlich, Schwesterchen.«

»Was denkst du, warum keiner von uns eine feste Beziehung führt? Ich meine, du bist neunundzwanzig, echt heiß, supernett und du hast keine feste Freundin. Harper ist praktisch für die Ehe geschaffen, und Colton ist erfolgreich und der liebste Kerl, den man sich vorstellen kann.« Sie schenkte ihrem Bruder ein Lächeln. »Ich meine das nicht böse, aber du bist groß und furchteinflößend, wenn du sauer bist, und das fehlt Colton einfach. Haben Mom und Dad bei uns irgendwas falsch gemacht?«

Brock lachte. »Nein, haben sie nicht. Wir hatten tolle Vorbilder. Sie lieben sich, aber sie haben ein bisschen altmodische Moralvorstellungen. Findest du nicht?«

»Ja, genau das hatte ich befürchtet. Ich hatte irgendwie gehofft, dass sie was getan haben, an das ich mich nicht erinnere, weil ich dann nicht schuld daran wäre, dass ich mich nicht richtig auf eine feste Beziehung einlassen kann.« Sie würde ihrem Bruder sicher nicht auf die Nase binden, dass sie keine Ahnung hatte, warum sie sich einerseits so bereitwillig auf einen Mann einließ, der ihr dafür so viel zurückgab, andererseits aber immer noch so viele Vorbehalte hegte. Hunter hatte sie heute Morgen als seine Freundin anstatt wie üblich als *sein Mädchen* bezeichnet und das hatte ihre Panik direkt wieder hochkochen lassen.

Brock zuckte mit den Schultern. »Wir haben alle unsere Gründe. Ich habe mit dem Boxclub viel zu tun und bin furchtbar wählerisch. Harper arbeitet an ihrer Autorenkarriere. Und Colton? Na ja, laut seiner Aussage ist das bei schwulen Männern sowieso ein bisschen anders. Viele stehen nicht so auf Monogamie wie die meisten Frauen.«

»Vielleicht bin ich ja in Wahrheit ein schwuler Mann«, scherzte Jana.

Er ging ein wenig auf Abstand und schaute ihr forschend in die Augen. »Wieso?«

»Mich auf jemanden einzulassen, macht mir Angst. Ich weiß, dass ich es sowieso versauen werde.«

Brock stützte die Ellenbogen auf die Knie und verschränkte die Finger ineinander. »Die Kerle, mit denen du früher ausgegangen bist, haben echt ihre Spuren bei dir hinterlassen. Und ich glaube, dass die Katastrophe mit Spencer dich tief verletzt hat. Darüber habe ich mir immer Sorgen gemacht.«

»Aber genau da liegt der Knackpunkt, Brock. Ich glaube nicht, dass es an ihnen gelegen hat oder an Spencer im Speziellen. Das geht alles auf meine Kappe. Ich bin diejenige, die meine Beziehungen in den Sand gesetzt hat.«

»Das stimmt nicht. Nicht alle Männer sind so anhänglich wie Spencer.« Sein Tonfall wurde ernst. »Wenn du dir einfach eine Chance geben würdest …«

»Danke, aber es geht dabei wirklich nicht um Spencer. Er war einfach nur der letzte Kerl, auf den ich mich eingelassen habe. Hier geht es um mich. Ihr habt alle gute Gründe dafür, dass ihr keine feste Beziehung wollt, während ich einfach nur weiß, dass ich nicht gut darin bin.« Sich zu binden, ergab in ihren Augen keinen Sinn, und es machte ihr Angst, dass sie den Entschluss dagegen für einen Kerl über Bord warf, dessen Ruf selbst ihr Bruder bedenklich fand. Aber ihr Herz sagte ihr etwas ganz anderes.

»Ich glaube, du verdrehst da irgendwas. Du glaubst, dass wir die altmodischen Werte unserer Eltern nicht geerbt haben, aber ich bin da anderer Meinung. Ich halte uns alle für gute Menschen. Wir nehmen Rücksicht auf andere. Wir arbeiten hart. Wir folgen in unserem Liebesleben nur anderen Zeitplänen. Aber das ist okay. Das bedeutet nicht, dass wir keinen Moralkompass haben. Es macht uns nur menschlich.«

Sie stand auf und nahm noch einen Schluck aus ihrer Wasserflasche. »Ich muss dann mal los. Ich habe um zehn einen Kurs und will noch mit Sky telefonieren. Hunter lässt mich eine Probestunde in dem Haus machen, um zu sehen, ob mir das gefällt. Deswegen will ich Sky und die Mädels zu einem Foxy-Mamas-Kurs einladen.«

»Okay. Aber wenn du noch mal reden willst, melde dich einfach. Wir können was trinken gehen oder so.« Er zog sie in eine Umarmung. »Es gibt nichts, was du nicht lernen kannst, Jana, Beziehungen inklusive. Wenn du gut in Beziehungen sein willst, schaffst du das auch.«

Sie verabschiedete sich, schnappte sich ihre Sporttasche und eilte zu ihrem Auto, in Gedanken noch bei dem, was Brock gesagt hatte. Stimmte das? Wollte sie sich in Wirklichkeit gar nicht auf Hunter einlassen? Sie stutzte, als sie Hunter entdeckte, der an ihrem Auto lehnte. Er hatte die Füße überkreuzt und die muskulösen Arme vor der breiten Brust verschränkt, und als er ihr in die Augen schaute und sich vom Auto abstieß, wurde sie langsamer.

Er war heute Morgen früh losgefahren, um sich mit Grayson auf einer Baustelle zu treffen, und sie hatte nicht erwartet, ihn vor heute Abend noch mal zu sehen. »Was machst du denn hier? Wie ist das Meeting gelaufen?«

»Ich habe dich vermisst.« Er musterte sie von oben bis unten, was Hitze in ihr aufsteigen ließ. »Du siehst in deinem knappen Box-Outfit echt heiß aus.«

Kein Wunder, dass ihr schwindelig wurde, wenn er sie anfasste – er machte ihr ja schon mit einem Blick weiche Knie.

»Oh, und das Meeting ist gut gelaufen.«

Als er sich zu ihr herunterbeugte, um sie zu küssen, warf sie einen Blick über die Schulter, um sicherzugehen, dass Brock sie nicht beobachtete, bevor sie ihm auf halbem Weg entgegenkam.

»Verdammt, Baby. Wie lange willst du das noch durchziehen?«, fragte Hunter bissig.

Sie versuchte, das schlechte Gewissen zu ignorieren, und warf ihre Sporttasche in den Kofferraum.

»Du kannst das mit uns nicht ewig verstecken, und mir ist immer noch nicht klar, warum du das überhaupt machst. Langsam werde ich sauer.«

»Das ist nicht meine Absicht.« Er hatte das Thema in den letzten Tagen oft angesprochen, aber egal, wie oft er sie beruhigte, die Angst blieb. »Machst du dir keine Sorgen um unsere Freundschaften? Wir hängen ständig mit unseren Geschwistern ab. Was, wenn wir uns wieder trennen. Dann wird es für sie jedes Mal komisch, wenn wir mit der Gruppe was unternehmen.«

Er schloss sie in die Arme und bedachte sie mit diesem speziellen Blick, bei dem sich ein Kribbeln in ihrem Bauch breitmachte. Er wollte, dass sie nachgab. Hunter wollte immer, dass sie ihre Komfortzone verließ.

»Hör mal, meine Hübsche. Das Einzige, was zwischen uns steht, ist deine Bindungsangst.«

Sie verdrehte die Augen, wusste jedoch, dass er recht hatte. Sie mochte seine Hartnäckigkeit und dass er so viel Vertrauen in ihre Beziehung hatte, war sich aber immer noch nicht sicher, ob es wirklich so klug war, allen davon zu erzählen. Der Gedanke, Sky damit in eine missliche Lage zu bringen, reichte aus, um an ihrer Meinung festzuhalten.

»Okay, vielleicht kannst du einfach dem Kerl noch nicht vertrauen, der ich inzwischen bin, aber das ist ein Du-Problem, Baby. Ich bin bereit, mich auf was Langfristiges einzulassen. Ich weiß, dass du die Frau fürs Leben für mich bist, und ich weiß, dass ich der *einzige* Mann für dich bin.« Er drückte ihr einen

Kuss auf die Lippen. »Eines Tages wirst du das auch begreifen.«

»Warum musst du mich immer so sehr drängen?«

»Das nennst du drängen?« Sein Lächeln wurde schmutziger. »Ich fasse dich hier praktisch mit Samthandschuhen an.«

Ihre Entschlossenheit geriet ins Wanken.

Hunter wühlte kurz in seiner Hosentasche und reichte ihr dann einen Schlüssel, während er so dicht zu ihr trat, dass sie seine Körperwärme spürte. »Wir hatten ja über den Probekurs mit den Mädels heute Abend gesprochen, deswegen wollte ich dir den Schlüssel vorbeibringen. Ich babysitte Billy, damit Clark und Nina ausgehen können.«

»Ach ja?« Aus irgendeinem Grund ließ die Vorstellung von Hunter, der auf ein Kleinkind aufpasste, ihre Entschlossenheit noch mehr dahinschmelzen. Sie schaute auf den Schlüssel in ihrer Hand und bemerkte, dass er mit einem Anhänger versehen war, auf dem *Vergeben* stand. Selbst wenn er kein Wort sagte, erhob Hunter Besitzansprüche.

Sie zog eine Augenbraue hoch, doch er machte nur eine wegwerfende Geste. »Was denn? Es stimmt doch.«

Das entlockte ihr ein Lachen.

»Willst du vorbeikommen, wenn du mit dem Kurs fertig bist und ich dann immer noch babysitte?«

»Ja, gerne.«

Er küsste sie noch einmal. »Dann haben wir ein Date. Du, ich und der Kleine. Aber keine schmutzigen Sachen.«

»Okay. Ich werde versuchen, mich zu benehmen.« Sie stieg ins Auto, und Hunter schloss die Tür, um ihr anschließend durchs Fenster noch einen Kuss zu geben. »Danke, dass du den Schlüssel vorbeigebracht hast und dass ich den Probekurs da halten darf.«

»Für meine Hübsche mache ich doch alles. Fahr lieber los,

sonst steige ich zu dir ins Auto und zieh dir die sexy Klamotten aus, bevor ich dich vernasche.«

»Alles leere Versprechen.« Sie warf ihm ein Luftküsschen zu und winkte im Wegfahren. Tatsächlich wusste sie sehr sicher, dass Hunter dieses Versprechen eingelöst hätte, wenn sie geblieben wäre. Wenn sie etwas über Hunter gelernt hatte, dann dass er immer zu seinem Wort stand.

Zweiundzwanzig

Auf dem Weg zum Foxy-Mamas-Kurs mit den Mädels machte Jana das Radio an. Sie brauchte etwas, das nach dem Streit mit Marco ihre Stimmung verbesserte. Sie hatte ihn gebeten, noch jemanden einzustellen, der Kurse geben konnte, oder eine Assistenz für den Bürokram, doch er hatte ihr nur endlich eröffnet, warum er schon so lange in Plymouth war. Er hatte sich mit der leitenden Tanzlehrerin des neuen Studios verlobt. Und aus seinem enthusiastischen Tonfall schloss Jana, dass er nicht zurückkommen würde, zumindest nicht dauerhaft.

Die ersten Takte von Ella Hendersons »Ghost« ertönten und sie drehte die Lautstärke hoch. Während sie dem Text lauschte, kam ihr der Gedanke, dass Hunter ihr Fluss war. Wenn sie in seinen Armen lag, wusch er alles weg, ihren Schmerz, ihre Sorgen, ihre Sünden … Beim Refrain verspürte sie ein Brennen in der Brust. Sie wollte die Geister der Vergangenheit loslassen, die Geister, die sie dazu brachten, die letzte Mauer zwischen sich und Hunter für den Rest ihres Lebens aufrechtzuerhalten, aber sie war sich nicht mal sicher, wie diese Geister genau aussahen oder wie sie sie begraben sollte.

Leannas bunter VW-Bulli stand bereits auf dem Parkplatz, als Jana dort eintraf. Amy, Bella, Leanna, Jessica, Jenna und Sky umrundeten gerade das Gebäude, und sie stieg aus dem Auto, um sie zu begrüßen. Sie wünschte, dass Harper ebenfalls da wäre, aber die hatte eine Telefonkonferenz mit dem Produktionsteam ihrer Sitcom.

»Das Gebäude ist echt der Hammer«, sagte Jenna.

»Ich hatte vergessen, wie perfekt die Lage ist.« Sky umarmte sie fest. »Mein Bruder hat alle Register gezogen, um dir zu helfen.«

»Ja, das war sehr nett von ihm.« Jana fischte den Schlüssel aus der Tasche, hielt den *Vergeben*-Anhänger jedoch so, dass die anderen ihn nicht sahen. Sie schloss auf, und prompt blieb ihr der Mund offen stehen, als die Mädels sich an ihr vorbei ins Gebäude drängten. Die Räume waren picobello sauber. Sie konnte sich nicht mal vorstellen, wie Hunter das so schnell hinbekommen hatte.

»Seht nur!« Jenna schnappte sich die Karte von der Vase am anderen Ende des Tresens, in der ein Dutzend roter Rosen standen. »Darf ich die aufmachen?«

Jana traute ihren Augen kaum. Rosen? Wie hatte sie je an seiner romantischen Ader zweifeln können? Aber sie hatte solche Angst, was Hunter in die Karte geschrieben haben könnte, dass sie sie Jenna aus der Hand rupfte. »Die lese ich lieber selbst.«

»Lizzie hat mir erzählt, dass Hunter dir Blumen bestellt hat, aber ich wusste nicht, dass es *Rosen* sind.« Sky klang mehr als neugierig.

Jana öffnete die Karte und erkannte sofort Hunters geneigte Handschrift und nicht Lizzies runde Buchstaben. Ihr Herz schlug ein wenig schneller.

Ich hoffe, dass dein Kurs genau so wird, wie du ihn dir erträumt hast. H.

Die einfachen Worte überraschten sie, und sie fragte sich,

ob ihm das schwergefallen war oder ob er gewusst hatte, dass ihr neugierige Augenpaare über die Schulter lugten, wie in genau diesem Moment.

»Das ist so süß«, sagte Amy. »Er ist so ein netter Kerl.«

»Ja.« Das klang so verträumt, wie sie sich gerade fühlte, doch als sie Skys abschätzendem Blick begegnete, versuchte sie rasch, es zu überspielen. Sie wedelte mit der Karte, als würde sie ihr nicht viel bedeuten. »Okay, wer hat Lust auf eine Runde Foxy Mamas?«

»Hunter hat Rosen geschickt …« Jessica lächelte.

»Was hat das wohl zu bedeuten?« Leanna warf Bella und den anderen ein verschmitztes Grinsen zu.

Bella sprang sofort auf den Zug auf. »Blumen bedeuten normalerweise Sex.«

»Oh, Leute.« Jana lachte, doch ihr war bewusst, dass die Mädels sie vermutlich problemlos durchschauten. »Es bedeutet, dass er vermutlich ganz heiß darauf ist, den Schuppen zu vermieten. Fangen wir an.«

Eine Stunde später waren sie verschwitzt, lachten und stützten sich gegenseitig, während sie tiefe Züge aus ihren Wasserflaschen nahmen.

»Ich fühle mich schon viel attraktiver«, sagte Jenna und fuhr sich durch ihre glänzenden, dunklen Haare. »Pass bloß auf, Petey.«

»Ich merke definitiv was.« Leanna zupfte sich ihr feuchtes Tanktop von der Haut. »Aber ich weiß nicht, ob das meine Sexyness ist.«

»Ach, bitte. Unsere Männer sehen uns doch gerne verschwitzt.« Bella umarmte Jana. »Das hat wirklich Spaß gemacht. Und dieses Gebäude? Bring ein bisschen Gemütlichkeit rein, dann ist es perfekt.«

»Willst du wissen, was ich denke?«, fragte Jessica.

»Natürlich.« Jana bewunderte erneut die Blumen und die Sauberkeit der Räume.

»Ich glaube, dass du hier ein fantastisches Angebot bekommst, das du nicht ausschlagen solltest.« Jessica deutete auf die Blumen. »Und wie viele Vermieter schicken dir Rosen als Bonus?«

Janas Gedanken kehrten zu den erotischen Dingen zurück, mit denen Hunter sie bestochen hatte, als er ihr die Küche gezeigt hatte. Sie konnte ein verträumtes Seufzen nicht unterdrücken.

Fantastisches Angebot kratzt noch nicht mal an der Oberfläche.

Jana traf pünktlich zu Billys Bettgehzeit ein, doch in dem Moment, als der Kleine sie sah, war an schlafen nicht mehr zu denken – und Hunter interessierte ihn auch nicht mehr, was schon überraschend war, nachdem sie für Billy eine vollkommen Fremde war. Aber als Hunter die beiden beobachtete, wie sie auf dem Boden in Billys Spielzimmer mit seinen Holzbauklötzen spielten, gingen Hunter nur zwei Gedanken durch den Kopf: Billy war ein kluger Junge, und Jana hatte nie schöner ausgesehen als in diesem Moment. Sie griff nach einem Quader und tat so, als würde sie ihn in die runde Öffnung stopfen wollen, was Billy ein süßes, herzhaftes Lachen entlockte.

Mit einer schnellen Bewegung nahm Jana ihn auf den Schoß und gab ihm Nasenküsschen. Sie schmiegte ihre Wange an Billys und sah dabei so entspannt aus, dass Hunter den Blick einfach nicht abwenden konnte.

Irgendwann gähnte Billy jedoch und Jana schob die Unterlippe in einem niedlichen Schmollmund nach vorn.

»Oh, der junge Mann ist müde.« Sie stand mit Billy in den Armen auf, als hätte sie nie etwas anderes getan, und sah dabei so glücklich aus, wie er sie noch nie erlebt hatte. »Wir sollten ihn ins Bett bringen.«

Hunters Hirn brauchte einen Moment, um seine Arbeit wieder aufzunehmen. »Hm, ja. Okay.«

Sie gingen in Billys Zimmer, wo er die Arme nach dem Jungen ausstreckte. »Ich wickle ihn.«

Sie runzelte die Stirn. »Du glaubst doch nicht im Ernst, dass ich den Zwerg auch nur einen Moment lang abgebe. Wir machen das zusammen. Hast du seinen Schlafi?«

Er lachte. »Schlafi?«

Sie wechselte Billys Windel, während Hunter einen Schlafanzug aus der Kommode holte.

»Ja, er ist noch ein Baby. Das heißt nicht Schlafanzug, bis er mindestens … drei ist.«

»Drei?«

Sie zuckte mit den Schultern. »So ungefähr. Hier.« Sie reichte ihm die volle Windel, die er im Windeleimer versenkte. »Du hast nicht mal mit der Wimper gezuckt.«

»Warum sollte ich?« Er half ihr, Billy den Schlafanzug anzuziehen.

»Die meisten Männer machen um volle Windeln einen großen Bogen.« Sie nahm den Kleinen wieder auf den Arm und setzte sich in den Schaukelstuhl neben seinem Kinderbett.

»Die meisten Männer machen viele Sachen nicht.« Er ging neben ihr in die Hocke. »Soll ich das übernehmen?«

»Nein, das würde ich wirklich gerne machen, wenn es für dich okay ist.«

Er schaltete das Deckenlicht aus und schnappte sich im Schein der Nachtlampe das Babyfon, das er mit nach draußen nahm, und zog die Tür halb hinter sich zu. Jana begann leise zu singen. Er blieb stehen und stellte überrascht fest, dass es sich dabei nicht um ein Schlaflied, sondern um Beyoncés »If I Were a Boy« handelte, das kaum hörbar an seine Ohren drang. Er lehnte sich gegen den Türrahmen und lauschte, wie sie ihre Emotionen in jedes Wort legte. Sie sang, wie es wäre, eine Gruppe Männer zu haben, die für sie eintraten, und wie es war, jemanden nicht wertzuschätzen, ohne dass es Konsequenzen hatte. Als sie über Männer sang, die nicht verstanden, wie es sich anfühlte, die Person zu verlieren, nach der sie sich sehnten, fragte er sich, warum das aus ihrem Mund klang, als wäre es eine persönliche Erfahrung. Und als ihr eine Träne über die Wange rann, zerriss es ihm beinahe das Herz.

Ihre Stimme verklang zu einem Summen, und er versuchte, sich von dem Anblick zu lösen, konnte sich jedoch nicht von der Stelle rühren. Stattdessen schob er die Tür weiter auf, sodass das Licht vom Flur auf ihr Gesicht fiel, als sie Billy in sein Bettchen legte. Ihre Blicke trafen sich, und in diesem Moment hätte er schwören können, dass die Zeit stillstand.

Er reichte ihr die Hand, und als sie zu ihm kam und danach griff, huschte ein Kribbeln über seine Haut. Er gab ihr einen Kuss auf die Schläfe und hatte immer noch das Gefühl, dass er gerade gehört hatte, wie sie der Dunkelheit des Raums ihre Seele offenbart hatte, und er wollte verstehen, woher all dieser Schmerz kam. Er wollte die Qual in ihr auslöschen, der er gelauscht hatte, und sie davor schützen, je wieder verletzt zu werden.

Dreiundzwanzig

Hunter machte in der Nacht kein Auge zu, weil seine Gedanken immerzu um das kreisten, was er am Abend in Janas Stimme gehört hatte. Zusammen mit den Gefühlen, die in ihm aufgekeimt waren, als er sie zusammen mit Billy sah, und mit den Bildern, die daraufhin vor seinem inneren Auge entstanden waren, herrschte in seinem Kopf ein einziges, großes Durcheinander. Er hatte einen Großteil seines Lebens damit verbracht, Beziehungen aus dem Weg zu gehen. Sie waren kompliziert und erforderten Zeit und Energie, die er nie hatte aufwenden wollen. Jana war die Personifikation von *kompliziert*, aber nachdem er nun etliche Nächte mit ihr verbracht hatte, sah, wie sie ihr Herzblut in alles steckte, was sie tat, und nachdem er sie mit Billy erlebt hatte, verstand er nicht, wie sich jemand in Jana Garners Nähe aufhalten und sich nicht Hals über Kopf in sie verlieben konnte.

Er schaute sich in ihrer Küche um und entdeckte seinen Schlüsselbund neben ihrem und seine Entwürfe zusammengerollt an der Tischkante. Als er sich umdrehte, standen da zwei Paar Schuhe an der Haustür und seine Kapuzenjacke hing über der Rückenlehne der Couch. Wie hatte sich nur so viel innerhalb weniger Monate verändern können? Hatte *er* sich so sehr verändert? Jana wollte immer noch nicht, dass die anderen von ihrer Beziehung erfuhren, und er fragte sich, warum er in Kauf nahm, aus diesem Teil ihres Lebens ausgeschlossen zu werden, nur um mit ihr zusammen zu sein.

In diesem Moment kam Jana in seinem T-Shirt vom Vorabend aus dem Schlafzimmer, in dem sie unglaublich niedlich aussah. Er breitete die Arme aus und sie kuschelte sich bereitwillig an ihn.

»Warum bist du schon wach? Es ist erst fünf.« Sie gähnte an seiner Schulter und drückte ihre warmen Lippen auf seine Haut.

»Konnte nicht mehr schlafen. Es ist noch viel für den Wettbewerb zu machen und die Deadline ist in knapp drei Wochen.« Er gab ihr einen Kuss auf den Kopf. »Geh wieder ins Bett. Ich wollte dich nicht wecken.«

Sie schüttelte den Kopf, wodurch ihr die zerzausten Haare in die Augen fielen. »Du bist schuld, dass ich ohne dich nicht mehr schlafen kann.«

Er schob ihr die Strähnen hinters Ohr und küsste sie zärtlich. »Wie bitte? Hast du gerade zugegeben, dass du mich willst?«

Sie schob sich zwischen seine Beine und legte ihm die Arme um den Nacken. »Ich habe mich noch gar nicht für die Blumen bedankt.«

»Du weichst meiner Frage aus.« Er drückte die Lippen wieder auf ihre und genoss den weichen Ausdruck in ihren Augen, auch wenn sie sie auf seinen Kommentar hin verdrehte.

»Du weichst dem Kompliment aus.«

Er hob sie mühelos auf seinen Schoß. »Freut mich, dass dir die Blumen gefallen haben. Ich habe darauf geachtet, nichts zu schreiben, das mich als deinen heimlichen Liebhaber outet.« Die Wahrheit tat weh. Er hatte sich beim Schreiben der Karte wirklich zusammenreißen müssen, aber Jana und er waren schon so weit gekommen, und er wollte nicht, dass sie sich bei ihren Freundinnen unwohl fühlte. Er vertraute darauf, dass sie irgendwann damit klarkam und ihn an ihrer Seite akzeptierte, wie er es sich wünschte.

»Auch dafür danke. Obwohl Sky mich angeschaut hat, als wüsste sie, dass was im Busch ist.«

»Ich verstehe immer noch nicht, warum du das Gefühl hast, unsere Beziehung vor allen geheimhalten zu müssen. Sky würde sich freuen, dass wir ein Paar sind.« Er zweifelte nicht daran, dass seine Schwester überglücklich wäre.

»Ich brauche nur noch ein bisschen Zeit. Eins nach dem anderen.«

»Ich versuche, dir Zeit zu geben, aber es fällt mir nicht leicht, Jana. Du bittest mich darum, die Gefühle zurückzuhalten, die ich noch nie für jemanden empfunden habe. Das ist die pure Folter.« Sein Tonfall täuschte über die schmerzhafte Sehnsucht in seinem Herz hinweg. Um sich abzulenken, bevor diese in Frust umschwenkte, fragte er: »Wie haben sich die Räume beim Kurs gemacht?«

»Ziemlich großartig. Wie hast du es so kurzfristig hinbekommen, da sauber zu machen?«

»Mit ein bisschen Hilfe meiner Freunde.« Er hatte tatsächlich niemanden gefunden, der das Haus auf die Schnelle putzte, also hatte er das mit Grayson und Clark selbst in die Hand genommen. Und die kleine Notlüge darüber, wo er sich gestern Morgen aufgehalten hatte, wurde durch das *ziemlich großartig* gerechtfertigt.

Ihre Augen wurden groß und jetzt war sie richtig wach. »*Du* hast geputzt? Das hättest du doch nicht müssen, Hunter. Ich hätte das auch selbst machen können.«

»Sei nicht albern. Ich soll zulassen, dass meine Freundin sich die Finger wund arbeitet?« Er küsste ihre Fingerspitzen. »Das Objekt ist perfekt für dein Studio, oder? Ich kann es direkt vor mir sehen, ein Schild mit der Aufschrift ›Janas Tanzstudio‹.«

Ihr Lächeln erreichte zwar ihre Augen, verblasste dann aber schnell wieder. »Oh! Ich habe ganz vergessen, dir von dem Telefonat mit Marco gestern zu erzählen. Er ist verlobt. *Verlobt.*« In dem Wort schwang Ekel mit. »Er kommt nicht mehr zurück, sondern heiratet seine leitende Tanzlehrerin. Leitende Tanzlehrerin. Ich bin einfach nur *Tanzlehrerin*. Wie ist sie in eine leitende Position gekommen?«

Sie unterhielten sich noch lange über Marco und dann über Janas Pläne für den Tag, gefolgt von einer Runde heißem Sex und einer Dusche. Und erst nachdem sie sich angezogen und sich einen Abschiedskuss gegeben hatten, ging Hunter auf, dass Jana seine Frage nicht beantwortet hatte, ob sie sein Mietangebot annehmen würde.

Vierundzwanzig

Janas Leben fühlte sich auch weiterhin so an, als hätte jemand auf die Vorspulen-Taste gedrückt, obwohl sie den Schaukampf abgesagt hatte. Hunter schob Überstunden für seine Skulptur, und Colton hatte sie die letzten drei Tage gebeten, bei ihm einzuspringen, was ihrem Bankkonto guttat, aber bedeutete, dass sie Hunter selten vor Mitternacht sah. Meist landeten sie dann miteinander im Bett, sodass sie kaum dazu kamen, zu reden. Sie wusste, dass er unter dem Druck stand, seine Skulptur fertigzustellen, und sie gab sich alle Mühe, ihre Gespräche zwanglos zu halten, wenn sie denn mal die Zeit zum Reden fanden.

Heute traf Jana sich mit den Mädels zum Frühstück in Seaside und Hunter fuhr früh in die Werkstatt.

»Viel Spaß dabei, den Mädels von uns zu erzählen«, sagte er grinsend. Die ganze Woche über hatte er mehr oder weniger subtile Hinweise darauf gegeben, dass er langsam, aber sicher keine Lust mehr hatte, auf den Moment zu warten, in dem sie ihre Beziehung allen mitteilten.

Sie lächelte ihn an. »Ich mache ja keine öffentliche Bekanntgabe, dass wir ein Paar sind.«

Auf dem Weg zu ihrem Auto wurde sein Tonfall ernst.

»Aber du wirst es ihnen erzählen, oder?«

Sie zuckte mit den Schultern. »Leugnen werde ich es nicht. Ich will nur keine große Sache daraus machen.«

»Jana, dir ist schon klar, dass ich den Arm um dich legen oder deine Hand halten oder dich küssen werde, wenn wir das nächste Mal mit den anderen ausgehen – und das wird irgendwann passieren. Egal, ob du es ihnen vorher gesagt hast oder nicht.«

»Warum muss das so ein Drama sein?«

»Ich will ja nicht, dass du eine Anzeige aufgibst, aber komm schon. Du hättest es ihnen sagen können, als sie die Blumen gesehen haben, hast du aber nicht. Du hättest es meiner Schwester schon zigmal erzählen können, schließlich chattet ihr ständig miteinander.«

Sie schwieg so lange, dass Hunter sich sichtbar verkrampfte.

»Wovor hast du Angst?«

»Ich bin nicht gut darin, Hunter. Ich habe dir schon gesagt, dass ich eine echt schlechte Freundin bin, und das war kein Witz.« Hunter akzeptierte ihre Vergangenheit, dass sie mit einem Haufen Männer geschlafen hatte, ohne weitere Verpflichtungen, aber er wusste nicht, wie sehr sie verletzt worden war oder wie tief sie Spencer verletzt hatte.

»Ich verstehe nicht, was das bedeuten soll.«

Sie hatten nie über die Einzelheiten gesprochen, doch nun hatte sie das Bedürfnis, es ihm zu erzählen – und das weckte ihre Panik. Sie wusste, wie wichtig dieses Gespräch war, dass er endlich verstand, warum sie Vorbehalte hatte, und sie wollte ihm das geben. So sehr. Also straffte sie die Schultern, schluckte die Angst hinunter, die den dumpfen Schmerz in ihrem Bauch begleitete, und zwang sich, es ihm zu erklären.

»Was, wenn … Keine Ahnung. Was, wenn ich mit jemandem flirte und es selbst gar nicht mitbekomme?«

Er biss die Zähne zusammen. »Ist das dein Ernst? Ich bin besser der einzige Mann, mit dem du flirtest.«

»Genau das meine ich. Weißt du, warum ich mich nie auf was Festes einlasse, Hunter?« Sie konnte jetzt nicht aufhören, die Wahrheit platzte einfach aus ihr heraus. »Weil Männer scheiße sind. Sie geben Versprechen, die sie nicht halten können, und sie manipulieren einen, bis man sie an sich ranlässt und ihnen sein Herz öffnet. Weil es ihnen nur ums Gewinnen geht – und dann verschwinden sie, sie verletzen einen, sie nehmen dieses Vertrauen und zerfetzen es.«

Mitgefühl trat in seinen Blick, und er wollte die Hände nach ihr ausstrecken, doch sie wich ihm aus, weil sie den Rest auch noch loswerden musste.

»Aber das ist nicht alles. Mich haben einige Männer verletzt, ja, und das war schlimm, aber ehrlich gesagt … Ich habe einfach so gerne Spaß, dass ich es offensichtlich nicht mitbekomme, wenn ich Grenzen überschreite. Jeder einzelne Mann, mit dem ich je zusammen war, hat mir vorgeworfen, dass ich mit anderen flirte, und vielleicht hatten sie ja recht. Vielleicht habe ich eine Ausstrahlung, dass ich leicht rumzukriegen bin oder so.« Tränen stiegen ihr in die Augen und sie wandte sich rasch ab, weil sie nicht wollte, dass Hunter sie sah. Ihre Brust schmerzte, als hätte sie eine offene Wunde. Jetzt würde er sie sicher verlassen. Wie könnte er denn nicht? Sie wagte es nicht, ihn anzuschauen, weil sie die Abscheu nicht in seinen Augen sehen wollte. Die Enttäuschung und Verurteilung, die sie absolut verdient hatte.

»Vielleicht hast du geflirtet, vielleicht auch nicht«, sagte er leise, und es fühlte sich an, als hätte sie ein Bleigewicht verschluckt, das ihr nun schwer im Magen lag. Er legte von hinten die Arme um sie und drückte sie fest an sich, während sie sich innerlich schon auf die Trennung vorbereitete.

Bitte, mach schnell. Jeden anderen könnte ich verlieren, aber bei dir ertrage ich es nicht.

»Oh, Jana. Ich habe das auch ständig gemacht. Bis ich dich gefunden habe.« Er drehte sie in seinen Armen um und drückte die Lippen auf ihre. Sie schmeckte salzige Tränen. »Aber das war damals, meine Hübsche. Heute ist heute. Ich vertraue dir voll und ganz.«

Ihre Unterlippe zitterte. »Du verstehst es immer noch nicht.«

Hunters Bauchgefühl drängte ihn, sie dazu zu bringen, den Unterschied zwischen dem Menschen zu sehen, der sie damals gewesen war – den Menschen, die sie beide gewesen waren, bevor sie einander gefunden hatten –, und dem, der sie jetzt war. Aber Janas Gesichtsausdruck sagte ihm, dass dahinter noch viel mehr steckte.

»Dann erklär es mir, Jana. Ich will keine Spielchen spielen. Wenn du mich nicht willst, dann sag es mir besser hier und jetzt.«

Sie senkte den Kopf. »Das ist es nicht.«

Er schob seine eigene Unsicherheit beiseite und nahm sie in die Arme. »Dann sag mir, was los ist. Ich kann dir nicht helfen, wenn du es mir nicht erzählst.«

»Ich will dir nicht wehtun.«

»Mir wehtun?« Jetzt war er erst recht verwirrt. Sie litt vielleicht unter Beziehungsangst, aber er konnte sich nicht vorstellen, dass sie ihn absichtlich verletzte.

»Wenn ich dir den Rest erzähle, wirst du mich vermutlich für eine Schlampe und ein Miststück halten.«

»Jede einzelne deiner Tränen zerreißt mir das Herz, Baby.« Er wischte sie fort und küsste sie auf die feuchten Wangen. »Sofern du nicht mit einem anderen Kerl geschlafen hast, seit wir uns auf Monogamie geeinigt haben, gibt mir nichts das Recht, dich für irgendwas zu verurteilen.«

Sie schüttelte den Kopf. »Habe ich nicht. Und würde ich auch nicht. Das könnte ich dir nie antun.«

Ihm entkam ein erleichtertes Seufzen. »Dann erzähl mir, was los ist. Ich verstehe es nicht.«

»Vor ein paar Jahren war ich mit diesem Kerl zusammen, Spencer. Er war wirklich nett. Die Art Mann, die zutiefst monogam ist, dir jede Woche Blumen mitbringt, sich anständig anzieht und dich fragt, wie dein Tag war. Du weißt schon, die …«

»Die Art Mann, von der jedes Mädchen träumt. Ja, verstehe schon.« Er hatte keine Ahnung, worauf sie hinauswollte, aber ihm war klar, dass er so ziemlich das genaue Gegenteil des Manns war, den sie da beschrieb, und das steigerte seine Anspannung nur noch.

»Vermutlich.« Sie wischte sich über die Augen. »Jedes Mädchen außer mir.«

»Baby«, flüsterte er und wünschte, er könnte ihr den Schmerz nehmen, der in ihrer Stimme mitschwang.

»Jedes Mal, wenn ich mit ihm Schluss machen wollte, hat er mich angefleht, es nicht zu tun. Du kennst mich, Hunter, ich gebe nicht so leicht nach. Ich habe ihm erklärt, dass ich noch nicht sesshaft werden und heiraten will. Ich habe ihm gesagt, dass ich ihn nicht liebe. Aber er ist immer wieder aufgetaucht, wo auch immer ich war. Er hat mich immer mehr gedrängt, egal, was ich gesagt oder getan habe. Und schließlich habe ich gemacht, was ich für die einzig verbliebene Möglichkeit gehalten habe, und das hat ein böses Ende genommen.«

»Was hast du getan?« Eine miese Trennung war etwas, womit er umgehen konnte, und die Tatsache, wie sehr sie sich deswegen zerfleischte, unterstrich nur, wie verletzlich sie sich fühlte. Manchmal vergaß man das, weil sie immer so stark wirkte, als hätte sie alles unter Kontrolle.

Erneut liefen ihr Tränen über die Wangen. Sie hielt sich eine Hand vor den Mund und wandte den Blick ab. Der Schmerz in ihren Augen weckte in Hunter den Wunsch, Spencer aufzuspüren und ihn zu erwürgen.

»Was auch immer es ist, du kannst es mir sagen.«

»Ich schäme mich dafür.« Sie hielt den Blick fest auf ihre Hände gerichtet. »Ich war erst zwanzig und wollte einfach mein Leben leben. Er dagegen wollte heiraten und eine Familie gründen. Nachdem ich wochenlang versucht hatte, die Beziehung zu beenden ...« Sie schaute ihm in die Augen und wiederholte: »Wochenlang, nicht nur ein paar Tage.« Dann senkte sie den Blick wieder auf ihre Hände. »Ich habe keinen anderen Ausweg gesehen, also habe ich mich an seinen besten Freund rangemacht, weil ich wusste, dass der auf mich stand. Ich habe dafür gesorgt, dass Spencer uns erwischt.«

»Okay, du hast also mit seinem Freund rumgemacht. Du hast dich eingesperrt gefühlt. Was hat das mit uns zu tun?«

Ihr Kopf ruckte nach oben. »Überleg doch mal, wie ich die Sache angegangen bin. Er hat mich danach gehasst, hat mich beschimpft, und dann ...«

Hunter ballte die Hände zu Fäusten. »Und dann?«

»Um sich an mir zu rächen, hat er es auf Facebook gepostet. Ich bin noch nie in meinem Leben so gedemütigt worden, weil er natürlich nicht dazugesagt hat, dass ich wochenlang versucht hatte, mich von ihm zu trennen. Er hat einfach nur geschrieben, dass er mich und seinen Freund beim Knutschen erwischt hat, dass ich eine Schlampe bin und er mich nun endlich los ist. Meine Familie hat das gesehen, weil er mich in dem Post getagged hat, und das ist auch der Grund, warum ich nicht mehr auf Social Media unterwegs bin. Meine engsten Freunde wussten, was wirklich passiert ist, aber ich musste das alles meinen Geschwistern und Eltern erklären, und das war so schwer.«

In diesem Moment hörte er deutlich den Song, den sie Billy vorgesungen hatte. Janas Beziehungsangst entsprang diesem Schmerz und das traf ihn bis ins Mark. Sie hatte sich ebenso wie er davor verschlossen, eine tiefere Beziehung einzugehen. Doch während Hunter vor Jana einfach nie eine Frau getroffen hatte, für die sich die Mühe für ihn lohnte, hatte Jana ihr Herz mit einer Mauer umgeben, damit sie nie wieder verletzt wurde. Und sie hatte sich auf die einzige Art gewehrt, die sie kannte, indem sie die Vergangenheit wiederholte. Den Schmerz austeilte, unter dem sie selbst litt. Wie sollte man ihr das vorwerfen?

»Ich hoffe, dass Brock den Mistkerl ordentlich verprügelt hat.« *Weil ich das sonst gerne übernehme.*

»Spencer ist wirklich kein schlechter Mensch. Er war verletzt.« Sie musste bemerkt haben, wie die Wut in ihm hochkochte, denn sie unterbrach ihn direkt, als er zum Protest ansetzte. »Ich habe seitdem so große Schuldgefühle. Ich hätte das besser lösen sollen, anders, und ich habe mir geschworen, dass ich mich nie wieder in diese Position bringe.«

Beim Anblick der Tränen, die ihr wieder in die Augen stiegen, brachte er seinen Zorn unter Kontrolle und zog sie in die Arme. »Deswegen hast du Angst, dich voll auf uns einzulassen?«

»Ich will nicht verletzt werden, und ich kann das Risiko nicht eingehen, dich zu verletzen«, flüsterte sie. »Ich will unsere Beziehung nicht verstecken. Ich bin nur noch nicht bereit, es allen zu erzählen. Mein Leben ist immer noch so ein Chaos. Ich brauche ein bisschen mehr Zeit, um zu begreifen, dass wir das hinbekommen.«

In diesem Moment verstand Hunter zum ersten Mal das Ausmaß ihrer Unsicherheit und wie eine Reihe schlechter Beziehungen und eine Verzweiflungstat sie dazu gebracht hatten, nach außen eine beinharte Schale zu zeigen, um die sensible und verletzte Frau darunter zu schützen. Die Frau, in die er sich so rettungslos verliebte.

Hunter war es gewohnt, sich zu nehmen, was er wollte, und in der Vergangenheit hätte er sie vermutlich dazu gezwungen, allen von ihnen zu erzählen. Aber bei Jana spielte es keine Rolle, was er wollte. Alles, was zählte, war, dass Jana sich sicher fühlte und er sich ihr Vertrauen verdiente, damit sie endlich ihre Minderwertigkeitskomplexe loslassen konnte und sich selbst das Leben erlaubte, das sie verdiente.

»Es tut mir leid, dass du das durchmachen musstest.«

Sie hob den Kopf.

»Ich bin nicht Spencer, und ich bin ganz sicher auch kein Mann, den sich Frauen zum Heiraten erträumen. Aber bei einer Sache bin ich mir sehr sicher und das sind meine Gefühle für dich.« Er versuchte, die Stimmung ein wenig aufzulockern. »Selbst wenn das bedeutet, dass ich mir extra viel Mühe geben muss, damit du nicht abgelenkt wirst, wenn wir ausgehen. Ich will das hier, einhundertprozentig, total und komplett.«

Er umfasste ihr wunderschönes Gesicht mit beiden Händen und sah ihr tief in die Augen. »Ich vertraue uns vollkommen, und deswegen werde ich dich auch nicht drängen, unsere

Beziehung vor unseren Familien und Freunden offiziell zu machen. Ich wünschte, ich könnte behaupten, dass ich auch bis in alle Ewigkeit warte, aber du kennst mich. Ich empfinde zu viel für dich, um es so lange zu verstecken. Denn genau das machen wir, auch wenn du es vielleicht anders siehst. Aber ich weiß, dass du das Vertrauen in uns erst aufbauen musst, und das verstehe ich. Nach allem, was du erlebt hast, muss sich das erst entwickeln, und vielleicht sogar noch viel mehr das Vertrauen in dich selbst.«

Er ließ seine Worte einen Moment lang sacken. »Hoffentlich verstehst du eines Tages, dass ich dich nie von den Dingen abhalten würde, von denen du träumst. Ich will dir helfen, dich selbst zu befreien.«

Fünfundzwanzig

Auf dem Weg nach Seaside dachte Jana über das Gespräch mit Hunter nach und versuchte, aus ihren eigenen Gefühlen schlau zu werden. Sie hatte sich noch nie so direkt der potenziellen Verachtung eines anderen Menschen ausgesetzt, von ihrer Familie einmal abgesehen, als die Katastrophe mit Spencer damals passiert war. Und selbst da hatte sie es nur getan, weil ihr keine andere Wahl geblieben war. Doch Hunter verdiente die Wahrheit, und sie fühlte sich besser, weil sie es ihm erzählt hatte.

Wie hatte sie es nur geschafft, mit dem wahrscheinlich einzigen Mann auf der Welt zusammenzukommen, der sie für ihre Vergangenheit nicht verurteilen würde? Er hätte einen Kommentar abgeben können, wie unangebracht ihr Verhalten gegenüber Spencer gewesen war. Stattdessen hatte er es nicht nur verstanden, sondern ihr auch dabei geholfen, einen Teil der Schuldgefühle loszulassen. Bis sie in Seaside ankam, war sie sogar so weit, sich einzugestehen, dass sie sich von ihrer Vergangenheit beherrschen ließ. Sie würde das in kleinen Schritten angehen. Ihren Freundinnen von Hunter und ihr zu erzählen, war so ein Schritt. Auch wenn es sich für sie anfühlte, als würde sie einen riesigen Sprung wagen.

Sie begrüßte die Mädels und ihre Kinder und setzte sich neben Amy, wo sie eine Weile zuhörte, wie sie von ihren Ehemännern schwärmten, die sich heute Morgen auf Petes Schiff eine Männerauszeit gönnten. Sie wollte ihnen erzählen, wie wundervoll Hunter war. Doch jedes Mal, wenn sie den Mund aufmachte, kämpfte sie gegen die Mauern an, hinter denen sie so lange gelebt hatte, und kein Wort kam ihr über die Lippen.

»Wie hast du dich denn in Sachen Studio entschieden?«, fragte Sky, als sie gerade einen Teller mit Leannas Muffins herumgehen ließen.

»Noch gar nicht. Da gibt es so viel zu bedenken.«

Sky verdrehte die Augen. »Zum Beispiel wie schnell du deinen Job kündigen kannst? Komm schon, Jana. Wenn ich mein eigenes Tattoostudio aufmachen kann, kannst du das auch mit einem Tanzstudio. Du bist besser organisiert als ich, hast weniger Angst vor so ziemlich allem, und nachdem ich nach der Foxy-Mamas-Stunde Muskelkater an Stellen hatte, von denen ich gar nicht wusste, dass man ihn da haben kann, weiß ich inzwischen auch, dass du eine hervorragende Lehrerin bist.«

Wenn ihre Freundin nur wüsste, wie viele Ängste sie beherrschten und dass diese alle damit zu tun hatten, dass sie sich in Skys Bruder verliebte. »Ja, aber was, wenn sich niemand anmeldet? Es kommt mir falsch vor, Marco die Teilnehmer zu klauen.«

»Ist das dein Ernst?« Amy schüttelte den Kopf. Ihre blonden Haare waren zu einem Pferdeschwanz zusammengebunden, nach dem die kleine Hannah immer wieder griff, die in ihrem Hochstuhl zwischen ihr und Bella saß. »Du schuldest dem Mann gar nichts. Außerdem macht er das Studio vermutlich sowieso zu, wenn du gehst. Dann kommen sie von ganz allein zu dir.«

»Ja, vielleicht.« Sie wickelte sich eine Haarsträhne um den Finger. »Und du glaubst nicht, dass ich einen großen Fehler mache, indem ich das Gebäude von Hunter miete?«

»Warum sollte es das sein?«, fragte Sky. »Es ist doch auch nicht anders, als wenn du den Raum hier in der Anlage gemietet hättest, oder?«

Aber mit euch schlafe ich nicht. »Das stimmt schon.«

»Dann ist es entschieden«, sagte Bella und wischte Summer die Pausbacken sauber. »Ruf Hunter an und sag ihm, dass du das Gebäude haben willst.«

»Warum stellt ihr eigentlich jedes Mal mein Leben auf den Kopf, wenn ich hier bin?«

»Apropos lebensverändernde Entscheidungen.« Sky sah aus, als würde sie jeden Moment vor Freude platzen. »Sawyer und ich haben ein Datum für unsere Hochzeit festgelegt!«

»Oh du lieber Himmel!« Amy sprang auf und umarmte sie.

»Das ist wunderbar.« Jana war froh über den Themenwechsel, freute sich aber auch ehrlich für ihre Freunde.

»Super, noch eine Hochzeit!«, sagte Jessica, während Leanna den Tisch umrundete und Sky beglückwünschte.

Bella nahm Summer auf den Arm und stand auf, um ihr eine Hand auf die Schulter zu legen. »Das müssen wir feiern.«

»Unbedingt«, sagte Sky. »Sawyer spielt nächsten Freitagabend im Bombshelter Gitarre und ihr müsst alle kommen.«

»Aber natürlich«, sagte Jenna. »Wir sind dabei.«

»Und heute Abend grillen wir hier und dann gibt es noch eine Runde nackte Wahrheit.« Bella wackelte vielsagend mit den Augenbrauen.

»Bella«, wies Amy sie streng zurecht. »Du weißt, dass Theresa die ganze Woche über da ist, und du hast versprochen, dass du nichts mehr tust, was sie stört. Nacktbaden stört sie definitiv.«

»Nein, habe ich nicht. Ich habe versprochen, ihr keine Streiche mehr zu spielen, und das Versprechen breche ich auch nicht.« Bella gab Summer einen Kuss auf die Nase. »Die nackte Wahrheit ist wie ein Aufnahmeritual und Jana ist unserer Gruppe noch nicht offiziell beigetreten. Es ist Zeit für ihre Taufe, und was wäre passender, als dabei gleich noch ihr eigenes Studio und Skys und Sawyers Hochzeitstermin zu feiern?«

Janas Handy vibrierte, und als NICHT REAGIEREN! auf dem Display auftauchte, machte sie sich einen mentalen Vermerk, Hunters Namenseintrag zu ändern. Sie tippte auf die Nachricht.

Ich habe Karten für das Theater in Wellfleet für heute Abend besorgt. Du unterrichtest ja nur bis sechs.

Hunter wollte freiwillig ein Theater besuchen? Dass er das für sie tat, schickte ein aufregendes Kribbeln durch ihren Körper. Sie schrieb zurück: *Ist das dein Ernst? Hat dir jemand eine Waffe an den Kopf gehalten?*

Seine Antwort ließ nicht lange auf sich warten. *Nein. Ans Herz.* Ein Seufzen entkam ihr, bevor sie es aufhalten konnte. *Sei um halb acht abfahrbereit. Trag das blaue Kleid, das ich so an dir mag.*

»Ich muss die nackte Wahrheit leider verschieben.« Jana kniff die Lippen fest zusammen, damit sie nicht noch mehr preisgab, während sie ihm antwortete. *Wie ich sehe, hat das Alphamännchen wieder mal einen Auftritt.*

»Warum, und wer ist dein *Alphamännchen?*« Bellas Stimme hinter ihr ließ Jana erschrocken zusammenzucken.

Sie legte das Handy umgedreht auf ihren Oberschenkel und kämpfte gegen die Panik an, die sie zu überrollen drohte.

»Oh, Alphamännchen gefällt mir«, sagte Amy. »Tony hat

manchmal so eine dominante Ader und macht mich ganz heiß damit.«

»Pete bestimmt auch gerne mal, wo's langgeht«, warf Jenna ein. »Das liegt bei ihm wohl in der Familie.«

Janas Puls beschleunigte sich, als sie Skys wissenden Blick auffing, der sie vermuten ließ, dass ihr Geheimnis keins mehr war.

»Tut es.« Sky verschränkte die Arme vor der Brust und lehnte sich schmunzelnd auf ihrem Stuhl zurück, ohne den Blick von Jana zu lösen. »Wir haben alle diese Ader, und zumindest Sawyer findet es ziemlich unwiderstehlich.«

Ach, was du nicht sagst. Die Worte »Das war Hunter« lagen ihr auf der Zunge, aber sie lebte schon so lange in ihrem selbsterschaffenen Gefängnis, dass sie ganz automatisch aufstand. »Ich muss los.«

Bella legte ihr eine Hand auf die Schulter und drückte sie wieder nach unten. »Oh nein, auf keinen Fall. Raus damit, Süße.«

Ihr Verstand schrie ihr zu, von der Terrasse zu verschwinden und sich dem Gruppenzwang zu entziehen, der gleich auf sie einprasseln würde, aber die fragenden Blicke der anderen und der verschmitzte Ausdruck ins Skys Augen hielten sie an Ort und Stelle fest.

Als die Panik sich dunkel und lähmend in ihr ausbreitete, dachte sie an Hunter und wie er ihr zugehört hatte, als sie ihre Vergangenheit mit ihm teilte. Das war ihm gegenüber nicht fair. Er versuchte so sehr, ihr zu helfen, sie zu *befreien*, und sie wollte und musste das Gleiche für ihn tun. Aber als sie den Mund aufmachte, kamen die falschen Worte heraus.

»Da gibt es nichts zu erzählen.« Sie hatte sich noch nie so schlecht gefühlt. Ihre Freundinnen anzulügen war schlimmer, als sich aus einem Stundenhotel zu schleichen.

Jenna schüttelte den Kopf und schaute auf Bea hinunter, die friedlich in ihren Armen schlief. »Diese Lüge war so laut und deutlich, dass sie meine Süße beinahe aufgeweckt hätte, nicht wahr, Bea?« Wie aufs Stichwort seufzte das Baby im Schlaf.

»Okay.« Jana stemmte die Handflächen auf den Tisch, als die Mädels alle ein wenig näher zusammenrückten. »Es tut mir leid. Ich hätte es euch schon früher sagen sollen. Hunter und ich sind ein Paar.«

»Sag bloß«, sagte Jenna.

Sag bloß?

»Als hätten wir das noch nicht gemerkt?«, fügte Amy hinzu. »Hältst du uns für Amateure?«

»Pst, lasst sie erzählen.« Skys Lächeln wurde breiter. »Uu-und …?«

Tränen stiegen ihr in die Augen und der Rückhalt ihrer Freundinnen machte sie gleich doppelt emotional. Und weckte in ihr den Wunsch, sich ihnen mehr zu öffnen, ihnen alles zu erzählen.

»Und keine Ahnung. Ihr kennt mich doch. Ich bin echt schlecht in Beziehungen. Ich … ich habe Angst, dass irgendwas passiert und ich ihn verletze oder er mich, und dann wisst ihr nicht, wie ihr euch uns gegenüber verhalten sollt, und alles endet in einer Katastrophe und ich verliere die besten Freundinnen, dich ich je hatte.« Sie schaute ihnen der Reihe nach in die Augen und fragte sich, ob der Luftmangel bei diesem Schlangensatz sie wohl hatte blau anlaufen lassen.

Amy legte eine Hand über Janas. »Du bist eine von uns. Freundschaften beendet man nicht wegen eines Manns.«

»Ich weiß es seit dem Abend, als er dich nach Hause gefahren hat, nachdem du im Underground so betrunken warst, dass du kaum noch laufen konntest.« Jenna schaute in die Runde. »Habe ich es euch nicht gesagt, als Sky erzählt hat, dass er am nächsten Morgen noch da war? Ich meine, mal ganz im Ernst, welcher Mann bleibt denn über Nacht bei einer Frau, mit der er nichts hat?«

»Blue«, sagten Bella, Sky und Amy wie aus einem Mund. Blue war Skys engster Freund, und sie hatten ständig beieinander übernachtet, ohne jemals diese Grenze zu überschreiten.

»Und die Rosen. Das war für mich die Bestätigung«, sagte Jessica.

»Die Rosen haben mich ganz schön verwirrt. Ganz ehrlich: Hunter und Blumen? Ich hätte nie gedacht, dass ich diesen Tag mal erlebe«, gab Sky zu.

»Dann ist es für dich okay, dass ich mit Hunter zusammen bin?« Jana wickelte sich eine Haarsträhne um den Finger und hoffte inständig, dass Skys Lächeln nicht vorgetäuscht war.

»Machst du Witze? Das ist vollkommen okay für mich, aber du hast schon auch recht. Ihr habt beide nicht gerade eine tolle Beziehungshistorie hinter euch. Wie geht es dir denn damit?«

»Um ehrlich zu sein, war es für mich enorm schwer, ihn an mich ranzulassen, und das ist es manchmal immer noch. Aber er ist so …« Sie suchte nach einer passenden Beschreibung für Hunter, doch ihr kamen zu viele auf einmal in den Sinn, die sie alle mit ihnen teilen wollte. »Er ist romantisch und fürsorglich. Rücksichtsvoll und geduldig.« Dass er ein Tiger im Schlafzimmer war und ein Kätzchen, wenn sie es am wenigsten erwartete, verkniff sie sich. »Er ist der großzügigste und verständnisvollste Mensch, den ich kenne. Ja, er ist auch ein sturer Esel, aber … Er hat die perfekte Mischung aus weich und hart.«

»An diesem Mann ist nichts weich«, murmelte Jenna.

Amy kicherte und Jana musste ebenfalls lachen. »Ihr wisst,

was ich meine. Vor Hunter habe ich mich nie mit Gefühlen auseinandergesetzt, die über ein, zwei Stunden guten Sex hinausgingen.«

»Wow, du kriegst ein oder zwei Stunden?« Leanna kaute auf ihrer Unterlippe. »Seit Sloans Geburt können wir uns schon glücklich schätzen, wenn wir mal eine Viertelstunde bekommen.«

»Wem sagst du das.« Jessica nickte zustimmend. »Wir haben uns mehr als einmal für einen Quickie ins Schlafzimmer geschlichen, während Dustin in seiner Wippe lag.«

»Danke, das ist besser als jedes Verhütungsmittel«, scherzte Sky. »Aber eins würde ich noch gerne wissen, Jana. Wie lange seid ihr schon zusammen?«

Sie senkte den Blick für einen Moment, während sie abwog, ob sie ihnen die Wahrheit sagen sollte, aber nun war sie schon so weit gekommen und musste zugeben, dass es sich gut anfühlte, das nicht mehr geheimhalten zu müssen.

»Erinnert ihr euch an die große Eröffnungsfeier für dein Tattoostudio?« Sie erzählte ihnen, wie Hunter und sie danach miteinander im Bett gelandet und sich anschließend alle paar Wochen mal über den Weg gelaufen waren. Jedes Mal zufällig, doch am Ende des Abends lief es fast jedes Mal auf Sex hinaus.

»Aber so richtig eigentlich erst seit dem Abend im Governor Bradford, als wir auf Sawyers Konzert waren und Hunter diese dummen Sprüche abgelassen hat, weil ich boxe.« Sie sah den Frauen, die inzwischen zu ihren besten Freundinnen geworden waren, wieder in die Augen und wusste, dass sie das Richtige tat. In ihren Augen erkannte sie nur Neugierde und Rückhalt. »Wisst ihr noch?«

»Oh, und wie«, sagte Jenna. »Ich dachte, dass ihr euch jeden Moment die Köpfe abreißt.« Sie runzelte die Stirn, doch dann breitete sich ein Lächeln auf ihren Lippen aus. »Jetzt verstehe ich. Wow, das war mal eine andere Form von Vorspiel.«

»Ich hatte echt das Gefühl, dass ihr euch noch direkt in der Bar gegenseitig die Kleider vom Leib reißt«, meinte Bella. »Aber Sky hat damals auch das mit den Köpfen gesagt.«

»Na ja, wir, hm … finden eine andere Verwendung für diese Energie.« Erleichterung rollte über sie hinweg. Woher hatte Hunter gewusst, dass das Eingeständnis gegenüber ihren Freundinnen genau das gewesen war, was sie brauchte?

Weil du mich befreist.

Sechsundzwanzig

Das Theater in Wellfleet bebte praktisch am Ende des letzten Akts und Jana strahlte vor Glück. Und der Eindruck entstand nicht nur durch ihr wundervolles Lächeln, das ihre blauen Augen zum Funkeln brachte. Auch wie sie die Schultern straffte und den Hals reckte, damit ihr ja nichts von der Handlung auf der Bühne entging, spielte mit hinein. Sie formte mit den Lippen stumm den Text der Lieder und sogar einige der Sprechzeilen, als hätte sie schon mal an dem Stück mitgewirkt – was sie vermutlich auch hatte, weil sie bis zu diesem Jahr in so ziemlich allen Musicals am Cape eine Rolle übernommen hatte.

Als das Musical zu Ende ging, sprang Jana mit roten Wangen auf und applaudierte begeistert.

»Lass uns hinter die Bühne gehen.« Sie zerrte Hunter mit sich durch die Besuchermenge in Richtung der Türen, hinter denen er den Bereich vermutete, der den Schauspielern vorbehalten war. Sie begrüßte den großen Mann, der Hunter abschätzend musterte und ihnen den Weg durch die Tür versperrte.

Seine grobschlächtigen Gesichtszüge hellten sich jedoch auf, als Jana die Arme ausbreitete. »Micah! Ich habe dich vermisst. Das ist Hunter. Ich würde gerne mal bei den anderen vorbeischauen.«

Micah umarmte sie. »Schön, dich zu sehen, Jayjay.« Er reichte Hunter die Hand. »Alles klar, Hunter?«

»Danke. Schön, dich kennenzulernen.«

Micah öffnete ihnen die Tür. »Geht ruhig rein. Die anderen werden sich freuen, dich zu sehen.«

»Jayjay?«, flüsterte Hunter ihr zu.

Sie lachte. »Künstlername. Jeder hier nennt mich irgendwie anders. Jayjay, Jana-Girl, Garner. Was ihnen einfällt.«

Sie betraten einen großen Raum, der von schweren, dunklen Vorhängen abgeteilt wurde. Die Atmosphäre war aufgeladen und die Schauspieler redeten wild und laut durcheinander.

»Jana-Girl!« Eine rothaarige Frau rannte quer durch den Raum auf sie zu und erregte damit die Aufmerksamkeit der anderen. Innerhalb von Sekunden wurde Jana in Umarmungen gezogen und alle verkündeten lautstark, wie sehr sie vermisst wurde.

Hunter hielt sich im Hintergrund und beobachtete das Treiben. Seine Brust fühlte sich auf einmal ein wenig eng an und in ihm rangen die unterschiedlichsten Gefühle miteinander. Er war überglücklich, Jana unter so vielen Freunden zu sehen, die sich nicht nur offensichtlich über ihren Besuch freuten, sondern sie auch direkt fragten, wann man sie hier zurückerwarten konnte. Aber es mischte sich auch Traurigkeit darunter, weil sie wegen ihrer Arbeitssituation so viel verpasst hatte. Jetzt war er mehr denn je entschlossen, ihr da rauszuhelfen und die Eröffnung ihres Studios voranzutreiben, damit sie diesen anderen, ihr offensichtlich sehr wichtigen Teil ihres Lebens wieder aufnehmen konnte.

Nachdem der erste Ansturm etwas abgeflaut war, stellte Jana ihn ihren Freunden vor, und als sie eine Weile später das

Theater verließen, seufzte sie verträumt auf dem Weg zum Auto.

»Danke für den Abend.«

Er konnte sich nicht erinnern, wann sie das letzte Mal so zufrieden ausgesehen hatte, von dem Abend, als er sie im Studio hatte tanzen sehen, vielleicht mal abgesehen. Eine sanfte Brise wehte ihr die Haare von den Schultern und der süße Duft ihres Parfüms mischte sich unter den Meeresgeruch. Hunter legte ihr sanft eine Hand auf den Nacken.

»Es war mir ein Vergnügen. Ich will, dass du glücklich bist, Jana. Ich will, dass du dich jeden Morgen darauf freust, aus dem Bett zu springen und den Tag zu beginnen, anstatt dich in deinem Leben gefangen zu fühlen. Du bist so beschäftigt mit Boxen und Unterrichten und Marcos Studio, dass ich mir dachte, du könntest eine Erinnerung an etwas gebrauchen, das du liebst.« Ein paar Meter vom Auto entfernt blieb er stehen und griff nach ihren Händen.

»Ich weiß, dass es dir schwerfällt, dich auf etwas richtig einzulassen, und dass du Angst hast, dass es zwischen uns nicht klappen könnte. Aber ich wiederhole mich immer noch gerne: Ich will, dass das mit uns was Langfristiges wird, und ich möchte, dass du das Gebäude übernimmst und darin deine Träume verwirklichst. Ich möchte einfach nur, dass du glücklich bist.«

»Ich glaube dir.« Sie stellte sich lächelnd auf die Zehenspitzen, um ihn zu küssen. »Ich will das Angebot annehmen, aber nur, wenn ich dir einen fairen Mietpreis dafür zahlen darf und du mich behandelst wie jede andere Mieterin.«

Er hob sie von den Füßen und wirbelte sie im Kreis, bevor er all die Emotionen, die sich in ihm angestaut hatten, in einen Kuss legte. Als er sie wieder absetzte, lachten sie beide.

»Du nimmst es an? Du willst deine Träume wirklich wahr machen? Ich bin so …« Er suchte nach den richtigen Worten – *stolz, glücklich, dankbar* –, bis ihm klar wurde, dass das, was er sagen wollte, nicht in ein einzelnes Wort passte.

»Dich dabei zu sehen, wie du Erfolg hast … auf mehr habe ich fast nicht gehofft.« Er küsste sie leidenschaftlich, doch sie schob ihn gleich wieder weg.

»Moment mal.« Sie lächelte immer noch so breit, dass er erneut lachen musste. »Fast?«

»Ich warte noch darauf, dass du genug Vertrauen in uns hast, dass ich meine Gefühle vor unseren Freunden und Familien nicht mehr verstecken muss«, neckte er sie. »Und jetzt mach schon und küss mich wieder.«

»Ach, bitte.« Sie machte eine wegwerfende Handbewegung. »Ich habe den Mädels heute Morgen von uns erzählt.«

Sie lachte, als er sie erneut hochhob.

»Dem Universum sei's getrommelt und gepfiffen. Wurde aber auch Zeit, meine Hübsche.«

Siebenundzwanzig

Am nächsten Morgen war Jana beim Boxtraining voll bei der Sache. Sie fühlte sich leichtfüßig und unglaublich enthusiastisch. Jeder Schlag kam ihr kräftiger, wirkungsvoller vor und in ihrem Kopf herrschte mehr Ruhe als sonst. Und als sie in die letzte halbe Minute des Sparring-Kampfs ging, stellte sie fest, dass sie sich nicht mehr so eingeengt fühlte.

»Das war großartig«, lobte Brock, als sie und ihre Trainingspartnerin die Handschuhe zum Gruß gegeneinanderschlugen und den Ring verließen. »Du warst heute wirklich gut. Schneller, weniger aggressiv, aber konzentrierter.«

Sie zog sich die Handschuhe aus, nahm den Zahnschutz aus dem Mund und stürzte gierig ein paar Schluck Wasser hinunter.

»Mein Leben läuft endlich langsam in den Bahnen, in denen ich es haben will. Das fühlt sich gut an.« Als sie ihren großen Bruder musterte, ging ihr auf, dass sie ihm noch nicht von Hunter erzählt hatte. Sie wartete auf die nächste Panikattacke, doch als sie nur ein nervöses Flattern im Magen verspürte, wusste sie, dass sie die richtige Entscheidung getroffen hatte – beim Studio, aber auch bei Hunter.

»Ich habe Hunters Angebot für das Gebäude an der Route 6

angenommen.«

»Das ist fantastisch, Jana.« Brock nahm sie in seine starken Arme.

»Ja, jetzt muss ich nur noch bei Marco kündigen. Da freue ich mich nicht drauf, aber ich erledige das heute, damit ich mich nicht davor drücke.«

»Du drückst dich nie vor irgendwas.« Brock sammelte ihre Ausrüstung ein und sie folgte ihm in den vorderen Teil der Boxhalle.

»Na ja, das stimmt nicht so ganz.«

»Pfft. Klar doch. Du wolltest in Musicals mitspielen, also hast du singen und tanzen gelernt – mit sechs Jahren. Du wolltest beweisen, dass du kämpfen kannst, und bist ein Ass darin geworden. Und jetzt planst du dein eigenes Studio und hängst dich dabei voll rein.« Er gab ihr einen Stupser auf die Nase, wie er es unzählige Male gemacht hatte, als sie noch Kinder waren. »Niemand kann dich aufhalten.«

Sie nahm all ihren Mut zusammen, und bevor sie sich zu viele Gedanken über seine mögliche Reaktion machen konnte, sagte sie: »Ich bin mit Hunter zusammen.«

»Ach was«, erwiderte Brock ernst.

»Du wusstest es?« *Wusste es denn jeder?*

»Der Kerl hat mich um halb sieben Uhr morgens angerufen, nachdem du dich am Vorabend betrunken hast, weißt du noch? Ich kann zwei und zwei zusammenzählen. Wenn Sky mich angerufen hätte, wäre das nichts Besonderes gewesen, aber Hunter? Oh Mann.« Er lachte. »Schon als Sawyer gefragt hat, ob Hunter dich gut nach Hause gebracht hat, war die Sache klar. Ich bin nicht dumm.«

»Ich offensichtlich schon, weil ich versucht habe, unsere Freundschaften zu retten, indem ich es niemandem erzähle, aber alle wussten es offenbar.« Sie nahm sich ihre Sporttasche vom Tresen. »Und? Willst du mir nicht die Gründe aufzählen, warum ich keine Beziehung mit ihm führen sollte?«

Brock lächelte nur und sah einige Papiere auf dem Schreibtisch durch. »Nein.«

»Warum nicht?«

»Weil eine gewisse Person mir verklickert hat, dass ich mich aus ihrem Privatleben raushalten soll. Aber wenn es hilft: Ich mag Hunter. Und soweit ich sehe, bedeutest du ihm wirklich viel.«

»Woher willst du das wissen?«

Er lehnte sich über den Tresen, sodass ihre Nasen sich beinahe berührten. »Hunter war hier, bevor du heute Morgen hergekommen bist, und hat mich gefragt, ob es okay für mich ist, dass ihr ein Paar seid.«

Jana klappte die Kinnlade herunter. »Er hat mit dir gesprochen, obwohl ich das noch nicht offiziell machen wollte? Dieser kleine …«

»Bevor du jetzt ausrastest: Er hat gemeint, dass du es allen anderen schon erzählt hast. Also solltest du ihm das wohl nachsehen, wenn du ihn nicht explizit darum gebeten hast, es mir gegenüber nicht anzusprechen. Und der Kerl hat mehr Eier in der Hose als die meisten anderen.«

»Ich habe ihm nie verboten, mit dir zu reden, und ich habe ihm gestern Abend gesagt, dass ich es den Mädels erzählt habe.«

»Ich wusste ja wie gesagt schon, dass ihr zusammen seid, wenn das hilft. Der Kerl hat es riskiert, den Zorn des *Beasts* riskiert, was schon schlimm genug ist. Aber offenbar hat er auch noch einen Streit mit dir in Kauf genommen. Willst du wissen, womit er mich überzeugt hat?«

»Oh Gott. Will ich das wissen?« Jana schloss die Augen

einen Moment lang. Als sie sie wieder öffnete, lachte Brock leise. »Nur fürs Protokoll: Dass er das hinter meinem Rücken gemacht hat, wird er noch bereuen.« Und das meinte sie nur halb scherzhaft.

»Hey, er wollte nur anständig sein. Und er hat offensichtlich gewartet, bis du es allen anderen gesagt hast.« Brock verengte die Augen ein wenig. »Was mir nebenbei bemerkt sagt, wo ich bei dir stehe, Schwesterchen.«

»Nein, tut es nicht. Wir haben uns nur nicht gesehen, bevor ich mich mit den Mädels getroffen habe. Außerdem hatten sie es auch schon erraten. Ich habe ja nicht gerade eine offizielle Verlautbarung daraus gemacht.«

»Okay, das lasse ich gelten.« Brock lächelte und zeigte ihr damit, dass er nicht wirklich verletzt war. »Er meinte, dass er schon früher mit mir hatte sprechen wollen, du aber noch nicht bereit warst, und er hat sich entschuldigt, dass er es vor mir verheimlicht hat. Er hätte eure Beziehung ewig geheimhalten können, aber jetzt, wo ich weiß, dass es an dir lag, wird mir auch klar, wie schwer das für einen Mann wie Hunter gewesen sein muss.«

»Was meinst du mit ›ein Mann wie Hunter‹?« Sie klammerte sich an ihre Sporttasche, weil sich ihr Beschützerinstinkt gegenüber Hunter regte.

»Nur, dass er gesagt hat, dass das Verheimlichen eurer Beziehung ihm nicht in den Kram gepasst hat. Dass er früher die Art Kerl war, die so was macht, aber bei dir will er ein besserer Mann sein. *Ein anständiger Kerl*, wie er es genannt hat. Und er hat mir vielleicht nicht die ganze Wahrheit gesagt – dass ihr schon vorher was miteinander hattet –, aber mehr musste ich gar nicht von ihm hören.«

Eine halbe Stunde später marschierte Jana in Hunters

Werkstatt, weil sie mit ihm über Brock sprechen wollte. Ja, er hatte ein paar tolle Sachen gesagt, aber sie war immer noch sauer, dass er zu ihrem Bruder gegangen war, bevor sie die Gelegenheit dazu gehabt hatte.

»Hey, Jana.« Clark sah von seinem Computer auf. »Danke, dass du Hunter neulich Abend geholfen hast. Nina und ich wissen wirklich zu schätzen, dass wir ein bisschen Zeit für uns hatten.«

»Das hat Spaß gemacht. Billy ist wirklich niedlich. Ich hoffe, dir und Nina geht es besser?« Sie warf einen Blick auf das Foto auf dem Schreibtisch, auf dem die kleine Familie zu sehen war, und ihr wurde ganz warm ums Herz bei dem glücklichen Lächeln der drei.

»Wir arbeiten daran. Immerhin reden wir inzwischen miteinander. Das ist ein Anfang.« Er stand auf und öffnete die Werkstatttür für sie. »Geh ruhig nach hinten, mach einfach einen großen Bogen um die Esse.«

Jana spähte um ihn herum in die eigentliche Werkstatt. Sie war schon immer von der Kunst der Brüder fasziniert gewesen und absolut entzückt, als Hunter ihr erzählte, dass er die Beschläge ihrer Kommode und die Vorhangstange in ihrem Schlafzimmer entworfen hatte. Aber sie hatte ihn noch nie live bei der Arbeit gesehen. Sie war auch noch nie in seiner Werkstatt gewesen, und hier sah es gar nicht aus, wie sie erwartet hatte. Die Wände bestanden aus altem Scheunenholz und die Fußböden aus Beton. Sie hätte gedacht, dass die Atmosphäre hier kalt war, weil sie Metall immer mit Kälte assoziiert hatte, aber hier wirkte nichts unterkühlt. Neben einigen großen, wuchtigen Maschinen, die ziemlich kompliziert aussahen, gab es lange Tische aus Holz und Metall. Mehrere schwere Ambosse standen auf riesigen Baumstümpfen und gaben der Werkstatt einen rustikal-antiken Look.

Als Erstes entdeckte sie Grayson, der an der Esse stand und etwas über die rot glühenden Kohlen hielt, bevor ihr Blick auf Hunter fiel, der sich über einen Tisch im hinteren Teil des Raums beugte. Er stand mit dem Rücken zu ihr und sein T-Shirt spannte sich über seinen Muskeln. Plötzlich hatte sie das Gefühl, ihn für etwas zu unterbrechen, das nicht annähernd so wichtig war wie seine konzentrierte Arbeit.

Grayson wandte sich um, um das rot glühende Metall mit einer Art riesiger Eisenzange auf einen der Ambosse zu legen. Er schob seine Schutzbrille nach oben und nickte Jana grüßend zu. »Hey, Jana. Komm ruhig rüber.«

Hunter drehte sich um, und die Überraschung in seinen Augen wich schnell einem Lächeln, bei dem ihr ganz warm wurde. Ihre Verstimmung verflog mit jedem Schritt, den er auf sie zukam.

»Hey, du.« Er lehnte sich für einen Kuss zu ihr. »Ich hatte dich gar nicht erwartet. Ist alles okay?«

»Ja, ich, hm. Ich bin grade mit dem Boxtraining fertig geworden.«

»Ah«, sagte er, als wüsste er nun, warum sie hier war. »Unterhalten wir uns in meinem Büro.« Er wandte sich an seinen Bruder. »Wir sind gleich wieder da.«

Er führte sie zwischen den Maschinen hindurch, und als sie an dem Tisch vorbeikamen, an dem er bis eben beschäftigt gewesen war, warf sie erst nur einen kurzen Blick darauf, blieb dann aber doch stehen.

»Das ist nur eine Kleinigkeit für dich«, sagte Hunter.

»Für mich?«, fragte sie leise und betrachtete die Buchstaben, die *Janas Tanzstudio* formten. Abrupt hob sie den Blick und schaute ihm in die Augen. *Omeingott.*

»Es gibt nur dich, meine Hübsche.« Mit einer Hand auf ihrem unteren Rücken schob er sie näher zum Tisch.

Ihr Herz schlug schneller, als sie das auf alt getrimmte Metall genauer unter die Lupe nahm, das auf dem rustikalen Holz lag. Zarte Metallblüten zogen sich über die rechte obere Ecke des Schilds und die zauberhaften Buchstaben beschrieben all ihre Träume und Hoffnungen. Hunter hatte die Umrisse einer Tänzerin hinzugefügt, die eine Hand über den Kopf hielt und mit überkreuzten Beinen auf den Zehenspitzen stand, den Rücken elegant gewölbt. Die Zeit, die er in das Schild investiert haben musste, und die Gedanken, die er sich ganz offensichtlich um das Design gemacht hatte, ließen all ihre Gefühle für ihn in ihr aufwallen. Ihre Augen wurden feucht, und als sie ihn wieder anschaute, stürzte sie kopfüber in den Ozean der Zuneigung, die sie für ihn empfand.

»Gefällt es dir?«, fragte er hoffnungsvoll.

»Hunter«, gab sie atemlos zurück. »Das beschreibt noch nicht mal annähernd, wie unglaublich ich das finde. Du hast doch sowieso schon so viel zu tun und hast dir trotzdem die Mühe gemacht.«

Er trat näher zu ihr und strich ihr die Strähne hinters Ohr, mit der sie nervös herumspielte.

»Baby, du hast meine Kreativität aus dem Winterschlaf geweckt.« Er senkte die Stimme. »In mehr als einer Hinsicht«, fügte er in verführerischem Ton hinzu. »Es gibt nichts, was ich lieber machen würde als ein Schild für mein Mädchen.«

Mein Mädchen. Die Worte kreiselten in ihrem Kopf.

»Danke. Ich … So was hat noch nie jemand für mich getan und du hast mir schon so viel von dir gegeben. Du lässt mich das Haus mieten und …«

»Baby, hast du es immer noch nicht verstanden?« Er sah ihr

forschend in die Augen. Das machte er in letzter Zeit oft, als wäre er auf der Suche nach Antworten, die nur er dort entdeckte. »Es gibt nichts, was ich nicht für dich tun würde.« Er senkte die Lippen auf ihre.

»Grayson?«, murmelte sie an seinem Mund und fragte sich, wie sie je daran hatte zweifeln können, dass sie füreinander geschaffen waren.

Hunter lächelte. »Er ist rausgegangen, als du mich angeschaut hast, als würdest du mir am liebsten die Kleider vom Leib reißen.«

Seine Lippen strichen über ihre und küssten ihr das Lachen mit einem derart heißen Kuss weg, dass ihr schwindelig wurde und ihr Körper bebte.

»Was wolltest du denn eigentlich mit mir besprechen?«, fragte er mit einem süßen Lächeln.

Seine Worte hallten noch in ihren Ohren nach: *Baby, hast du es immer noch nicht verstanden? Es gibt nichts, was ich nicht für dich tun würde.* Alle anderen Gedanken wurden von dem Bedürfnis nach einem weiteren Kuss ausgelöscht.

»Nichts Wichtiges«, flüsterte sie und stellte sich auf die Zehenspitzen. Er eroberte ihren Mund mit einem weiteren seelenvollen Kuss, der ihre Verbindung besiegelte.

Achtundzwanzig

Die Grillparty mit ihren Freunden und Geschwistern war genau das, was Jana jetzt brauchte. Hunter war froh, dass er sie dazu überredet hatte, obwohl sie nach der schwierigen Kündigung bei Marco eigentlich nur ins Bett gehen und das alles vergessen wollte. Gerade beobachtete er sie, wie sie mit den Mädels lachte und die kleine Hannah auf ihrer Hüfte auf und ab wippen ließ.

»Sie kann gut mit Babys umgehen.« Sein großer Bruder Pete legte ihm einen Arm um die Schultern und senkte die Stimme ein wenig. »Dir ist schon klar, dass Babys ansteckend sind?«

Hunter lachte. »Sehr witzig. Als mein ältester Bruder mich über Sex aufgeklärt hat, kam da auch die Info drin vor, wie man das vermeidet. Vielleicht hättest du dir deinen Rat mal zu Herzen nehmen sollen.«

Pete schaute zu Bea, die friedlich im Laufstall schlief. »Sie ist das Beste, was mir je passiert ist. Abgesehen von Jenna natürlich.«

»Ich hätte nie gedacht, dass ich das mal über eine Frau sage, aber mir geht es mit Jana genauso. Sie hat mein Leben so radikal verändert.« Bea seufzte leise im Schlaf, und Hunters Herz zog sich sehnsüchtig zusammen, weil er ohne jeden Zweifel wusste, dass er Jana voller Stolz heiraten und ihre gemeinsamen Kinder mit ihr aufziehen würde, sollte sie unerwartet schwanger werden. Sein Blick huschte erneut zu ihr hinüber, und er stellte sich vor, wie er jeden Abend zu ihr nach Hause kam, jeden Morgen mit ihr aufwachte, und er erkannte … dass sie das bereits machten.

»So läuft das, wenn sie die Richtige ist. Vor Jenna waren mir die meisten Frauen ziemlich egal. Grayson ist genauso. Matt und Sky sind die einzig normalen Menschen in Sachen Dating in unserer Familie.«

»Ach, was soll's«, sagte Hunter. »Ich glaube, es ist total normal, auf die richtige Frau zu warten.«

Blue und Grayson kamen auf sie zu und verstellten ihm dabei die Sicht auf Jana.

Grayson schaute zwischen seinen beiden Brüdern hin und her. »Warum habe ich gerade das Gefühl, dass ihr über mich gesprochen habt?«

»Haben wir. Nachdem die Skulptur und das Modell für den Pavillon fast fertig sind, wollte ich dich, Blue und Pete bestechen, damit ihr mir helft, das Gebäude an der Route 6 für Janas Studio fertigzumachen.« Er wusste, dass Fortschritt an dieser Front und eine Bestätigung, dass ihre Vision tatsächlich Wirklichkeit wurde, ihr über den Frust hinweghelfen würde, dass sie die letzten vier Wochen bei Marco noch durchhalten musste.

»Haut bei mir hin«, sagte Grayson.

»Für Jana? Aber klar doch«, stimmte Blue zu. »Ich kann was in meinem Terminkalender umstellen, um ein paar Tage frei zu machen, aber du brauchst eine Genehmigung.«

»Das ist schon erledigt. Die habe ich schon beantragt, als ich ihr das Haus angeboten habe.«

»Da war sich einer seiner Sache aber ziemlich sicher, oder?«, meinte Grayson zu Blue.

Hunter machte eine Kopfbewegung zu Jana, als diese ihm von der anderen Seite der Rasenfläche aus zulächelte, damit sie wusste, dass er ihre Nähe vermisste. »Immer.« Er stieß Pete mit dem Ellenbogen an. »Hast du Zeit?«

»Warum nicht. Das könnte lustig werden.« Pete beobachtete Caden, der ein paar Meter weiter Summer bespaßte. Deutlich lauter fügte er hinzu: »Solange Caden dabei ist und nur seinen sexy Werkzeuggürtel und seine Stiefel trägt.«

»Für dich tue ich doch alles, Schatz!«, rief Caden zurück.

Zehn Minuten später hatten sie auch noch Jamie, Kurt, Sawyer und Tony rekrutiert und fassten den Plan, am folgenden Morgen mit der Renovierung anzufangen.

»Es ist so weit«, flüsterte Jenna Jana ins Ohr. Es war fast Mitternacht und die Kinder schliefen in ihren Laufställen auf Bellas Terrasse.

»Aber Theresa ist da, und sie war so nett, als wir sie wegen des Raums gefragt haben. Ich will nicht, dass sie sauer wird.« Jana hatte vor einer Weile mitbekommen, wie Theresa das Törchen zum Pool abschloss.

»Sie ist schon vor Stunden ins Bett«, sagte Bella. »Wir werden sie nicht aufwecken und außerdem spiele ich ja keine Streiche mehr. Die nackte Wahrheit ist kein Streich.«

»Das vielleicht nicht, aber es verstößt definitiv gegen die Gemeinschaftsregeln«, meinte Jessica.

»Ja, aber es ist trotzdem kein Streich. Außerdem ist das inzwischen Tradition. Kommt schon.« Amy hatte einen Stapel

Handtücher auf dem Arm. »Die Jungs passen auf die Kleinen auf und ich habe …« Sie zog eine Dose unter den Handtüchern hervor. »Keksteig!«

»Okay, aber ich hätte echt ein schlechtes Gewissen, wenn sie uns erwischt.« Jana folgte den anderen zum Pool.

Es war so dunkel, dass sie kaum ein paar Meter weit sehen konnte. Sie klammerten sich aneinander fest und unterhielten sich im Flüsterton über ihre Kinder und wie dringend sie mal eine Pause nötig hatten. Dann drängten sie sich zusammen, während Jessica das Tor aufschloss, die angeblich die größte Fingerfertigkeit besaß. Und tatsächlich war praktisch nichts zu hören, als sie es aufschob und die Mädels vorgehen ließ. Anschließend machte sie das Tor wieder hinter sich zu.

Jenna zog sich wie immer bereits am Eingang aus, während die anderen zum Treppeneinstieg des Pools eilten und sich dort schweigend von ihrer Kleidung befreiten.

»Achtung, ich komme!«, flüsterte Jenna überlaut und rannte dann splitternackt von einem Ende des Beckens zum anderen.

Kichernd wagte der Rest sich an die Treppe, während sie sich gegenseitig ermahnten, leise zu sein.

»Das ist ja eiskalt«, flüsterte Bella.

»Psst. Rein mit dir. Dir wird schon warm werden.« Amy versetzte ihr einen kleinen Schubs, der sie ins brusttiefe Wasser beförderte, was noch mehr Gelächter und Ermahnungen auslöste.

Sie versammelten sich im Kreis in der Mitte des Beckens und beschäftigten sich mit Wassertreten, während Leanna und Jessica die Poolnudeln holten und jeder von ihnen eine reichten.

»Ich fühle mich wirklich geehrt, dass ich an der nackten Wahrheit teilnehmen darf, aber es wundert mich schon, dass ihr das ständig macht und die Jungs sich trotzdem benehmen.

Unfassbar, dass Hunter mir nicht sofort gefolgt ist.« Jana hatte bei der nackten Wahrheit noch nie mitgemacht, aber Sky hatte ihr von den mitternächtlichen Nacktbade-Sessions im Pool erzählt.

»Apropos Hunter ...« Amy schwamm zum Beckenrand, um die Keksteigdose zu holen.

»Er ist mein Bruder«, erinnerte Sky sie. »Haltet euch bitte mit den Dingen zurück, die ich ganz sicher nicht wissen will.«

»Du glaubst im Ernst, ich würde das Beste von ihm mit irgendwem teilen?« Jana dachte daran, wie er sie anschaute, als wollte er sie mit Haut und Haar verschlingen und sie gleichzeitig umsorgen – und das, was er zu ihr sagte, ließ ihr Herz jedes Mal schneller schlagen.

Amy reichte ihr den Keksteig. »Besser als das hier?«

»Tut mir leid, Mädels, aber ... definitiv!« Jana rupfte sich ein Stück vom Keksteig ab und reichte den Rest weiter an Leanna. »Aber keine Sorge, Sky. Ich kann euch genug jugendfreie Sachen erzählen – zum Beispiel, wie unsere Beziehung so schnell so intensiv geworden ist. Es kommt mir vor wie gestern, dass wir uns über absolut alles gestritten haben und auch nur dann miteinander im Bett gelandet sind ...«

Sky hob eine Hand. »Keine Erwähnung von Betten. Bruder, Bruder, Bruder.«

»Das wollte ich auch gar nicht weiter ausführen«, flüsterte Jana. »Was ich eigentlich sagen wollte: Dein Bruder überrascht mich jeden Tag aufs Neue. Mir war nicht bewusst, dass mir jemand mal so schnell so wichtig werden kann, aber ich verliebe mich gerade Hals über Kopf in Hunter.«

»Das ist doch was Gutes«, erwiderte Bella leise. »Die Liebe findet uns, selbst wenn wir nicht gefunden werden wollen.«

»Das kannst du laut sagen«, meinte Leanna. »Ich hatte das

Gefühl, dass ich durch Kurt erfahren habe, wer ich wirklich bin.«

»Genau so ist es«, sagte Jana und vergaß dabei, dass sie immer noch flüstern musste.

»Psst!«, ermahnten Jenna und Bella sie. »Du wirst noch Theresa aufwecken.«

Jana zog die Schulter hoch. »Tut mir leid«, flüsterte sie. »Aber du hast recht. Er gibt mir Kontra, aber auf die denkbar beste Art.«

»Ooh.« Amy griff nach dem Keksteig. »Das ist so süß.«

Das Licht auf Theresas Terrasse ging an und alle schnappten erschrocken nach Luft.

»Schwimmt ans andere Ende des Pools«, wisperte Bella.

Sie drängten sich in der am weitesten entfernten Ecke zusammen.

»Nimm deine Möpse von mir runter«, beschwerte Bella sich bei Jenna.

»Ach, als hätte ich die unter Kontrolle?« Jenna kicherte.

»Pscht!« Amy hielt ihr den Mund zu.

»Raus aus dem Wasser, damit sie uns nicht erwischt.« Leanna hielt auf die Treppe zu und die anderen folgten ihr dicht auf den Fersen. Leise wickelten sie sich in die Handtücher und gingen dann mit ihren Klamotten unter dem Arm am Zaun entlang, wobei sie den Schatten als Deckung nutzten.

Bella hielt sich einen Finger an die Lippen und öffnete das Tor so leise wie möglich. Sie schlüpften hinaus und nahmen den Weg auf der gegenüberliegenden Seite der Rasenfläche zurück zu den Ferienhäusern.

»Waren wir so laut?«, wollte Amy wissen.

Aus der Deckung der Bäume heraus schauten sie mit großen Augen auf das Licht, das von Theresas Terrasse herüberschien.

Bevor jemand Amy antworten konnte, ging es wieder aus, und sie seufzten erleichtert auf.

»Oh Mann. Glaubt ihr, dass sie das nur gemacht hat, um uns rauszuscheuchen?«, fragte Bella. »Wusste sie, dass wir zur nackten Wahrheit unterwegs waren?«

»Na ja, ihr habt einen Waffenstillstand vereinbart«, erinnerte Jenna sie. »Und die nackte Wahrheit verstößt gegen die Regeln.«

»Was soll's.« Bella stapfte über die Rasenfläche zurück nach oben.

Hunter trat von der Terrasse, und selbst im Dunkeln konnte Jana spüren, wie sehr er sie begehrte.

»Da kommt ja dein heißer Lover«, flüsterte Sky. »Ich kenne jetzt alle deine Geheimnisse«, zog sie ihn auf, als sie an ihm vorbeistolzierte.

»Tut sie nicht, ich schwör's.« Jana musste lachen und kehrte mit den anderen zum Grillplatz zurück.

Hunters Lippen verzogen sich zu einem Lächeln, das beinahe ihr Handtuch in Brand gesteckt hätte.

»Dir ist schon klar, dass das pure Folter war, meine Hübsche?«, flüsterte er ihr zu. »Zu wissen, dass du da unten nackt im Wasser bist, während ich so tun muss, als wäre ich nicht die ganze Zeit über hart?« Seine Erektion drückte sich gegen ihren Bauch.

Hitze durchströmte sie, als er ihren Hintern unter dem Handtuch umfasste und sie rückwärts in die Dunkelheit neben einem der Ferienhäuser schob, wo die anderen sie nicht mehr sehen konnten. Er drückte ihre Beine auseinander und ließ eine Hand zwischen ihre Schenkel gleiten. Sie schnappte nach Luft, als er sie neckte und direkt den perfekten Punkt fand, der ihre Erregung innerhalb kürzester Zeit in die Höhe schießen ließ.

»Nach Hause. Jetzt.« Seine Stimme war ein Knurren. »Sonst machen wir das hier und jetzt.«

»Ach du Schande!«, ertönte Bellas Stimme von der anderen Seite des Ferienhauses.

»Psst«, sagte Amy. »Du weckst die Kinder noch auf.«

Petes und Cadens Gelächter mischte sich in das Stimmengewirr.

Hunter zog seine Hand zurück, was sie sehnsüchtig nach mehr zurückließ.

»Wir sind noch nicht fertig«, versprach er ihr. Dann gab er ihr noch einen schnellen Kuss, bevor er sie an der Hand nahm und zu den anderen ging, um zu schauen, was den Tumult verursacht hatte.

Bella stand im Licht, das aus dem Fenster des Ferienhauses nach draußen fiel, und starrte fuchsteufelswild zu Theresas Haus rüber. Die anderen Mädels schütteten sich derweil aus vor Lachen, ebenso wie die Männer.

»Ihr seht aus wie Schlümpfe«, sagte Grayson.

Jana schaute auf ihre Arme und Beine und entdeckte die gleiche Blaufärbung auf ihrer Haut wie bei den anderen Mädels.

»Oh verdammt. Wir sind blau.« Sie schaute hilfesuchend zu Hunter.

Rasch drehte er sie so, dass sie mit dem Rücken zum Rest der Gruppe stand, und zog ihr Handtuch auseinander. Ein heißes Funkeln trat in seine Augen, als er ihre blaue Haut genüsslich musterte. »Verflucht, das ist echt heiß. Zoe Saldana kann dir nicht das Wasser reichen. Komm schon, Na'vi-Mädchen, lass uns Avatar spielen.« Er wickelte sie wieder ins Handtuch und zog sie dann in Richtung Auto, während er den anderen noch einen Abschiedsgruß zurief. »Ich bringe sie heim, um die Farbe abzuwaschen.«

Hunter drängte sie gegen die Beifahrertür und küsste sie leidenschaftlich, bis ihr die Knie weich wurden.

»Gott, du bist so schön.« Er öffnete die Tür und hob sie auf den Sitz, bevor er sich erneut auf sie stürzte und seinen herrlich muskulösen Körper an sie presste. Seine Erektion drückte sich gegen genau die richtige Stelle und die Reibung frittierte Jana das Hirn. Irgendwo im Nebel der Lust wurde ihr jedoch bewusst, dass sie immer noch auf dem Parkplatz in Seaside standen.

»Fahr«, keuchte sie an seinem Mund, da seine Finger über ihre Haut strichen und sie kurz davor war, alle Befürchtungen, erwischt zu werden, über Bord zu werfen.

Er gab einen kehligen Laut von sich, der einen Lustblitz durch ihren Unterleib schickte, und ging dann widerstrebend zur Fahrerseite. Jana schwelgte noch in ihrer Erregung und Sehnsucht pulsierte durch ihren Körper. Als er das Auto aus der Feriensiedlung hinauslenkte, fummelte sie am Reißverschluss seiner Hose herum und spürte, wie er sich verspannte, als sie sich nach unten beugte, um seine Länge in den Mund zu nehmen.

»Jana«, presste er zwischen zusammengebissenen Zähnen hervor.

Sie merkte, wie das Auto in einer scharfen Kurve abbog. Kein Licht drang durch die Fenster, doch Jana sparte sich die Zeit, nach ihrem Ziel zu fragen. Sie wusste, dass Hunter zu besitzergreifend war, um zu riskieren, dass sie irgendwer sah. Sie konzentrierte sich auf seine Lust und stöhnte auf, als sie ihn tiefer in ihren Mund gleiten ließ. Der Pick-up kam abrupt zum Stehen und Hunter machte den Motor aus. Dann vergrub er die Hände in ihren Haaren und zog sie nach oben, um sie hungrig zu küssen. Ihre Zungen rangen um die Vorherrschaft und machten dabei keine Gefangenen.

»Kann nicht … genug von dir bekommen.« Er biss sie in die Unterlippe und der Schmerz und der Geschmack nach Blut ließen sie nach Luft schnappen. Schnell saugte er an ihrer Lippe und zog ihr das Handtuch vom Körper. »Verdammt, Jana. Mit was habe ich nur verdient, dass du dich ausgerechnet für mich entschieden hast?«

Ihr Körper stand praktisch in Flammen. »Als hättest du irgendwas anderes zugelassen?«

Ihre Lippen trafen sich zu einem weiteren, gierigen Kuss, während sie an seinem Shirt zerrte. Sie lösten sich gerade lange genug voneinander, um es ihm über den Kopf zu ziehen und seine Hose bis zu den Knien hinunterzuschieben. Er hob Jana spielend leicht an, sodass sie sich rittlings auf seinen Schoß setzen konnte. Langsam ließ sie sich auf seinen harten Schaft sinken.

»Hunter …« Sie schloss die Augen und schwelgte in dem herrlichen Gefühl, seine Länge ohne etwas zwischen ihnen komplett in sich zu spüren.

Er packte sie an den Hüften und ganz kurz fragte sie sich, ob er davon wohl blaue Hände bekommen würde. »Beweg dich nicht.« Er biss die Zähne zusammen. »Das fühlt sich so gut an. Ich komme gleich. Verdammt. Tut mir leid, Jana. Du machst mich zu heiß. Ich habe das Kondom vergessen.«

Die Anspannung auf seinem Gesicht und sein heißer, harter Schaft in ihr, der sie so perfekt ausfüllte, trieb sie nur noch mehr dazu, sich bewegen zu wollen. Ihr Puls raste, während sie kurz diesen ultimativen Vertrauensbeweis für sich überdachte.

»Bist du getestet?« Die Frage fühlte sich falsch an, aber sie musste sie stellen. Das war wichtig.

»Ja, immer bei meinem jährlichen Check-up.« Er verengte

die Augen ein wenig. »Der letzte war vor vier Monaten.« Er setzte sich mit einem schmutzigen Grinsen auf, was ihn noch tiefer in sie eindringen ließ und ihr ein hemmungsloses Stöhnen entlockte. »Vor *vier Monaten*, meine Hübsche. Ich habe seit einem halben Jahr mit niemandem außer dir geschlafen und hatte noch nie Sex ohne Kondom. Nie. Nicht ein einziges Mal.«

Sie verstand die stumme Frage in seinen Augen und flüsterte: »Ich auch nicht.«

Er legte die Arme fest um sie, aber bevor er sich weiter bewegte, umfasste er ihr Gesicht mit beiden Händen. »Ich will das hier. Ich will dich. Aber das ist deine Entscheidung, meine Hübsche. Ich kann auch darauf warten, ohne Kondom mit dir zu schlafen, wenn du das willst. Wir können zu dir nach Hause fahren und da mit Gummi weitermachen.«

Ihr Körper stand in Flammen und ihr Geschlecht pochte sehnsüchtig bei jedem seiner Worte. Als sie Hunter in die Augen schaute, erkannte sie dort Zuneigung, die so tief ging, dass sie das Gefühl hatte, ihr erstes Mal noch einmal zu erleben. Als wäre sie wieder achtzehn. Aber sie war nicht mehr dieses Mädchen. Sie war nicht mal mehr die gleiche Frau wie noch vor ein paar Monaten. Die Sehnsucht, die sie erfüllte, drehte sich nicht mehr nur um Sex und Orgasmen, sondern vor allem um Respekt und Erfüllung. Sie wollte ihm in jeder Hinsicht näherkommen, wollte *alles* mit Hunter erleben, das Körperliche, Emotionale und alles andere dazwischen. Ihr Herz meldete sich dabei am lautesten zu Wort und die vertrauensvollen Worte kamen ihr leicht über die Lippen. »Nimm mich, Hunter. Alles von mir.«

Neunundzwanzig

Hunter konnte kaum glauben, dass er die Skulptur tatsächlich noch rechtzeitig zum Wettbewerb fertiggestellt hatte. Er war so auf Jana fixiert gewesen, dass seine Kreativität kaum noch zu bändigen war, und die vergangenen beiden Wochen hatte er damit verbracht, ihr Studio auf Vordermann zu bringen. Zusammen mit den Jungs hatte er ein paar Tage gebraucht, um die beiden Räume abzuteilen, in denen die Kurse stattfinden würden, und den Empfangstresen zu erweitern. Danach hatte er gestrichen und kümmerte sich jetzt noch um die letzten Kleinigkeiten. Bei einem Designer in Harborside, das nicht weit vom Cape entfernt lag, hatte er online Holzstühle mit exquisiten Baumschnitzereien gefunden, deren Rückenlehnen riesigen Blättern nachempfunden waren. Die beiden Beistelltische, die den Eingangsbereich vervollständigten, hatte er selbst aus Holz und Metall gefertigt.

Das Schild war ebenfalls fertig, und Jana gefiel es so gut, dass sie sich Visitenkarten im gleichen Design hatte machen lassen. Vorhin war er noch vorbeigefahren, um zu sehen, wie weit die Firma mit den Außenanlagen war, die er dafür angeheuert hatte. Der Eingangsbereich sollte genauso schön werden wie Jana. Sie waren dem ziemlich nahegekommen, aber nichts übertraf sein Mädchen.

Er warf ihr einen Seitenblick zu, als sie aus dem Pick-up stieg. Ihre lackierten Zehennägel kamen in den hübschen Ledersandalen gut zur Geltung. Dazu trug sie braune Shorts und ein Blusentop und Hunter hatte sich für passende braune Hosen und ein kurzärmeliges, weißes Hemd entschieden. Die Haare fielen ihr offen wie eine Löwenmähne über die Schultern, was er ganz besonders mochte. Schön beschrieb sie nicht einmal annähernd und sie sah ihn auch nicht mehr an, als würde sie ihn wahlweise erwürgen oder vögeln wollen. Als er das Auto umrundet hatte, hakte sie sich bei ihm unter und schaute eher drein, als wollte sie mit ihm in die Horizontale wechseln und ihn nie wieder loslassen.

Wenn sie nur wüsste, wie gut sich das mit seinen Vorstellungen deckte.

»Bereit?« Sie gingen ins Bombshelter, eine der Kneipen im Ort, um mit ihren Freunden den Hochzeitstermin von Sky und Sawyer zu feiern.

»Ja.« Sie schenkte ihm ein Lächeln und schlang die Arme um seinen Nacken.

Er liebte es, wenn sie ihre Beziehung so öffentlich zeigte. Ihre Lippen fanden sich zu einem Kuss, und er konnte nicht widerstehen, sie gegen die Autotür zu drängen, um ihn zu vertiefen. Sie strahlte diese unglaubliche Sinnlichkeit aus, die in allem mitschwang, was sie tat und sagte, und er wusste, dass er nie genug von ihr bekommen würde.

»Ich habe ganz vergessen, dir was zu sagen«, murmelte er zwischen zwei Küssen. »Ich habe mir einen Schlüssel für dein Haus nachmachen lassen, damit ich vor dem Wettbewerb morgen vorbeikommen und mich umziehen kann, weil das für mich näher ist.«

Sie schob ihn mit gerunzelter Stirn von sich weg. »Du hast dir einen Schlüssel machen lassen?«

»Ja. Ich dachte …«

Überrascht von ihrer Reaktion machte er einen Schritt von ihr weg, um sein Verlangen unter Kontrolle zu bekommen und sich auf das Gespräch zu konzentrieren. »Jana, wir leben seit Wochen praktisch zusammen.«

»Zusammen leben? Wir leben nicht zusammen!«

Die Panik in ihren Augen war wie eine Reise in die Vergangenheit, doch er beherrschte sich und ermahnte sich, dass das eine typische Jana-Reaktion war. Ein Schritt nach vorn, zwei zurück, bis sie nicht mehr weiterkam, sich eine Weile dagegen wehrte und schließlich den Sprung ins Ungewisse wagte – weil sie zu rebellisch und stur war, um zwei Schritte vor und einen zurück zu machen wie andere Leute.

Er schlug einen liebevollen Tonfall an. »Baby, wir verbringen beinahe jede Nacht miteinander. Du hast eine Schublade in der Kommode für mich ausgeräumt. Meine Sachen hängen in deinem Schrank und stehen in deinem Bad.«

Sie zog die Augenbrauen zusammen und griff sich mit einer Hand in die Haare, um sich mit hektischen Bewegungen eine Strähne um die Finger zu wickeln. »Du … wir … Wann ist das passiert?«

»Irgendwann im Lauf der Wochen, denke ich.« Er zog seinen Schlüsselbund aus der Tasche und machte den Schlüssel zu ihrem Haus ab, um ihn ihr in die Hand zu drücken. Dann schloss er ihre Finger darüber, hob ihre Hand an die Lippen und drückte einen Kuss auf ihre Fingerknöchel.

»Nimm den Schlüssel, Baby. Es tut mir leid, dass ich da eine Grenze überschritten habe.« Er wusste, dass sie nur Zeit brauchte, und vielleicht hätte er nicht einfach etwas voraussetzen sollen, aber trotzdem tat es ein bisschen weh.

»Hey, Leute!«, rief Sky, die gerade mit Sawyer über den Parkplatz kam, um sie zu begrüßen. »Ich bin *so* aufgeregt.«

Sawyer umarmte Hunter kurz. »Bereit, von mir beim Billard fertiggemacht zu werden?«

Die Liebe hat mich gerade schon fertiggemacht. Was ist da schon ein bisschen Billard?

Das Bombshelter war eine schummrige Kneipe neben dem Bookstore Restaurant in Wellfleet, in die Jana gerne ging. Sie mochte alles daran, von der überfüllten Tanzfläche bis zum Klackern der Billardkugeln und dem Anfeuern der Sportmatches, die auf den Fernsehbildschirmen über der Bar liefen. Es roch nach Testosteron, Parfüm und Anonymität. Gerade wünschte sie sich im Kreis ihrer Freunde dieses Gefühl der Anonymität herbei, aber stattdessen … hatte sie Panik.

Dass Hunter ständig über Nacht blieb, war nicht das Gleiche, wie offiziell zusammenzuwohnen, oder? Zusammenzuleben bedeutete, Rechnungen zu teilen, sich fürs Abendessen abzusprechen, sich einen Hund oder eine Katze anzuschaffen und dass jeder seinen *eigenen Schlüssel* besaß. Zusammenwohnen war die Vorband für etwas viel Größeres und eine dauerhaftere Verpflichtung. Hätte er nicht mit ihr darüber reden sollen, anstatt seine eigenen Schlüsse aus der Situation zu ziehen und anzunehmen, dass es für sie in Ordnung war, wenn er sich einen Schlüssel machen ließ? Was, wenn sie noch nicht bereit für die Vorband war, geschweige denn für das Hauptevent?

Was, wenn doch?

Verdammt. Sie brauchte dringend noch einen Drink.

Sie schaute sich nach der Kellnerin um, doch die fröhliche, kleine Brünette war damit beschäftigt, *ihren* Mann zu begaffen. *Ist das dein Ernst?* Hunter war jedoch vollkommen auf den Billardtisch konzentriert. Er beugte sich für seinen nächsten Stoß darüber und richtete den Queue mit seinen langen, starken Armen aus. Ihre Hände ballten sich zu Fäusten und am liebsten hätte sie sich hinter ihn gestellt, ihn an den Hüften gepackt und sich an seinen Körper geschmiegt. *Heute Nacht gehörst du mir.*

Oder nicht?

Oh Gott. Da war sie wieder, die Panik. Er hatte sich ziemlich schnell mit den Jungs aus dem Staub gemacht, nachdem sie die Bar betreten hatten. Das war ungewöhnlich für ihn. Draußen hatte er nicht wütend gewirkt, aber er war definitiv verärgert.

Tja, Pech. Sie nämlich auch. Warum ging er einfach von irgendetwas aus, anstatt mit ihr darüber zu sprechen?

Vielleicht will ich ja das Hauptevent …

Himmel. Sie machte sich ganz verrückt. Wenn Beziehungen das mit einem machten, war es ja kein Wunder, dass sie darin nie gut gewesen war.

Nein, auf diesen Gedankengang würde sie sich jetzt nicht einlassen. Hunter und sie waren ein gutes Paar.

Großartig. Sie waren ein *großartiges* Paar.

Warum schob sie dann gerade Panik?

Schluss damit. Sie konnte sich jetzt nicht damit auseinandersetzen. Das Gedankenkarussell ging ihr unfassbar auf die Nerven. Erneut schaute sie sich nach der Kellnerin um. Und erst als Amys Stimme zu ihr durchdrang, merkte sie, dass sie ihre Freundinnen komplett ignoriert hatte.

»Wie läuft es denn mit Marco?«, fragte Amy. »Du bist fast

durch, oder? Nur noch ein paar Wochen, dann bist du bei ihm raus?«

Jana schob die Gedanken an den Streit beiseite und versuchte, sich auf Amy und die anderen zu konzentrieren. Sie wollten hier schließlich feiern, und sie würde nicht zulassen, dass ein dummer Schlüssel ihr den Abend versaute.

Oder ihr Leben.

Sie hatte doch gerade erst angefangen, ihr Leben wirklich zu mögen.

Wo ist die verdammte Kellnerin?

»Marco ist nicht glücklich darüber, dass er zurückkommen muss, und spricht kaum mit mir.« *Wie Hunter gerade.* »Ist wahrscheinlich auch besser so.« Ein schmerzhaftes Ziehen machte sich in ihrem Herz bemerkbar.

»Wahrscheinlich«, sagte Sky. »Ich habe die Website gesehen, die Jamie für dich aufgesetzt hat. Die sieht wirklich toll aus.«

»Ich habe die Online-Anmeldefunktion ausprobiert«, fügte Jenna hinzu und wackelte vielsagend mit Augenbrauen und Schultern. »Für den Foxy-Mamas-Kurs. Petey freut sich schon richtig drauf.«

»Pete freut sich über alles, worüber du dich freust«, meinte Amy lachend. »Apropos, die Sache mit der blauen Farbe? Bella kann es kaum erwarten, es Theresa mit einem Streich heimzuzahlen, also sind die Spiele wohl wieder eröffnet.«

»Sie war ja nicht so schwierig abzubekommen«, erwiderte Jana abgelenkt.

»Pete hat blaue Zähne davon bekommen.« Jenna wackelte erneut mit den Augenbrauen. »Und zwar nicht vom Küssen.«

»Oh du liebe Güte.« Amy lachte. »Das war ein bisschen zu viel Information. Reden wir über was anderes.« Sie unterdrückte ein Kichern und wandte sich an Jana. »Ich war neulich im

Supermarkt, wo deine Flyer ausliegen, und drei Frauen haben sich darüber unterhalten, ob sie sich anmelden sollen. Denen habe ich gleich mal erzählt, wie großartig du bist.«

»Danke, Amy.« Jana drückte ihre Hand und entdeckte dabei endlich die attraktive Kellnerin, die noch immer Hunter beobachtete. Sie versuchte, die Eifersucht zu ignorieren, die in ihrem Bauch aufkeimte, aber das war ganz schön schwer – sie fühlte sich an wie ein wildes Tier, das sich einen Weg durch ihre Haut nach draußen kämpfte.

Rasch schaute sie zur Tanzfläche, wo Jamie und Jessica Wange an Wange zu einem dafür viel zu schnellen Beat tanzten. Bella und Leanna tanzten neben den Billardtischen, was ihre Aufmerksamkeit prompt wieder auf den großen, sexy Schlüsselnachmacher lenkte.

Ach Mist. Sie stieß sich vom Tisch ab. »Entschuldigt mich kurz. Ich hole mir was zu trinken.« Sie marschierte zur Bar hinüber. Die dumme, flirtende, verflixt hübsche Kellnerin, die ihren Mann begaffte, konnte sie mal kreuzweise. Einen Drink konnte sie sich auch selbst besorgen.

Nachdem sie zwei Fireball-Shots hinuntergekippt hatte, bestellte sie noch eine Runde für den Tisch. Der Alkohol wärmte sie und gab ihr ein Gefühl der Leichtigkeit. Kurzerhand ging sie zu Bella und Leanna auf die Tanzfläche.

»Ich habe uns eine Runde Shots zur Feier des Tages bestellt«, rief sie über die Musik hinweg.

»Super. Caden macht heute den Fahrer, also darf Mama was trinken.« Bella stupste Jana mit der Hüfte an.

Jana schloss die Augen, hob die Arme über den Kopf und ließ die Musik ihre Verärgerung wegwaschen – über die Bedeutung dieses kleinen Schlüssels, die Gedanken an die flirtende Kellnerin und den Schmerz in ihrem Herzen, den sie zu ignorieren versuchte. Als die Anspannung von ihr abfiel und sie sich dem Rhythmus überließ, öffnete sie die Augen und ließ ihren Körper das Ruder übernehmen. Ihre Hüften schwangen von einer Seite zur anderen, ihre Schultern vollführten fließende Bewegungen, während sie Bella umkreiste. Dann zogen ihre Schultern sie langsam und sinnlich nach rechts zu Leanna. Am Rande bekam sie mit, wie Leanna innehielt und sich ein Ring aus Menschen um sie bildete. Sie schloss die Augen erneut, weil sie sich nicht aus dem angenehmen Flow reißen lassen wollte, in den sie gefallen war.

Die Musik beruhigte sie, der Alkohol nahm ihr die Sorgen, und als sie die Augen wieder öffnete, tanzte sie ohne einen greifbaren Gedanken. Ihr Körper wusste, wie er sich zu bewegen, was er zu fühlen hatte. Und in diesem Moment entschied sie, dass sie keinen Alkohol mehr trinken würde. Einfach so. Schluss damit. Sie konnte ihre Probleme auch anders lösen, und Hunter sollte sich keine Sorgen machen müssen, dass sie den gleichen Fehler wie sein Vater machte und diese im Alkohol ertränkte. Sie machte sich selbstständig. Sie konnte nüchtern Entscheidungen treffen und in diesem Moment brauchte sie nur das Tanzen.

»Kommst du dann nach?«, fragte Bella.

Jana nickte. »Nach dem Song.«

Sie fühlte sich frei und ungebunden, aber als sie bemerkte, dass ein großer, muskulöser Kerl ihr immer mehr auf die Pelle rückte, verblasste ihr Lächeln.

Er griff nach ihr, doch sie wich ihm aus. »Ich bin mit jemandem hier.« Sie konnte mit den meisten Männern umgehen und sie hatte auch keine Angst vor ihm oder fühlte sich bedroht. Aber etwas hatte sich in ihr verändert. Sie hatte sich verändert. Das unwohle Gefühl von vorhin kehrte zurück.

Der bullige Kerl griff erneut nach ihr und sie wich vor ihm zurück. »Kein Interesse. Tut mir leid. Ich habe einen Freund.«

Der Mann begann, vor ihr die Hüften kreisen zu lassen, und kam ihr dabei so nahe, dass sie den Alkohol in seinem Atem riechen konnte. An so was war sie gewöhnt. Vor Hunter hätte sie sich womöglich sogar gerne darauf eingelassen, aber nun hatte sie an niemand anderem Interesse.

Als sie noch einen Schritt von ihm weg machte, stieß sie mit jemandem hinter sich zusammen. Rasch fand sie ihr Gleichgewicht wieder, und als sie aufschaute, wurde der große Mann gerade am Kragen nach hinten gezerrt. Hunter kam mit wutverzerrtem Gesicht in ihr Blickfeld. Die Venen an seinem Hals traten deutlich sichtbar hervor, so aufgebracht war er.

»Fass mein Mädchen nicht an, Arschloch.«

Der Kerl hob abwehrend die Hände. »Das wusste ich nicht, Mann.«

»Sie hat laut und deutlich gesagt, dass sie nicht interessiert ist.«

»Hunter!«, rief Jana. »Lass ihn los.«

Hunter schaute wütend zwischen dem Kerl und Jana hin und her und runzelte verwirrt die Stirn.

»Hunter. Ich meine es ernst.«

»Leg dir mal ein paar Manieren zu.« Damit schubste er den Mann von sich weg.

Jana bahnte sich einen Weg durch die Menge und zur Eingangstür hinaus.

Dreißig

Hunter stürmte durch die Tür und holte Jana ein. »Wo zum Teufel willst du hin?«

»Nirgendwo.« Sie ging mit geballten Fäusten unruhig auf und ab.

»Jana, was ist denn los? Warum bist du sauer?«

»Darum«, fuhr sie ihn an. »Warum musst du dich wie ein Neandertaler aufführen? Ich kann selbst auf mich aufpassen.«

»Meinst du das ernst?« Er überwand den Abstand zwischen ihnen. »Wolltest du, dass dieser Mistkerl dich anfasst? Wenn ja, dann … Verdammt, Jana. Ich dachte, du würdest zu mir gehören.« Und dann traf es ihn wie ein Schlag in die Magengrube, und er konnte auf einmal keinen Muskel mehr rühren. Ihm wurde eiskalt und seine Worte hingen zwischen ihnen in der Luft.

Erst der Schlüssel und jetzt das? Was zum Teufel passiert hier gerade?

»Hunter …« Sie streckte eine Hand nach ihm aus, doch er machte einen Schritt nach hinten.

»Jana …?«

»Du musst nicht durchdrehen und einen auf Höhlenmensch machen. Ich darf tanzen. Ich darf meinen Körper zur Musik bewegen, und ja, andere Männer werden mich immer dabei anschauen. Sie machen sich sogar vielleicht an mich ran, aber mal ganz im Ernst, Hunter: Traust du mir nicht zu, das selbst zu regeln?«

»Willst du mich, Jana?«

Dieses unfassbar süße Lächeln erschien auf ihren Lippen, das ihn jedes Mal ganz verrückt machte, und in diesem Moment wurde ihm bewusst, dass er sie nach den drei Worten gefragt hatte, die sie ihm nie geben würde.

Sie verschränkte die Arme vor der Brust und verdrehte die Augen.

Er lachte, trotz der Wut, die noch immer in ihm kochte. »Du bist eine elende Nervensäge.«

»Gleichfalls«, erwiderte sie. »Ich bin kein zartes Pflänzchen, Hunter. Ich kann einem Mann verklickern, dass er sich verziehen soll, wenn es sein muss.«

Sie war so verflucht sexy, wenn sie sauer war, und er liebte sie so sehr, dass er kaum noch an seinem Zorn festhalten konnte. »Ach was. Das habe ich ja am eigenen Leib mitbekommen.« Er trat näher zu ihr und schlang die Arme um ihre Taille.

»Ich habe dir noch nie gesagt, dass du dich verziehen sollst. Ich habe dir gesagt, dass du lernen sollst, romantisch zu sein.« Sie warf ihm ein freches Grinsen zu.

»Verdammt ...« Er zog sie in einen wundervoll warmen Kuss. »Du gehörst zu mir, und ganz sicher tanzt meine Frau nicht so und geilt damit andere Männer auf.«

Sie machte sich von ihm los. »Oh Mann. Du machst mich manchmal wirklich wahnsinnig. Wir sind nicht mehr in den Fünfzigern.«

»Da hast du recht, sind wir nicht. Aber trotzdem bringst du mich dazu, jedem Kerl eine reinhauen zu wollen, der dich anschaut.«

Sie stemmte die Hände in die Hüften und sah zugleich unglaublich streng und sexy aus. »Du erzählst mir immer, dass ich dir vertrauen soll. Und was ist mit dir, Hunter? Vertraust du mir nicht?« Sie ließ ihn gar nicht zu Wort kommen. »Ich gehe da jetzt wieder rein und werde mit den anderen feiern. Deswegen sind wir hier, weißt du noch? Sky und Sawyer verdienen einen schönen Abend. Den verderben wir ihnen nicht, indem wir über Schlüssel und irgendwelche Deppen streiten.«

Als sie wieder in der Kneipe verschwand, stöhnte Hunter auf und hoffte inständig, dass das nun der zweite Schritt zurück war und der nächste wieder nach vorne ging. Er kannte Jana zu gut, um auf einen Sprung vorwärts zu setzen.

Zwei Stunden später hielten sie nach einer angespannt verlaufenen Feier vor Janas Haus. Hunter stellte den Motor ab und dann saßen sie schweigend im Dunkeln.

»Es tut mir leid, dass wir uns gestritten haben«, sagte er schließlich.

»Mir auch.«

Sein Handy klingelte, und er schnaufte genervt, als er einen Blick aufs Display warf. »Das ist Clark, da muss ich rangehen.« Er stieg aus dem Auto und nahm den Anruf an.

»Hey, Hunter, Nina und ich hatten einen Riesenstreit. Kann ich bei dir schlafen?« Clark klang fürchterlich niedergeschlagen. Und heiser, als hätte er gebrüllt.

Hunter fuhr sich durch die Haare. Nach Hause zu fahren war das Letzte, was er gerade wollte. Jana und er stritten sich nie, nicht so. Eigentlich waren ihre Zankereien nie ausgewachsene Streits. Mehr Vorspiel. Aber das heute fühlte sich anders an – und es hatte alles mit einem dummen Schlüssel angefangen. Aber er konnte seinen Kumpel nicht im Stich lassen, weil sein eigener Abend blöd gelaufen war. »Natürlich. Ich bin bei Jana. Gib mir zwanzig Minuten, dann bin ich da.«

Nachdem er aufgelegt hatte, half er Jana beim Aussteigen und erklärte ihr, dass er Clark bei sich reinlassen musste.

»Schon in Ordnung. Wir sind beide müde. Ein bisschen Abstand wird uns guttun.« In ihrem Blick stand so viel Traurigkeit, dass er unbedingt bleiben und die Sache klären wollte, aber es war schon nach Mitternacht und aus Erfahrung wusste er, dass etwas Abstand ihnen wirklich besser tun würde, als die ganze Nacht aufzubleiben – insbesondere weil morgen ja noch der Wettbewerb bevorstand.

»Es tut mir leid, Jana. Er klang wirklich furchtbar, und ich weiß zwar noch nicht, was da los war, aber wahrscheinlich reden wir noch eine ganze Weile darüber.«

Sie zuckte die Schultern. »Das ist okay. Er braucht dich.«

Ein Teil von ihm wünschte sich, dass sie fragen würde: *Und was ist mit mir?* Dass sie ihm sagte, dass sie ihn auch brauchte. Oder ihn anflehte, nach dem Gespräch mit Clark wieder zurückzukommen. Doch so war Jana nicht.

Jana war die Frau, die die Nerven wegen eines Schlüssels verlor.

»Mein Wettbewerb ist morgen Nachmittag. Du kommst doch noch, oder?«

Sie hakte einen Finger in einer seiner Gürtelschlaufen ein, und diese einfache, vertraute Geste nahm ihm ein wenig die Anspannung.

»Natürlich.« Sie stellte sich auf die Zehenspitzen und drückte die Lippen auf seine.

Sein Handy vibrierte erneut und unterbrach sie damit. Sie erlaubten sich noch einen weiteren, keuschen Kuss und schauten sich dann in die Augen. So viele Fragen standen im

Raum und fielen in den Abgrund, der sich plötzlich zwischen ihnen aufgetan hatte.

Jana stand im Eingangsbereich ihres Hauses und lauschte dem Geräusch von Hunters sich entfernendem Pick-up. Die Stille im Raum war erdrückend. Wie lange hatte sie keine Nacht mehr allein hier verbracht?

Erschöpft ging sie den Flur entlang ins Schlafzimmer. Ausgelaugt. Kurz vorm Umfallen. In letzter Zeit arbeitete sie sich durch so viele Gefühle, dass mal eine Nacht ohne Hunter ihr ganz guttun würde. Sie hatte noch nie Gesellschaft gebraucht. Warum sollte sie jetzt damit anfangen? Und außerdem konnte sie die Ruhe brauchen. Das konnten sie beide.

Sie legte ihren Schmuck ab und zog sich aus. Eine Dusche stand auf dem Plan, aber auch dazu war sie zu müde. Stattdessen putzte sie sich nur die Zähne und wusch sich das Gesicht. Hunters Duft hing noch im Handtuch. Sie schaute sich im Bad um, betrachtete seine Toilettenartikel zwischen ihren. *Wir leben praktisch zusammen.*

Nachdem sie das Licht ausgemacht hatte, schleppte sie sich ins Schlafzimmer zurück, holte sich ein T-Shirt aus Hunters Schublade und zog es sich über den Kopf. Dann schlüpfte sie unter die Decken und schloss die Augen.

Sie war noch nie ein Fan von Vorbands gewesen, aber selbst die würde sie gerade der Tatsache vorziehen, dass sie auf einer leeren Bühne stand.

Einunddreißig

Hunter verbrachte die halbe Nacht damit, sich die Einzelheiten von Clarks und Ninas neuester Schlacht anzuhören, war sich aber am Schluss immer noch nicht sicher, ob er das Problem verstand. Für ihn klang es, als würden sie sich immer wieder um das gleiche Thema im Kreis drehen, ohne zu einer Lösung zu kommen. Nina hatte das Gefühl, als alleinerziehende Mutter dazustehen, und Clark fühlte sich nicht wertgeschätzt. Hunter war schon Zeuge vieler glücklicher Ehen geworden: seine Eltern, Pete und Jenna, und alle ihre Freunde in Seaside. Daneben wirkten Clarks und Ninas Probleme ungewöhnlich. Aber er war nicht so dumm zu glauben, dass nicht jedes Paar mit seinen eigenen Schwierigkeiten zu kämpfen hatte.

Er verließ die Wohnung früh und fuhr zum Baumarkt seines Vaters. Manche Männer wandten sich dem Alkohol zu, wenn es schwer wurde, wie sein Vater nach dem Tod ihrer Mutter. Hunter stürzte sich normalerweise in die Arbeit, aber nachdem er so viel Stunden an einer Skulptur gewerkelt hatte, für die Jana seine Muse gewesen war, wusste er, dass er in der Werkstatt auch nicht klarer denken können würde. Gleich nach körperlicher Arbeit war die Nummer zwei auf seiner Liste beruhigender Einflüsse, sich inmitten von Profi-Werkzeug aufzuhalten – und bei seinem Vater. Eine doppelte Dosis.

Hunter war in Brewster aufgewachsen, einer Kleinstadt, in der sich glücklicherweise selten etwas änderte. Er parkte neben dem Baumarkt und ging in Richtung Eingang. Sein Handy klingelte, als er die Tür fast erreicht hatte, und er lächelte, als er Janas schönes Gesicht auf dem Display sah. Doch dann kehrte die Erinnerung an den gestrigen Abend zurück, an den Streit über den Schlüssel, wie sie getanzt hatte, und das dämpfte seine Gefühle.

Er fuhr sich über die kurzen Haare und tigerte auf dem Gehweg auf und ab, während er den Anruf annahm. »Hey.«

»Hi.«

Unangenehmes Schweigen breitete sich zwischen ihnen aus.

»Ich habe gerade einen Anruf von Brock bekommen. Die Boxerin, die den Schaukampf heute machen sollte, hat eine Lebensmittelvergiftung, und er hat mich gebeten, in meiner Gewichtsklasse einzuspringen, deswegen …«

Hunters Magen krampfte sich schmerzhaft zusammen.

»Ich weiß, dass dein Wettbewerb heute stattfindet, und ich verpasse den echt nicht gerne, aber Brock steckt wirklich in einer Zwickmühle, und da dachte ich …«

Er hatte keine große Sache aus dem Wettbewerb gemacht, weil sie sich um Janas Studio gekümmert hatten, aber er war ihm wichtig. Kurz überlegte er, sie zu bitten, den Kampf sausen zu lassen, aber das fühlte sich auch nicht richtig an. Insbesondere, nachdem er sie so angegangen war für die Art, wie sie gestern Abend getanzt hatte. Irgendwie kam alles, was er in letzter Zeit sagte, falsch an. Jedes Mal drängte er sie noch weiter von sich weg. Hunter hatte nie behauptet, dass er bei Frauen oder Beziehungen den Durchblick hatte, aber zusammen mit Jana hatte er es irgendwie hinbekommen. Er glaubte fest daran, dass sie das auch dieses Mal schaffen würden.

»Sicher, viel Glück.«

»Dann hören wir uns später?«, fragte sie zögerlich. »Ich versuche, nach dem Schaukampf nachzukommen, aber man weiß nie, wie lange das dauert.«

»Ja, klar.« Sein bissiger Tonfall überraschte ihn selbst, aber er konnte einfach nicht verbergen, dass es ihm zusetzte, dass sie den Wettbewerb verpasste.

Er beendete das Telefonat, bevor ihm noch was rausrutschte, und ging dann rein. Wie oft waren seine Geschwister und er zusammen mit ihrer Mutter in den Baumarkt gekommen? Hatten in den Gängen gespielt, während seine Eltern sich unterhielten oder sich küssten oder was auch immer Erwachsene so machten, wenn ihre Kinder damit beschäftigt waren, in einem Laden Amok zu laufen.

Er dachte an seine Kindheit. Die war schön gewesen, und als er erwachsen geworden war, hatte nie jemand hinterfragt, mit wie vielen Frauen er schlief. Und es hatte ihn auch nie jemand deswegen schräg angemacht. Männer hatten dieses Privileg. Beim Gedanken an Jana und alles, was sie durchgemacht hatte, spürte er ein mitfühlendes Ziehen im Bauch.

Sie hatte ihm ihr Herz ausgeschüttet, und er hatte es noch schlimmer gemacht, indem er sie für eins der Dinge verurteilte, die ihn an ihr so anzogen. Das Tanzen. Ihm wurde das Herz schwer von der Erkenntnis, wie dumm er gewesen war. Sie war ihm inzwischen so unendlich wichtig. Lebenswichtig.

Beim Betreten des Baumarkts wurde ihm auch bewusst, dass er immer die vier Elemente als lebensnotwendig betrachtet hatte: Erde, Wasser, Feuer und Luft. Aber er hatte sich so sehr geirrt. Es gab fünf – zumindest für ihn –, und er hatte inzwischen das Gefühl, dass *Jana* das einzige Element war, das er wirklich brauchte.

Sein Vater stand hinter dem Tresen und schaute nun auf. Ein freudiges Lächeln breitete sich auf seinem attraktiven Gesicht aus und er umrundete den Tresen mit offenen Armen.

»Hunter. Wie geht's dir, mein Junge?«

Hunter erwiderte die herzliche Umarmung. Neil Lacrouxs Haare hatten die Farbe von Sand nach einem heftigen Regenschauer. Während seiner Alkoholphase war sein Bauch weich geworden und sein Gesicht gealtert, aber jetzt, wo er ein paar Jahre trocken war, hatte er das Gewicht wieder verloren. Der Verlust seiner Frau hatte ihm ein Stück seines Lebenswillens geraubt und einen Schatten von Leere zurückgelassen, der vermutlich nie mehr ganz weichen würde. Aber Hunter war froh, dass er den Alkohol hinter sich gelassen hatte und sein Leben weiterlebte.

»Ganz gut, Pop. Ich dachte, ich komme mal vorbei und gehe ein bisschen in den Gängen spazieren.« Er lächelte, weil er wusste, dass er seinen Vater damit zum Lachen brachte. Früher hatte er das oft gesagt, wenn Hunter einen schlechten Tag hatte. *Komm mit mir in den Laden. Geh in den Gängen spazieren. Wir reden über Werkzeug, dann fühlst du dich besser.*

»Mach das.« Sein Vater legte ihm eine große Hand auf die Schulter und drückte sie sanft. »Was ist los?« Er griff nach einer Farbdose, die auf dem Tresen stand und sortierte sie im Regal neben den anderen ein. »Geht es um den Wettbewerb? Mira, die junge Frau, die ich letzten Monat eingestellt habe, übernimmt hier nachher, damit ich hinkommen kann.«

»Danke, Pop.« Jana ging ihm durch den Kopf und die Skulptur, für die sie das Vorbild gewesen war. »Das ist es nicht. Ich bin mir ziemlich sicher, dass wir gut abliefern werden.«

»Das hat Grayson auch gesagt. Und dass du endlich deine

Muse gefunden hast.«

»Ja, so könnte man es ausdrücken.« Gab es so etwas wie eine Muse fürs Leben? Für ihn war Jana zu so etwas geworden. Sie inspirierte so viel mehr als nur seine Kreativität.

Gemeinsam streiften sie durch die Gänge. Sein Vater zeigte ihm ein paar neue Werkzeuge und einen brandneuen elektrischen Schraubenzieher, den er ins Sortiment aufgenommen hatte. Normalerweise würde das Hunter genug von seinen Sorgen ablenken, aber heute wurde er das furchtbare Gefühl in der Magengegend einfach nicht los.

Sein Vater warf ihm einen prüfenden Blick zu und deutete mit dem Kopf in Richtung seines Büros. »Schau dir mal an, was ich letzte Woche gefunden habe.«

Hunter folgte ihm in den kleinen Raum direkt hinter dem Tresen. Neil deutete auf einen der Stühle, und Hunter setzte sich, während sein Vater einen Stapel Papiere beiseiteschob. An der Wand vor dem Schreibtisch hingen unzählige Familienfotos.

»Ich habe neulich im Nähzimmer eurer Mutter nach etwas gesucht, das ich verlegt hatte.« Er öffnete eine Schublade und holte eine grüne Hängeakte heraus. »Und dabei habe ich das hier gefunden.« Er legte die Mappe auf den Tisch, und als er sie aufschlug, kamen Hunters Skizzen von seiner allerersten Skulptur zum Vorschein.

»Sie hat sie aufgehoben?« Er sah sofort wieder seine Eltern vor sich, wie sie am Wellfleet Harbor standen, roch den Duft der Bay, sah das liebevolle Schimmern in den Augen seiner Mutter. Gott, wie sehr er sie vermisste. Er griff nach den Zeichnungen und überflog die Notizen, die er sich am Rand gemacht hatte. *Denk an ihre Finger. Seinen Arm.*

»Sie hat alles aufgehoben«, sagte sein Vater. »Diese Skizzen waren der erste Schritt zu allem, was aus dir geworden ist, Hunter. Sie wiederzufinden habe ich als Zeichen gesehen, nachdem dein Werk heute an genau der Stelle beurteilt wird, an der wir damals gestanden haben.«

Hunter nickte und lächelte bei der Erinnerung an jenen Nachmittag. »Weißt du, Pop, es gab mal eine Zeit, in der meine Arbeit alles war, was ich hatte. Dafür habe ich gelebt. Mich nach dem Gefühl des kalten Metalls in meinen Händen gesehnt. Im Bewusstsein, dass das, was ich in mir habe, durch das, was ich erschaffe, rauskommt.« Er schaute seinem Vater in die tief liegenden Augen. Augen, in denen er sein Leben lang immer Rückhalt gefunden hatte.

»Und jetzt?«, fragte Neil.

»Jetzt liebe ich meine Arbeit immer noch genauso. Ich könnte nie einen Raum voller Leute unterrichten wie Matt oder Menschen tätowieren wie Sky. Und dass du und Pete Schiffe restauriert, ist der Wahnsinn, aber auch zu limitiert für mich. Ich brauche die Freiheit, die meine Arbeit mir bietet. Ich brauche die Möglichkeit, zu visualisieren, was ich will, und diese Visionen dann Realität werden zu lassen.« Er holte tief Luft und ließ sie langsam wieder entweichen. »Aber zum ersten Mal in meinem Leben habe ich noch etwas anderes gefunden, das mich auf eine Art erfüllt, die ich nie für möglich gehalten hätte. *Jemanden.* Sie fordert mich heraus, Pop. Sie weckt in mir den Wunsch, ein besserer Mensch zu sein. Mich mehr für andere zu interessieren. Stärker, aber auf andere Art.«

»Klingt nach mir, als ich deine Mutter kennengelernt habe.«

Hunter lächelte. »Das Lustige daran ist: Bei ihr geht es mir nicht darum, meine Träume und Hoffnungen zu erfüllen. Sondern ihre.« Er stand auf, weil er mit einem Mal genau wusste, was er zu tun hatte. »Ich habe eine Idee, Pop.«

»Die hast du ständig«, murmelte sein Vater und erhob sich ebenfalls. »Dir ist schon klar, dass du nicht immer sofort jedem Impuls nachgeben musst, oder? Du könntest erst mal drüber nachdenken, warten, bis sich alles beruhigt hat, und dann eine Entscheidung mit kühlem Kopf treffen.«

Grinsend legte Hunter seinem Vater einen Arm um die Schultern. »Warst du nicht derjenige, der mir gesagt hat, dass Entscheidungen mit kühlem Kopf bei Frauen unmöglich sind?«

Sein Vater lachte. »Kann gut sein.«

»Tja, dann darfst du jetzt sagen: Ich hab's dir ja gesagt. Weil das bei meiner Frau auf jeden Fall zutrifft.«

Warum mussten Schaukämpfe eigentlich immer den Zeitplan überziehen? Das Match war für zwei Uhr angesetzt gewesen, doch um vier hatten sie gerade mal die dritte Gewichtsklasse durch. Jana war als Nächste dran und inzwischen ein Nervenbündel. Sie hatte nicht geschlafen, zu viel Kaffee getrunken, zu wenig trainiert, und ihr Herz fühlte sich an, als wäre es ein mit Helium gefüllter Ballon, der zu Wolke sieben aufsteigen wollte, nur um festzustellen, dass er ein kleines Loch hatte und deswegen langsam zur Erde zurücksank.

»Bereit, Schwesterchen?« Brock half ihr in die Handschuhe. »Was auch immer der Grund dafür ist, dass du zapplig wie ein Koksjunkie bist, schieb das beiseite. Du kannst das, Kleine. Du bist aggressiv, entschlossen und schlägst härter zu als jede andere Frau in deiner Gewichtsklasse. Konzentrier dich, Jana.«

Wie sollte sie sich konzentrieren, wenn sie das Gefühl hatte, dass ihre Welt schon wieder außer Kontrolle geriet? Sie sollte mit Hunter bei dem Wettbewerb sein, nicht diesen Kampf austragen, der ihr ziemlich egal war.

Sie hielt ihre Boxhandschuhe hoch. »Könntest du mal eben in meine Nachrichten schauen? Hunter nimmt heute mit einer Skulptur an einem Wettbewerb teil und ich sollte dort sein. Ich will nur wissen, ob er gewonnen hat.«

»Grübelst du deswegen die ganze Zeit? Jana, wir hätten den Kampf absagen können.« Brock holte ihr Handy aus ihrer Tasche. »Du hast ungefähr drei Millionen Nachrichten von Sky und Hunter. Welche willst du zuerst lesen?«

»Sky.« *Weil Hunters vielleicht nicht so nett sind.*

Brock las die entsprechenden Zeilen vor. »»OMG. Hunter ist im Finale. QUIETSCH! Er ist einer der drei Finalisten, drück ihm die Daumen«« Er zog eine Augenbraue hoch. »Quietsch?«

Jana lächelte, zu glücklich, um seine Frage zu beantworten. »Er ist im Finale, das ist großartig.«

»Da kommt noch mehr. Muss ich dir die wirklich alle vorlesen? Du musst in sieben Minuten in den Ring …«

»Mach schon!« Schlechtes Gewissen mischte sich unter ihre Freude. Hunter war einer der Finalisten und sie hatte es verpasst. Er hatte sie noch nie um irgendwas gebeten, und sie ging boxen, anstatt ihn auf das Event zu begleiten, auf das er seit Wochen hinarbeitete. Sie war wirklich eine bescheidene Freundin. In diesem Moment beschloss sie, dass sie sich ab sofort auf Hunter konzentrieren würde. Ganz egal, was sonst in ihrem Leben passierte, sie würde für ihn da sein. Und wenn das bedeutete, dass sie das sexy Tanzen abwandeln musste, damit er sich damit wohler fühlte, würde sie auch das tun. Das war schließlich nur ein kleines Zugeständnis, oder? Er hatte so viel für sie getan.

Brock seufzte und las weiter. »›Er sieht so nervös aus. Und OMG, wenn du den Kerl sehen könntest, gegen den er antritt. Der ist so ein Nerd LOL.‹« Er schaute auf. »Jana. Das reicht.«

»Okay, scroll einfach zur letzten Nachricht und lies mir die vor.« Sie wartete und hoffte, dass Hunter gewonnen hatte.

»Die letzte Runde wird erst später entschieden. Vielleicht schaffst du es ja noch.«

»Gut«, sagte Jana. »Anscheinend verzögert sich heute alles. Vielleicht komme ich ja wirklich noch rechtzeitig hin.«

Der Ansager rief Jana und ihre Gegnerin auf.

»Du bist dran, Schwesterchen.« Brock legte ihr Handy zurück in die Tasche und fasste sie an den Schultern. »Ich will, dass du diese positive Energie nutzt, um den Kampf zu gewinnen, verstanden?«

Jana nickte. »Sag mir nur noch, was in Hunters Nachricht stand.«

»Verdammt, Jana. Das ist nicht konzentrieren.« Er schnappte sich das Telefon noch einmal mit einem Schnaufen und entsperrte das Display. »›Wir müssen reden.‹«

Zweiunddreißig

Die Zuschauer jubelten, als die Gewinnerin mit erhobenen Händen durch den Ring stolzierte. Jana schleppte ihr gekränktes Ego und ihren zerschlagenen Körper in die Umkleide, wischte Brocks tröstende Worte mit einer Handbewegung beiseite und versuchte, das Blut zu ignorieren, das ihr über die Wange lief. Sie war so abgelenkt von Hunters lapidarer Nachricht und den Schuldgefühlen gewesen, dass sie ihre Konzentration vollkommen verloren hatte.

Als sie in ihrer Handtasche nach ihrem Handy suchte, fiel der Schlüssel raus, den Hunter hatte nachmachen lassen, und landete mit einem hohlen *Ping* auf dem Boden. Sie wischte sich den Schweiß von der Stirn und rieb sich dann übers Gesicht, zuckte jedoch zusammen, als sie an die Platzwunde über ihrem rechten Auge kam, wo sie einen hässlichen Schlag kassiert hatte.

Sie wischte sich das Blut an ihrer Hand an den Shorts ab und hob die nüchterne Erinnerung an ihren Streit auf. Lange starrte sie auf das kleine Stück Metall in ihrer Hand und ließ sich auf die Sitzbank sinken. Hunter hatte sich die Mühe gemacht, einen Schlüssel zu besorgen, während sie selbst nicht mal mitbekommen hatte, dass sie zusammenwohnten. Seine Kleidung befand sich tatsächlich in ihrer Kommode und im

Schrank. Er war fast jeden Abend da. Es war also keine Frage mehr, ob sie für die Vorband bereit war. Sie *waren* die Vorband und das schon seit einer ganzen Weile. Sie waren die beste Vorband aller Zeiten! Jana hatte so ein Drama um den Schlüssel gemacht, und er hatte ihn ihr weder an den Kopf geworfen, noch ihr ein Ultimatum gestellt. Stattdessen hatte er ihn ihr sanft in die Hand gelegt und ihre Fingerknöchel geküsst.

Er liebte sie. Das zeigte sich in jeder seiner Handlungen und dem, was er sagte – und allem, was er nicht sagte.

Und ich habe den ersten Teil des Wettbewerbs wegen eines dummen Kampfs verpasst und mich auf der Tanzfläche aufgeführt, als würde er nicht existieren. Was zum Teufel stimmt denn nicht mit mir?

Sie stand auf, stopfte ihre Ausrüstung in die Sporttasche und sammelte ihre Handtasche ein. Schwer atmend und den Tränen nahe stürmte sie aus der Umkleide.

»Jana!« Brock holte sie ein. »Lass mich die Platzwunde versorgen.«

»Geht nicht. Ich muss los.« Wieso hatte sie all diese Sachen zu ihm gesagt? *Wir wohnen nicht zusammen.* Natürlich taten sie das. Er musste sie wirklich für verrückt halten.

»Aber wir machen noch …«

Jana drehte sich um und legte ihrem Bruder eine Hand auf die Brust. »Ich enttäusche dich wirklich nicht gerne, Brock, aber ich muss einen Schlüssel abliefern.«

Sein verwirrter Gesichtsausdruck brachte sie zum Lachen. Sie gab ihm einen Kuss auf die Wange und rannte dann nach draußen.

Ihr Handy vibrierte, während sie ihre Sachen auf den Rücksitz warf.

Sie ließ den Motor an und fühlte sich, als hätte sie etwas viel

Größeres gewonnen als einen dummen Boxkampf. Hunter hatte recht. Alles, was sie wollte, befand sich direkt vor ihrer Nase, und sie hatte genug davon, zu stur zu sein, um es zu sehen.

Sie fuhr zu schnell und schaffte die lange Fahrt in Rekordzeit.

Am Wellfleet Harbor angekommen suchte sie sich einen Parkplatz. Auf den Rasenflächen, auf denen der Wettbewerb abgehalten wurde, tummelten sich so viele Leute, dass sie bis auf die Straße standen. Die Lichter der Behelfsbühne waren eingeschaltet, und nachdem sie es auch vergeblich auf dem Parkplatz am Pier versucht hatte, gab sie auf und stellte das Auto in zweiter Reihe ab.

Mit Hunters Schlüssel in der Hand rannte sie die Straße hinunter, am Pearl Restaurant vorbei, der Galerie und dem Bookstore Restaurant, hinein in die Menschenmenge. Ihr Herz schlug unglaublich schnell, und die Leute warfen ihr seltsame Blicke zu, doch das war ihr egal. Sie wollte einfach nur Hunter sehen. Bisher hatte sie nicht mal einen Blick auf seine Skulptur geworfen. Gott, sie war wirklich eine schlechte Freundin, aber das hatte jetzt ein Ende. Sie war hier mit dem Schlüssel zu ihrem Haus und bereit, ihm alles zu geben, was er wollte. Alles, was sie selbst wollte.

Sie bahnte sich einen Weg durch die Menge, stellte sich auf die Zehenspitzen, um über die Schultern der Leute zu schauen, und quetschte sich zwischen Paaren und Kindern hindurch. Bis sie endlich – *endlich* – die Bühne sehen konnte.

Hunter sah so attraktiv aus in seiner dunklen Anzughose und dem weißen Hemd. Er stand neben Grayson und sechs weiteren Männern und Frauen. Parker Collins sah so gut aus wie auf der Leinwand und für den Bruchteil einer Sekunde kochte Eifersucht in Jana hoch. Doch sie schob sie beiseite, zu konzentriert auf den Grund für ihre Anwesenheit, um sich jetzt von irgendwas aus der Bahn werfen zu lassen. Parker stand neben einem Mann, den Jana nicht erkannte, in der Mitte der Bühne. Beide hielten Mikrofone in der Hand.

Bitte lass ihn gewinnen. Bitte lass ihn gewinnen.

Ihre Hände zitterten und ihr Herz war so voller Hoffnung. Er hatte ihr alles gegeben. Er verdiente das hier mehr als jeder andere.

Parker wandte sich übers Mikrofon an die Zuschauer. »Vielen Dank für Ihre Geduld, während wir uns heute Nachmittag für unsere endgültige Entscheidung noch ein bisschen mehr Zeit genommen haben. Ich bitte um einen kleinen Applaus für unsere talentierten Teilnehmer.«

Die Menge klatschte und Jana sackte der Magen in die Kniekehlen. Hatte sie die Preisverleihung verpasst?

Als der Applaus verklang, wandte Parker sich an Hunter und die anderen.

»Wir haben uns ein wenig mehr Zeit für unsere Entscheidung genommen, weil wir nicht nur schwer beeindruckt von jedem der Künstler waren, sondern auch beschlossen haben, dem Gewinner einen größeren Preis zukommen zu lassen.«

Bitte, bitte, sag Hunter Lacroux.

»Wir haben nun zwei Gewinner dieses Wettbewerbs, zwei überaus talentierte Brüder, die ihr ganzes Leben am Cape verbracht haben. Ich bitte um Applaus für Hunter und Grayson Lacroux von Grunter's Ironworks.«

Tränen liefen Jana über die Wangen und sie klatschte begeistert. *Du hast gewonnen. Danke, Gott. Ich danke dir so sehr.*

Parker schüttelte Hunter und Grayson die Hand. »Ihre Arbeit ist unglaublich, und wir bieten Ihnen nicht nur den Zweijahresvertrag für die Collins Children's Foundation an, sondern würden Sie auch gerne einladen, vor Ort bei uns zu arbeiten.«

Hunter und Grayson tauschten einen Blick miteinander und Jana lauschte angestrengt.

»Sie könnten Teil unseres Künstlerteams werden und nicht nur in unserem Hauptsitz in L. A. arbeiten, sondern in den kommenden zwei Jahren quer durchs Land reisen und in unseren Außenstellen tätig werden. Die Kosten dafür übernehmen wir«, fuhr Parker enthusiastisch fort.

In Janas Bauch formte sich ein harter Knoten. Sie taumelte rückwärts und stolperte über das Bein einer Frau.

»Sorry«, murmelte sie und machte sich eilig auf den Weg zurück zu ihrem Auto. Ihr brach das Herz mit jedem unsicheren Schritt mehr. *L. A. Zwei Jahre bezahltes Reisen.* Sie konnte Hunter den Schlüssel jetzt nicht geben. Nicht, wenn sie ihm diese einmalige Chance bot.

Dreiunddreißig

Jana fuhr ziellos durch die Stadt, und alles verschwamm in einer Mischung aus Tränen und Kopfschmerzen, garniert mit einer kräftigen Portion Selbsthass. Eine halbe Stunde, nachdem sie vom Wettbewerb weggefahren war, erhielt sie eine weitere nichtssagende Nachricht von Hunter. *Wir müssen reden.* Sie schluchzte so heftig, dass ihre Brust schmerzte. Sie war zu dem Strand gefahren, an dem sie zusammen den Sonnenaufgang beobachtet hatten. Wie konnte sie nur so blind für das gewesen sein, was sich direkt vor ihrer Nase befand? Für die Liebe, die in ihrem Herz vom ersten Moment heranwuchs, als Hunter und sie sich vor Monaten wiedergetroffen hatten? Nichts davon spielte mehr eine Rolle, weil sie schon viel zu egoistisch gewesen war.

Sie fuhr nach Provincetown, nur um einen Blick auf das Governor Bradford zu werfen, die Bar, wo Hunter und sie sich ein paarmal gegenseitig abgeschleppt hatten. Aber das trieb das Messer nur noch tiefer in ihre Brust. Dann nahm sie den Highway nach Yarmouth, wo sie auf einen leeren Parkplatz abbog und noch ein bisschen mehr weinte. Auf keinen Fall würde sie Hunter jetzt ihre Gefühle gestehen und ihn zwingen, sich zwischen ihr und seiner Karriere zu entscheiden. Er verdiente jede gute Gelegenheit, die sich ihm bot.

Er verdiente eine Frau, die nicht wegen eines Schlüssels in Panik verfiel.

Er verdiente eine Frau, die nicht die erste Hälfte seines Wettbewerbs verpasste.

Warum taten diese Gedanken so unglaublich weh? Sie wollte so sehr diese Frau sein, dass es sich fast greifbar anfühlte. Sie wollte ihren Ängsten die Hölle heißmachen. Sie wollte noch mal von vorne anfangen.

Als sie keinen Funken Energie mehr übrig hatte, gab sie schließlich auf und fuhr nach Hause. Sie konnte ihrer Verzweiflung nicht entkommen. Es gab keine Flucht vor einem gebrochenen Herzen. Sie hatte erst nicht nach Hause gewollt, weil schon eine Nacht ohne Hunter gereicht hatte, dass sie ihr hübsches, kleines Häuschen weniger mochte, und der Gedanke an eine weitere Nacht ohne ihn – oder ein ganzes Leben ohne ihn – war mehr, als sie ertrug.

Plötzlich fiel ihr Blick auf Hunters Pick-up, als sie ihre Straße hinunterfuhr, und in ihrer Kehle bildete sich ein Kloß. Sie war nicht bereit für dieses Gespräch, das ihrer Beziehung ein Ende setzen würde. Hatte sie in dem verlorenen Kampf heute nicht schon genug eingesteckt? Durfte sie nicht noch für einen weiteren Tag so tun, als hätte er nichts Fantastisches gewonnen und dass sie mit Hunter eine echte Chance auf eine gemeinsame Zukunft hatte? Dass er ihre Entschuldigung und den Schlüssel annahm und sie wieder auf den tollen, liebevollen Pfad zurückkehren konnten, auf dem sie sich befunden hatten? Der gefiel ihr nämlich. Sehr sogar.

Sie parkte neben seinem Auto. Ihr Haus lag im Dunkeln und Hunter war nirgends zu sehen. Ihr Handy vibrierte auf dem Beifahrersitz. Hunters Name erschien über seiner Nummer und trieb ihr wieder die Tränen in die Augen. Sie hatte endlich den Kontakt geändert. Wie konnte so eine dumme Kleinigkeit wie Hunters Name auf ihrem Display nur so wehtun?

Sie entsperrte den Bildschirm und las die Nachricht. *Können wir reden?*

Ihr Puls beschleunigte sich und sie ließ den Blick suchend über den Vorgarten schweifen. Da stand tatsächlich ein Mann auf der Rasenfläche neben ihrem Haus und den hätte sie überall wiedererkannt. Die selbstbewusste Haltung, die breiten, kräftigen Schultern, und wenn sie sein Gesicht sehen könnte, würden seine Kiefermuskeln sicher vor Anspannung zucken. Sie wischte sich über die Augen, straffte die Schultern und stieg aus dem Auto. Ganz sicher würde sie nicht vor ihm zusammenbrechen. Sie wollte nicht, dass er sich schuldig fühlte, weil er diese unglaubliche Chance ergriff, die man ihm anbot. Sie würde nicht die Frau sein, die ihm im Weg stand.

Die paar Meter zwischen ihnen schien sie in Zeitlupe zu überwinden. Als sich ihre Augen langsam an die Dunkelheit gewöhnten, erkannte sie, dass er einen Anzug und Krawatte trug. Ihr Herz machte einen kleinen Satz. So schick angezogen hatte sie ihn noch nie gesehen. Heißer Schmerz schoss durch ihren Bauch bei der Erkenntnis, dass er diesen Anzug nicht für sie, sondern aufgrund des Wettbewerbs trug. Er musste die Krawatte und das Jackett für den Bühnenauftritt im Auto gelassen haben oder so.

Und sie merkte, dass er sich rasiert hatte und nach After-shave roch. Eifersucht machte sich in ihr breit, weil sie wusste, dass *das* auch nicht für sie gedacht war.

»Hi.« Ihre Stimme klang so erschöpft, wie sie sich fühlte.

Er kam einen Schritt auf sie zu und musterte ihr Gesicht, bevor sein Blick nach unten schweifte, allerdings schneller, als er es normalerweise tat. Nur ein weiterer Hinweis auf die Distanz zwischen ihnen. Er hob ihr Kinn mit einem Finger an und betrachtete ihr Gesicht genauer.

»Du hast geblutet.«

Sie schluckte hart. Sah er auch, wie sehr ihr das Herz blutete? Sie zuckte halbherzig mit einer Schulter. »Ich habe verloren.«

»Es tut mir so leid, dass ich nicht dabei war, um dich anzufeuern.« Er klang ehrlich, doch ein weiteres, halbherziges Schulterheben resultierte in dem Muskelzucken an seinem Kiefer, das sie bereits befürchtet hatte.

»Können wir reden?«, fragte er.

Sie nickte, und als er auf den Garten deutete, ging ihr auf, dass er nicht mal einen Fuß in ihr Haus setzen wollte. Das drehte das Messer in ihrem Herz noch einmal um.

Der Garten lag dunkel vor ihnen, und sie stolperte über etwas, das im Gras lag.

»Was zum …«

»Bleib hier, ich mache das Licht an.« Er ging zur Veranda, um dort etwas in die Steckdose zu stecken, und plötzlich leuchtete der komplette Garten mit weißen Lichterketten auf, die er in die Bäume, über die Büsche und um die Hintertür gehängt und den Garten damit in ein magisches Wunderland verwandelt hatte.

»Was …« Sie konnte nicht verarbeiten, was sie da sah. Um sie herum formten Rosenbouquets ein Herz im Gras. Und dann fiel ihr Blick auf die Skulptur, die an der spitzen Stelle stand, wo die beiden Herzhälften sich trafen.

»Du hast sie noch nicht gesehen, oder?«, fragte Hunter.

Sie schüttelte den Kopf. Er hatte ihr nicht erzählt, wie sein Plan für den Wettbewerb aussah, aber nicht mal in ihren wildesten Träumen hätte sie sich vorgestellt, dass er an einer

Tänzerin arbeitete. Fasziniert von dem eleganten Kunstwerk fand sie schließlich ihre Stimme wieder.

»Das hast du für den Wettbewerb gemacht? Darf ich sie anfassen?«

»Natürlich.« Er legte ihr eine Hand auf den unteren Rücken und schob sie näher hin, doch sie wollte nicht von ihm weg. Also blieb sie, wo sie war und verlor sich in seiner Berührung, in der Schönheit der Skulptur, in ihrer Verwirrung.

»Sie ist so anmutig. Der Schwung ihres Halses, die Bewegung ihrer Beine und Schultern.« Abwesend fasste sie sich an den eigenen Hals. »Es ist voller Kraft und so schön. Sie sieht aus, als wäre sie tatsächlich mitten in der Bewegung und ihr Rock scheint mitzuschwingen. Ich habe noch nie etwas so … so … Feminines und Natürliches gesehen.«

»Du warst die perfekte Muse.«

Sie schaute zu Hunter auf und erneut stiegen ihr Tränen in die Augen. *Ich?*, formte sie mit den Lippen.

Er schob die Hände in die Hosentaschen und zuckte verlegen die Schultern. »Wer sonst?«

Ihre Knie wurden weich. In seiner Stimme schwang so viel Liebe mit, und die Vorstellung, dass er sie in dieser herrlichen Skulptur sah, haute sie aus den Socken. Angezogen von diesem Teil von ihm, seiner Vision, ging sie nun doch darauf zu und ließ die Finger über die Kreise und ovalen Details aus glänzendem Metall und Spiegelstücken gleiten, die die Brüste der Frau bedeckten. Dann berührte sie ihre eigene Hüfte.

»Ich?«, wiederholte sie, weil sie sich einfach nicht in dieser wunderschönen Frau erkannte. »Aber sie sieht so *frei* aus.« War das seine Art, ihr zu sagen, dass er ging? Gab er sie frei? Zeigte er ihr dieses Meisterwerk, damit sie sich ihm nicht in den Weg stellte?

»Ich nenne sie *Erwachende Eleganz*.« Nun schien er die Skulptur selbst eingehender zu betrachten. Seine Augen verengten sich ein wenig. »Ich habe dich an dem Abend im Studio tanzen sehen, und du hast so frei ausgesehen, wie ich dich noch nie erlebt habe. Als wärst du in der Musik verschwunden, als hätte sie dich an einen Ort gebracht, den nur du sehen kannst.«

Ihre Atemzüge wurden flacher, als sie seiner sehr treffenden Beschreibung dessen lauschte, was sie beim Tanzen empfand. Er sah, wofür sich niemand anderes vor ihm Zeit genommen hatte.

»Gestern Abend warst du unglaublich auf der Tanzfläche. Ich bin überrascht, dass nicht mehr Kerle ihr Glück bei dir versucht haben.«

Sie sah aus tränenfeuchten Augen zu ihm auf und wollte sich entschuldigen, doch er drückte ihr einen Finger auf die Lippen.

»Pst. Lass mich ausreden. Bitte.«

Er umrundete die Skulptur und berührte ein Stück Metall, das sich um den Oberschenkel wickelte, sich dann quer über den Unterbauch zog und an der Schulter auslief.

»Am Anfang«, sagte er, »warst du von deinen eigenen Ketten gefangen. Unnachgiebig. Abgeschottet. Aber du hast dich langsam von deinen Erinnerungen befreit, vom Schmerz, der dich festhielt.«

Die Geister meiner Vergangenheit.

Er strich über die glänzenden Teile, aus denen das Tanktop bestand. Der Träger über der linken Schulter war ganz, der über der rechten dagegen zerfetzt und ihre Schulter entblößt. »Du hast dich mir geöffnet und dir selbst genug vertraut, um zu versuchen, mir zu vertrauen.«

Mein Leben ist so viel besser, wenn du ein Teil davon bist.

Jana betrachtete nicht länger die Skulptur, sie beobachtete ihn – und war fassungslos von seiner Fähigkeit, ihr ins Herz und in die Seele zu schauen und dabei genau zu verstehen, wie sie die letzten Wochen empfunden hatte. Aber warum jetzt? Warum wählte er diesen Moment, um ihr zu zeigen, wie gut er sie kannte? Sie versuchte, die Gefühle runterzuschlucken, die ihr die Kehle zuschnürten, aber als er seinen warmen Blick auf sie richtete und diese Verbindung die Bedeutung seiner Worte noch verstärkte, verstand sie endlich, was er die ganze Zeit über versucht hatte, ihr zu sagen.

»Ich habe ihr ganz bewusst kein Gesicht gegeben, weil dein Gesicht … Verdammt, Jana, dein Gesicht …«

Die Art, wie er das sagte, atemlos und schmerzerfüllt, als würde ihn der Anblick ihres Gesichts gleichermaßen vernichtend schlagen und wieder zusammensetzen, ließ sie die Hand ausstrecken und ihm über die Wange streicheln.

Er schaute ihr in die Augen und die Welt um sie herum verblasste. Die Luft pulsierte. Seine Energie zog sie magisch an. Einen Moment lang dachte sie schon, dass er nichts mehr sagen würde, und zugleich war sie sich nicht sicher, ob sie ihm weiter zuhören konnte, wenn er es doch tat. Und dann berührte er ihre Finger, schickte damit Funken ihren Arm hinauf und versetzte ihrem Hirn einen elektrischen Schlag, der es aufweckte.

»Jana.« Die Aufschläge seines Jacketts hoben sich mit jedem Atemzug und er trat dichter zu ihr. »Deine Augen zeigen der Welt nur, wie stark du bist und dass du von niemandem Zustimmung oder Hilfe brauchst, aber mir verraten sie alle deine Geheimnisse. Ich sehe dein Verlangen nach Liebe, Fürsorge und Hingabe, aber auch deine Angst.« Lächelnd hielt er kurz inne, als würde er sich an bestimmte Momente mit ihr erinnern. »Dein hübsches, rundes Kinn zeigt der Welt deinen eisernen Willen, aber mir, was darunter verborgen ist: dein Herz, das nicht wieder verletzt werden will.« Er legte ihr erneut einen Finger unters Kinn und strich mit dem Daumen über ihre Unterlippe. »Und dieser freche, schlagfertige Mund, der allen anderen sagt, dass es nichts gibt, womit du nicht umgehen kannst, aber ein kleines Zusammenkneifen deiner Lippen, wenn du meinen Namen in einer bestimmten Tonlage flüsterst, gibt deine tiefsten Ängste und Unsicherheiten preis. Ich könnte dein Gesicht nie nachbilden, weil ich nichts davon mit der Welt teilen will. Ich bin egoistisch und will das nur für mich alleine.«

Er beugte sich zu ihr, und sie klammerte sich an seinem Jackett fest, weil sie seine Stärke brauchte, um ihre weichen Knie und ihr Herz auszugleichen, das sich anfühlte, als würde es ihr jeden Moment aus der Brust springen.

Sie musste all ihre Konzentration aufbringen, damit ihr zumindest sein Name über die Lippen kam. »Hunter?« Sie griff fester zu und ließ den Blick noch einmal über die beleuchteten Bäume, die Blumen und die Skulptur wandern, und landete schließlich wieder bei dem Mann, den sie mehr liebte als alles andere. »Was hat das alles zu bedeuten?«

Er ließ sich auf ein Knie sinken, griff hinter die Skulptur und präsentierte ihr ein großes Holzkästchen. »Das ist Romantik. Mein Mädchen mag Romantik.«

Sie zitterte am ganzen Körper. »Aber …«

»Bitte, meine Hübsche. Diskutier heute Abend nicht mit mir darüber.«

Meine Hübsche. Bei dem Kosenamen schossen ihr wieder Tränen in die Augen. Im Versuch, sie zurückzuhalten, schloss sie die Lider.

»Mach die Augen auf, Baby. Alles, was du willst, ist direkt vor deiner Nase.« Er öffnete das Kästchen und enthüllte damit eine Art Türknauf mit einem Haufen Knöpfe darunter.

»Ich verstehe nicht. Du schenkst mir einen Türknauf?«

Sein Lächeln brachte sie trotz der Tränen zum Lachen und er stand wieder auf.

»Ja, ein Türknauf mit Zahlenschloss. Dafür braucht man keinen Schlüssel. Ich will jeden Abend zu dir nach Hause kommen und dich jeden Morgen zum Frühstück vernaschen.«

Sie spürte, wie ihr Hitze in die Wangen stieg, als er sie an sich zog, sodass sich ihre Körper vom Kopf bis zu den Zehen berührten. Und da machte die Hitze nicht Halt.

»Du kannst tanzen, wie immer du willst, solange mein Körper der einzige ist, den du dabei anfasst.« Die Anspannung in seiner Stimme verriet ihr, wie schwer ihm das fiel. »Ich werde dein Bodyguard sein, wenn du abdriftest, und dein Liebhaber, wenn wir zu Hause sind. Ich kann nicht versprechen, dass ich nicht manchmal den Höhlenmenschen raushängen lasse, aber sehr wohl, dass ich auf dich warten werde, auch wenn es jedes Mal zehn Schritte zurück für jeden nach vorne kostet, bis du bereit dazu bist.«

»Aber du hast den Wettbewerb gewonnen.« *Oh Gott, das ist zu schwer.* Sie zwang sich, weiterzusprechen, auch wenn sie kaum mehr als ein Flüstern hervorbrachte. »Und du gehst nach L. A. und wirst reisen. Ich will dich nicht davon abhalten.«

Ein warmer Ausdruck trat in seine Augen. »Woher weißt du, dass ich gewonnen habe?«

»Ich …« Tränen rannen ihr wieder über die Wangen. »Ich war da. Ich wollte es nicht verpassen … und … und ich habe gehört …« Weiter kam sie nicht. Es tat einfach zu weh.

»Jana, du warst der Grund dafür, dass ich den Wettbewerb gewonnen habe.« Sein Lächeln wurde noch breiter. »Aber nach L. A. zu ziehen oder zu reisen war nie Teil des Plans. Ich würde dich nie verlassen.«

»Aber …«

Er strich mit den Lippen über ihre und flüsterte: »Kannst du denn nichts einfach mal akzeptieren? Grayson kann reisen. Du bist das Einzige, was ich gewinnen wollte, und ich werde den Rest meines Lebens damit verbringen, dir zu zeigen, wie sehr ich dich will. Du stellst meine Geduld oft genug auf eine harte Probe, aber ich werde dich nicht verlassen, Jana. Nicht jetzt, nicht in einem halben Jahr und auch sonst nicht. Ganz egal, wie viele Steine du uns noch in den Weg legst.«

»Aber ich will den Türknauf nicht«, gestand sie. »Ich will, dass du den Schlüssel hast.«

»Verdammt, ich liebe dich.« Er küsste sie, doch sie stemmte sich gegen seine Brust. »*Was*, meine Hübsche? Was gibt es denn *jetzt* noch zu sagen?« Sein hitziger Tonfall konnte es mit dem Verlangen in seinen Augen aufnehmen, was ihre nächsten Worte noch wichtiger machte.

»Nur …« Sie hielt inne, um ihre Emotionen wieder unter Kontrolle zu bekommen. Sie wollte nichts vergessen. »Danke, dass du mich so liebst, wie ich bin. Danke, dass du mich trotz meiner Ängste liebst und mir hilfst, mit den Geistern der Vergangenheit abzuschließen. Ich will dich, Hunter. Nur dich. Ich liebe dich.« Sein liebevolles Lächeln provozierte nur noch mehr Tränen. »Ich will nicht nur die Vorband. Ich will das Hauptevent, die Zugabe und die Standing Ovation.« Als er sie nur verwirrt anschaute, fügte sie rasch hinzu: »Frag nicht. Küss mich einfach.«

Vierunddreißig

Jana stand mit einer Seidenkrawatte über den Augen vor der Treppe zum Eingang ihres Studios – der Krawatte, mit der Hunter ihr am Vorabend die Handgelenke gefesselt hatte. Sie war überrascht gewesen, als er ihr gestanden hatte, dass er *nach* dem festlichen Dinner zur Feier seines Gewinns geduscht, sich rasiert und Aftershave aufgetragen hatte, bevor er sich in den Anzug schmiss. Und nachdem sie geredet hatten, liebten sie sich bis in die frühen Morgenstunden. Clark hatte recht: Es war ein meilenweiter Unterschied, mit der Frau zu schlafen, die man vergötterte, oder einfach nur Sex zu haben.

Hunter stellte sich hinter Jana und lenkte sie an den Schultern. Seit sie ihm ihre Liebe gestanden hatte, fühlte er sich wie der glücklichste Mann auf Erden. Er wusste, dass ihre Beziehung wahrscheinlich immer Höhen und Tiefen durchlaufen würde. Sie waren immerhin beide furchtbar stur. Er behauptete auch nicht, alle Antworten zu kennen, aber immerhin die einzige, die wirklich zählte. Er liebte Jana und schwor sich, den Rest seines Lebens damit zu verbringen, sie glücklich zu machen.

»Versprich mir einfach, dass du mir sagst, wenn es dir nicht gefällt.«

Sie lachte. »Wann war das je ein Problem für mich? Ich trage zwar eine Augenbinde, aber mein Mund funktioniert einwandfrei.«

»Und er ist schon wieder frech.«

»Du liebst mein freches Mundwerk.«

Er trat vor sie und zog sie an seinen Körper. Ihre Brustwarzen zogen sich sofort an seiner Brust zusammen. Er konnte nicht widerstehen und rieb seine stoppelige Wange an der empfindlichen Haut unterhalb ihres Ohrs.

»Hunter …« Die Erregung in ihrer Stimme schickte einen heißen Blitz direkt in seinen Schritt.

Er biss sie in den Hals und schlang die Arme um ihre Taille, um sie zu stützen, als ihre Knie unter ihr nachgaben. »Du siehst so verführerisch aus mit der Augenbinde und in dem Minirock und dem engen Rüschenoberteil. Ich kann nicht fassen, dass du zu mir gehörst. Sag es noch mal.« Er zog sie schon den ganzen Morgen damit auf, dass sie es endlich zugab.

Sie seufzte theatralisch, und er konnte praktisch sehen, wie sie die Augen verdrehte. »Hunter Lacroux, ich will dich.«

Er strich mit einer Hand über ihre Taille und ihre Rippen nach oben bis zur Seite ihrer Brust. »Sag es so, als würdest du es ernst meinen«, neckte er sie.

»Warum sollte ich?«

Er zog ihr die Augenbinde vom Kopf und wie erwartet stand ein verlangendes Funkeln in ihren Augen.

»Weil du es ernst meinst.« Er zog sie an sich.

»Ja, vielleicht, aber das hier macht viel mehr Spaß.« Sie zog die Augenbrauen mit einem sexy Lachen hoch. »Und jetzt küss mich oder vögel mich, aber hör auf, mich damit aufzuziehen.«

»Du bist wirklich so eine Nervensäge. Du bekommst deinen Willen, aber zuerst …« Er öffnete die Studiotür und Jana schnappte nach Luft, als sie das Gebäude betrat.

»Hunter! Das ist wunderschön!« Sie warf sich in seine Arme und schlang die Beine um seine Taille. »Wie wäre es, wenn wir als Erstes mal in der Cunnilingus-Küche vorbeischauen?« Bezaubernde Röte breitete sich auf ihren Wangen aus.

Er trug sie durch den Flur, der zur Küche führte. »Da muss man jetzt Eintritt bezahlen.«

»Lass mich raten: Fängt es mit sechs an und hört mit neun auf?«

»Das ist Musik in meinen Ohren.«

Sie küsste ihn leidenschaftlich, während er über die Türschwelle zur Küche trat. Dort wurden sie von Rufen wie »Überraschung!« und »Herzlichen Glückwunsch« von ihren Freunden und Familien überrascht. Harper, Brock und Colton waren natürlich da, und ebenso Clark, der Billy auf einem Arm hielt und den anderen um Nina gelegt hatte. Blue und Lizzie standen Arm in Arm neben Bella und den Mädels samt ihren Kindern und Ehemännern. Alle strahlten und lachten und kamen zu ihr, um sie zu umarmen.

Jana warf Hunter einen Blick voller Staunen und Liebe zu und das allein hätte ihn beinahe die Fassung verlieren lassen. Jana gehörte endlich zu ihm. Wirklich und wahrhaftig zu einhundert Prozent. »Wie hast du das alles nur hinbekommen?«

»Verstehst du es immer noch nicht, meine Hübsche? Es gibt nichts, was ich nicht für dich tun würde.«

Bereit für mehr prickelnde Liebesromane?

Viel Spaß mit der Vorschau auf *Sehnsucht in Seaside*, die hier folgt, und wer weiterblättert, findet Informationen zu *Eine unerwartete Liebe (Die Bradens & Montgomerys)* und *Von der Liebe erobert (Die Ryders)*.

Parker Collins stopfte sich eine Handvoll M&Ms in den Mund, ohne den Blick von der Leinwand zu nehmen, über die *Saw III* flackerte. Ein Lichtblitz erhellte das ansonsten stockdunkle Heimkino, gefolgt von einem Schreckensschrei. Der veranlasste Parkers vierjährigen English Mastiff Christmas, der neben ihr auf der Couch döste, seinen großen Kopf unter ihren aufgestellten Beinen zu verstecken. Dunkelheit umfing sie erneut, doch der nächste schrille Aufschrei jagte ihrem felligen Feigling so viel Angst ein, dass er sich prompt noch tiefer im Beintunnel verkriechen wollte.

»Wer auch immer den Spruch aufgebracht hat, dass der Hund der beste Freund des Menschen ist, hatte vollkommen recht. *Mein* bester Freund bist du.« *Vor allem jetzt, wo Bert nicht mehr da ist.* Ein paar Tränen rannen ihr über die Wange.

Christmas winselte leise und zog den Kopf wieder unter ihren Beinen hervor, um ihr vom Kinn bis zu den Augen über die Wange zu lecken. In den letzten beiden Wochen hatte er ihre Tränen so oft getrocknet. Bert Stein war nicht nur ihr Freund und Mentor gewesen, sondern auch die einzige Familie, die sie je gehabt hatte. Parker war gerade für die Dreharbeiten ihres aktuellen Films in Italien, als er an einem schweren Herzinfarkt gestorben war, und seitdem lief sie praktisch nur noch auf Autopilot. Sie hatte Christmas von Berts Haushälterin abgeholt, weil ihr Freund in ihrer Abwesenheit auf den Hund aufgepasst hatte, war auf Berts Beerdigung gewesen, hatte versucht, sich daran zu erinnern, wie man atmete, und war schließlich in ihr Haus in Wellfleet gefahren, um zu trauern – und hoffentlich das Zerwürfnis mit Berts entfremdeten Bruder beizulegen, was er selbst zu Lebzeiten nicht mehr geschafft hatte.

Nur hier in dem Haus mit Blick auf die Bay, das sie für die Collins Children's Foundation hatte bauen lassen und wo niemand sie suchen würde, konnte sie in Ruhe trauern, ohne negative Schlagzeilen befürchten zu müssen. Undenkbar, dass eine Top-Schauspielerin wie sie aussehen konnte wie eine ganz normale Frau, die das Gefühl hatte, als wäre ihr das Herz aus der Brust gerissen worden. Die Klatschpresse würden ein Vermögen für Fotos ihrer verquollenen, müden Augen und zerzausten Haare zahlen. Sie konnte sich die Schlagzeilen bildlich vorstellen: *Parker Collins drogensüchtig?* oder *Diese Schwangerschaft war nicht geplant!* oder was auch immer für ein

Unsinn die Verkaufszahlen der Schmierblätter sonst noch sicherte. Niemanden interessierte es, dass sie noch nie in ihrem Leben auch nur eine Zigarette geraucht hatte, dass sie ja mal Sex haben müsste, um schwanger zu werden, oder dass sie so lange keinen mehr gehabt hatte, dass sie sich manchmal fragte, ob dieser Teil ihres Körpers überhaupt noch funktionierte.

Sie umfasste Christmas' faltiges Gesicht mit beiden Händen und gab ihrem verwirrt dreinschauenden Hund einen Kuss auf die Schnauze, bevor sie erneut nach der Tequilaflasche griff, an der sie sich in den letzten Stunden gütlich getan hatte. Bis heute hatte sie noch nie welchen getrunken, aber er war tatsächlich die perfekte Ergänzung zu ihrer Trauerbewältigung mit Schokolade und Horrorfilmen. Sie goss sich ein weiteres Schnapsglas ein und kippte den Inhalt in einem Zug runter. Wärme breitete sich durch ihre Kehle nach unten aus und ertränkte ihre Traurigkeit.

Sie stellte das Glas neben sich auf der Couch ab und griff in die Riesentüte Erdnuss-M&Ms, die ihr schon den ganzen Abend über Trost spendete – ihr großer, fauler Hund war zwar exzellent im Ablecken von Tränen, aber nichts half besser gegen Niedergeschlagenheit als Schokolade mit Zuckerüberzug. Und Tequila. *Definitiv Tequila.* Ihre Finger trafen auf nichts. *Verdammt.* Sie warf die leere Tüte auf den Boden. Christmas schaute winselnd über den Rand der Couch.

»Keine Predigt. So schlimm kann es nicht sein.« Sie beugte sich vor, um das Chaos auf dem Boden abzuschätzen, wobei sie einen leeren Pizzakarton runterfegte und sich am Couchtisch festhalten musste, weil der Raum sich um sie herum drehte. »Hoppla.«

Ein weiterer Aufschrei lenkte ihre Aufmerksamkeit zurück auf den Film, doch plötzlich nahm sie eine Bewegung aus dem

Augenwinkel wahr. Sie drehte den Kopf und entdeckte eine schattenhafte Gestalt in der Tür zum Heimkino. Ihr alkoholbenebelter Verstand brauchte einen Moment, um zu erkennen, dass dieser große, breitschultrige Mann nicht in ihr Haus gehörte. Panik schoss durch ihre Adern und ließ sie blitzschnell aufspringen. Christmas stürzte sich mit einem freundlichen Wuff auf den Eindringling.

»Oh Gott.« Sie stützte sich an der Wand ab, weil der Raum sich schon wieder um sie drehte, und versuchte, gegen den Alkohol in ihrem Körper anzukämpfen. Sie hatte genug Filme gesehen, um zu wissen, dass sie im Heimkino dieses einsamen Hauses in ihrer schokoladenverschmierten Jogginghose sterben würde – oder besser gesagt in ihrer mit Eis, Tequila, Pizzasoße *und* Schokolade vollgekleckerten Jogginghose –, während ihr Hund sich mit ihrem Mörder anfreundete.

»Bleiben Sie ja weg. Christmas ist ein Killer. Ein Kommando und Sie sind tot!« Sehr unwahrscheinlich bei ihrem Hund, der alles und jeden liebte.

Der Mann ließ sich auf ein Knie sinken, doch sein Gesicht konnte sie noch immer nicht erkennen, weil es von ihrem großen Verräterhund verdeckt wurde.

»Ja, das sehe ich«, sagte er und klang dabei so gelassen, wie es nur ein psychopathischer Mörder konnte.

Auf der Suche nach einer Waffe schnappte sie sich die Tequilaflasche und merkte zu spät, dass sich der restliche Inhalt über ihr Handgelenk ergoss. Rasch drehte sie das Ding wieder richtig herum und wünschte sich nichts mehr, als gerade eine Szene zu drehen und dass in diesem Moment jemand »Cut!« brüllen würde.

Ein spitzer Aufschrei lenkte ihre Aufmerksamkeit zu dem Schreckensszenario auf der Leinwand. Plötzlich flutete helles

Licht den Raum. Parker kniff rasch die Augen zusammen, riss sie dann aber sofort wieder auf, um zumindest einen Blick auf den Mann zu erhaschen, der wahrscheinlich als *Parker-Collins-Killer* in die Geschichte eingehen würde.

Ihr stockte der Atem und sie schlug sich eine Hand vor die Brust, als sie den griechischen Gott erkannte, der sich nun langsam wieder aufrichtete. Das sinnliche Funkeln in seinen dunklen Augen ließ ihr beinahe die Knie weich werden. *Grayson Lacroux.*

»Grayson?« *Klinge ich verängstigt, betrunken oder als würde ich dir direkt an die Wäsche gehen wollen?* Vermutlich alles zusammen, und das war nicht gut. Grayson hatte vergangenen Sommer einen Zwei-Jahres-Vertrag bei einem Gestaltungswettbewerb gewonnen und arbeitete nun seit zehn Monaten für die Collins Children's Foundation. Als Gründerin der Stiftung leitete Parker das Projekt, und sie hatten inzwischen wohl Hunderte E-Mails miteinander ausgetauscht – E-Mails, die sich intim und bedeutungsvoll anfühlten und ihr über unzählige lange, einsame Nächte hinweggeholfen hatten.

»Was machst du denn hier?« Sie verzog das Gesicht, weil sie furchtbar atemlos klang. Selbt in ihrem angetrunkenen Zustand wusste sie, dass das nichts mit dem Schreck, sondern nur mit dem hochgewachsenen Mann auf der anderen Seite des Raums zu tun hatte.

Er schaute sich schmunzelnd um. Parker hatte sich nach ihrer Ankunft aus L. A. direkt hier im Heimkino verkrochen und war seitdem nicht mehr daraus aufgetaucht. Ihr Koffer lag geöffnet mitten im Zimmer und gab den Blick auf Seiden- und Spitzenwäsche frei. Die Kleidung, die sie auf dem Flug getragen hatte, war über den Dielenboden verteilt. Ein pinker High Heel schaute unter einer leeren Lakritzpackung hervor, der andere war irgendwo verschollen. Um die Couch herum verteilte sich eine bunte Mischung aus Verpackungen von Mini-Schokoriegeln und M&Ms.

»Das könnte ich dich auch fragen.« Seine Stimme war tief und ihr voller Klang ließ die Temperatur im Raum direkt um etliche Grad ansteigen.

Vielleicht liegt das ja am Tequila.

»Ich wollte die Maße für das Geländer nehmen und habe ein Geräusch gehört. Ich wusste nicht, dass du da bist.«

Maße? Sie konnte unter seinem forschenden Blick nicht klar denken und schon gar nicht, als er auf sie zukam. Jeder Schritt strotzte nur so vor Kraft und Kontrolle – dieses Selbstbewusstsein kam auch in seinen E-Mails rüber. Parker war es gewohnt, von schönen Menschen umgeben zu sein, aber verdammt … Grayson stellte alle anderen heißen, sexy Männer in den Schatten und hob Männlichkeit und Sex-Appeal auf ein ganz neues Niveau. Ein verflixt *verführerisches* Niveau. Sie war eins fünfundsiebzig groß, doch er überragte sie noch um ein gutes Stück. Seine ausgeprägten Oberarmmuskeln und die breite Brust gaben ihr das Gefühl, zierlicher zu sein, als sie tatsächlich war. Beim Anblick seiner verwuschelten, vollen Haare und dank seiner selbstsicheren Ausstrahlung wurden ihr nun doch die Knie weich. Sie atmete tief und zittrig ein und wich nach hinten zur Wand zurück, um sich aufrecht zu halten, doch er kam noch näher, bis ihr sein männlicher und irgendwie sommerlicher Duft in die Nase stieg.

Nein, definitiv nicht der Tequila. Der Mann war wie eine Hitzewelle auf zwei Beinen.

Er beäugte die Tequilaflasche in ihrer Hand amüsiert. »Feierst du eine kleine Party?« Er zupfte ihr ein klebriges Stück Schokolade aus den Haaren und hielt es ihr mit einem frechen

Grinsen vor die Nase.

Ein verflucht heißes freches Grinsen, das ihr sofort schmutzige Gedanken über seinen Mund durch den Kopf schießen ließ. »Nicht so richtig«, murmelte sie.

»Du hast nicht auf meine E-Mails reagiert.«

Sie hatte sein Berts Beerdigung auf gar nichts mehr reagiert, weder auf E-Mails noch auf Nachrichten auf ihrem Handy oder ihr *Leben* in irgendeiner Form. Grayson stand zusammen mit ihrer Agentin, ein paar Mitarbeitenden der Stiftung und etwa einem Dutzend sogenannter Freunden auf der Liste der Menschen, die sie dringend zurückrufen sollte.

»Ich … hm …« *Kann nicht klar denken.* Sie hielt die Tequilaflasche hoch. »Willst du auch einen?«

Er ließ den Blick über ihr Tanktop wandern, was ihre Brustwarzen dazu brachte, sich zu regen, und sie daran erinnerte, dass sie ihren BH ausgezogen hatte. Wie aufs Stichwort gab Christmas ein *Wuff* von sich und brachte Parkers pinken Spitzen-BH herüber. In Graysons Augen loderte etwas auf, was in ihr den Wunsch aufkommen ließ, eine ganz andere Art von Liste mit ihm *abzuarbeiten*.

Er spielte bereits seit so vielen Monaten die Hauptrolle in ihren nächtlichen Fantasien, dass er inzwischen wohl der Einzige war, mit dem so eine Liste für sie infrage kam.

Das war schlecht.

Sehr, sehr schlecht.

Parker spielte nicht mit Listen herum. Sie führte *Beziehungen*. Oder besser gesagt *keine Beziehungen*, wenn man mal einen Blick Dating-Historie warf.

Ächz. Sie war zu benebelt, um das lustvolle Gefühlschaos zu entwirren, das mit jeder E-Mail komplizierter geworden war, mit jedem intimen Blick in sein Leben mit seiner Familie und

Freundin und der Liebe zu seiner Handwerkskunst. Grayson arbeitete mit schwerem Metall, worauf wohl auch sein unglaublich perfekter Körperbau zurückzuführen war, und seine Arbeiten waren absolut einzigartig und wunderschön. Mit ihren dauernden Änderungswünschen hatte sie ihn wahrscheinlich in den Wahnsin getrieben, doch er hatte es sie nie spüren lassen. Sie las so gerne seine Ausführungen darüber, warum er gewisse Stücke wie entworfen hatte und wie er sich dabei fühlte, wenn er sie erschuf. Manchmal schrieb er dazu, dass er seine Familie vermisste oder erzählte von Strandfeuern und Ausflügen, die er gemacht hatte, wenn er nach Hause geflogen war, um mit seinem Bruder an bestimmten Stücken für die Collins Childrens Foundation – CCF – zu arbeiten. Parker war sehr darauf bedacht gewesen, ihm keine persönlichen Fragen zu stellen, damit sie auch nichts aus ihrem Privatleben preisgeben musste, aber insgeheim sog sie jeden seiner Berichte in sich auf und liebte es, wenn er ihr seine Gefühle so eloquent mitteilte. Sie hatte so oft Veränderungen an seinen Designs vorgenommen, nur um weiterhin diese intimen Einblicke in seine Welt zu erlangen.

Und nun war er hier, in all seiner Pracht und Größe, nah genug, um ihn zu sehen, zu berühren und zu schmecken – und sie verlor gerade den Verstand, hin- und hergerissen zwischen ihrer Trauer und seiner gottgleichen Ausstrahlung.

Sie schob sich an ihm vorbei, nahm Christmas ihren BH ab und warf ihn in den Koffer. »Platz.«

Christmas drehte sich einmal im Kreis und ließ sich dann schnaufend auf einem Haufen Wäsche nieder.

Parker holte sich ein frisches Schnapsglas aus der Bar, wild entschlossen, ihr Alkohollevel aufrechtzuerhalten, damit sie mit dem Testosteron klarkam, das auf einmal in der Luft hing. Sie ließ sich auf die Couch fallen.

»Kommst du, Großer?«

Wenn Ihnen die Vorschau gefallen hat, können Sie *Sehnsucht in Seaside* gleich bei Ihrem Online-Buchhändler bestellen!

Was passiert, wenn ein Rockstar ohne jeden Wunsch, sesshaft zu werden, plötzlich von seiner Teenager-Tochter erfährt, sein Manager ihn betrügt und die Frau, die seine Tour-Kostüme entwerfen soll, vor Wut schnaubend bei ihm auftaucht? Es wird scharfzüngig, emotional und sinnlich, wenn Jillian und Johnny ein Abenteuer erleben, das wahrscheinlich größer ist als sie beide.

Er ist ein Rockstar mit einem Geheimnis. Sie eine Modedesignerin, die sich nichts vormachen lässt.

Als Jillian Braden von Johnny Bad engagiert wird, um die Kostüme für seine Tour zu entwerfen, und er ihr zum x-ten Mal absagt, hat sie die Nase voll. Sie ist entschlossen, ihm die Flausen auszutreiben. Doch auf das, was sie dann vorfindet, ist sie ebenso wenig vorbereitet wie auf die Art von Hilfe, die er wirklich braucht. Was folgt, ist ein witziges und leidenschaftliches Abenteuer, bei dem Jillian und Johnny in einen gewaltigen Sturm geraten, dem sie vielleicht nicht viel entgegenzusetzen haben.

Bestellen Sie *Eine unerwartete Liebe* bei Ihrem Online-Buchhändler!

Als ein skrupelloser Milliardär mit hochtrabenden Bauplänen auf ihre Insel kommt, ist Gabriella Liakos bereit, mit schmutzigen Mitteln zu kämpfen, um die Ursprünglichkeit von Elpitha Island zu erhalten. Doch wird ihr Plan, ihn durch Verführung abzulenken, nach hinten losgehen und sie nicht nur die Insel, sondern auch ihr Herz kosten?

Gabriella Liakos, Anwältin für Familienrecht, hat eine große Liebe, und das ist Elpitha Island, die Insel, auf der sie aufgewachsen ist und auf die sie irgendwann zurückkehren will. Doch die Insel steckt in ernsten finanziellen Schwierigkeiten, und Gabriella ist bereit, mit allen Mitteln zu kämpfen, um ihre Heimat davor zu bewahren, in die falschen Hände zu fallen.

Der findige Immobilieninvestor Duke Ryder hat sich in den Kopf gesetzt, Elpitha Island in ein exklusives Luxusresort zu verwandeln. Er lässt sich auch nicht davon abschrecken, Land zu erwerben, in dem eine Familie so tiefe Wurzeln geschlagen hat, dass sie wahrscheinlich bis auf den Meeresgrund reichen. Jedenfalls bis er seiner wunderschönen, sturköpfigen Gastgeberin begegnet, Tochter der Familie, die den Großteil der Insel besitzt.

Gabriella setzt alles daran, Duke vom Kauf der Insel abzubringen, doch der hat andere Pläne. Er will die Insel *und* Gabriella. Seine Verführungskünste verfehlen ihre Wirkung auf Gabriella nicht – aber können ein gerissener Immobilieninvestor, der Glanz und Glamour gewohnt ist, und eine Frau, die die ursprüngliche Kultur ihrer Heimat erhalten will, wirklich ein Happy End finden?

Bestellen Sie *Von der Liebe erobert* bei Ihrem Online-Buchhändler!

Neu bei »Love in Bloom – Herzen im Aufbruch«?

Ich hoffe, Ihnen hat es genauso viel Vergnügen bereitet, die Freunde aus Seaside kennenzulernen, wie mir, über sie zu schreiben. Falls dieser Band Ihr erstes Buch aus der Reihe »Love in Bloom – Herzen im Aufbruch« ist, warten noch jede Menge Geschichten über unsere sexy, selbstbewussten und loyalen Heldinnen und Helden auf Sie.

Seaside Summers ist nur eine der Serien aus meiner großen Sammlung von Liebesromanen mit Tiefgang, Humor und Happy-End-Garantie. In allen Büchern finden Sie eine abgeschlossene Geschichte, die auch für sich allein gelesen werden kann. Figuren aus den einzelnen Serien und Büchern der weitverzweigten »Love in Bloom – Herzen im Aufbruch«-Familien tauchen immer wieder auch in den anderen Bänden auf. So verpassen Sie nie eine Verlobung, eine Hochzeit oder eine Geburt. Wenn Sie mögen, lernen Sie doch auch die anderen Serien der Reihe kennen! Eine vollständige Liste aller auf Deutsch erschienenen und geplanten Bücher gibt es am Ende des Buches und unter dem folgenden Link finden Sie weitere Informationen:

www.MelissaFoster.com/Herzen-im-Aufbruch

Moon-Shine Jelly

Ergibt etwa 7 Gläser à 250 ml.

1 Apfel

250 ml Wasser

40 g Pektinpulver

1 Flasche deines Lieblings-Chardonnays

130 g brauner Zucker

½ TL Zimt

¼ TL Muskat

650 g Zucker

Den Apfel schneiden und in einem Mixer zerkleinern. In einem großen Topf das Wasser mit dem Pektin zum Kochen bringen, langsam rühren. Den zerkleinerten Apfel und den Wein hinzugeben, einmal aufkochen. Weiter rühren, damit es nicht anbrennt. Braunen Zucker und Muskat hinzugeben, dabei stetig weiter rühren, bis der Zucker sich auflöst. Eine Minute lang sprudelnd kochen lassen. Von der Hitze nehmen, Schaum abschöpfen und heiß abfüllen.

Luscious Leanna's Sweet Treats sind auf www.alsbackwoodsberrie.com erhältlich!

Danksagung

Zu meinen größten Freuden gehört es, über Cape Cod zu schreiben, und als ich in meinem Fanclub erwähnt habe, dass die Serie *Seaside Summers* wahrscheinlich nach der Geschichte von Matt Lacroux enden würde, gab es eine so heftige Reaktion, dass ich mich für eine Weile im Schrank verstecken musste. Deshalb, meine lieben Leserinnen, gebührt meinem Fanclub der Dank für das nächste Spin-off: Bayside Summers! Es gibt kaum etwas Aufregenderes für mich, als von meinen Fans zu hören. Hören Sie bitte bloß nicht auf, mich zu kontaktieren. Falls Sie noch nicht dabei sind, kommen Sie zu uns in den Fanclub auf Facebook, wo wir uns mit witzigen Chats über Bücher vergnügen und wo Sie außerdem als Erste den ein oder anderen Einblick in neue Geschichten bekommen.

www.Facebook.com/groups/MelissaFosterFans

www.Facebook.com/MelissaFosterAuthor

Ein besonderer Dank geht an Nina Lane, Elise Sax und Kathie Shoop für unsere gemeinsamen Brainstorming-Sessions.

Mein unglaublich talentiertes Redaktionsteam sorgt dafür, dass meine Bücher in vollem Glanz erstrahlen. Danke an Kristen Weber, Penina Lopez, Jenna Begnini, Juliette Hill, Marlene Engel, Lynn Mullan und Stefanie Kersten, Stephanie Schottenhamel, Judith Zimmer für alles, was ihr für mich und für unsere Leserinnen tut.

Und an meine Familie: Danke für eure immerwährende Liebe und Unterstützung.

Die Bradens (Peaceful Harbor)

Geheilte Herzen
Voller Einsatz für die Liebe
Liebe gegen den Strom
Vereinte Herzen
Melodie der Liebe
Sieg für die Liebe
Endlich Liebe – ein Braden-Flirt

Die Bradens & Montgomerys (Pleasant Hill – Oak Falls)

Von der Liebe umarmt
Alles für die Liebe
Pfade der Liebe
Wilde Herzen
Schenk mir dein Herz
Der Liebe auf der Spur
Verrückt nach Liebe
Liebe süß und sündig
Und dann kam die Liebe
Eine unerwartete Liebe
Verliebt in Mr. Bad

Die Remingtons

Spiel der Herzen
Im Dschungel der Liebe
Herzen in Flammen
Herzen im Schnee
Liebe zwischen den Zeilen
Von der Liebe berührt

Seaside Summers

Träume in Seaside
Herzen in Seaside
Hoffnung in Seaside
Geheimnisse in Seaside
Nächte in Seaside
Herzklopfen in Seaside
Sehnsucht in Seaside
Geflüster in Seaside
Sternenhimmel über Seaside

Bayside Summers

Sommernächte in Bayside
Verführung in Bayside
Sommerhitze in Bayside
Neuanfang in Bayside
Mondschein in Bayside
Versuchung in Bayside

Die Ryders

Von der Liebe bestimmt
Von der Liebe erobert
Von der Liebe verführt
Von der Liebe gerettet
Von der Liebe gefunden

Die Whiskeys: Dark Knights aus Peaceful Harbor

Tru Blue – Im Herzen stark
Truly, Madly, Whiskey – Für immer und ganz
Driving Whiskey Wild – Herz über Kopf
Wicked Whiskey Love – Ganz und gar Liebe
Mad About Moon – Verrückt nach dir
Taming My Whiskey – Im Herzen wild
The Gritty Truth – Kein Blick zurück
In For A Penny – Süßes Glück
Running on Diesel – Harte Zeiten für die Liebe

Die Whiskeys: Dark Knights von der Redemption Ranch

Immer Ärger mit Whiskey
Um Whiskeys willen

…

Entdecken Sie Melissa Fosters Bücher auch auf:
www.MelissaFoster.com/Herzen-im-Aufbruch